하틀랜드

세계에서 가장 부유한 나라에서

뼈 빠지게 일하고 쫄딱 망하는 삶에 관하여

세라 스마시 지음 홍한별 옮김

하틀랜드

반비

엄마에게

일러두기

1. 본문의 각주는 모두 옮긴이가 독자의 이해를 돕기 위해 추가한 것들이다.
2. 이 책에 나오는 미국식의 도량형은 모두 미터법으로 환산했다. 정확한 수치를 의미하는 경우가 아니면 가독성을 고려해 어림으로 표시했다.
3. 원문의 강조는 굵은 글씨로 표시했다.

작가의 말

이 책을 쓰려고 자료를 모으고 책을 쓰는 데 15년이 걸렸다. 처음에는 날짜, 주소, 사건 등을 모아 우리 가족의 역사를 구성한다는 소박한 목표로 시작했다. 2002년 캔자스대학 학생일 때 소액 연구 지원금 두 개를 받아 처음 시작한 일이었다. 초고 작업 동안 공공 기록, 오래된 신문, 편지, 사진 등의 기록을 샅샅이 훑어 가족사의 조각들을 찾아 꿰어 맞추었다. 가난하게 살다 보면 기록이나 흔적을 유지하기가 쉽지 않은데 그래서 생긴 혼란과 공백을 이렇게 찾은 조각들로 메웠다.

여기에 나오는 가족의 일화나 생각, 특히 내가 태어나기 전이라 직접 보고 듣지 못했던 일들에 대해서는 수년에 걸쳐 아주 오랜 시간 동안 우리 식구들을 면담해서 얻어냈다. 식구들의 기억이나 생각에 빚진 이야기가 많다. 내가 직접 목격한 사건은 주로 내 기억에 의존해서 썼지만 다른 식구들이 하는 이야기도 들어 참고했다.

미국과 세계의 역사, 정치, 공공 정책 등 개인적 경험을 넘어서는 부분은 언론인으로서 내가 정확하고 신뢰성 있다고 판단한 신문 기사, 논문, 책 등을 근거로 내 관점에서 전달했다.

살아 있는 사람의 이름을 바꾸거나 생략한 사례가 몇 군데 있다.

오거스트에게

목소리를 들었어. 우리 집안에서나 뉴스에서 늘 듣는, 세상에서 내 자리가 어디인지 말해주는 목소리와는 다른 목소리.

네 목소리였어. 조용하고 줄기차게, 들린다기보다는 느껴지는 목소리. 너는 곁눈으로 보아야만 보이는 밤하늘의 별 같았어. 난 아직 어린애였지만, 다른 목소리들은 틀리고 네 목소리가 옳다는 걸 알았어. 네 목소리가 내 안에서 공명할 때면 내 몸이 고요한 동굴처럼 느껴졌으니까.

네가 누군지 알아내려고 애쓰지는 않았어. 그냥 알았어. 이따금 어른들이 애매하게 돌려 말하는데도 아이가 금세 알아들을 때가 있잖아. 그러다가 서서히 내 마음속에서 너는 내가 가질 수도 가지지 않을 수도 있는 아기의 모습이 되어갔어.

하지만 너는 그냥 아기가 아니었지. 너와 나 사이에는 세상에서 가장 깊은 이해의 끈이 있었어. 그 끈이 머릿속에서 자꾸 휙휙 움직이고 시간이 흐르면서 모양도 의미도 달라졌기 때문에 어떤 건지 설명하기는 힘들지만. 그런데 그런 순간이 있었어. 내가 실제로 아이를 가질 수 있을 만큼 자라기도 전에. 다른 집 아이라면 부모님하고 의논해 결정할 일을 어떻게 해야 할지 몰라 혼자 고민하다가 나는 보통 저 멀리 어딘가에 있는 신께 기도를 드렸거든. 그런데 어느 날 이런 생각이 문득 들더라. **내 딸한테라면 어떻게 하라고 말하면 좋을까?**

나는 임신한 적은 없지만 아주 어린 나이에 엄마가 됐어. 나 자신에게, 내 남동생에게, 내 어린 엄마에게도 엄마가 되려다 보니 내 안 아주 깊은 곳까지 들어가야 했어. 존재의 속살까지 들어가 나 자신의 힘뿐 아니라 태어나지 않은 너의 영혼까지 발견했지. 어쩌면 두 개가 같은 것인지도 모르겠다. 어떻게 그럴 수 있었는지 설명은 못하겠어. 그렇지만 왜 그래야만 했는지는 말할 수 있어.

내가 자랄 때 미국에서는 계급에 대해 이야기하지 않았어. 내 삶이 왜 이런 모습인지, 왜 부모님의 젊은 몸뚱이가 고통으로 앓는지, 왜 어떤 기회는 나에게 주어지지 않는지 전혀 몰랐어. 어쩌면 영원히 모를 것도 같아. 뒤돌아보며 생각해보아도 여전히 알 수 없고. 그렇지만 가족, 동네, 지역, 나라, 세계의 경제적 곤궁이 나와 재생산의 관계, 그러니까 내 자궁과의 관계에 영향을 미쳤고 또 내가 무언가를 이룰 기회가 주어질지 아닐지에도 영향을 미친 건 사실이야.

나는 내게 주어진 것과 다른 삶을 이루겠다고 마음먹었고 마침내 내가 뜻했던 대로 되었어. 네가 내 삶에 실제 존재로 나타나지 않아 다행이라고 생각해. 하지만 너무나 오랫동안 너와 이야기를 나누어와서 이 대화를 멈추게 될 것 같지는 않아. 존재할 수도 있었던 네가 아니라 지금 현재 존재하는 너와 계속 이야기를 할 거야. 사람은 누구나 그렇듯 너도 두 가지 존재가 있지. 구체적인 모습의 너, 그리고 거기에 생명을 불어넣는 에너지. 나는 너를 후자로만 알아왔지만 말이야. 내가 힘든 곳에서 빠져나올 수 있게 끌어준 형체 없는 힘으로.

확률이나 통계에 따르면 나 같은 아이, 미국이 더욱 극심한 경제적 불평등 쪽으로 급선회한 해에 태어난 가난한 시골 아이는 내 삶이 도달할 결말과는 다른 결말을 맞이할 가능성이 높았어. 나는 그 힘든 삶을 벗어나지 못하고 너도 그 삶 속으로 태어났을 거야.

당연하지만 너는 빤한 확률이나 통계와 무관한 존재야. 그렇지만 나나 다른 많은 아이들의 삶에서는 통계적 확률이 실재적이고 파괴적이기까지 한 힘으로 작용했어. 아무도 나에게 말해주지 않았던 것을 나는 네게 말해주고 싶어. 평등의 약속을 기반으로 세워진 부유한 나라에서 가난한 아이로 살아가기란 어떠한지 말이야.

가난한 아이를 영영 가난하게 살도록 내버려둔 나라에 대해 말하지 않고 어떻게 가난한 아이 이야기를 할 수 있겠니? 사실 전에는 나도 그런 생각은 못했어. 실패의 책임을 모두 개인에게 돌리도록, 스스로를 시궁창에서 끌어올리려는 노력이 부족했던 탓이라고 생각하도록 배웠으니까. 그렇지만 실제로는 환경이 결과를 좌우하지.

아니면, 내 모어母語로 말하자면 이런 거야.

거두는 것은 날씨 나름이잖여? 좋은 씨앗은 우짜든 간에 싹이 트겄지만 그래도 우박이 쏟아져불믄 말짱 헛짓이여.

차례

1장

★

지갑 안 동전 한 푼

농장은 캔자스 남부, 위치토시에서 50킬로미터 떨어진, 풀 말고는 아무것도 없는 고운 모래로 된 땅이었어. 이 지역은 세 가지 별명으로 불리는데, 정부 보조금을 받아 곡물을 대규모로 생산하기 때문에 '세계의 곡창'이라고 하고, 항공기 제조 공장이 모여 있기 때문에 '세계의 항공 수도'라고도 하고, 자연의 선물 때문에 '토네이도 길목'이라고도 불리지. 남쪽 멕시코만에서 불어오는 따뜻하고 축축한 공기가 서쪽 로키산맥의 건조하고 차가운 공기와 이 땅 위에서 부딪혀. 봄철에 생기는 뇌우가 어찌나 큰지 눈으로 보거나 소리로 듣기 전에도 냄새로 뇌우가 다가온다는 걸 알게 돼.

내가 나중에 할아버지라고 부르게 될 남자인 아니는 1950년대에 가족을 부양하려고 농장을 샀어. 날마다 밀을 파종하고 돌보고 추수하며 시간을 보냈지. 땅 64헥타르, 그러니까 0.64제곱킬로미터가 자기 소유였고 남의 땅 0.64제곱킬로미터에도 농사를 지었어. 비싼 값에 팔리는 포도 같은 작물을 키우는 지역이라면 엄청나게 큰 땅이었겠지. 하지만 기술이 발전하면서 밀 생산량은 늘고 시장 가격은 내려가던 20세기에, 밀 농부가 그만한 규모의 농사를 지으면 그저 겨우 먹고살 만한 정도의 돈을 버는 정도였어.

폭풍이 덮치거나 야생 호밀이 번성해 밀 농사를 망치면 밭을 엎고 사료용 수수를 심었어. 아니는 알팔파도 길러 건초 더미를 만들어 소 50마리를 키웠어. 돼지하고 닭도 치고 염소나 말이 한두 마리 있을 때도 있었고. 일을 거드는 일꾼 한 명이 있었고 추수철에는 아들딸들도 손을 보탰어. 밭이 꽁꽁 얼어붙는 겨울에는 위치토 방향에 있는 고기 공장에 가 도축 일을 하거나 헛간 옆 쓰레기장 큰 통에 모아둔 알루미늄 캔을 팔아서 가욋돈을 벌었어.

이혼하고 나서 오래된 집이 적막해지자 아니는 위스키를 많이 마셨대. 주말에는 카우보이 장화를 신고 위치토 댄스홀에 춤추러 가곤 했지. 54번 고속도로에 오래된 간판을 달고 있는 작은 음악당 '코틸리언' 같은 곳 말이야.

1976년 어느 날 밤에도 청바지와 넓적한 칼라가 달린 셔츠를 입은 짝 없는 사람들이 컨트리 음악에 맞춰 미러볼 아래에서 춤을 췄지. 아니는 찰리라는 도축업자와 '네눈이'라고 불리는 농부와 한 테이블에 앉았는데 옆 테이블에 앉은 짧은 금발 머리에 깡마른 여자가 눈에 들어왔어. 여자와 친구들은 댄스홀 입구에서 여자들에게 나눠주는 종이 장미꽃을 꽂고 있었대.

"저 여자가 너랑 춤출까 봐? 꿈도 야무지네." 네눈이가 아니에게 말했어. "뚱뚱하고 못생겨가지고는."

네눈이가 일어나서 금발 머리 여자에게 춤추자고 했어. 여자는 싫다고 했지. 이번엔 아니가 건너갔어. 아니는 가는 갈색 머리를 뒤로 넘겨 빗고 각진 턱 옆 양갈비 모양 구레나룻을 깔끔하게 다듬어 나름 멋을 부렸더래. 둥근 배가 벨트 버클 위로 불룩 나왔고. 그 여자 베티는 친구들이 아니를 놀리는 소리를 들었던 거야. 그랬기 때문에 아니의 춤 신청을 받아들였어.

베티가 나의 할머니야. 너도 베티를 알았다면 좋을 텐데. 베티의 삶은 평생 댄스홀에서의 그 순간하고 비슷했어. 늘 약자에게 뭐든 친절한 행동을 하려 했지. 너를 이런 사랑으로 둘러쌀 수 있었으면 좋겠구나. 무차별적이고 관대한 사랑. 냉담해질 이유가 수도 없이 많았지만 그렇게 되지 않은 베티 할머니 같은 이들의 사랑을 너도 느낄 수 있었으면 해. 그렇다고 베티가 성인聖人은 아니었고 당연히 그런 척한 적도 없어. 베티는 네가 내 딸이라서도 사랑했겠지만, 네가 누구에게나 쉽지는 않은 세상에 산다는 이유만으로도 사랑했을 거야.

베티와 아니는 두어 곡쯤 같이 춤을 췄대. 아니한테서는 올드스파이스 애프터셰이브 냄새가 났고 베티는 아니의 행복한 웃음이 좋았어. 둘이서 조니 캐시Johnny Cash 노래는 다 똑같은데 가사만 다르다면서 웃었어. 아니는 베티가 예쁘다고 생각했어.

재미있기도 하고. 아니는 베티의 전화번호를 받았어. 밴드가 철수하고 댄스홀이 파한 다음 아니가 '삼보스'에 가서 아침을 먹자고 했지만 베티는 거절했대. 팬케이크는 친구들하고 같이 자기 돈으로 사먹겠다고.

그 뒤 아니는 베티의 트레일러에 몇 번 전화를 걸었는데 아무도 전화를 안 받았어. 몇 주 뒤에는 교환원이 받아 전화가 끊겼다고 했고. 아니는 다시 농사일로 신경을 돌렸어.

베티는 농사꾼 타입은 아니었어. 성인이 된 뒤에는 중부 지방 도시 지역을 구르듯 옮겨 다니며 살았어. 위치토, 시카고, 덴버, 댈러스 등등. 베티와 딸 지니(우리 엄마야.)는 베티가 10대일 때 처음 집을 떠나 길로 나섰어. 싱글맘과 딸 들로 이루어진 베티 일가는 한 군데 머무르지 못하고 계속 떠돌았어. 지니가 고등학교에 입학할 무렵까지, 내가 헤아려본 바로 주소가 마흔여덟 차례 바뀌었어. 베티와 지니는 몇 번째 이사인지 굳이 꼽아보지도 않았어. 그냥 떠났지.

아니와 베티가 만나고 1년쯤 지난 뒤에 아니의 픽업트럭과 베티의 코르베트 승용차가 위치토 서쪽 교차로에 나란히 섰어. 두 사람은 창문을 내리고 서로 손을 흔들었고 가까운 휴게소에 차를 세우고 함께 차를 마셨대. 아니의 삶은 변함없이 그대로였지만 베티는 그 몇 달 사이에 결혼하고 이혼도 했어. 베티한테는 대담한 면이 있었어. 그런 면이 있는 정도가 아니라 뼛속까지 그랬어. 다른 중년 농부들이라면 이런 베티를 못마땅하게 봤을 거고 심지어 불쾌하게 여겼을 거야. 하지만 아니는 베티한테 푹 빠져서는 베티가 이전까지 만난 어떤 남자보다도 더 잘 대해주었어. 일단 베티를 때리지 않았어. 저녁으로 뭘 내놓든 불평하지 않았고 어떻게 살든 나무라지 않았어.

"난 상관없어." 아니는 베티에게 말하곤 했어.

베티는 이번에는 떠나지 않고 머물렀어.

1977년 밀 추수기, 베티가 서른두 살이고 아니는 마흔다섯 살이었을 때 베티는 매일 저녁 세지윅카운티 법원 소환관 업무를 마치고 위치토 시내에서 아니네 농장까지 차를 몰고 갔어. 베티는 집안일을 맡아 아니와 일꾼들이 먹을 음식을 요리하고, 치킨이 가득 든 통, 종이 접시, 아이스티 병 등을 밭으로 날랐지. 밭에서는 붉은 콤바인이 밀을 거두며 노란 먼지를 사방에 흩뿌렸어. 베티는 여름날의 흙먼지 바람이 어떤 건지 알게 됐지. 바람이 불면 입안에 먼지가 씹히고 샤워를 할 때면 겨드랑이와 발가락 사이에서 흙물이 나왔어. 베티는 농부 아내가 되려는 사람의 통과의례인 콤바인 운전도 해냈어. 그렇게 일하고 다음 날 아침에 일어나면 코가 꽉 막혀 있었어. 한여름 추수기 밤에는 너무 무더워 땀을 흘리며 잤어. 선풍기에서는 더운 바람만 나오니 낮에 힘들게 일해서 지쳐 곯아 떨어지지 않았다면 잠을 자기가 불가능했을 거야.

지니는 열다섯 살이었고 위치토에 있는 고등학교에 다녔어. 우리 집안 기준으로는 베티가 직장에 있거나 아니 농장에 가 있는 동안 혼자 지낼 수 있을 만큼 충분히 자란 나이였지. 지니는 내내 1년에 두 번씩 전학을 다니다가 이제야 학교에 적응하려는 차라 또 이사하기는 싫었어. 더군다나 아무것도 없는 벌판 한가운데 농장에서 살고 싶지는 않았지. 지니는 드디어 학교 진도를 따라가고 숙제를 낼 수 있을 만큼 한 학교에 오래 다녀 성적도 오르고 학교생활도 즐거워진데다, 위치토 시내 작은 쇼핑몰에서 돌아다니는 게 농장 연못에서 낚시하는 것보다 훨씬 좋았거든. 지니는 책 읽기를 좋아하고 패션에 관심이 많았어. 잡지를 보고 패션을 연구해서 직접 옷을 만들어 입었어. 캔자스 초원에는 천 가게나 공립 도서관 같은 게 없을 테니 지니는 가기 싫었지. 하지만 엄마가 가기로 결정을 내렸으니 어쩔 수 없었어. 또 한 번 이삿짐을 꾸려 아니의 농장으로 들어갔어.

몇 달 뒤에 아니가 베티에게 청혼을 했어. 베티는 결혼은 이제 됐다고 생각했고 게다가 아니가 가톨릭 신자라 결혼하려고 해도 어쨌든 안 될 거라고 생각했어. 가톨릭교회에서는 이혼한 사람은 안 받아준다는 말을 들었거든. 그것도 여섯 번이나 이혼한 사람을 받아주겠나 싶었지.

가까운 교구의 존 신부님이 교회 안에서 이루어지지 않은 결혼은 결혼으로 안 친다고 안심하라고 했어. 베티는 첫 번째와 두 번째 남편은 애들 아비니 아예 없던 일로 할 수는 없겠지만 그 나머지 쓰레기들은 전부 없던 걸로 쳐도 된다니 기뻤대.

아무튼 베티와 아니는 1977년 9월에 교회 안에서는 아니고 트레일러 주차장 옆 도로변 작은 교회에서 결혼식을 올렸어.

농장에 신혼부부 단 둘만 있었던 적은 없었고 늘 손님이 있었지. 저녁 무렵이 되면 픽업트럭 엔진 소리가 저 멀리에서 들려오다 곧 자갈길 위에 타이어 소리가 들렸어. 베티는 감자 껍질을 수도 없이 벗기고 파이를 굽고 고기를 볶고 앞마당에서 키운 채소를 삶아 손님들을 먹였어. 베티가 시골 생활의 고립감을 절실하게 느낀 게 쿠키 때문이래. 쿠키를 구울 재료가 다 있는데 황설탕 한 가지만 없었대. 그러니 어째, 그 빌어먹을 설탕 하나 사러 킹맨까지 15킬로미터를 가야 돼?

"도시에 살 때는 쌩 하니 얼른 가게에 가서 사 오면 되잖아. 거기에서는 그런 게 아주 달랐지." 베티가 세월이 흐른 뒤에 나한테 한 말이야.

그래서 베티는 할인하는 통조림을 사재기해 지하실에 쌓아놓고 급속 냉동고에 온갖 종류의 고기를 꼭꼭 채워놓고 찬장에는 더블쿠폰으로 싸게 산 물건들을 쟁여놓게 됐단다. 베티와 아니는 기질 때문인지 상황이 그래서인지는 몰라도, 자기 입과 다른 군식구들 입을 채울 방법을 어떻게든 찾아내는 사람들이었어.

베티의 도시 친구들이 베티가 새로 시작한 시골 생활을 구경하러 차를 몰고 왔어. 아니의 친구들은 대담한 도시 여자들을 구경하러 모여들었지. 다 같이 곧은 흙길과 구불구불한 2차선 아스팔트 도로를 타고 몇 킬로미터 가야 나오는 체니호수로 놀러갔어. 아니 땅에 있는, 물뱀과 거머리가 사는 연못에서도 낚시하고 수영도 했어. 연못 둘레 흙 둔덕에는 비온 뒤에 지나간 소 발자국이 움푹 패어 있었지. 목장에서 모닥불을 피우고 캠핑을 하면서 핫도그, 쿠어스 맥주, 마시멜로를 먹었어. 사람들이 전기 자전거를 타고 들판 위를 달리고 삼륜차를 나무에 박기도 했고. 창고 안에서 소를 잡으면서 파티를 했대. 도축장으로 쓰는 창고에는 고기 분쇄기와 싱크대가 있고 서까래에 갈고리가 걸려 있고 시멘트 바닥에는 피 얼룩이 있지. 다들 엄청나게 취해서 쇠불알까지 먹었단다. 소 잡는 걸 도운 사람들은 흰 종이에 싼 고기 한 덩이씩을 아이스박스에 넣어 집으로 가져갔어. 아니가 빈 음료수 캔을 팔려고 그물에 넣어 트랙터에 매달고 끌고 갔는데, 가는 길에 모래가 안에 들어가는 바람에 무거워져서 고철상에서 원래 받을 돈의 다섯 배를 받아서 다들 한바탕 웃었다나.

한번은 베티 할머니가 킹맨에 있는 술 가게로 술을 사러 가는 길에 작은 도요타 차가 얼어붙은 다리에서 미끄러져 둑 아래쪽에 처박혔어. 뒤집어진 차 안에서 베티의 여동생 푸드가 어떻게 나갈지 걱정하고 있는데 베티가 태연하게 담뱃불을 붙이자 불같이 화를 냈단다. 푸드는 아니와 베티의 집을 '캠프 펀 농장 Camp Fun Farm'이라고 불렀어.

그로부터 얼마 지나지 않아 푸드의 큰딸 캔디가 곤란한 처지가 되어 농장으로 몸을 피했어. 이어 푸드도 이혼을 하고 작은딸 셸리를 데리고 농장으로 왔고. 그 뒤로 거의 30년 동안 돈 없는 떠돌이 친척들이 상황에 쫓겨 농장으로 오는 일들이 계속 이어졌지.

베티는 농장 사람들이 먹을 음식을 요리할 때가 아니면 위치토 법원에서 일을 했고 아니면 집 동쪽에 있는 텃밭에서 김을 매거나 집 안 청소를 하거나 꽃을 심거나 세탁기, 건조기, 산탄총 등이 있는 뒤쪽 베란다에서 연장을 찾거나 등등 쉬지 않고 일했지.

베티는 아니의 큰아들하고 겨우 열 살 차이밖에 안 났어. 큰아들은 20대고 늘 뚱하고 머리를 장발로 길렀고 취해 있을 때가 많았어. 여름에는 그 동네 농장 젊은이들로 구성된 소프트볼 팀에서 활동했는데 시합을 마치고 다 함께 아니 농장으로 몰려와 술을 마시길 좋아했단다. 그중에 닉 스마시라는 젊은이가 있었어.

그래서 10대였던 지니가 내 아빠가 될 닉을 만나게 되었단다. 농부이자 목수인 닉은 뜨거운 태양 아래에서도 삭풍 속에서도 들일을 하고 못질을 하면서 자랐어. 여름이면 굵은 팔이 짙은 적갈색으로 그을렸어. 체크무늬 셔츠를 소매를 잘라내고 입었는데 갈색 셔츠보다 팔뚝색이 더 짙을 정도였지. 1966년형 흰색 셰비캐프리스를 타고 다녔는데 안팎으로 먼지 하나 없이 깨끗하게 관리하고 에어서스펜션을 달아 차 뒤쪽을 들어 올린 멋진 차였지. 가끔 트럭 창밖으로 총을 쏘아 교통 표지판을 맞히는 장난도 했어.

그런 짓궂은 면은 있어도 닉은 늘 웃는 얼굴이었고 지니가 만나본 다른 남자들처럼 화를 내거나 이래라저래라 하는 법이 없었어. 지니가 시골 생활에서 유일하게 마음에 들어한 점이 닉이었단다.

아니 할아버지와 나는 혈연관계는 없지만 아니는 내 삶에서 아주 중요한 사람이었어. 일단 아니가 베티한테 투스텝 춤을 신청하지 않았다면 지니와 닉이 만날 일도 없었겠지. 아니 할아버지가 돌아가신 뒤에, 너에게 할아버지의 가운데 이름middle name을 붙여주어야겠단 생각이 들었어. 아니가 우리에게는 밝은 빛 같은 존재였으니까. 오거스트August. 네가 여자아이란 건 알지만 오거스틴이라고 불러야겠다는 생각은 안 들더라. 그러니까 네 이름은 오거스트야.

아니 할아버지도 나도 다 그 달, 8월에 태어났기 때문에 내게는 특별한 이름이야. 별자리를 중요시하는 엄마는 할아버지와 내가 별자리도 같다는 사실을 강조하곤 했지. 내가 고등학생일 때 할아버지와 나는 엄청나게 싸웠어. 별자리랑 상관없이 10대들은 식구들과 툭하면 부딪히지만 나중에 생각해보니 할아버지가 나에게서 당신과 닮은 모습을 보았기 때문에 자꾸 충돌했던 게 아닌가 싶었어. 나한테 그렇단 말은 절대로 안 하셨고 그러다 보니 사사건건 다투게 됐지. 지금 생각하면 커갈수록 할아버지가 엄격하게 대하셨던 까닭이, 내가 곧 농장을 떠나려고 한다는 생각을 하면 슬펐던 탓인 것 같아.

아니는 슬픈 기색을 드러내거나 불만을 입 밖에 내는 사람이 아니었어. 네가 꼭 물려받았으면 싶은 유머와 관대함을 타고

난 분이었지. 아무렇지도 않게 꾸준히 좋은 일을 하면서 겉으로는 티를 안 냈지. 베티 외할머니는 사람들이 아니의 선의를 이용한다면서 속상해하곤 했어. 아니는 누군가가 뭘 달라고 할 때 줄 수 있으면 주는 사람이었어. 그렇다고 할아버지가 뭐 세상의 소금 같은 분이어서 그런 것도 아니야. 농부들 중에 못된 인간들이 하도 많아 30제곱킬로미터도 안 되는 우리 동네에 아니한테 빚지고 안 갚는 사람들도 많았단다. 하지만 아니는 마음에 두지 않았어. 그저 하루하루 최선을 다해서 살았지. 게다가 댄스홀에서 베티의 마음을 끌었던 아니의 웃음소리에는 마음을 달래주는 힘이 있었어. 아니는 어찌나 크게 웃던지 웃을 때면 반쯤 감긴 눈에 눈물이 맺혔고 커다란 대머리가 시뻘게지곤 했단다. 그 모습을 떠올리기만 해도 웃음이 나네.

그 웃음을 얼마나 많이 봤는지 몰라. 어릴 때 나는 할아버지를 따라 농장을 돌아다니길 좋아했어. 그때 내가 낡은 데님 멜빵바지를 입고 원숙한 농부 같은 표정으로 카메라를 똑바로 바라보고 찍은 사진이 많아. 사진 속 나는 어깨를 당당하게 펴고 다리를 벌리고 서 있어서 새초롬한 우리 엄마는 그 사진을 보면 '튼튼한 거티'* 같다면서 웃음을 터뜨리곤 했지.

나는 나이에 비해 작았지만 튼튼했어. 행복하지 않아서 카메라를 보고 안 웃은 게 아니라 여자아이라면 으레 사진을 찍을

---

* Sturdy Gertie, 워싱턴주 타코마 다리의 별명.

때 웃어야 한다는 걸 몰랐던 것 같아. 우리 집에서는 아무도 나한테 애교를 부리라는 등의 말은 안 했어. 게다가 그때는 사진을 찍고 바로 디지털 화면으로 볼 수 있는 시대가 아니라서, 자신이 어떤 모습으로 비치는지 요즘처럼 의식하지 않고 자랄 수 있었어. 지금 보니 나는 노인이 어린 여자아이의 모습을 하고 있는 것처럼 생겼었구나.

어쩌면 그래서 아니 할아버지의 가운데 이름을 너한테 붙여주고 싶었는지도 몰라. 오거스트라는 단어를 형용사로 쓰면 '위엄 있는', '존경받는'이라는 뜻이잖아. 어린 여자아이보다는 나이 많은 남자한테 잘 쓰는 말이고 그때는 몰랐지만 특권 계층에 더 잘 어울리는 단어이기도 해.

여자인데다 가난하게 태어났다는 사실이 세상의 눈에는 존경받을 만한 존재가 아니라는 낙인처럼 여겨지니까, 나도 그걸 느꼈을 거야. 네 이름은 여자이자 가난하다는 사실을 바로잡으려는 시도, 아니면 적어도 저항하려는 몸짓이야.

어릴 때는 august라는 단어가 형용사로 쓰인다는 것도, 그렇게 쓰면 어떤 의미인지도 몰랐어. 내가 살던 곳에서는 august라는 형용사는 쓰지 않아. 사실 형용사 자체를 거의 안 써. 사물과 동작으로 이루어진 견고한 형태의 시로 말하지.

august가 무슨 뜻인지 배우고 나서도 몇 년이 지난 뒤에야 달 이름 August와 발음이 다르다는 걸 알게 됐어. 내가 아는 단어들 대부분은 책에서 보고 아는 거지 말로는 들어보지 못했거든. 머릿속으로 읽을 때는 그냥 달 이름하고 똑같이 발음했지.

가난한 집에서 성장한 어린 시절이 내 언어에 어떤 영향을 미쳤는지 내가 안다고 말한다면 섣부른 주장일 거야. 우리 어머니도 책에서 배운 어려운 단어들을 썼는데 나는 대학에서보다 어머니한테 더 영향을 많이 받았을 것 같아. 사실 우리가 어떻게 이런 모습이 되었는지는 아무도 모르는 거지. 하지만 세상이 우리더러 어떤 존재라고 말하는지는 알게 돼.

네 이름을 처음 떠올렸던 때, 내가 갓 어른이 되었을 즈음에는 '백인 노동 계급white working class'이라는 말을 들어본 적이 없었어. 이 단어는 인종적 특권과 경제적 불리함의 경험이 동시에 존재할 수 있음을 드러내는 단어야. 실제로 이런 현실 속에서 날마다 살아가는 우리에게는 너무 당연한 사실이라 정치와 어떤 관련이 있다고 생각해보지도 않았어. 하지만 불편하게 생각하는 사람들도 있어. 우리가 가난해서 다른 인종에 속하는 가난한 사람들과 경쟁해야 한다는 함의 때문이지. 특히 부유한 백인들은 우리가 사는 곳이나 우리의 현실로부터 거리를 두고 싶어했어. 우리의 힘든 삶이 미국이 직시하고 싶지 않은 질문을 똑바로 제기했거든. 만약 날마다 일을 하는데도 생계를 유지할 수 없고 그 원인이 인종주의가 아니라면, 명확히 드러나지 않은 다른 문제가 있는 것이 아닐까?

내가 어릴 때에 미국 사람들은 미국에는 계급이 없다고 믿었어. 나도 고등학교 때 19세기 영국 소설을 읽기 전에는 계급이라는 개념을 접해본 적조차 없었던 것 같아. 계급의 존재가 인정되지 않으니, 우리의 경험이나 우리가 느끼게 되는 수치를 표현한다 하더라도 그 즉시 무효화될 수밖에 없었지. 계급을 인식하지도 않았고 입 밖에 내어 이야기하지도 않았어. 그러니 나 같은 아이, 즉 가족의 비밀을 파헤치고 서랍 속을 뒤져 내가 사랑하는 속을 잘 알 수 없는 사람들의 과거를 알아낼 단서를 찾기를 좋아하는 아이에게는 하루하루가 조용히 좌절감의 대못을 박아 넣는 것 같았단다. 내가 어릴 때 느꼈던 가장 주요한 감정은 문제가 있다는 걸 너무나 잘 알겠는데 다들 문제가 없다고 말할 때 느끼는 좌절감이었어.

열여덟 살 때 집을 떠나면서 내 태생과 미국의 힘이 존재하는 곳 사이의 드넓은 간극을 깨닫기 시작했어. 미국 현대사에서 우리 가족은 예외로 취급되고 의도적으로 무시된다는 것. 내 태생에 대해 내가 할 수 있는 설명은 고작 '농장에서 자랐다'는 것 정도였지만 그게 전부일 수는 없지. 내 출신지가 소득, 문화, 접근성, 언어, 일, 교육, 음식, 즉 삶 자체와 같았으니까.

뉴스에서 보고 영화에서 보는 중산층 백인 이야기는 우리에게 화성에서 일어나는 일이나 다름없었어. 다양한 인종이나 민족에 속하는 사람들과 함께 살고 일하고 장을 봤지만 우리가 아는 사람들 가운데 '부자'는 단 한 명도 없었어. 진짜 '중산층'이라고 할 만한 사람조차 거의 없었지.

우리가 '빈곤선 아래'였다는 사실을 나중에 알게 됐어. 부유한 백인들에게는 백인이면서 경제적으로 실패했다는 사실이 혐오스럽게 비치지. 그래서 나의 출신 지역인 그레이트플레인스를 미국 주요 지역에서는 거대한 문화적 황무지로 치부해버려. 그 위를 육로로 지나가는 건 위험천만한 일이라는 듯 '날아서 건너는 땅Flyover country'이라고 부르기도 하고. 거기 사는 사람들은 '낙후되었다'고 말하고 '레드넥rednecks'•이라는 별명으로 불러. '쓰레기trash'라고도 하고.

그러고 보니 나는 이런 사실을 뚜렷이 인식하지도 못한 채로 너에게 위엄과 존경을 뜻하는 이름을 붙여주었구나. 여자아이들이 좋아하는 남자아이의 이름을 공책에 쓰고 또 쓰듯이 나는 네 이름을 머릿속으로 부르고 또 불러보곤 했어. 네 아빠의 모습은 단 한 번도 그려본 적이 없다. 너한테는 아빠가 필요 없다는 사실을 어렴풋이 알았으니까. 나는 네 모습만 생각했어. 너를 어떤 이름으로 불러야 할지도 알았지. 아니 할아버지의 가운데 이름이자 내가 태어난 달. 밀 농부들에게는 풍요의 달. 8월.

베티 할머니는 열여섯 살 때 나의 엄마 지니를 임신했어. 우리 가족사에서 나와 네 관계에 가장 큰 영향을 미친 게 무어냐고 묻는다면 이렇게 대답할 것 같아. 나의 모계에서 나를 기르는

• 교육 수준이 낮고 정치적으로 보수적이며 시골에 사는 빈곤한 백인을 뜻하는 말. 폄하의 의미를 담은 말로 이 책 128~129를 참고.

데 손을 보탠 여자들 모두 10대에 엄마가 되어 위험한 세상에 아기를 내보냈다는 사실.

베티가 낳은 아기의 아버지는 스무 살 먹은 위치토 길거리 불량배 레이였어. 둘은 도시 뒷골목에서 자란 어린 시절부터 알던 사이였어. 나에게는 생물학적 외할아버지인 레이를 난 딱 한 번 만났는데, 사람들이 하는 말 그대로의 모습이었어. 깡패. 젤을 발라 뒤로 넘긴 검은 머리카락에 양복 차림이고 할머니가 '거만하다'고 하는 표정을 짓고 있었지.

레이는 아니 외할아버지와 완전 딴판이었어. 주기적으로 베티를 때렸는데 꼼짝 못하게 붙들고 주먹질을 했지. 베티가 참지 않고 덤비면 베티가 정신을 잃을 때까지 때리거나 갈비뼈를 발로 걷어차 피멍투성이로 만들었어.

베티는 레이가 자기를 죽일 수도 있다는 걸 알았어. 그래서 지니가 태어난 지 몇 달 안 되었을 때 위치토를 떠나기로 결심했어. 그러려면 돈이 필요했지. 엄마 도러시에게 도와달라고 할 수는 없었어. 두 사람이 크게 싸우기도 했지만 아니더라도 도러시에게는 돈이 한 푼도 없었으니까. 길 건너에 사는 외할아버지 외할머니에게 카운티 법원에서 이혼 수속을 하는 데 필요한 75달러를 빌려달라고 부탁했어. 두 분은 이렇게 말했어. "네가 네 자리를 만들었으면 죽으나 사나 거기 눕는 거야." 베티는 언젠가 곤경에 처한 사람을 도울 수 있는 상황이 오면 자기는 이렇다 저렇다 판단하지 않고 무조건 돕겠다고 다짐을 했대.

베티는 어찌어찌 25달러를 모아 자동차 경매장에 가서 낡은 플리머스 자동차를 샀어. 어쩌면 플리머스가 아니라 닷지였을지도 모르겠단다. 아무튼 여동생 푸드가 검정색 스프레이 페인트로 차체를 칠해 낡고 녹슨 데를 가릴 수 있게 도와줬대. 베티는 이혼 비용이 있든 없든 일단은 도시를 떠나기로 했어.

"개떡 같은 내 물건들하고 애기를 무작정 차에 싣고 떠났지." 베티가 나한테 들려준 이야기야. "어디로 가야 할지도 몰랐어. 시카고에서 짐을 풀었어."

우리 집안사람들은 하나같이 이사를 어찌나 자주 다녔는지 종이와 펜을 꺼내 적어보기 전에는 몇 번인지 기억도 못할 정도야. 이런 떠돌이 생활을 즐길 수 있을 정도로 씩씩한 사람이라면 가난에서 자유를 느낄 수도 있겠지. 어떤 직업도 부동산도 유지할 필요가 없고, 지역 사회 모임이나 사회적 지위 같은 것에 의무감을 가질 필요도 없고, 굴러가는 차 한 대와 기름 살 돈 약간만 있으면 언제라도 떠날 수 있으니까. 우리 외할머니와 엄마처럼 너랑 나도 이렇게 떠돌아다니면서 살았겠지.

가난한 사람들한테는 이사가 해볼 만한 도박이야. 어딜 가나 돈이 없기는 마찬가지여도 어디에 사느냐에 따라 사는 모습이나 기분은 달라질 수 있으니까. 이웃이 도움을 주나? 집주인이 방세를 올리나? 차가 망가졌을 때 걸어서 출근할 수 있나? 아이에게 학교 아이들이나 선생님이 우호적인가? 학교 가는 길에 마약 밀매소 앞을 지나가야 하나? 이런 요인들이 있지. 가난한 사람들이 새 출발을 할 때는, 특히 여성, 유색인 등 불리한 입장에 있는 사람들이라면 더 큰 위험을 맞닥뜨릴 수도 있어. 그렇지만 거주지를 옮기더라도 잃을 건 없고 최소한 더 나은 곳을 찾을 실낱같은 가능성이라도 있는 거니까.

요즘 가난한 사람들은 여러 사회경제적 이유로 예전만큼 이사를 많이 다니지는 않아. 하지만 베티가 1963년 위치토를 떠날 때만 해도 어딜 가든 일하려는 의지만 있으면 일자리를 구할 수 있었고 싸구려 아파트도 얻을 수 있었어. 베티는 의지만은 넘치는 사람이었으니까.

시카고는 베티가 지금까지 가본 적이 없는 대도시였지만 베티는 놀라거나 기죽지 않았어. "바람의 도시the Windy City•라고." 토네이도 길목에서 자란 베티는 코웃음을 쳤어. "진짜 바람을 못 본 거지."

베티는 시카고에 도착한 날 1주일에 20달러짜리 아파트를 얻었어. 위치토에서는 그 반값이면 얻을 집이었지만 대신 시카고에는 일자리가 많았어. 다음 날 베티는 신문 구인 광고란에서 시계가 달린 라디오 등 전자 기기를 만드는 공장 일자리 광고를 보고 지원했어.

베티는 거기서 일을 하게 됐고 급료도 나쁘지 않다고 생각했지. 전에는 최저임금인 시급 1달러 15센트를 받고 일했는데 공장

•   시카고의 별명.

에서는 그 돈의 세 배를 받았으니까. 아파트 주인은 푸에르토리코 여자였어. 베티는 언어 장벽에도 불구하고 집주인과 친해져서 집주인에게 종일 지니를 맡겼어. 베티는 낮에는 나무토막에 나사못 세 개를 드릴로 박아 넣었고 밤에는 델리에서 일했어.

같이 어울려 놀 사람들을 찾는 데는 별 관심도 없고 그럴 겨를도 없었어. 전에 레이와 어울릴 때는 다들 스피드 마약을 했기 때문에 베티도 같이 했지만 하나도 좋지가 않았대. 시카고에서 베티는 열일곱 살이었고 아기랑 단 둘이 살았어. 유일한 오락은 지니를 유모차에 태워 미시간호를 따라 산책하는 것이었어. 영화는 돈이 없어 못 봤지만 무료로 들어갈 수 있는 시카고 자연사 박물관에 가끔 갔어.

매달 집세와 공과금, 베이비시터 비용을 내고 나면 27달러가 남았어. 일부는 담배와 기름을 살 돈으로 떼놓았어. 나머지로 모퉁이에 있는 작은 가게에서 식료품을 샀지. 가게에서 냉동 팟파이*를 1달러에 다섯 개씩 묶어 팔았어. 베티는 소고기맛과 닭고기맛으로 스물다섯 개를 사서 한 달 저녁거리로 삼았어. 날마다 점심에는 초콜릿바 한 개를 먹고 저녁에는 집에서 냉동 팟파이를 먹었지.

겨울을 나고 베티는 공장 일을 그만두고 집에서 가까운 생명보험 회사에서 서류 정리 일을 시작했어. 걸어서 사무실에 갔

---

* pot pie, 고기와 야채를 반죽에 넣어 구운 파이.

다가 다시 걸어서 델리로 일하러 가고 델리에서 집으로 걸어올 수 있었지. 초콜릿 공장에서도 잠깐 일했는데 「아이 러브 루시I Love Lucy」*의 유명한 에피소드에 나온 것하고 똑같이 컨베이어 벨트에서 초콜릿을 집어 포장하는 일이었단다.

어느 날 베티가 일을 마치고 집에 돌아왔는데 비쩍 마른 남자애가 아파트 창문을 후다닥 넘어 비상계단으로 나가더래. 베티는 금속 사다리를 타고 지붕으로 올라가 지붕을 가로질러 그 애를 쫓아가다가 넘어지는 바람에 7부바지 무릎이 시커메졌어. 이제 진짜로 화가 났지. 게다가 도둑을 쫓아가느라 담배까지 떨어뜨렸거든. 남자애를 쫓아 더러운 복도를 달려가 어느 집 문을 두드렸더니 검은 머리카락의 덩치 큰 여자가 문을 열었어.

베티는 자초지종을 말했어. 여자는 애를 문간으로 끌고 나오더니 스페인어로 뭐라 소리를 쳤어. 남자아이는 주섬주섬 주머니에서 베티 집에서 훔친 모조 보석 장신구를 꺼냈어. 여자는 문도 닫기 전에 남자애를 패기 시작하더래. 베티는 영 마음이 좋지 않았어. 그래도 어쨌든 모조 보석은 찾았으니까.

시간이 많이 흐른 뒤에 베티 할머니가 나한테 들려준 이야기에 따르면 캔자스에 있던 레이가 군에서 무단이탈을 했대. 도러시한테 물어서 알아냈는지 베티가 사는 곳을 알아내 시카고까지 쫓아왔어. 레이는 다시 시작하고 싶다고 말했어. 베티는 레이

---

* 1951~1957년에 방영한 CBS 시트콤.

가 다시 자기를 괴롭힐 걸 알았지만 무서워서 그냥 받아줬대.

레이는 직장을 잡아 내기 당구를 치고도 한편으로는 마약을 팔아 돈을 벌었어. 레이와 베티는 더 큰 집으로 이사했어. 곧 위치토의 범죄자 친구들이 집을 드나들기 시작했지. 베티는 엄마와 여동생에게 편지를 보냈어. 편지지 아래 빈 공간에 아기 지니가 끄적거린 낙서가 있어서 그렇기도 하지만 꼭 어린아이가 쓴 편지처럼 보여. 베티 할머니의 글씨체는 둥글고 기울어져 있고 i 자 위의 점은 동그라미로 그렸어. 편지는 온통 돈 얘기야. 뭐에 얼마가 들었는지? 누가 일을 하는지? 어떤 손실이 있었는지?

1963년 6월 24일

1365 서니사이드, 시카고 일리노이

엄마와 푸드에게

잘 지내셨어요?

별일 없길요. 우린 잘 지내요. 일도 하고요. 근데 지금은 하루에 네 시간짜리 일밖에 없어서 다른 일을 찾아보려고요. 레이는 하루에 열두 시간, 어떤 날은 열일곱 시간도 일해요. 그래도 수입은 괜찮을 거예요. 레이는 모레 봉급을 받고 저는 목요일에 받아요.

별로 새로운 소식은 없네요. 아, 차가 퍼졌어요. 브레이크가 완전히 나가서 앞 브레이크 실린더가 먼저 나가더니 이제 뒤쪽 것하고 주 실린더도 나갔대요. 하지만 차를 안 타니까 괜찮아요. 다시 이사해서 방 세 개짜리 아파트에 들어왔어요. 1주일에 35달런데 훨씬 나아요.

벌레도 없고 쥐도 없어요.

프라이버시도 있고.

린다네 시누이가 우리랑 같이 살아요.

다들 일하니까 돈 걱정은 없어요. 이제 줄여야겠네요.

지니는 잘 지내요. 자기도 편지 쓰겠다고 쩡쩡거리네요. 지니 봐주는 사람을 구했는데 아주 잘 봐줘요. 다들 보고 싶어요. 편지 자주 쓸게요.

사랑하는 베티와 지니 그리고 레이가

레이 전역서나 그런 중요한 편지 안 왔어요?

레이처럼 불같은 성격을 가진 사람이 옆에 있으면 상황이 급변하기 마련이지. 레이는 다시 베티를 때리기 시작했어. 어느 날 밤에는 레이가 파티 하러 나가면서 베티가 도망갈까 봐 아파트를 바깥쪽에서 자물쇠로 잠갔어.

"집에 불이라도 났으면 망한 거지." 베티가 말했어. "애를 안고 비상계단으로 탈출하기는 어려우니까. 그래도 살려면 어떻게든 했겠지만"

다음 날에는 레이가 들어왔다가 나가면서 자물쇠를 채우지 않고 갔대. 베티는 얼른 가방을 꾸려서 튀었어. 지니와 같이 기차를 타고 캔자스로 돌아갔어.

"지니가 아끼는 조그만 원숭이 인형이 있었어. 담요나 인형 같은 걸 한시도 안 놓는 애들 있잖아. 지니도 그랬어." 베티가 눈물을 삼키며 들려준 이야기야. "그 원숭이 인형이 지니한테는 안정감을 주는 소중한 물건이었는데, 그걸 잃어버렸어. 기차에 두고 내렸나 봐."

당연하지만 베티가 눈물을 글썽인 건 원숭이 인형을 잃어버렸기 때문이 아니라 자기 딸의 어린 시절이 얼마나 비참했는지를 알기 때문이었어. 혼란 중에 애착인형마저도 잃어버렸으니. 자기가 나쁜 엄마였다는 생각 때문에 우는 것이기도 하지. 사실 지니가 어린 시절에 받은 상처는 엄마의 사랑이나 능력이 부족해서라기보다는 세대를 거쳐 이어진 가난 탓이 커. 하지만 실패로 얼룩진 삶을 사는 가난한 사람들이 대개 그렇듯이 베티도 자기 잘못이라고 생각했지.

나의 아버지 닉은 1955년 노동절●에 태어났어. 목수의 생일로 참 멋진 날이지만 내가 어릴 때에는 그런 생각은 하지 못했지. 노동절이 하루 쉬는 날인 줄은 알았지만 정치적 의미가 있다는 건 몰랐으니까. 우리 가족 중에 노동조합에 속한 사람은 아무도 없었어. 남자들은 대부분 농업이나 상업 등 자영업을 했고 여자

●　미국에서는 9월 첫 번째 월요일.

들이 하는 일은 조직화가 거의 안 되어 있었어.

게다가 시골에 살았기 때문에 조직화라는 게 불가능했지. 농부들은 노조와 사측이 협상해서 결정한 시간당 임금을 받고 일하는 게 아니니까. 농부는 공휴일이건 아니건 날마다 밭을 갈고 가축을 먹여야 하지. 닉은 작은 독일계 가톨릭교도 농업 공동체에 속해 있었는데, 노동절이면 교회 마당에서 다 같이 야유회를 즐기며 여름의 끝을 축하했어. 그래도 야유회 전이나 끝나고 난 다음에 어쨌든 그날 할 일을 해야 했지.

닉은 삼남삼녀 여섯 남매 중 막내였어. 삼남인데도 아버지의 이름 니컬러스 클래런스를 그대로 물려받았어. 부모님이 다른 이름이 생각이 안 나서 그랬는지. 닉이 태어났을 때 닉의 아버지는 마흔여섯 살이고 어머니 테리사는 마흔한 살이었어. 아마 기대하지 않은 늦둥이였던 것 같아. 하지만 부모님이 가톨릭교도이자 농부인데, 양쪽 집안 모두 아이를 많이 낳는 편이야. 가톨릭에서는 피임을 죄로 여기고 농사꾼들은 일손이 많이 필요하니까.

태어난 날에 걸맞게 닉은 노동자 중에 노동자였어. 어찌나 부지런하고 살뜰히 돈을 모으는지 대공황 시기에 자라서 검약이 몸에 밴 닉의 부모님조차 혀를 내두를 정도였지. 아직 운전면허를 딸 나이가 되기도 전에 닉의 소가 자기 아버지 소보다 더 많았대. 열아홉 살에는 집의 토대를 만드는 사업을 시작했어. 20대 초반에 지니를 만났을 때에는 직원 다섯 명을 둔 사장이었고 은행 잔고가 수천 달러는 있었다네.

지니는 공부 머리가 있고 미술에도 재능이 있었지만 닉과 마찬가지로 생활력과 돈 관리 능력도 있었어. 어떤 곤경에서라도 빠져나올 도리를 찾아내고, 무슨 일이라도 해서 급전을 구하고, 가진 돈으로 최대한 아껴 쓸 줄 알았지. 평생 궁지에서 빠져나오기 위해 남자들보다 더 열심히 일하면서 살아온 여자들의 피를 물려받았으니까. 지니는 하루 종일 퍼질러 앉아 시중들어주기를 바라는 남자들을 세상에서 가장 경멸했어. 그러니 부지런한데다 '부탁할게', '고마워' 따위의 말을 꼬박꼬박 붙이는 닉이 눈에 쏙 들어왔을 거야.

지니와 닉은 잘 어울리는 한 쌍이었어. 지니는 몸집이 작고 얼굴이 희고 긴 갈색 생머리를 가운데에서 가르마를 탔어. 닉은 파란 눈에 북슬북슬한 모래색 턱수염을 길렀고. 둘이 농장 파티나 위치토 댄스홀을 누볐지. 지니는 아직 미성년자였지만 너무나 당당하게 고개를 들고 있어 아무도 신분증을 보여달란 말을 안 했대. 1978년 위치토 목재 회사에서 연 파티에서 경품 추첨을 했는데 두 사람이 파리행 티켓에 당첨됐단다. 전쟁에 참전하려고 나간 남자들 말고 우리 집안에 외국에 나가본 사람은 아무도 없는데 말이야.

1970년대 끝 무렵에 미국에서는 갑자기 자원의 희소성이 화두로 떠올랐어. 실제로 일어나는 일이기도 하고, 앞날에 반드시 닥치리라는 예측도 나왔지. 1979년 2차 석유 파동이 일어났어.

중동의 원유 수출 중단과 미국의 화석 연료 과소비로 인해 일어난 석유 부족 사태야. 자동차에 주유를 하려고 수백 미터씩 줄을 섰는데 차례를 기다리는 동안에도 국제 유가 변동에 따라 휘발유 판매가가 쑥쑥 올라갔어.

우리 주변 사람들은 국내 정치 토론으로부터 멀찍이 떨어져 있었지. 당장 눈앞의 걱정에서 벗어날 겨를이 없었으니까. 열을 내며 덜덜 떠는 낡은 콤바인이 추수 마칠 때까지 버텨줄까? 출근할 수 있을 만큼 차에 기름이 있나? 가축들 먹이 줬나? 누가 애들 데리러 베이비시터한테 갔다 올까?

내 어린 시절 분위기가 그랬어. 너도 아마 그렇게 살았을 거야. 보이지 않는 손이 우리가 알지도 못하고 맞서 싸울 수도 없는 방식으로 우리에게 영향을 미치는 것 같았지.

1979년 7월 화석 연료 부족에 대한 충격과 경각심 속에서 카터Jimmy Carter 대통령이 새로운 에너지 정책을 선전하러 캔자스시티에 왔어. 그 전날 저녁에는 대통령이 백악관 집무실에서 석유 파동에 대해 연설하는 것을 텔레비전으로 중계했고. 카터는 미국인들이 수십 년 동안 사회 불안 속에서 피로감과 냉소에 빠지게 되었다고 말했어. 카터는 도덕적, 정치적 지도자들의 암살, 수치와 상처만 남긴 베트남전쟁, 워터게이트 사건 등을 겪은 미국이 에너지 위기뿐 아니라 도덕적 위기도 맞았다고 했지.

"우리의 진정한 문제는 훨씬 더 뿌리 깊은 곳에 있음이 분명합니다." 카터 대통령이 조지아 억양으로 말했어. "석유 송유관이나 연료 부족보다 더 깊은 곳, 인플레이션이나 불황보다 더 깊은 곳에 있습니다."

진정한 문제는 물질주의라고 카터는 말했어. 카터 대통령은 땅콩 농장에서 일하면서 성장했는데, 그랬다고 해서 좋은 사람이 되지는 않겠지만 돈과 자원에 대해 배운 것은 있었겠지.

"오늘날 많은 사람들이 탐닉과 소비를 숭배합니다." 카터의 밝은 색 눈망울에 걱정의 기색이 서렸어. "하지만 우리는 물질을 소유하고 소비한다고 해서 의미에 대한 갈망을 충족시킬 수는 없음을 알게 되었습니다."

여기에서 틀렸어. 카터의 희망과 달리 미국은 이런 진실을 받아들인 적이 없어. 눈곱만큼도. 사실 현란한 1980년대의 시작을 눈앞에 둔 그제야 비로소 진짜 뼈아픈 교훈이 막 시작되려는 참이었으니까.

사람들이 경제적 문제가 수면 아래에서 끓고 있다는 걸 전혀 몰랐던 건 아니야. 카터가 여론조사 결과를 언급했는데, 미국 역사상 처음으로 앞으로 5년간이 지난 5년간보다 어려워질 거라고 답한 사람이 그렇지 않다고 답한 사람보다 많았대. 10년 동안 인플레이션이 지속되며 달러의 가치가 하락해 힘들게 저축한 돈의 가치도 사라졌어. 무한하다고 생각했던 천연자원이 유한하고 값비싼 자원임을 알게 되었고.

카터는 거실에서 텔레비전을 통해 지켜보는 수백만 명에게 지금 우리는 갈림길에 서 있고 갈 길을 선택해야 한다고 말했어.

계속 두려워하며 이기적으로 다른 나라 혹은 이웃에게서 경제적 이익을 갈취할 것이냐, 아니면 화합을 받아들일 것이냐의 갈림길.

"이 말들이 행복을 약속하고 안심을 주지는 않습니다. 하지만 이것이 진실이고 경고입니다." 카터는 말했어.

하지만 미국은 경고에 귀 기울이지 않았지. 카터의 지지율은 올라갔지만 미국은 변하지 않았어. 자기들이 '부'라는 거짓 우상을 섬긴다고 지적한 카터의 메시지를 미국이 듣지 못한다는 사실을 사람들은 그 후 수십 년 동안 개인적 차원에서 끝없이 느끼게 돼. 가난한 사람들이 누구보다도 뼈저리게 느꼈지.

카터의 '믿음의 위기' 연설 몇 달 뒤에 지니와 닉은 약혼했어. 지니는 고졸 학력 인증을 받았고 닉은 경매에 나온 호숫가 땅을 1헥타르당 140달러에 샀어. 결혼 날짜는 1980년 1월로 잡았고.

그런데 1979년 가을 나뭇잎이 떨어질 무렵에 지니는 덜컥 이게 잘하는 일인가 싶더래. 지니는 열일곱 살이었고 닉은 스물네 살이었지만 자기가 더 철든 것 같았어. 결혼식을 취소할까 말까 고민하던 중에 핼러윈 날 밤 닉 부모님의 지하실에서 둘이 뒹굴게 됐어.

"안에다 하지 마." 지니가 닉에게 말했어.

그런데 닉이 말을 안 들었어.

"안에다 하지 말라니까!" 지니가 말하니까 닉이 대답했어.

"나는 안에다 하라는 말인 줄 알았어."

지니가 계단을 올라가 문밖 어둠 속으로 뛰쳐나가 광활한 들판 위 먹먹한 하늘 아래에서 차디찬 자동차에 시동을 거는데, 뭔가 느낌이 이상하더란다.

"그때 임신한 걸 알았지." 지니가 말했어. 우리 집 다른 식구들하고 달리 지니는 저속한 말을 입에 올리기를 싫어하거든. 어느 날 상자에 든 싸구려 와인을 상당히 마시고 나서 나한테 이 이야기를 해주었는데 엄마가 '안에 한다'라고 말하는 걸 들으니 당황스럽더라. 하지만 이야기의 내용은 전혀 놀랍지 않았어. 가난한 캔자스 시골 10대 여자아이에게 임신이란 피할 수 없는 사형 선고와 같다는 것. 너무나 오래되고 뿌리가 깊어 곰곰이 생각해보지도 딱히 의문을 가져보지도 않지만 언제나 존재해온 돌고 도는 가족의 순환.

내 삶에서 네 존재를 느꼈던 게 나에게는 힘이 되기도 했지만 걱정을 안겨주기도 했어. 중학교 때에 이미 내 곁에 느껴지는 네 존재가 나의 몰락 아니면 구원이 될 거라는 걸 알았어. 네가 내 품 안에서 앙앙 우는 원치 않은 운명이 되거나, 아니면 내 의지로 끊어낸 굴레가 되리라는 것.

지니는 나처럼 순환의 고리를 끊는 걸 사명으로 삼지는 않았고 베티도 마찬가지였을 거야. 두 분이 그랬다면 나는 태어날 수도 없었을 테니 나에게는 천만다행이지. 하지만 두 가지가 동시에 사실일 수도 있는 거야. 내 어린 시절에 대해 감사하는 마음과 다른 어떤 아이도 그런 삶을 살게 하고 싶지 않다는 마음.

1980년 초, 바람 불고 추운 날에 지니와 닉은 세인트로즈 교회에서 결혼식을 올렸어. 세인트로즈는 1900년대 초에 물막이 판자로 지은 조그만 하얀색 교회야. 하얀 레이스 드레스를 입은 지니는 아직 임신 초기라 날씬해 보여 아무도 임신 사실을 몰랐어. 예식이 끝나고 인근 농장이나 위치토 변두리에 사는 친구와 친척 들이 콜위치라는 작은 타운에 있는 댄스홀 '케그'에 모두 모였단다. 식장에서 50킬로미터나 떨어져 있지만 무대가 있고 널찍해서 가톨릭식 웨딩 댄스를 제대로 펼칠 만한 곳이지. 하객들은 양지머리 구이를 먹고 쿠어스 맥주를 마시면서 컨트리 밴드 연주에 맞춰 춤을 췄어. 닉은 결혼식을 위해서 턱수염을 깔끔하게 깎았고 지니는 나이보다도 더 어려 보였어.

베티도 그랬어. 사람들은 베티의 실제 나이를 들으면 도무지 그 나이로 안 보인다고 했어. 나도 그런 '우수 유전자'를 물려받았을 거란 이야기를 많이 듣고 자랐지. 사람들은 우리가 보이지 않는 '나쁜 유전자'도 물려받았다는 건 몰라. 수 세기, 어쩌면 수천 년 전부터 전해져온 순환, 가난의 악순환 말이야. 이렇게 물려받은 것 가운데 하나가 자기도 어린아이면서 몸 안에 아기를 지니게 되는 운명의 굴레야.

지니는 비밀을 오래 감추지 못했지. 결혼식 얼마 뒤에 지니와 닉이 베티와 아니의 농장에서 열린 파티에 놀러왔어. 결혼한 지 한 달이 지났고 임신 3개월이었는데 지니 배가 벌써 살짝 나왔어. 베티와 아니는 친구들과 같이 술을 마셨어. 나도 어릴 때 거실에 자욱한 담배 연기 속에서 할아버지 할머니 친구들이 시끌벅적하게 어울리는 모습을 훔쳐보곤 했는데. 립스틱을 바르고 꽉 끼는 청바지를 입은 늘씬한 여자들. 구레나룻을 기르고 셔츠 컬러는 넓적한 건장한 남자들. 무심코 독일어를 섞어 말하기도 했지. 식탁 위에는 맥주, 위스키, 감자칩이 널려 있고 텐포인트 피치라는 카드 게임이 벌어지곤 했어.

지니는 주방에서 도자기 그릇, 오래된 사진첩, 배터리, 망치, 포커칩 등을 넣어두는 붙박이 떡갈나무 벽장에 기대서 있었어. 웃옷으로 배를 가려보려고 했지.

베티가 자기 딸을 보고는 눈치를 챘단다.

"너 임신했니?" 베티가 소리쳤어. "세상에, 너 임신했구나!" 베티는 자리에서 일어나 난처해하는 지니의 배를 향해 탄성을 질렀어.

사람들도 다 같이 호들갑을 떨었지. 술기운에 들떠 떠들썩하게 베티에게 축하를 건넸어. "이제 할머니가 되겠네요!" 그때 베티는 서른네 살이었어. 술이 깨고 나니 베티는 지니가 임신했다는 게 덜컥 걱정이 되더란다. 지니가 아기를 지울 생각일까? 낙태가 합법화되었거든.

지니는 아니라고 했어.

그렇게 해서 나는 말 그대로 10대 임신으로 생겼어. 내 존재가 가난의 징표였던 셈이야. 나는 지갑 안에 든 페니 동전 한 푼

처럼 가난한 여자아이의 몸 안에 깃들어 있는 존재였어. 경제적
으로 별 가치는 없으나 아무튼 계속 생겨나는 것.

　나를 임신한 우리 엄마 지니가 임신 말기에 접어들었을 때
가 더스트볼* 이래로 가장 더운 여름이었단다. 위치토 지역에서
기온이 섭씨 38도(화씨 100도)를 넘는 날이 55일 가운데 42일이
었어. 폭염 때문에 그레이트플레인스 지역에서 1700명이 사망했
어. 미국 역사상 최악의 자연재해 가운데 하나지만 가장 사무치
게 기억하는 사람은 농부들일 거야. 가뭄으로 농작물이 말라 죽
어 200억 달러에 달하는 손실마저 떠안았거든.
　임신한 지니에게는 지옥 같은 여름이었지. 돈이 없으니 에어
컨도 없었고.
　그해 1980년 8월에 내가 태어났고 부모님이 나를 조그만 빨
간 오두막집으로 데려왔어. 셋집이었는데 내가 엄마 배 안에 들
어선 곳이기도 한 작은 동네에 있는 집이야. 집 몇 채가 밀밭과
긴 진입로를 사이에 두고 띄엄띄엄 흩어져 있는 곳이었지. 엄마
와 나는 집에 남아 있고 아빠는 농장과 건설 현장으로 일을 하
러 나갔어.
　집에는 엄마와 나, 다이얼식 전화기 한 대, 고양이, 흑백 텔레

●　Dust Bowl, 황진黃塵이라고도 하며 1930년대 가뭄과 건조 농법으로 인해
　미국과 캐나다 프레리(62쪽 참고)에서 발생한 극심한 모래 폭풍.

비전 한 대뿐이었지. 텔레비전 지역 방송 뉴스에서 날씨 소식이 나오면 식구들이 열심히 귀를 기울였지만 다가오는 대통령 선거 뉴스에는 큰 관심이 없었어. 구태여 투표할 마음이 없는 사람도 많았어. 자기들이 투표를 하든 말든 달라질 게 없다고 믿고 지레 권리를 포기해버렸어. 하지만 막 열여덟 살이 되어 투표권을 얻은 엄마는 권리를 행사하겠다고 마음먹었단다.

지금 지니는 임신 기간 동안에도 끊지 않았던 담배, 천 기저귀가 가득 든 빨래 바구니, 분유가 담긴 젖병을 들고 낑낑대고 있었지. 모유를 먹이면 돈이 덜 들겠지만 모유 수유가 가난한 사람들에게는 마지막 자존감마저 버리는 일이었어. 게다가 아기를 낳으면 저절로 생길 거라던 모성애가 솟지도 않았고. 그래서 지니는 잔돈을 긁어모아 분유를 샀어. 1960년대에 베티도 똑같이 그렇게 했어. 만약 내가 10대 때 너를 낳았다면 모유 수유 유행이 우리 지역 우리 계급에까지 미치기 전이었으니 나도 똑같이 그렇게 했을 거야. 지금은 많은 것들이 전혀 다르게 보이지만, 우리는 뭐든 배운 대로 답습했으니까.

베티 할머니는 날마다 위치토까지 출퇴근하면서도 틈이 날 때는 아기 돌보는 걸 도와주었어. 하루는 엄마가 낮잠을 자는 동안 할머니가 분유를 먹이다가 사레가 들려서 내 발목을 잡고 위아래로 흔들었대.

"네 얼굴이 비트처럼 빨개졌어." 할머니는 그 이야기를 들려줄 때마다 웃으면서 미안한 듯이 말했어. "망할, 어떻게 해야 할지 모르겠더라고."

몇 달 뒤 선거가 시작되었고 엄마는 생애 첫 번째 표를 캔자스 유권자들 3분의 1과 함께 재선을 노리는 카터 대통령에게 던졌어. 하지만 로널드 레이건Ronald Reagan이 선거에서 이겼어. 레이건은 집권 후 곧 감세 정책을 시행했지.

레이건은 부자들의 큰돈이 경제 활성화를 통해 '낙수처럼' 우리에게 흘러내릴 것이라고 말했어. 마치 우리가 집 밖에서 입을 떡 벌리고 돈이 비처럼 내리기를 기다리고 있기라도 한 양 말이야. 레이건은 주 정부의 권한 확대와 규제 완화를 내세웠어. 연방 정부가 하는 일을 미심쩍어하는 우리 같은 사람들은 솔깃했지. 그때에는 정부가 개인의 삶에 관여하지 못하게 하겠다는 보수 정당의 주장이 설득력 있게 들렸거든. 폭압적 군주정으로부터 독립을 쟁취한 나라의 국민이라 개인의 자유를 무엇보다 고귀한 가치로 여기지.

하지만 개인 영역에 정부가 간여하지 않음으로써 다른 종류의 억압이 생겨난다는 걸 나중에야 알게 되었어. 20세기에 중산층을 형성하는 데 기여했던 연방 정책들이 폐기되고, 정치적 영향력을 지닌 갑부들이 막후의 제왕으로 등극해 기업의 지배가 시작된 거야.

같은 해인 1980년에 컨트리 가수가 대공황에 대한 노래를 발표했는데 이런 가사가 있었어. "누군가가 월스트리트가 무너졌다고 했지만/ 우리는 너무 가난해 그것도 몰랐네."• 대공황이 일어난 1930년대에서는 한참 지난 때였으나 내 어린 시절에도 케이블 텔레비전이나 인터넷이 없었기 때문에 우리가 경제에서 어떤 위치를 차지하느냐에 대한 인식이 없었어. 우리 위치를 어찌나 몰랐던지 드물게나마 계급을 의식할 때면 우리는 스스로 중산층이라고 생각했어. 가끔 뉴스에서 중산층이라는 단어가 나오면 그게 '가난하지도 않고 부자도 아니'라는 뜻이라고 받아들였으니까. 밥 굶지 않고 사니까 우리는 중산층이라고 생각했지.

내가 카터의 경고성 연설 몇 달 뒤에 임신되었고 레이건 취임 몇 달 전에 태어났으니, 내 삶과 미국 노동자의 몰락은 나란히 전개될 운명이었던 거야. 하지만 캔자스 들판 위의 우리는 이런 사실을 전혀 알 수가 없었단다.

캔자스의 흙바닥에 살고 주방 조리대 위엔 버터 대신 크리스코쇼트닝•• 큰 통이 있고 1달러짜리 환불 쿠폰을 꼬박꼬박 모아 발송하면서 스스로를 중산층이라고 부른다는 건 안빈낙도의 정신 승리이자 동시에 경제 구조에 대한 서글픈 무지의 소산이었어. 우리는 우리 나라 같은 민주 국가에는 계급이 존재하지 않

• 컨트리 음악 밴드 앨라배마Alabama의 노래 「남부의 노래Song of the South」의 가사.
•• Crisco shortening, 버터의 저비용 대용품으로 각광을 받은 식물성 고체 지방.

는다고 생각했어. 적어도 계급이 운명이나 평계가 될 수는 없다고 생각했다. 노력한 만큼 얻는 거라고 믿었어. 그런 생각에도 일말의 진실은 있지. 하지만 그게 진실의 전부는 아니야.

아빠는 내가 나고 몇 년 뒤에 건물 터 닦는 사업을 접어야 했어. 기온이 영하로 내려가면 콘크리트를 부을 수가 없는데, 1978년 겨울 기록적인 혹한이 닥치자 일을 할 수가 없어서 일꾼들을 내보내야 했지. 다시 아버지, 삼촌, 형 두 명과 같이 하는 목수 일을 하게 됐어. 그 지역에서 스마시브라더스 건설이라는 이름으로 알려진 사업체야. 또 아빠는 자기 밭은 물론이고 다른 사람 밭도 갈고 부업으로 잡역부 일도 했어.

내가 아직 아기일 때 우리 가족은 빨간 집에서 나와 베티와 아니 농가 옆에 있던 트레일러로 이사했어. 아니가 트랙터 뒤에 트레일러를 연결하고 우리 땅으로 끌어다줬어. 저수지의 높은 댐과 아빠가 평생 일한 너른 밀밭 사이에 있는, 풀과 흙으로 덮인 판판한 땅이야.

나는 그 트레일러에서 첫돌을 맞았지. 아빠는 계속 일하면서 돈을 모았고 나는 걸음마를 시작했어. 엄마는 비좁은 주방에서 식사 준비를 했어. 주방에는 코르셋과 면도 크림 따위 옛날 광고가 들어간 흑백 벽지가 발라져 있었단다.

엄마가 집 밖에서 일할 때도 많았어. 엄마는 늘 무언가를 파는 일을 했어. 엄마는 중개업자 자격을 취득해 위치토에서 부동산을 팔기로 했지. 우리는 위치토로 이사했는데 아마도 엄마 아빠 둘 다 일거리가 많은 곳으로 가려고 그랬을 거야. 도시에는 고칠 집도 많고 팔 집도 많으니까. 처음에는 아파트에 1년 못 되게 살았고 다음에는 소박하지만 조용하고 나무도 있는 동네에 있는 집에서 세를 살았어. 주말이면 아빠는 시골에 있는 우리 집에 가서 들일을 했어.

집안 형편이 좀 좋아지는 것 같았어. 코커스패니얼 개도 한 마리 길렀고, 나는 플린트스톤 비타민을 먹었고 분홍색 캐노피가 있는 침대도 생겼어. 금요일 밤에는 엄마와 아빠가 쫙 빼입고 현관에서 나한테 인사를 하고 밤을 즐기러 나갔어. 엄마는 머리에 컬을 넣고 뺨에는 환하게 블러시를 발랐고 아빠는 뱀가죽 장화를 신고 아이리시스프링 비누와 애프터셰이브 냄새를 풍겼지. 댄스홀에 가면 아빠는 캐나다산 위스키를 마시고 엄마는 다이어트코크를 마셨어. 낮에 엄마 아빠 다 일하러 나갈 때 나는 잠깐 유치원도 다녔어. 그때 세 살이었는데 벌써 네 번이나 집을 옮겨 살았고 캐노피 침대와 비타민이 호사스러운 물건이라는 것 정도는 알았지.

아빠는 우리 집을 지을 땅을 살 때 빌린 돈을 다 갚고 난 다음 그 땅을 담보로 은행 대출을 받아서 건축 자재를 샀어. 1983년 초였는데 건설 경기에 불황이 닥쳐오고 있었지. 할아버지는 경제가 불안할 때 대출을 받으면 좋지 않다고 걱정했지만 아버지는 할아버지한테 자기는 미국을 믿는다고 대답했대. 사정이 다시 좋아질 거라고 믿는다고.

은행에서 아버지한테 만약 사업이 잘 안 되면 대출금을 어떻게 갚을 생각이냐고 물었어.

"어쩔 수 없으면 나무라도 베어서 팔아야죠." 아빠가 말했어.

아빠는 대출을 받았고 우리는 다시 시골로 돌아갔어.

그때 우리가 살던 트레일러는 다시 베티와 아니의 농장으로 돌아갔고 다른 친척들이 거기 살았어. 그래서 우리는 베티와 아니 집으로 들어갔어. 그해 가을 세 식구가 2층에 있는 침대 하나에서 같이 잤어.

아빠는 20킬로미터 떨어진 집터에, 날씨가 너무 추워지기 전에 콘크리트를 부어 우리 새 집터를 만들었어. 겨울이 다가오며 주변 땅이 딱딱하게 얼어붙는 동안 아빠는 직접 전기 배선 공사를 했어. 인근 마운트호프에 사는 일꾼을 고용해 배관과 에어컨도 설치했고. 벽돌 쌓는 작업은 뒤로 미루어야 했어. 추위가 빠르고 맵게 닥쳐와 모르타르를 바르기도 전에 굳어버릴 게 빤했으니까.

아니 할아버지가 기둥 구멍 파는 장비를 빌려주어 아빠는 창고도 만들었어. 토대에 구멍을 파고 트럭으로 커다란 기둥을 실어 와서 구멍에 하나씩 넣고 흙을 다지고 콘크리트를 부어 고정했어. 45×90밀리미터 목재를 못질해서 기둥을 수평으로 연결하고 트랙터 삽으로 지붕 트러스를 들어 올려 얹었어. 아빠 친구들이 기둥 꼭대기에 다리로 기둥을 꼭 감아 붙들고 매달려서 흔들리는 트러스를 잡아 제자리에 놓았지. 골조가 완성되자 함석판을 위로 끌어 올려 지붕을 덮었어.

이 가설 창고가 나에게는 신비롭고 대단한 곳처럼 여겨졌어. 남자들이 먼지투성이가 되어 구체적 숫자를 가지고 대화를 하는 곳, 예를 들어 밀 몇 킬로그램이 나왔느니, 이삭 하나에 낟알이 몇 개 달렸느니, 자동차 연비가 몇이니, 수수 몇 헥타르니, 수사슴 뿔이 몇 가닥이니, 여덟 가닥 뿔이 난 사슴이 얼마나 멀리 있었느니 하는 이야기들을 하는 곳이야. 나는 어른들이 들일을 할 때나 가축 경매장에 갈 때 따라다니기를 좋아했어.

아니 할아버지가 수십 년 전에 자기 아이들한테는 무섭고 화를 잘 내는 아버지였다는 이야기를 많이 들었어. 그렇지만 내가 태어난 뒤에 할아버지는 전혀 그렇지 않았어. 자식한테 하는 것과 손주한테 하는 게 딴판일 때가 많다고 하잖아. 아니 할아버지는 나를 삼륜차에 태우고 돌아다니면서 소 먹이를 주고, 트랙터를 몰 때는 나를 무릎에 앉혔고, 작업장에서 일할 때에는 나한테 이런저런 연장을 건네달라고 시키곤 했지. 그러다가 가끔은 내가 정말 우습다는 듯이 웃음을 터뜨렸어. 이유는 모르겠지만 나를 '세라 루'라고 불렀어. 내 가운데 이름은 '루'가 아니라 엄마 이름을 따서 '진'이었는데. 조금 지나자 아니 할아버지도 베티 할머니도 나를 그냥 '루'라고만 부르게 됐단다.

내가 아는 여자들 여럿이 결국은 짧은 별명으로 불리게 되었다는 걸 생각하니까 웃음이 나네. 베티는 시스라고 불렸어. 베티의 여동생 도러시는 푸드(엄마 이름하고 헷갈리지 않게 '푸딩'이라고 부르다가 줄여서 푸드가 됐대). 나는 아니 할아버지 때문에 루가 됐어.

내 주위에 있던 남자들 대부분이 그랬지만 아니도 겉모습은 거칠었어. 손은 커다랗고 갈색이고 온통 갈라졌고 손톱에는 멍이 들었어. 앞코가 뾰족한 가죽 장화 차림에 턱수염은 덥수룩했고. 할아버지가 쓰는 야구모자는 가장자리가 너덜너덜하고 할아버지가 일하는 정육 창고 로고가 붙어 있었지. 하지만 나한테 할아버지는 누구보다도 부드러운 사람이었어. 노끈으로 실로폰 만드는 법을 가르쳐주었고 내가 좀 더 자라자 수동변속 트랙터로 건초 수레 끄는 법도 가르쳐주었지. 같이 삼륜차를 타고 가다 차가 뒤집어져 내 팔이 부러졌을 때 할아버지는 정말로 울었어.

저녁이면 아니는 청바지에 기름 얼룩을 묻히고 집으로 돌아왔어. 베티는 위치토 법원 근무를 마치고 K마트에서 산 정장 차림으로 집에 돌아왔고. 아빠는 공사장에서 수염이 톱밥투성이가 돼서 돌아왔어. 엄마는 위치토 공항 항공사 체크인카운터에서 일할 때라 유니폼 스커트에 작은 날개가 붙은 이름표를 달고 돌아왔어.

침실 네 개가 다 2층에 있었어. 바닥은 나무 마룻바닥이고 1910년대에 끼운 홑겹 유리창이 그대로 있었는데 먼지 냄새가 나고 성에가 끼어 있었어. 아빠와 나는 침대에 앉아 상자에 든 시리얼을 과자처럼 먹었고 엄마는 시트에 가루가 떨어진다고 화를 냈지. 우리는 추워서 꼭 붙어서 잤어. 널찍한 매트리스 위에 엄마와 아빠 사이에 끼어 자고 나무 벽 건너에는 할아버지 할머니가 있던 그때가 나에게는 태어나서 가장 행복한 때였어.

1984년 봄 아빠와 친구들이 우리 집 공사를 마쳤어. 단열재를 넣고 지붕널을 얹고 집에 붙은 차고 앞길에 시멘트를 부었어. 불도저를 불러와서 연못도 팠어. 아빠는 연못에 물이 차오르기 전에 서둘러 나무로 부두를 만들었어. 메기를 양식하는 친구가 연못에 메기를 풀어 넣었지. 엄마와 아빠는 베티와 아니의 농장에 있던 얼마 안 되는 우리 짐을 체니호수 둘레의 2차선 아스팔트 도로를 차로 왔다 갔다 하면서 실어 날랐어.

엄마는 우리 눈에 좋아 보이고 다른 사람 눈에도 그럭저럭 그럴듯해 보이는 물건들로 집을 장식했어. 반짝이는 검정색 비닐 소파, 경매에서 사 온 골동품 의자. 연못을 마주한 현관에 새 틴처럼 보이는 장미색 벽지를 발랐어. 거실에는 버건디색 페인트를 칠하고 사냥개를 데리고 여우 사냥을 하는 승마복 차림 남자들의 그림을 걸었어. 엄마는 우리가 어떤 종류의 '시골' 사람인지 그렇게 재정의하려고 했나 봐.

엄마는 실제보다 더 부유해 보이게 꾸미는 재주가 있었어. 엄마한테는 뭐랄까 담대한 위엄 같은 게 있었거든. 엄마는 사람들이 벽에 그림을 너무 높이 건다고, 그게 정말 신경 쓰인다는 듯이 말하곤 했지. 그거 말고도 걱정할 거리가 없지 않았을 텐데. 엄마는 또 더러움에도 신경을 많이 썼어. 청소부를 고용할 형편이 아니니 신경을 쓸 수밖에 없겠지만. 엄마가 청결에 매달린 것은 우리 같은 사람들은 더럽게 산다는 편견을 강화하고 싶지 않아서이기도 했을 거야. 우리 여자들은 이런 뼛속 깊이 흐르는 걱정을 물려받았어. 베티 할머니도 처음 가본 햄버거 가게나 길가 모텔 안에 들어가서 둘러보고 괜찮다 싶을 때 하는 첫마디가 늘 "깨끗하네"였지.

더 깊은 문제에 대해서라면, 나는 우리 엄마의 문제를 어떤 자식도 그렇게 잘 알 수는 없을 만큼 속속들이 알았어. 엄마의 문제 중 하나가 내가 존재한다는 사실임은 명백했지. 내가 실수로 생긴 아이라는 건 몇 년 뒤에야 알았지만 그 전에도 본능적으로 느꼈어. 듣지 못했거나 아니면 무시한 한 마디의 결과로 내가 생겨났다는 사실을. 지니가 닉에게 안에다 하지 말라고 했던 "하지 마"의 결과가 나였어.

그래서 어릴 때 내가 맨날 **하지 말라**는 말만 듣고 살았는지도 모르겠다. 말하지 마, 숨 쉬지 마, 웃지 마, 울지 마. 내 존재로 인해 드는 비용, 먹는 음식, 숨 쉬는 공기, 마시는 물, 차지하는 공간, 나는 전부 의식했고 내가 어떻게 하느냐에 따라 그 비용이 정당화될 수도 안 될 수도 있다고 생각했어. 내 존재의 가치는 우리 어머니나 그 이전의 무수한 사람들의 존재와 마찬가지로 당연한 게 아니라 입증해야만 하는 것이 되었지.

나는 너만은 이런 감정을 모르게 하겠다고 굳게 마음먹었어. 이런 감정은 아주 머나먼 옛날로부터, 내가 태어나기도 전에, 부모님이나 조부모님이 태어나기도 전부터 이어져온 거야. 우리는 수 세기 역사의 농군들이니까.

엄마 쪽은 내가 알아낸 바로 스칸디나비아, 독일, 스코틀랜드-아일랜드 혈통이 뒤섞였어. 나의 모계 쪽은 부평초처럼 떠돌아다니며 스스로를 집시라고 부르는 싱글맘들로 이루어져 있어.

아빠 쪽은 가톨릭 집안인데, 캔자스의 바람 부는 땅을 경작하기 시작한 때부터 헤아려 다섯 번째 세대에 내가 속해. 원래 뿌리는 오늘날 독일과 오스트리아 국경 지대에서 채집과 농경으로 살던 사람들일 거야. 그러다 캔자스에서 밀과 소를 길러 먹고 살게 됐지만, 우리 성인 스마시Smarsh는 그보다 소박한 먹을거리인 '버섯'에서 나온 말이래. 우리 조상이 살던 땅에서 가난한 사람들은 버섯을 '주린 배를 채워주려고 땅에서 돋아난 성스러운 손가락'이라고 불렀다는 글을 읽은 적이 있어.

이렇듯 마치 연금술을 부리듯 특별한 의미를 부여하는 것, 초근목피로 근근이 버티는 비참한 삶을 신과의 교감으로 격상시키는 것이 가난한 사람이 가진 유일한 힘이기도 해.

엄마와 나의 한 가지 공통점은 단어와 이름의 힘을 알고 중요하게 여긴다는 점이야. 베티 할머니는 엄마에게 제니퍼라는 이름을 붙여주고 싶었는데, 레이가 엄마하고 똑같이 베티라고 이름 짓자고 고집했대. 할머니 말에 따르면 그래. 그래서 엄마 이름은 베티 진이 되었고, 평생 만나는 사람마다 '지니'라고 부르라고 누누이 덧붙여야 했어.

부모님은 우리 혈통이나 '스마시'라는 성에 무슨 뜻이 담겨 있는지 거의 몰랐어. 하지만 엄마는 대략 감은 있었는지, 나한테 '공주'를 의미하는 세라라는 이름을 붙여줬어. 살아남기 위해 먹을 것을 찾아다녔던 사람들이라 해도 나름의 방식으로 위풍당당하고 풍요로울 수 있다는 뜻을 담으려는 듯이. 하지만 내 삶의 내용을 결정한 것은 나의 성, 나의 뿌리였지. 몇 세대 위 가난한 이민자 조상들처럼 우리도 많은 것을 기대하지도 요구하지도 않게끔 키워졌어. 다행한 일이기도 해. 아빠가 지은 집을 우리는 오래 지킬 수가 없었으니까.

내가 존재할 가치가 있느냐는 질문에 나는 부지런히 일하는 걸로 답했지. 글을 깨치기도 전부터 빨래를 개고, 전축에서 흘러나오는 조지 스트레이트George Strait의 컨트리 음악을 들으며 까치발을 딛고 서서 화장실 세면대를 닦았어. 나는 게으름을 모르게 키워졌어. 오직 열심히 일해야만 비를 피할 집이 생기고 배를 채울 음식을 얻을 수 있다고 배웠어.

내가 주렸던 것, 내 삶에서 가장 가슴 아프게 결여되어 있었던 것은 우리 어머니의 애정이었어. 어머니의 마음에는 가난의 상처가 흉터처럼 남아 있기도 했지만, 계급과 무관한 한없는 결핍감과 불만족감도 있었지.

그때 내가 가장 강하게 느꼈던 가난은 마음의 결핍이었어. 바로 내 눈앞에 있지만 가닿을 수 없는 어머니에 대한 끝없는 갈망. 어머니는 무한한 사랑을 공황기 아이들이 동전을 모으듯 가

습속에 꽁꽁 닫아두고 풀어놓지 않았어. 그런 어머니의 아이였으니 나는 정서적으로 굶주릴 수밖에 없었다. 오직 엄마와 살을 대고 싶은 생각에 날마다 엄마 어깨를 주물러줬어.

모자라면 모자란 대로 사람은 살아남는 법을 터득하기 마련이야. 우리 가족은 기발한 임기응변에 능했지. 모처럼 외식을 하는 날에는 퍼스 카페테리아에 갔어. 마음껏 먹을 수 있는 뷔페인데다가 팁도 안 줘도 되니까. 창고세일하는 데 가면 원래 가치보다 싼값이 매겨진 물건을 매의 눈으로 찾아 사고 더 높은 가격에 되팔았어. 집 안 물건이 망가지면 돈이 많이 드는 수리 기사를 부르는 대신 직접 고쳤고. 수요일 신문 광고에 오타가 나서 감자를 1파운드에 5센트에 판다고 나왔을 때에는 얼른 슈퍼마켓으로 달려가 감자를 사재기했지. 오타가 났더라도 그 가격에 팔아야 한다고 법으로 정해져 있거든.

나도 어떤 면에서 그와 비슷하게 눈치를 발달시켰어. 엄마가 스티븐 킹Stephen King 소설을 읽거나 드라마를 보고 있으면 그 언저리에서 얼쩡거리다가 겨우겨우 용기를 끌어모아 엄마한테 날 사랑하느냐고 물어봤어. 물론 엄마가 뭐라고 말할지 몰라서 그런 건 아니었고 그저 엄마가 날 사랑한단 말을 하게 만들고 싶었던 거야. 내 진심이 부인당하는 게 나에게는 가장 가슴 아픈 일이었나 봐.

용기를 내서 물으면 엄마는 그렇다고 대답했지만 그 말투는 침묵이나 다를 바 없이 잔인하게 느껴졌어. 나는 엄마의 사랑을 원했지만, 그보다 더 간절히 바란 건 엄마의 행복이었던 것 같아. 가난한 아이는 자기 삶의 고통뿐 아니라 부모의 고통도 제 것처럼 느낄 때가 많아. 사실 그것도 이기적인 충동일 수도 있어. 어쨌든 부모가 살아남아야 자기도 살아남을 테니까. 하지만 나는 어린 시절이 지난 뒤에도 가족의 짐을 내 것처럼 느끼곤 했어.

네가 태어났다면 너도 창의적이고 부지런해졌겠지. 가난하면 그래야만 하니까.

엄마와 아빠는 적은 돈이나마 빨리 벌어들이는 방법들을 곧잘 생각해냈어. 1984년 여름, 세지윅카운티에서 M-80이나 로켓폭죽 등 사람 손을 날려버릴 수 있는 강력 폭죽 판매를 금지했을 때 아빠는 야심찬 사업 계획을 떠올렸어. 아빠는 위치토 사람들이 독립기념일에 불꽃놀이를 하려면 다른 데에서 폭죽을 구해야 하리란 걸 간파했지.

우리는 세지윅 바로 옆 킹맨카운티에 살았는데 킹맨 선출직 공직자들이라면 폭죽 금지는 꿈도 못 꿀 거야. 우리 지역 사람들은 날카롭고 커다란 칼날이 달린 거대한 콤바인을 몰며 밀 추수를 하고, 나무 서까래 위에 올라타 해머를 휘둘러 커다란 창고를 짓고, 여자들도 송아지를 억세게 붙들고 백신을 놓거나 사륜구동 픽업트럭을 몰고 작은 타운 사무실로 출근하니까. 폭죽쯤은 다룰 수 있었지.

6월에 엄마는 프레리* 위로 뻗은 아스팔트 도로를 달려 창고형 도매점에 갔어. 개인 수표로 중국에서 제조한 다양한 폭죽을 샀어. 줄줄이 이어진 블랙캣, TNT 상표의 종합선물 세트, M-80, M-60, 로켓 폭죽, 어린이용 폭죽, 컬러 연기 폭죽, 퐁퐁 터지는 알을 낳는 작은 암탉 폭죽, 판지 기둥 모양에 색색 불꽃을 소리 없이 분수처럼 쏟아내는 '봄날의 일출'이라는 폭죽.

아빠와 아니 할아버지는 우리 집 창고에 아빠가 모아둔 폐목을 가지고 판매대를 뚝딱 만들었어. 나무 판매대를 건초 수레에 얹고 고속도로 위로 끌고 가 '캠플링 생미끼 판매점' 자갈 주차장에 세웠어. 축제 주말에 사람들이 모여드는 체니호수 입구에 있는 가게야.

아빠와 할아버지가 만든 폭죽 판매대는 길쭉한 직사각형 모양에 지붕이 있는데 앞쪽에는 손님을 맞는 카운터가 있고 뒤쪽에는 상품을 진열해놓는 선반이 있어. 엄마와 베티 할머니가 선반에 물건을 늘어놓고 물건을 팔다가 가끔 쉬면서 말보로를 피우거나 피곤한 눈으로 지평선을 바라보았어. 나는 네 살이 조금 못 되었을 땐데 어른들이 빨강, 하양, 파랑 깃발 장식을 스테이플로 카운터에 박을 수 있게 내가 붙잡고 있었어. 냄새나는 두꺼운 플라스틱 깃발이 바람에 휘날려 땀과 먼지투성이 다리에 들러붙

* 북아메리카의 로키산맥 동부에서 미시시피강 유역 중부에 이르는 내륙에 넓게 발달한 초원.

었지.

아버지가 창고에 있던 발전기를 폭죽 판매대로 끌고 왔어. 그걸로 판매대 위쪽에 달아놓은 전구와 아스팔트 도로 옆 풀밭에 설치해놓은 깜박대는 화살표 간판에 불을 밝혔어. 해가 지고 간판에 달린 작은 전구들에 불이 들어오자 풍뎅이들이 몰려들어 윙윙거렸어.

가게 문을 연 날 오전부터 위치토 사람들이 픽업트럭 뒤에 모터보트를 달고 현금이 두둑한 지갑을 들고 하나둘 나타났어. 폭죽을 잔뜩 사서 주말을 즐기러 호숫가로 내려갔지. 돈 통에 쌓인 지폐를 헤아리는 베티 할머니의 짧은 금발 머리가 땀에 젖어 짙은 색이 되어 있었어.

아빠와 아니 할아버지는 낮 동안 들에서 콤바인으로 밀을 베거나 추수를 마쳐 그루터기만 남은 밭을 갈아엎었어. 저녁에 폭죽 판매대 일을 거들러 왔지. 햇볕에 그을리고 피곤한 얼굴이었고 수염에는 먼지와 밀짚 조각이 가득했지만 무거운 상자를 옮기고 맥주를 마시며 큰소리로 웃었단다.

나는 오촌뻘인 셸리와 같이 뜨거운 흙바닥에서 벌레를 잡으면서 놀고 불붙인 폭죽을 들고 캄캄한 밤하늘에 글씨를 썼어. 그러다가 남자아이들보다도 더 거칠고 못되게 굴곤 하는 셸리가 폭죽을 개구리 엉덩이에 쑤셔 박고 불을 붙인 거야. 나는 울음을 터뜨렸지. 셸리의 언니이고 깡마른 10대인 캔디는 성조기 무늬 비키니와 가터벨트 차림으로 응원봉을 흔들면서 도로 위의 차들을 불러들였어. 짧은 모래색 머리카락 위에 종이로 만든 높은 중절모도 썼지. 이웃 농부들이 지나가며 손을 흔들었어. 다들 온몸이 모래 먼지로 한 꺼풀 덮였단다.

자정 무렵 판매대를 닫았지만, 누가 우리 물건을 훔쳐 갈까 봐 아빠는 주차해놓은 픽업트럭에 앉아 밤새 판매대를 지켰어. 옆자리에 장전한 산탄총을 놓아두고. 우리가 사는 곳에서는 총을 안전장치로 삼을 만한 이유가 있었지. 우리 재산은 은행에 들어가 있는 게 아니라 프레리 바람에 휘날리는 플라스틱 깃발이 달린 나무 판매대 안에 있었으니까.

"항상 조심해야 해." 아빠는 총을 다룰 때 늘 조심스러웠고 총을 들었다고 거들먹거리는 법은 전혀 없었어.

독립기념일 다음 날 장사를 다 마치고 엄마와 아빠는 고무줄로 묶어놓은 지폐를 헤아렸어. 도매로 산 물건값, 판매 허가증 비용, 도와준 가족들에게 줄 일당을 제했는데도 몇 천 달러가 남았단다. 아주 요긴하게 쓰일 돈이었어. 특히 엄마 배가 가을에 태어날 아기 때문에 불러 오고 있었으니까.

엄마 아빠가 처음 폭죽 판매대를 차린 해에 레이건은 재선에 성공했어. 우리는 2차선 도로 옆 공터에서 미국의 긍지를 팔았고 레이건 수뇌부는 '낙수' 경제를 팔았지. 우리 남매 둘 다 신기하게도 레이건이 선거에서 승리하기 몇 주 전에 태어났네. 그래서 노동 계급의 몰락 과정과 대비해 우리 삶을 설명할 수 있어.

가족 농장 쇠퇴, 공공 의료 해체, 공립 학교 지원 감소, 임금이 오르지 않아 종일 일하고도 적자가 되는 가계. 21세기에 접어들어 부의 불평등이 신문 지상을 떠들썩하게 할 때쯤에는 우리에겐 이미 해묵은 이야기였어. 공휴일에 폭죽을 파는 사람과 공원에서 폭죽이 하늘을 수놓는 걸 구경하는 사람과 도시의 고층 아파트에서 구경하는 사람은 전혀 다른 사람들인 거지. 각기 다른 미국에 사니 미국에 대해 다르게 알 수밖에 없어.

아빠는 주식도 없었고 농산물 시장 말고 다른 시장의 추이에는 별 관심이 없었어. 하지만 경제가 어딘가 잘못됐다는 건 알았어. 들어오는 돈과 비교해 물건값이 훨씬 더 빠르게 오르고 있었으니까. 동전 몇 푼까지 빠듯하게 계산해야 하는 상황이라면 이런 불균형이 민감하게 느껴지지.

아빠는 캐나다산 혼합 위스키가 들어 있던 커다란 유리병에 동전을 모았어. 어느 날 밤에는 이제 얼마나 됐는지 세어보아야겠다며 거실의 벽돌 벽난로 옆 접이식 카드 테이블 위에 동전을 쏟았어. 나는 페니(1센트 동전), 니켈(5센트 동전), 다임(10센트 동전), 쿼터(25센트 동전)가 무더기로 쌓이는 걸 구경했어. 아빠는 단 한 개라도 빠뜨릴세라 꼼꼼히 동전을 같은 종류끼리 분류했어. 아빠는 물욕 있는 사람이 아니었어. 작업용 장비 말고는 자기 물건을 사는 걸 본 적이 없어. 하지만 아빠가 사는 세상은 재화와 용역을 구입하려면 돈이 필요한 물질주의적 세상이었지. 아빠는 공책과 계산기를 가지고 숫자를 더했어. 그러고 나서 잠깐 거실 밖

그럼에도 만족스럽게 받아들일 수도 있어. 아니 할아버지는 밀 수매가에 만족해서가 아니라 동틀 녘 축축한 흙냄새를 맡는 게 성스러운 경험처럼 느껴졌기 때문에 밭일을 사랑했어. 아빠는 좋은 목재로 아름다운 건물 만드는 걸 좋아했는데 그걸로 돈을 벌 수 있어서가 아니라 창의성을 발휘해 튼튼하고 쓸모 있는 구조물을 만들면서 보람을 느꼈기 때문이지. 엄마가 위치토에서 작은 집을 팔고 행복감을 느꼈다면 몇 푼 안 되는 중개수수료 때문이 아니고 열쇠를 건네받은 가족이 자기 집이 생겼다며 기쁨의 눈물을 흘렸기 때문이었어.

노동은 자원이나 재료나 다른 사람들과 나누는 진정한 교감일 수 있어. 내가 노동 자체를 못마땅해하는 건 결코 아니야.

다만 노동과 경제의 관계, 곧 누구의 노동에 어떤 가치가 부여되는가에서 진짜 문제가 발생하는 거지.

우리 가족의 노동은 너무나 과소평가되었기 때문에, 우리가 굶주리거나 살 집 없이 떠돌지는 않았지만, 그래도 돈이 없어서 반드시 필요한 무언가, 즉 먹을 것, 신발, 안전한 집, 월세, 병원 진료비 없이 산다는 게 어떤 건지 알아. 나는 그런 시궁창에서 벗어나고 싶었어. 네가 결코 경험하지 않기를 바랐던 삶이 바로 그런 삶이야.

2장

★

가난한 여자의 몸

우리 몸은 중노동을 할 운명으로 태어났어. 베티 할머니가 "손가락 하나도 들어 올릴 필요 없는 이들"이라고 부르는 사람들은 그런 이야기를 들으면 우리를 딱하다고 생각할 수도 있을 거야. 그렇지만 이런 삶에는 완전히 소진되어 아무 힘도 남지 않았을 때에도 끝없이 신체적 기능을 수행하는 아름다운 효율성이라는 게 있지. 어떤 면에서는 그렇게 살았기 때문에 내가 약해지지 않고 더 강해진 기분이 들어.

힘을 합해 공기압축기를 들어 올려 트럭에 실었던 내 몸, 혼자 힘으로 석고 보드를 받쳤던 내 몸, 프레리 바람을 뚫고 사료 양동이를 날랐던 내 몸의 힘을 알아. 수소가 덤벼들었을 때 얼른 높은 울타리를 타 넘고 사다리가 쓰러졌을 때 옆으로 뛰었던 날렵한 내 팔다리를 알아. 하지만 내 몸이 이렇게 움직일 때에도 머릿속으로는 우리 엄마나 아빠처럼 시를 썼지.

사람들은 육체노동자들이 그것밖에 할 줄 아는 게 없기 때문에 그런 일을 한다고 생각하지. 그렇지만 우리가 이 자리에 있는 것은 출생과 가족력 탓이지 다른 재주가 없어서가 아니야. '블루칼라 노동자'가 하는 일도 '화이트칼라 전문가'만큼이나 머리를 써야 하는 일이거든. 가족 농장을 경영한다는 건 복잡한 산업 분야에서 사업체를 운영하는 일이야. 농장 일이 기지와 창의성이 필요한 여타 일과 다른 점이라면 신체 지능도 추가로 필요하다는 점이야.

이런 삶이 때로는 비참하게 느껴질 때도 있고 때로는 만족스러울 때도 있어. 우리는 나무를 때는 큼직한 난로가 있는 거실에서 저녁 시간을 보냈는데, 1월 진눈깨비가 철제 울타리에 얼음 코팅처럼 들러붙는 날씨에 집 밖에서 일하고 난 다음에 난롯가에 앉아 훈기를 쬘 때보다 더한 행복은 아마 없을 거야. 네가 그런 걸 느낄 수 없다는 게 조금 아쉽기도 하구나. 하지만 네가 집 밖에서 무시당할 일은 없을 거라 생각하면 조금도 아쉽지 않아.

쓰레기 트럭을 운전하는 사람은 쓰레기 취급을 받을 수도 있어. 그 일 자체도 위험하지만, 그 일을 하는 사람의 가치가 폄하된다는 게 더욱 큰 위험이야. 네 몸을 쓰고 버릴 수 있는 것으로 간주하는 사회는 네 몸에 폭력을 가하는 거야. 밭에서 일을 한다고 해서 발암 물질이 든 살충제가 안전하다고 농약 회사에 기만을 당하면 안 되지. 지붕 위에 올라가 망치질을 할 수는 있지만, 만약 떨어졌을 때 병원에 갈 여유가 없다면 안 되는 거고. 식당에서 서빙을 하는 사람이라고 해서 성희롱을 하는 사장한테 덤볐다가 직장도 잃고 그날치 팁을 못 받게 되어도 어쩔 수 없다고 할 수는 없잖아.

유색인들은 아무리 은행에 돈이 많아도 또 다른 종류의 위험을 겪게 돼. 우리는 백인이지만 노동자이기 때문에 위험에 처한 사람들이고.

여자인 경우라면, 우리 몸이 아기를 낳는 역할로 정의되기도 해. 계급과 상관없이 모든 여성이 마찬가지지만 경제적 어려움을 겪는 사람에게는 더 큰 문제야. 가난하면 아기를 낳아 기르기 힘들고 아기가 있으면 더 가난해지니까. 엄마와 자녀들로 이루어진 싱글맘 가족이 미국 전체에서 압도적으로 가장 가난한 가족 형태야.

우리 엄마는 젠더와 빈곤의 위태한 교차로에서 좌절감을 특히 여러모로 날카롭게 겪었을 거야. 엄마는 책, 생각, 스케치북을 원하는 사람이었으니까. 이런 것들에 혼자 조용히 몰두했지만 세상에 드러낼 기회는 없었지. 또 엄마는 사람들이 아름답다고 하는 외모를 가졌기 때문에 엄마의 몸은 직장에서든 어디에서든 끝없이 관심의 대상이 되었어. 노동하는 기계로, 아이를 낳는 생산자로, 장식적 사물로, 이렇게 여러 겹으로 대상화되는데다가 겉으로 표출하지 못한 재능을 끝없이 인식한다면 자기 몸이 감옥처럼 여겨질 거야.

우리 엄마가 주변 사람들에게 사랑받는 다정하고 재미있고 영리하고 마음이 넓은 사람이라는 걸 나는 어른이 되어서야 알게 됐어. 젊을 때 엄마는 자식들을 싫어했던 게 아니라 자기 삶을 싫어했던 건데 엄마 삶에 등장한 아이들이 그 좌절감을 느꼈던 건 아닐까 하는 생각이 들어.

아마 너도 그걸 느꼈겠지. 엄마가 나에게 분출한 분노를 나는 네게 고스란히 전했을 거야. 내가 정말로 화난 모습을 다른 사람에게 보인 적은 한 손에 꼽을 정도로 적어. 그럴 때면 내 목소리가 낮아지고 눈을 깜박이지 않는다고 하더라. 하지만 겉으로 드러낸 적은 많지 않아도, 내 속에서 엄마나 할머니에게서 보던 격하고 까닭 없는 좌절감이 치미는 걸 느낀 적은 훨씬 더 많았어. 지금은 그렇지는 않아. 하지만 내가 10대나 20대 때, 만약 너를 낳았다면 너에게 가장 중요한 시기였을 그 무렵에는 그랬지. 그때는 번개처럼 내 몸을 타고 흐르는 분노의 에너지를 분출하지 않으려면 정말 젖 먹던 힘까지 끌어모아야 했어.

분노가 우리 엄마의 본성이 아니라는 걸 시간이 흐르고 알게 됐지. 일상에서 늘 치이고 두들겨 맞았던 어린 엄마의 본마음은 삶과 죽음의 기로에서만 언뜻언뜻 볼 수 있었어. 식구가 병원에 입원했을 때, 엄마 양수가 터졌을 때. 아주 다정한 마음은 아니더라도 평소처럼 야박하지는 않았어. 불평 없이 해야 할 일을 하는 단호함과 차분함이 느껴졌지.

남동생이 태어나던 날, 아직 어두운 새벽에 엄마는 내 침대 가장자리에 앉아 나를 깨웠어. 내가 쓰던 주름 잡힌 보라색 침구를 엄마가 골랐고 늘 깨끗이 빨아줬지만, 엄마가 그 위에 앉은 건 처음이라고 생각했던 게 지금도 기억나. 엄마는 늘 거리를 유지했고 아주 사소한 실망거리만 있어도 벌컥 화를 내곤 했었어. 그런데 당황해 마땅한 그 순간에 엄마는 오히려 10월 달빛 속의 여사제처럼 차분했어.

"때가 됐어." 엄마가 말했어.

50킬로미터 떨어진 위치토 병원에 갔고 엄마는 진통 중에 피를 많이 흘렸어. 혈압이 너무 떨어져서 의사들이 "정신 차려요." 라고 계속 말했지.

엄마가 회복하고 난 다음 누군가 나한테 파란 가운을 입히고 면회실로 데려가 내 동생 맷을 보여주었어. 맷은 얼룩덜룩하고 머리카락이 새카맸어. 면회실에는 파란 풍선이 있고 긴 테이블에 먹을 게 차려져 있었어. 추수감사절도 크리스마스도 아닌 날에 간식과 음료가 그렇게 풍성한 건 처음 봤단다. 아빠가 탄산이 든 포도주스를 따라주었는데 병 주둥이가 은박지로 싸여 있는 걸 보고 비싼 음료라는 걸 알았지.

엄마는 분홍색과 검정색 줄무늬 면 가운을 입고 있었어. 긴 갈색 머리카락에 컬을 넣고 부풀려 빗었고 얼굴에 화장도 했지만 스물두 살 엄마는 피곤해 보였지. 그 뒤로도 오랫동안 엄마의 피로는 사라지지 않았어.

우리 집은 베이비시터를 둘 형편이 아닌데다가 시골에는 출산 뒤 몸조리하는 산모를 도와줄 이웃 엄마도 없었어. 베티 외할머니와 테리사 친할머니 두 분이 틈이 나면 와서 돌봐주기도 했어. 아빠는 다시 일하러 나가겠다고 했어. 가족돌봄휴가법이 있었다면 엄마가 몇 주 쉬었어도 일자리를 지킬 수 있었겠지만 그 법이 통과되기 8년 전이었단다. 그래서 엄마는 임신 막달이 되자 저임금 일자리이긴 했어도 그만둘 수밖에 없었어.

그러니까 엄마는 아직 학교 갈 나이가 안 된 아이와 갓난아이를 데리고, 잔고가 30달러 정도 남은 수표책 하나 들고, 타운이나 가게에 가려면 수 킬로미터는 가야 하는 외딴 곳에 혼자 있었던 거야.

엄마는 대통령 선거 몇 주 전에 맷을 낳았고 생애 두 번째로 전국 선거에 투표권을 행사했어. 그런데 이번에는 지난번과 다른 당 후보를 찍었어. 내가 태어나던 해, 10대일 때 엄마는 카터에게 표를 던졌지만 카터는 재선에 실패하고 레이건이 대통령이 됐지. 그런데 1984년에 엄마는 레이건의 매력에 넘어갔는지 아니면 레이건이 좋은 대통령이라는 전국 여론에 설득되었는지 몰라도 레이건 재선을 지지했어. 우리 지역 사람들도 대부분 레이건에게 표를 던졌어. 투표를 안 한 사람도 많았지만.

"다들 사기꾼이야." 정치가들에 대해 내가 자주 듣던 말이야. 그런데 엄마는 한 번도 그런 말을 한 적이 없어. 엄마는 정치적 무관심에 빠지지 않고 최신 뉴스에 귀를 기울이곤 했지. 엄마가 들은 바로는 레이건은 괜찮은 사람이었던 거야.

집권 공화당은 그 10년 동안 우리 엄마 같은 여성들에게 직간접적으로 위해를 입혔어. 당의 정강에서 남녀평등헌법수정안

(ERA)*을 빼버리고 가난한 집 아이들의 식생활을 지원하는 제도를 분해하고 재생산 건강권을 약화시켰어. 엄마는 몰랐지만 공화당은 사회적으로 급격히 보수화되고 있었어. 우리 지역 사람들이 지지해온, 재정 면에서 보수적이고 사회적으로 온건한 당의 옛 모습은 사라지고 다른 당이 되었어. 엄마는 복지 혜택을 받는 여자들이 게으르다거나 페미니스트들이 호전적인 괴물이라고 생각하지 않았어. 레이건에게 표를 던진 건 당시 사회 분위기가 그게 옳은 일이라고 말했기 때문이었지. 엄마에게는 그런 사회 흐름이 과연 옳은지 고민해볼 시간도 정보도 부족했으니까.

미국은 우경화되었고 노동자들은 지지 정당을 공화당으로 바꾸었어. 엄마도 그 가운데 한 명이었고. 여러 이슈에 대한 사람들의 지식이나 의견보다도 교묘하고 약빠른 정치적 메시지가 훨씬 전면에 부각되는 시대적 경향 속에서 일어난 일이야. 그러는 동안 엄마 같은 가난한 시골 엄마들은 양당의 시야에서 점점 사라졌지. 그전에도 고려 대상이었는지는 모르겠지만.

퇴원해서 시골에 지은 우리 새집으로 돌아왔을 때 엄마는 아직 산후 출혈이 멎지 않은 상태였어. 완전히 기진맥진한 몸으

• Equal Rights Amendment, "미국 헌법은 성별에 상관없이 모든 미국 시민에게 동등한 법적 권리를 보장한다." 1923년에 초안이 작성된 이 법안은 비준에 필요한 38개주의 승인을 얻지 못해 1982년 폐기되었다. 이 수정안은 2017년 네바다주에서 40년 만에 비준되었고 마침내 2020년 초 버지니아주에서도 38번째로 통과되어 효력 발생 요건을 갖추게 되었다. 310쪽 참조.

로 네 살 아이와 갓난아이를 혼자 돌봐야 하는 상황을 감당할 수 있을 것 같지 않았어. 아빠는 다시 일하러 나갈 생각이었으니까.

"제발 가지 마." 엄마가 아빠한테 말했어. 엄마는 자존심이 워낙 세서 누구한테, 남편한테조차도 뭘 부탁하는 사람이 아니었는데 그런 엄마가 매달렸어. "혼자서는 못하겠어."

하지만 공사장에 일이 있었으니. 삼촌이 집 앞에서 나오라고 경적을 울려댔고 아빠는 현관문 밖으로 나갔어. 아마 아빠는 돈을 버는 게 자기 일이고 애들 돌보는 건 엄마 일이라고 생각했을 거야. 아빠도 유급 출산 휴가 같은 걸 꿈꿀 처지가 아니었으니 어쩔 수 없었겠지.

아빠가 나간 뒤 엄마는 침대에서 통증을 참으며 쪽잠을 자려고 애썼고 맷은 요람에서 울었어. 내가 엄마 침실에 있는 서랍장 위에 올라갔는데 서랍장이 엎어져버렸어. 그래서 서랍장 밑에 깔렸지.

엄마가 침대에서 뛰어나와 어찌어찌 서랍장을 들어 올렸는데 힘을 주다가 회음부 꿰맨 자리가 터져버렸어. 피가 허벅지를 타고 흘렀어.

다시 병원으로 가지는 않은 것 같아. 엄마가 나중에 그 이야기를 들려주었는데 아빠가 없어서 죽을 뻔한 날이었다고 했어. 나는 그날이 사회에서 출산율과 자립은 중요시하면서 여성과 아이들에는 신경을 쓰지 않은 날이었다고 봐. 임신을 하면 활동이 힘들어지기 때문에 임산부는 직장에서 해고를 당하지. 핵가족에서는 줄어든 소득을 보충하기 위해 아빠들이 두 배로 일하고 엄마 혼자 아이를 떠맡아야 했어. 시골에 사는 가난한 사람들에게는 아주 위험한 상황이 될 수 있었어.

그날 밤 아빠가 집에 돌아왔을 때 엄마는 아무 말도 안 했대. 엄마가 몇 주 동안 묵묵히 있자 아빠가 또 폭탄선언을 했어. 집에서 멀리 떨어진 공사장으로 일하러 간다는 거야. 몇 주 동안 집을 떠나 있어야 한다는 말이었지. 엄마는 아빠가 우리로부터 벗어날 핑계를 찾는다고 생각했어.

"제발 가지 마, 가지 마." 엄마는 울면서 소리를 질렀어. 엄마는 소리는 잘 지르지만 우는 일은 정말 드물었거든. 다리 사이 봉합한 자리가 터지면서 몸 안 무언가도 터져버린 것 같았어.

하지만 아빠는 연장을 꾸려서 떠나버렸어.

나중에 내가 자란 다음, 아빠 트럭을 같이 타고 가면서 엄마가 들려준 그날 일을 이야기하자 아빠는 그때는 오직 가족이 먹고살 돈을 벌어야 한다는 생각뿐이었다고 했어.

"오래 집을 떠나야 하긴 했지만, 꽤 큰돈이라 거절할 수가 없었어." 아빠 눈에 눈물이 고였어. "어쩌면 내가 잘못 생각했는지도 모르겠다."

내 삶에 스트레스가 있다는 사실조차 모른다면 스트레스를 관리할 수도 없을 거야. 그때는 스트레스라는 말도 몰랐고 여자들이 그런 상황을 묘사할 때 할 수 있는 말이라고는 "요새 신경이 날카로워." 정도가 최선이었어. 말로 표현할 수는 없었지만 그래도 절절이 느꼈지. 그래서 약물을 찾게 돼.

내가 아는 어른들은 하나같이 무언가에 중독되어 있었어. 담배나 술이 가장 흔했지만 약을 먹는 사람도 있었어. 처방 약도 있고 다른 경로로 구한 약도 있었고. 외가 쪽 여자들은 병원이 가까이에 있는 위치토에서 성장했고 그때는 병원비가 쌌기 때문에, 심리적 문제로 인한 증상을 약으로 치료한다는 생각에 쉽게 넘어갔지. 피곤할 때에는 '갑상선 약'을 먹고 불안할 때에는 '신경약'을 먹었어.

하지만 아빠는 아스피린 같은 흔한 약조차 안 먹었어. 약이 유해하거나 효과가 없다고 생각해서 그런 건 아니고 몸과 마음의 힘으로 공짜로 부작용 없이 극복할 수 있는 문제에 돈을 들이기 싫었기 때문이지. 아빠는 스스로를 치유하는 평온한 내면을 가진 사람이었어. 이따금 나에게도 그런 면을 내어주어서 아빠가 내 삶에서는 어머니 같은 역할을 했어.

아빠는 밤마다 이불을 덮어주고 성부, 성자, 성령, 성모, 나와 가족들의 수호천사에게 기도를 드리도록 거들어주었어. 그러고 나면 마음이 좀 편해지긴 했지만 그래도 나는 잠들기가 너무 힘들었어. 침대에 누우면 온갖 문제들이 떠올랐고 닫힌 옷장을 쳐다보다 보면 온몸이 두려움으로 굳어지곤 했지. 어느 날 밤에는 도저히 안 되겠어서 아빠한테 기도를 드렸는데도 도무지 잠이 안 온다고 말했어. 아빠는 내 말을 듣고는 이불 아래 내 발가락을 손으로 잡았어.

"발에 힘을 풀어." 아빠가 부드러운 목소리로 말했고 나는 그렇게 했지.

아빠는 다리에서 힘을 풀라고 했어. 정말 그게 돼서 나도 놀랐단다.

"이제 배에서 힘을 풀어봐." 그러자 마치 아빠가 걱정과 긴장을 치워준 것처럼 스르르 몸이 풀렸어. 따스한 담요가 내 몸 안까지 폭 덮는 기분이었어.

"이제 팔과 손끝에서 힘을 풀어봐." 아빠가 말했지. "이제 어깨도."

마법이 머리까지 도달하자 이마에서도 긴장이 풀렸고 나는 스르르 잠이 들었어.

아빠는 어떻게 하면 내 마음을 달랠 수 있는지 알았고 자기 마음도 스스로 그렇게 진정시켰어. 아빠는 얼마나 힘든 하루를 보냈든 간에 나를 다치게 하는 일은 거의 없었어. 감정이 끓어오를 때에는 거리를 두어서라도 말이야.

그리고 아빠는 내 말을 정말 귀담아 들어주었어. 책 읽고 글 쓰는 걸 좋아하는 쪽은 엄마였지만, 아빠는 내가 아기일 때 아빠가 아기 말로 이야기하는 대신 어른 대하듯 말을 걸었기 때문에 내 언어 능력이 발달했다고 주장하곤 했지.

다른 어른들하고 나누는 대화는 그렇지 않았어. 아이가 피곤하게 군다 싶으면 말도 안 되는 소리를 생각 없이 내뱉는 어른들이 많았어. "뒤통수를 한 대 후려갈겨야 되는데." 이런 식으로. 아니면 "쟤는 게을러." 혹은 "말을 해도 듣는 법이 없어." 이런 말들. 다정하고 따뜻한 베티 할머니조차도, 자기가 어릴 때 숱하게 맞은 덕에 철이 들었다고 말하곤 했지. "쟤 뭔가 사고를 칠 거야." 어른들이 아이를 두고 이렇게 말하는 일도 흔했어. 유럽 숲지대에서 전해 내려오는 옛날이야기 속 경고의 말 같았어. 집안일을 게을리하고 규칙을 잘 따르지 않는 가난한 집 아이는 짐짝 취급을 받는 이야기.

아빠는 그런 말은 절대 안 했어. 나중에는 음주와 도박 때문에 문제가 많긴 했지만 우리 삶이 혼란의 도가니일 때도 아빠는 평온한 기운을 풍겼어. 아빠는 동이 트기 전에 내 엉킨 머리를 빗질해주고 나서 일하러 가고 나는 학교에 갔어. 아빠는 종이쪽지에 지혜가 담긴 시 같은 문구 따위를 적어서 내 방에 놓아두곤 했어. 자라고 나서야 남자다움이 강조되는 우리 문화에서 그런 일들이 얼마나 대단한 일이었는지 알게 되었지.

"우리 살던 곳에서는 시를 쓰고 학교 가기 전에 딸 머리를 빗겨주는 건 남자들이 자랑스럽게 하는 일이 아니었잖아요." 아빠가 돌보는 기질을 타고난 게 정말 신기해서 이렇게 말한 적이 있어.

"그게 맞는 건데." 아빠는 이렇게만 말했어.

아빠가 아이들을 잘 돌보는 걸 아니까, 비록 아빠가 나한테 아기를 낳으라고 말한 적은 없지만, 내가 엄마가 아니라는 사실에 안도하면서도 동시에 아빠가 네 할아버지가 될 수 없다는 사실 때문에 슬퍼지기도 해.

아빠는 트럭을 몰 때면 창문을 열어 왼팔을 창밖으로 늘어뜨리고 밀밭 냄새를 차 안으로 들였어. 가속 페달에 힘을 거의 안 줘서 마치 차가 멈춘 것 같았지만 내 달랑거리는 발 아래 차 바닥 갈라진 틈으로 흙길이 지나가는 게 보였어. 아빠는 말이 없었어. 라디오는 잘 안 듣고 듣더라도 AM 방송만 들었지. 차창 밖 들은 흙밭일 때도 연녹색 싹이 돋았을 때도 금빛 물결이 출렁일 때도 아빠 턱수염처럼 그루터기만 남아 있을 때도 있었어. 나는 내 쪽 차창을 내리고 아빠처럼 손을 내밀었어.

우리가 살던 곳은 뾰족한 물건, 독극물, 좌절이 가득한 곳이지만 한편 열린 트럭 창문으로 로키산맥에서 불어온 서풍이 맑은 공기를 한가득 안겨주어 깨끗하고 안전한 곳에 있을 때보다 더 큰 자유를 느끼는 그런 순간들도 있었어. 어쩌면 거의 날마다 그런 순간이었을지도 모르겠다.

나 스스로 그런 특별한 감정을 찾으려 하다가 '거울 보기'라는 방법을 알아냈어. 화장실 세면대 위에 올라가 거울에 얼굴을 바짝 갖다대면 내 날숨이 조그만 동그라미 두 개 모양의 김으로 서렸다가 숨을 들이마시면 사라지곤 했지. 나는 내 눈을 들여다봤어. 이유는 알 수 없지만 눈을 깜박이지 않아야 했어. 그러면 머릿속에서 무언가가 지나가는 느낌이었어. 소라 껍데기 안에서 나는 바람 소리처럼 작게 슈 하는 소리가 들리는 것 같았지.

그러면 내 얼굴이 갑자기 다르게 보이고 눈의 초점이 살짝 어긋나면서 내 눈 바깥쪽을 보는 느낌이 드는 거야. 그러면 거울 속에 비친 아이의 모습은 분노로 일그러져 있을지라도 마음속은 편안해졌어.

가난해서 안전하지 못했기 때문에 나는 그런 곳에서 안전한 느낌을 구할 수밖에 없었어. 그 세계를 내가 비롯된 곳, 죽으면 돌아갈 곳으로 생각하기도 했지. 거기에서 네 목소리를 들은 거야. 그 고요하고 깊은 곳에서, 감히 다른 삶을 살고자 하는 가난한 여자아이에게 가장 중요한 사명을 받았어. 네가 결코 태어나지 않게 하겠다는 사명.

나는 우리 외할머니나 어머니만큼 가난하게 자라지는 않았어. 외할머니와 어머니는 자랄 때 나보다 더 큰 신체적 위험에 노출되어 있었지.

베티 할머니가 아기일 때, 할머니의 아버지가 2차 대전에 참전했다가 돌아온 지 얼마 안 되었을 때인데, 위치토 서쪽 가장자리에 있는 자갈길 변에 살았대. 도시에서 보도를 보수할 때 가장 늦게 손대는 동네지. 애초에 보수할 만한 보도조차 없는 곳도 있었지만.

전력 회사에서 그 골목에 처음으로 전선을 설치했는데 일하던 사람이 할머니네 마당 가장자리에 연장을 두고 자리를 비웠어. 아기 베티는 바닥에 늘어진 전선으로 아장아장 걸어가 전선을 건드렸어. 그 순간 온몸에 전류가 흘렀어. 현관에서 빨래를 하던 엄마 도러시가 젖은 옷으로 달려와 베티를 전선에서 떼어냈어.

베티 할머니 기억에 따르면 도러시 증조할머니가 전력 회사에 전화를 걸었고 베티를 병원으로 데려갔대. 집에 돌아와 보니 제복을 입은 남자가 뒷마당에서 전선을 점검하고 있었어.

"이 선에는 전류가 안 흘러요." 남자가 말했어. "우리가 그런 실수를 하겠어요."

"그럼 그 망할 걸 당신이 한번 잡아보지 그래요." 도러시가 말했대.

남자는 손가락에 침을 묻혀 전선을 건드렸어.

"엄마 말이 그 남자 똥줄까지 찌릿했을 거래." 베티는 나에게 이렇게 말하며 껄껄 웃었어.

베티의 아버지 에런이 보네이도 선풍기와 에어컨을 조립하는 공장 근무를 마치고 집에 돌아왔어. 에런은 부주의하게 일하다가 어린애가 죽을 수도 있었는데 눈 하나 끔쩍 안 하는 회사를 고소하겠다고 했어. 하지만 도러시는 반대했지. 베티가 다치지 않은 것만으로 감사하다면서.

어릴 때 내가 경험한 가난은 베티의 어린 시절만큼 극심하지는 않았고 그래서 그만큼 위험하지도 않았어. 하지만 시골에서 지켜보는 사람 없이 자라다 보면 마주할 수밖에 없는 위험이 있어. 성난 가축, 날카로운 날을 달고 집 앞길을 오가는 대형 농기계, 공기 중에 퍼져 보이지 않는 화학 비료. 내 어린 시절과 베티 할머니를 비롯한 우리 집안사람들 어린 시절의 공통점은 어른들이 일하느라 너무 바쁘거나 일을 마치고 너무 취해 있어 아이를 돌보지 못하고 방치했다는 점이야.

내가 어릴 때 어른들 중에서 술을 마시지 않는 사람은 엄마뿐이었어. 나도 10대, 20대 때에는 술을 입에 안 댔어. 네가 태어났다면 너도 술 취한 엄마 손에 자라지는 않았을 거야. 천만다행한 일이지. 다만 우리 엄마는 취하지 않았어도 내가 가닿을 수 없는 곳에 있었어.

시골에 지은 우리 벽돌집에서 나는 아무것도 요구하지 않고 얌전히 있으려고 애썼어. 몇 시간이고 혼자 크레용으로 그림을 그리고, 수건을 개어놓고, 쓸모 있는 존재가 되려고 애썼어. 그때 네 살이었는데. 엄마가 위치토 쇼핑몰에 내 귀를 뚫으러 갔을 때 나를 꼭 안아주었던 것처럼 안아주기를 간절히 바랐어. 귀걸이 가게에서 나는 금색 하트 모양을 골랐고 카운터 너머의 여자가 아빠가 네일 건으로 각목에 못을 박을 때처럼 내 귀에 구멍을 뚫자 앙 울음을 터뜨렸어. 엄마가 나를 품에 안고 가게 밖으로 데리고 나왔어. 엄마가 나를 안아준 기억은 그게 유일하네.

혼자 보내는 긴 하루 동안 집 밖에서 돌아다니면서 흙바닥과 풀밭에서 돌멩이와 벌레 들을 찾았어. 아니면 아빠 작업장을 뒤지기도 했지. 작업장 바닥에는 나무토막이 널려 있고 거대한 전기톱이 전기 코드에 연결돼 있었어. 그러다 어느 날은 연장 걸

이판 아래에 새끼 고양이들이 있는 걸 발견했지.

엄마는 새끼를 건드리면 안 된다고 했어. 새끼들한테서 사람 냄새가 나면 어미가 새끼들을 버린다고. 나한테는 고문이었지. 우리 땅에서 태어난 모든 새끼 동물의 수호자를 자처했는데. 물론 새끼 고양이들은 어미가 있었지만 고양이들이 끔찍한 죽음을 당하는 걸 수없이 봤으니 어떻게 마음을 놓겠어. 굶주린 코요테한테 갈가리 찢기고, 추위에 자동차 후드 아래로 기어 들어갔다가 자동차 시동을 거는 순간 찢겨 죽고, 길가에서 남자아이가 쏜 BB탄 총에 맞는 것도 봤어. 나는 내 몸에 총알이 박힌 것처럼 울었어.

집에서 키우는 소나 돼지나 닭을 남자 어른들이 잡아 식탁에 올리면 나는 감사하며 먹었어. 하지만 살아 있을 때에는 내가 먹이를 주고 사랑해줬지. 나는 3월 눈 위에 분홍색 덩어리처럼 새끼들이 어미 몸에서 나오는 걸 보았고 그런 건 제 어미만 할 수 있는 일이란 것도 알았어.

새끼 고양이를 보러 기름과 톱밥 냄새가 나는 작업장을 들락거렸어. 아빠가 우리 트레일러가 있던 자리에 세운 건물이야. 나는 내 키만큼 높은 톱질 선반과 둥글고 커다란 톱날을 돌아 아빠가 아직 쓸어내지 않은 대팻밥 위에 쭈그리고 앉았어. 그늘진 구석, 연장들 사이에 어미 고양이가 새끼를 모아둔 자리를 들여다보았지. 삑삑거리는 작은 털 뭉치 같은 새끼들이 엄마가 튤립 구근을 심은 자리에서 본 공벌레들처럼 동그랗게 몸을 옹크리고 있었어. 쓰다듬어보고 싶은 생각이 간절했지만 엄마의 경고가 생각나 꾹 참았지.

한번은 새끼 고양이를 보러 갔는데 어미 고양이가 사냥하러 나가고 없었어. 새끼들은 자는 것처럼 보였어. 만지고 싶어서 또 몸살이 났지. 나는 새끼 고양이가 처음으로 눈을 뜨는 것도 봤고 조그만 꼬리를 쭉 뻗고 발발 떨면서 첫걸음을 내딛는 것도 봤어. 나는 엄마 고양이가 날 잘 아니까 내 냄새가 좀 남아 있다고 해도 새끼를 버리지는 않겠거니 결론을 내렸어.

손을 뻗어 보드라운 머리를 쓰다듬었어. 그런데 머리통이 작은 몸뚱이에서 툭 떨어져 핏자국을 만들며 콘크리트 바닥에 굴러떨어지는 거야. 새끼 고양이들이 한 마리도 움직이지 않는다는 사실을 깨닫는 순간 충격이 온몸을 뚫고 지나갔어.

아빠가 가끔 피 흘리는 사슴, 꿩, 메추라기 따위를 집으로 가져와 현관 옆 시멘트 바닥에서 껍질을 벗기곤 했어. 그래서 피가 무섭지는 않았지만 이 피는 달랐어. 먹으려고 그런 것도 아니고, 이유 없이 새끼를 이렇게 만들다니. 어두운 구석 안을 들여다보았는데 새끼들 전부 목덜미를 물어뜯긴 게 보였어. 울음소리가 들려 돌아보았더니 어미 고양이가 내 뒤에서 왔다 갔다 하고 있었어. 혼란과 슬픔으로 제정신이 아닌 것 같았어.

부모님께 이 일을 알렸지.

"주머니쥐 아니면 여우 짓일 거야." 아빠가 말했어.

우리가 살던 거친 땅의 가혹한 현실이었어. 부모는 자식들이 굶주리지 않도록 먹을 것을 구하러 애들을 두고 나갈 수밖에 없지만 이런 무방비의 순간에 수없이 많은 죽음의 가능성이 있었다.

세상은 경이로우면서 동시에 치명적이었지. 봄여름마다 우리를 위협하는 뇌우와 깔때기 모양 구름은 하늘이 가장 아름답고 달콤한 향기를 풍길 때 찾아와. 보기 드문 회색 늑대를 마주치면 나는 눈을 맞추고 넋을 잃고 쳐다보곤 했지만 그놈이 내가 사랑하는 동물들을 사냥해 죽이기도 했지.

이곳 야생에서 자라는 우리 아이들은 자유와 너른 공간을 누리지만 이런 것도 얻게 돼. 날마다 새끼 고양이의 목에서, 아버지의 손에서, 갈고리에 걸린 도축한 돼지에서 흐르는 피를 보는 것. 육체란 얼마나 취약하고 덧없는 것인지를 아는 것.

우리가 살던 캔자스 남쪽은 가톨릭 성인 이름으로 구획할 수 있어. 평평한 농지 위에 띄엄띄엄 있는 교회와 마을에 성인들의 이름이 붙어 있거든. 그 사람은 세인트조 출신이지, 이런 식으로 말하곤 해. 세인트루이스가 나오기 전에 좌회전해. 세인트빈센트 장례식에 파이를 가져가기로 했어 등등.

우리 동네는 세인트로즈였어. 마운트버넌에 있는 교구고 1870년 독일인들이 정착한 곳이지. 1911년에 첨탑이 있는 가톨릭 교회와 작은 가톨릭 학교가 생겼어. 내가 어릴 때 사제관이었던 곳에 전에는 수녀님들이 살았대. 슬픔의 성모 수녀회 소속 수녀 세 분이 학교를 운영했는데 우리 아빠 형제들은 이 학교에 다 넣어.

교회가 인근 공동체의 중심이었어. 1921년 6월 폭풍에 벼락을 맞고 교회가 망가지자 동네 사람들이 모여 건물을 다시 지어 그해 여름이 끝날 무렵에 새 건물을 봉헌했어. 페루의 성녀 성로즈가 작은 동굴을 자기 손으로 만들고 그 안에서 기도를 드린 것처럼 우리 교회도 우리 손으로 지은 셈이지. 내가 10대 때 아빠는 위치토 시내에 있는 고딕 대성당의 세례용 풀을 만드는 콘크리트 공사에 참여하기도 했어.

아빠의 어머니 테리사 할머니가 더스트볼 시기에 다니던 고등학교도 그곳에 있었어. 테리사 할머니는 위치토 남쪽 채소 농장에서 자랐는데 10대 때에 타운에 있는 부잣집으로 들어갔어. 거기에서 청소하고 애들을 봐주는 대신 숙식을 해결하며 고등학교에 다녔지. 졸업한 뒤에 비서 학교에 들어갔어. 그런데 이름이 닉인데 다들 칙이라고 부르는 검은 머리의 농부를 만나고 말았어. 가까운 세인트앤서니 교회에서 식을 올렸고 직업을 갖겠다는 계획은 접었지.

칙은 툭하면 파티를 열고 사람들을 웃게 만드는 사람이었어. 금주법 기간*에는 미주리 오자크산지에 숨은 밀주장을 오가며 밀주를 들여왔다고 해. 칙이 죽고 30년이 지난 다음에야 식구들이 이 이야기를 입에 올렸으니 아마 사실이었을 거야. '칙'이라는

* 1919~1933년 미국에서 주류의 생산과 판매를 금지한 기간.

별명으로 불리게 된 것은 어릴 때 자기 조상의 고향인 '체코'를 잘 발음 못하고 '칙'이라고 말해서 그렇게 됐대.

마운트버넌에서 칙과 테리사의 결혼 피로연이 열렸어. 칙 집안사람들이 농사를 짓는 곳이자 테리사가 평생을 살게 될 곳이었지. 두 사람의 여섯 자식 모두 세인트로즈에서 첫영성체와 첫 고해성사를 했지. 교회에서 나오면 캔자스의 바람이 치맛자락과 넥타이를 휩쓸어 올리곤 했어. 여섯 자식 가운데 우리 아빠를 포함해 세 명이 그 교회에서 결혼식을 올렸어.

1949년 칙 할아버지는 세인트로즈 학교 보수공사를 맡았어. 교회 기록에 따르면 교구민들이 보일러 공사만 빼고 다 직접 해서 비용이 1만 5000달러밖에 안 들었대. 그 공동체를 보면 이해하기 어려운 교리가 아니라 노동을 통해 더욱 깊은 유대를 이루었다는 생각이 들어. 우리 집안사람들도 일요일마다 미사에 참석하기는 했으나 영혼을 구하는 것보다는 돈을 구하는 문제가 늘 우선이었지.

사실 이 사람들은 파티를 엄청 즐기는 사람들이기도 했어. 칙과 테리사의 한창 시절에는 세인트로즈 건너 들판에서 해마다 노동절 야유회가 열렸어. 그럴 때면 소 물 줄 때 쓰는 커다란 금속 물탱크에 맥주를 가득 채우고 칙과 테리사네 농장에서 갓 잡은 고기로 만든 소시지를 구워 먹었어. 테리사 할머니가 늘 파이 담당이었는데 베이킹 솜씨가 누구보다도 뛰어났거든. 파티가 열리면 여자들도 술 한잔 들이켜려고 모였어. 칙 할아버지가 나무판을 못으로 연결해서 댄스플로어를 만들기도 했어. 어떻게 음악을 틀었는지는 모르겠는데, 아마 자동차 문을 활짝 열고 라디오를 최대로 크게 틀었을 것 같지만 진짜 밴드를 불렀을 수도 있겠지. 사람들이 별빛 아래 초원에서 스윙댄스를 추었대.

우리 아빠가 노동절에 태어났으니 그해 1955년에는 칙과 테리사가 야유회를 즐기지 못했겠다. 그 즈음해서 칙과 형제들이 다시 교회 공사를 했는데 이번에는 첨탑을 다시 세우는 일이었어. 그러니 닉은 자기 아버지가 지은 첨탑 아래 교회에서 하늘에 계신 아버지에게 기도를 드리며 자란 셈이지. 닉의 누나 지넷은 종교 선생님이었어.

그런데 1966년에 주 정부에서 저수지를 새로 팠어. 그게 어릴 적 내가 살던 집 옆에 있는 저수지야. 저수지 때문에 북쪽 농장에 사는 아이들은 세인트로즈에 갈 수 없게 됐어. 학생 수가 줄어들자 학교는 문을 닫았지. 아빠는 남쪽으로 16킬로미터 거리에 있는 체니에서 초등학교를 마쳤어. 나도 그 학교에 유치원부터 3학년까지 다녔고. 그래도 마운트버넌과 세인트로즈 교회는 우리 공동체의 중심축이었고 우리가 육신으로, 땅으로, 영혼으로 연결된 듯한 느낌을 주었지.

내가 태어난 해에 칙 할아버지는 자기 집 호두나무를 깎아서 영성체 대臺를 새로 만들어서 내가 세례를 받기 전에 교회 제단 가장자리에 설치했어. 어릴 때 나는 그 대 앞에 무릎을 꿇고 앉아 내가 늘 가슴에 품고 다니던 기도를 열렬히 드리곤 했단다.

우리 가족이 잘 지내게 해주세요.

교회 내부는 피의 이미지로 장식되어 있었어. 삶이 우리 육신에 대해 가르쳐준 것들이 담겨 있었지. 신자석에서 무릎을 꿇으면 십자가의 길을 표현한 그림들이 주위를 빙 둘러쌌어. 예수가 자기를 고문할 도구를 쟁기 끌 듯 끌고 가는 그림들이 목수인 우리 할아버지가 새로 갈아 끼운 스테인드글라스 창에 그려져 있었어. 제단 뒤쪽에는 십자가에 못 박힌 예수상이 있었고. 예수의 피부색은 백인처럼 희게 표백되어 있었지. 뒤쪽 신자석 옆에는 성모의 슬픔을 표현한 피에타 복제품이 있었어. 아마 1920년대에 교회 물품 카탈로그를 보고 주문한 것이겠지.

물론 가장 부유한 교구의 교회에 가더라도 같은 이미지가 있을 거야. 그렇지만 십자가상을 보면서 우리는 육신의 고통으로 표현된 은유적 고통을 본 게 아니야. 그 육신 자체를 보았지. 아빠가 내 옆에 무릎을 꿇고 기도를 드릴 때 아빠 화장품 냄새가 신부님 향로에서 나오는 냄새와 뒤섞였고 한데 모은 아빠 손에는 망치가 헛나가 못이 살을 뚫은 자리에 딱지가 얹혀 있었어.

무릎이 성치 않은 늙은 농부는 무릎 꿇은 자세가 힘들지만 그래도 묵묵히 힘든 자세를 취했어. 교회에서 사람들이 힘들어하는 게 눈에 빤히 보였어.

우리 신부님은 엄격하고 구식인 분이라 엄마가 나를 주일학교에 바지와 타이 차림으로 보내는 걸 못마땅해했지. 미사 말씀전례에서는 주로 죄에 대해서 설교했고.

그래도 나는 교회 가는 게 좋았어. 병원에 갔을 때처럼 다들 낮은 목소리로 하느님하고 이야기를 나눈다는 게 좋아서. 너랑 이야기할 때와 비슷한 기분이야. 나는 너를, 살게 만드는 힘으로 느꼈어. 가톨릭 기도문을 읊으면서도 그 기도를 듣는 네 존재를 느끼곤 했지.

어떤 개신교 교회에서는 다시 태어난다는 개념을 중시하기도 해. 하지만 우리 교회는 그런 기쁨 넘치는 개념에 대해서는 거의 이야기를 안 했어. 희생, 죽음, 순교에 몰두했지. 영성체를 할 때 신부님은 예수님의 이런 말씀을 읊지. "이는 너희를 위하여 내어줄 내 몸이다." 우리는 그 말을 이해할 수 있었어.

내가 춤을 추었던 기억으로 가장 오래된 게 언제인지 아니? 우리 집 거실에서 브루스 스프링스틴Bruce Springsteen의 「아임 온 파이어I'm on Fire」를 싱글 레코드로 틀어놓고 춤춘 기억이야. 비트가 엔진의 피스톤처럼 일정하고 빨랐지. 이 노래에는 갈망에 대한 은유가 가득하지만 나는 가사를 문자 그대로 받아들였어. 무딘 칼이라는 가사가 나오는데 집에서 수사슴 가죽을 벗기거나 중고로 산 자동차에 붙은 범퍼 스티커를 떼어낼 때 쓰던 크고 반짝이는 칼을 떠올렸지. 또 가사에 나오는 시트나 화물차, 불 같은 단어에서는 에어컨이 없는 여름밤 잠 못 이룰 때 땀에 젖은 홑이불, 선로에 뭐가 끼어 있어도 제때 멈출 수 없는 캔자스를 통과하는 화물열차, 농부들이 그루터기를 태우려고 놓는 들불을 떠올렸어. 농부들이 밭을 깔끔하게 만들려고 불을 놓으면 밤에 집 주위에서 불빛이 일렁였고 공기 중에는 재가 둥둥 떠다녔어.

내 친구들 이야기를 들어보면 어린 시절에 안정감이라는 개념이 있었다는 걸 느낄 수 있었어. '집에 가서' 부모님과 같은 지붕 아래 자기 방에서 잘 때 느끼는 편안함을 어떤 아이들은 평생 모르고 살기도 해. 네가 그런 안정감을 느끼게 하고 싶지만, 가난한 부모에게는 쉽지 않은 일이란다. 부모 자신도 안정감이 없으니까.

나는 어린 시절 한시도 경계를 늦출 수가 없었어. 더 이상 눈을 뜨고 있을 수가 없어 꺼지듯 잠에 빠질 때에야 진짜로 쉴 수 있었지. 자동차를 타고 갈 때는 늘 내가 차를 길에서 벗어나지 않게 하는 책임을 맡은 것 같았어. 시골에 살다 보니 어디를 가든 고속도로로 갈 때가 많거든. 그럴 때면 차창에서 눈을 떼지 못한 채로 끝없이 기도를 하면서 시골 하늘과 소통을 하려 했어. 뒷자리에 누워 자고도 싶었지만 마음을 놓을 수가 없었어. 내가 정신을 차리고 있어야 상황에 어떻게든 대처할 수 있겠다 싶었거든. 내가 정신을 놓으면 한 주 내내 힘들게 일하고 피곤에 전 채로 운전대를 잡은 아빠가 잠이 들어버리거나, 엄마가 담배를 떨어뜨려 주우려고 몸을 기울이다가 최고 속도로 길 아래 도랑에 차를 처박거나, 이모할머니가 술에 취해 교차로에서 멈추지 않고 달릴 것 같았지.

터무니없는 걱정이 아니었어. 내가 어릴 때 차 사고를 얼마나 많이 겪었는지 다 셀 수도 없을 지경이니까. 우리 식구들은 어떤 차 사고를 누구랑 같이 당했느냐에 따라 자기 삶의 역사를 재구성하기도 해. "아니야, 그거는 개울 위 다리에서 그랬던 거지." "그건 맞는데, 링컨이 아니라 뷰익을 탈 때였어." "맞아, 캔디가 애기 때 일이야." "지니가 말 트레일러 안에서 책 읽다가 연결 고리가 끊어져서 도랑에 빠졌을 때 말이야, 아니면 노인네가 쇼핑몰 교차로로 달려들었을 때 말이야?"

시골에 살았기 때문에 학교에 오고 갈 때도 마찬가지 일들이 있었어. 고등학교를 졸업할 때까지 스쿨버스 사고만 세 번이었어. 세 번 다 시골 도로 상태가 좋지 않고 캔자스 날씨가 험하다 보니 버스가 진창이나 눈구덩이에서 미끄러져 일어난 전복사고였어. 그래서 스쿨버스 안에서도 기도를 하면서 정신을 바짝 곤두세웠지.

3학년이 시작되던 9월 오후, 타운에서부터 스쿨버스를 타고 한참을 달려서 집 가까이에 왔는데, 우리 집 근처에서 큰불이 이는 게 보이는 거야. 나는 집에서 남쪽으로 700~800미터쯤 떨어진 테리사 할머니 집에서 내리게 되어 있었어. 부모님이 일하는 동안 테리사 할머니가 나를 맡아주었거든. 나는 버스 창문으로 불을 보고, 버스 통로를 달려 내려가 가방을 메고 뛰어내리듯 버스에서 내린 다음 700~800미터 흙길을 젖 먹던 힘까지 쥐어짜 달렸어. 우리 집이 아니라 창고가 불에 타고 있는 걸 보고 그제야 안도의 한숨을 쉬었어.

칙 할아버지가 창고와 연못 사이에 있는 풀을 불로 태워버리겠다고 고집을 부렸대. 칙 할아버지는 나이가 꽤 많았는데도 젊은 밀주업자일 때와 다를 바 없이 고압적이었어. 들이나 쓰레기 더미에 아무 조심성 없이 불을 놓곤 해서 아빠는 할아버지가 방화광이라고 농담을 하곤 했지. 그런데 그날은 바람이 우리 편이 아니었나 봐.

창고에 불이 약간 옮겨붙었는데 칙 할아버지가 금속 벽을 도끼로 쳤어. 그게 오히려 불에 산소를 공급해서 불꽃이 창고 벽을 타고 활활 타올랐어.

내가 숨이 턱까지 차고 머리카락에 재가 들러붙은 채로 도착했을 때 아빠와 칙 할아버지는 불 옆에 무표정한 얼굴로 서 있었고 하늘에서는 재가 비처럼 쏟아지고 있었어.

불 자체는 전혀 무서울 것이 없었어. 두 사람은 지붕 들보에 매달리고, 거대한 전기톱을 다루고, 건물 해체 작업 중 벽돌이 쏟아져 내리는 가운데 안전모만 쓰고 다니는 등 날마다 사선을 오가며 살았으니까. 집 옆 창고 화재 정도야 안전에 위협조차 되지 않는 일이었지.

그렇지만 그 창고는 아빠가 가장 자랑스럽게 여기던 건물이었거든. 아빠는 킹맨에서 1910년에 지어진 고등학교를 철거하고 다시 지을 때 나온 폐목을 끌고 와서 창고의 뼈대를 만들었어. 400달러를 들여 벽면과 지붕을 덮을 새 함석판을 샀고. 아빠한테는 수고와 솜씨를 쏟아부은 소중한 것이었지. 게다가 창고 안에 아빠의 매시 해리스 콤바인이 있었어. 콤바인은 농기계 중에서 최고가 장비야. 매시 콤바인은 1940년대에 나온 멋진 기계인데 아빠가 프리티 프레리 경매에서 300달러에 낙찰 받았어. 아버지 것이나 형의 것보다 더 성능이 좋았어.

"재봉틀처럼 잘 달렸지." 아빠가 몇 해 뒤에 슬픈 얼굴로 회상하기도 했단다.

아빠는 불타는 창고로 달려 들어가 콤바인에 시동을 걸었어. 후진을 해서 우리 집과 창고 사이 자갈길로 콤바인을 몰고 나왔는데 타이어에 이미 불이 붙어 있었어. 곧 불길이 차 전체로 번졌지.

아빠는 창고나 농기계에 보험을 들어놓지 않았어. 아빠도 농업보험이든 화재보험이든 자동차보험이든 건강보험이든 생명보험이든 보험업계 전체를 싸잡아 욕하는 사람 중 하나였거든.

"보험은 도둑질이야." 아빠는 말하곤 했지. "순 날강도 짓이지." 그러면 다들 고개를 주억거렸다.

하지만 천만다행이었던 게 엄마 이름으로 들어놓은 주택소유자보험으로 창고까지 보장이 됐어. 보상 청구서에 아빠는 화재로 잃은 것은 물론 상관없는 것들도 몇 개 추가로 적어 넣었어.

하지만 그때부터 더 큰 불운이 줄줄이 닥쳤지. 호수 동쪽 붉은 땅을 갈아엎어야 했는데 장비가 없었으니, 아빠는 삼촌 중 한 명한테 돈을 주고 대신 밭을 갈아달라고 했어. 그런 한편 주택자금대출 이율이 거의 20퍼센트까지 치솟았어.

"그랬으니 누가 집을 짓겠다고 할아버지나 아빠를 부르겠니?" 아빠가 말했어.

그래서 아빠는 다른 일을 찾아야 했어. 형과 함께 지붕 공사 일도 잠시 했어. 그해 여름에 허친슨에 우박 폭풍이 몰아쳐서 지붕널을 새로 해야 하는 집이 많았거든. 게리 삼촌이 도요타 랜드 크루저 뒤에 트레일러를 끌고 와서 아빠를 태워 갔어. 하지만 그 일도 오래가지 못했지.

그런 한편 칙 할아버지는 나이 들어갔지. 아들들이 아버지를 따라 모두 목수 일을 했지만 할아버지가 구심점 노릇을 했기 때문에 사업체가 유지되고 있었어. 할아버지가 돌아가시고 난 뒤에도 형제들이 함께 일을 할지는 미지수였어.

"제길, 스마시브라더스 건설도 망하겠구나." 하고 아빠는 생각했대. 농기계를 화재로 잃은데다가 목수 일 수요도 줄어서, 처음으로 가업이 아닌 분야에서 일거리를 찾아야 했어. 1987년 가을 서른두 살 때 아빠는 위치토 보잉사에 가서 공장 지붕 철거 작업 매니저 일에 지원했어. 시간당 얼마를 원하느냐고 물었대. 아빠는 18달러를 달라고 했어.

"꽤 높은데요." 보잉 담당자가 말했어.

"제가 꽤 잘하거든요." 아빠가 대답했대. 전에 인부 스물다섯 명을 데리고 일해본 적이 있고, 세미 트레일러를 몰아본 적이 있고, 인부들이 쓰는 용어도 다 안다고 거짓말을 했어.

낮에는 공장을 돌려야 하기 때문에 야간에 작업을 했어. 비행기 공장 톱니 지붕 길이는 40미터 가까이 되고 지붕 한쪽 면은 빛을 잘 받을 수 있게 비스듬한 유리로 덮여 있었어. 아빠는 거대한 톱니 지붕을 가로지르는 선로를 설계하고 설치해서 뜯어낸 부품을 쉽게 옮길 수 있도록 했어. 캄캄한 밤에 일꾼들이 와서 안전망도 없는 10미터 높이의 성에가 낀 사다리를 미끄러지지 않도록 조심조심 타고 올라와 작업했지. 아침 여덟 시에 일꾼들이 돌아가고 나면 아빠는 뜯어낸 폐기물을 실은 트레일러를 쓰레기장으로 몰고 가야 했어. 운전하다가 깜박 졸 때도 많았어.

아빠는 우울하고 피곤해했어. 경제적 문제도 있었지만 집에서 엄마와 사이도 좋지 않았어. 아빠는 일이 없을 때는 술을 많이 마셨어. 맷과 내가 차에 타고 있을 때 운전대에서 잠이 든 적이 얼마나 많았게. 내가 운전대를 잡고 아빠 팔을 찰싹 치면 아빠는 갓길에서 빠져나와 차를 다시 도로 위로 올려놓았어.

보잉 회사 일이 끝난 다음에 아빠는 위치토에서 또 다른 일거리를 찾았어. 이번에는 산업용 세척제를 공급하고 처리하는 일을 하는 국영기업 일이었어. 밴을 몰고 도시와 주변 타운을 돌면서 정비소에 세척 용제와 장비를 배달했어. 또 엔진오일 같은 이미 사용한 화학 물질을 밴 뒤에 있는 커다란 드럼통에 받아서 지정된 폐기장에 갖다 버렸지.

그 일을 시작한 지 열흘쯤 되었을 때, 아빠가 주간 도로를 홀로 달리는데 갑자기 세상이 느리게 돌아가더래. 회사 안마당에 들어왔을 때에는 입에서 거품을 흘리고 있었어. 어떤 직원이 아빠를, 엄마가 가끔 명절에 상품 판매 아르바이트를 하는 쇼핑몰 옆 경증 응급 센터로 데려갔어.

아빠는 자기가 죽어간다는 걸 알았대. 쇼핑몰 입구에서 무릎을 꿇고 하느님에게 기도를 드리자 쇼핑하러 온 사람들이 지나가면서 쳐다봤지.

구급 요원들이 아빠에게 구속복을 입히고 진짜 병원으로 데려갔어. 아빠와 내가 태어난 병원. 아빠는 화학 약품에 중독된 거였어.

폐기장에 불법으로 버려진 독성 폐기물이 반응을 일으켜 생긴 가스를 들이마셔서 그렇게 된 거라고 들었어. 어쩌면 아빠가 몰던 트럭이 환기가 제대로 안 되는 부적절한 구조라서 뒤쪽 화학 물질에서 발생한 증기가 운전석으로 스며들었을 수도 있고.

의사들이 독을 흡수하려고 아빠 몸에 숯을 붙이고 아빠가 살아나기를 기다렸어. 신부님이 병자성사까지 해줬대. 죽음이 눈앞에 있을 때 하는 가톨릭 의식이야.

아빠는 깨어나서 살아야겠다고 결심한 그 순간을 잊지 못하겠다고 해. 간호사가 머리를 감겨주었는데 샴푸에서 장미향이 났대. 지금까지 느껴보지 못한 아름다운 평온을 느꼈다는 거야. 그래서 아빠는 삶에 매달렸어. 엄마가 나와 맷을 데리고 병문안을 왔었다는데 나는 기억이 안 나네. 아빠는 휠체어에 앉아 있다가 병원 복도 끝에 나타난 우리를 보자 눈물이 나더래.

아빠는 엿새 뒤에 병원에서 퇴원했지만 아직 머리가 정상이 아니었어. 캔자스시티에 있는 캔자스대학 의대 신경과 의사를 찾아갔는데 아빠 상태를 중독성 정신병이라고 진단했어.

"몸, 머리, 정신이 깨끗해지는 데 3년이 걸렸다." 아빠가 말했어. 너무 큰 상처를 남긴 일이었기 때문에, 수십 년이 지난 다음에야 아빠는 겨우 그 일에 대해 입을 뗐지.

세척 용제 회사, 아빠가 일할 때 수십억 달러 규모 사업체였다는 그 회사는 아빠의 사고 때문에 트럭 구조를 바꾸었대. 아빠는 어디에서 어떻게 그 이야기를 들었는지는 기억이 안 난다고 했지만. 아마 사실일 거야. 아니면 변호사가 그러길 바란다는 뜻으로 애매하게 말했는데 아빠가 곧이곧대로 받아들였을 수도 있고. 당신이 겪은 고통에 그래도 어떤 의미가 있다고 생각하고 싶은 마음이었겠지.

아빠는 회사와 합의를 했어. 추가 보상을 요구하지 않는다는 서류에 서명을 하고, 변호사 비용을 치르고, 5만 달러를 받았어. 캔자스 노동자 보상법 덕에 2년 동안 총 2만 2000달러 정도 되는 장애 급여도 받았어. 하지만 아빠는 몸이 안 좋아도 쉴 수가 없어 계속 일을 했어. 그러다 보니 장애 급여 대상에서 빠지게 됐지.

내가 자란 뒤에 아빠 트럭 옆자리에 앉아 아빠가 처음으로 그 이야기를 하는 걸 들었는데 너무 괴로워 죽을 것 같더라. 자기가 중독된 일에 대한 기억이니 완벽하지는 않았겠지만. 제일 충격적이었던 건 아빠가 입은 정신적 상처가 아니라, 그 일에 대해 아빠가 아무 분노도 느끼지 않는다는 점이었어. 일하다가 죽는 게 자기 운명이라는 걸 잘 안다는 듯이, 그럼에도 불구하고 살아남은 것에 대해 감사하는 마음이 커서 자기가 희생되었다고는 생각하지 않는 듯이 말했어.

일하다가 목숨을 잃은 사람이 드물지 않긴 했지. 1960년대에, 아빠가 어릴 때 가장 좋아하던 삼촌이 우리 농장 근처 다리에서 트랙터가 미끄러져 내려와 거기 깔려 세상을 떴대. 나는 거의 날마다 그 다리를 건너면서 아빠의 아픈 기억을 떠올렸어.

장애를 입었으나 살아남은 사람도 많았지. 밀을 추수하다가 콤바인 날에 팔다리를 잃은 사람도 있었어. 캔자스주 어느 교회에 가든 어느 타운에 가든 조차장에서 일하다 한쪽 눈을 잃어서 유리구슬을 그 자리에 끼운 남자, 바짓자락이 기계에 끼는 바람에 다리를 절게 된 여자 등이 한 명씩은 꼭 있었어.

아빠가 일하다가 중독을 일으킨 무렵에 베티 할머니도 농사일 때문에 죽을 뻔한 일이 있었어.

어느 날 오전에 베티는 위치토 법원에서 일하다가 몸이 너무 안 좋아져서 점심시간에 병원에 들렀대. 베티가 법원 일자리를 구한 중요한 이유가 건강보험을 비롯해 정부에서 지원하는 복지 혜택이 있었기 때문이었어. '정부 지원'이란 말을 어른들은 경외감을 담아서 입에 올리곤 했지. 우리 삼촌, 숙모, 사촌 등등 위치토 항공기 공장에서 일한 이들도 많은데 노조에서 제공하는 복지도 남들이 탐낼 선물인 양 이야기하곤 했지.

의사가 베티 할머니한테 아무 이상이 없다고 했대. 의사는 여자가 아프다고 말하면 잘 안 믿는 경향이 있어. 그런데 가난한 노동 계급 여성은 의학 전문가들의 말에 토를 잘 안 달지. 정규 교육을 받지 않았다는 자격지심에 소극적이 되는 것일 수도 있어. 쓰는 말 자체가 다르니, 권위 있는 전문가 앞에서는 주눅이 들 수밖에 없겠지. 어쨌든 베티는 그냥 직장으로 돌아갔어.

베티 할머니는 일을 마치고 퇴근해서 농장으로 돌아가기 전에 위치토 가난한 동네 작은 아파트에 사는 어머니한테 들렀어. 도러시 증조할머니는 60대였는데 망상형 조현병 진단을 받은 지 벌써 수십 년이 되었어. 혼자서 치료도 받지 않고 지냈는데, 의사들을 믿지 않아서라고 했지만 돈이 없기 때문이기도 했어.

도러시에게 치료가 필요하게 되었을 때가 주립정신병원 예산이 줄어 환자들을 돌려보낼 무렵이었어. 1960년대에 중년에 접어든 도러시가 정신병 진단을 받았는데 정부에서 주립정신병원 환자들에 대한 의료 보장을 삭감했어. 그래서 정신병 환자들은 지역 경제의 지원이나 개인 병원에 의존할 수밖에 없었지. 20세기 후반에 이르자 캔자스주 주립정신병원 침상 수는 기존에 인구 10만 명당 수백 개였던 것에서 20개 남짓으로 줄었어. 개인 병원에 다닐 능력이 안 되는 사람들은 성인 자녀(대개 여자들)가 돌볼 수밖에 없게 되었지.

그래서 베티는 몸이 극히 안 좋은 상태로 퇴근한 그 여름날 오후에도 엄마를 들여다보러 갔어. 도러시 집에서 나와 트럭으로 걸어가는데 오후 열기가 확 덮쳐 오더래. 기분이 이상했어. 무거운 백을 멘 왼쪽 어깨가 축 처졌어.

다시 병원으로 갈까도 생각했지만 의사가 아무 이상 없다고 했으니까. 집을 향해 출발했어. 가는 길에 현기증이 나고 도로가 흐릿하게 보여 몇 번이나 차를 길가에 세웠어.

60킬로미터를 달려 농장 자갈길 진입로에 들어서 트럭에서 내린 다음 베티는 쓰러졌어.

아니가 달려와 베티를 집으로 안고 들어갔어. 베티는 덜덜 떨었어. 아니는 베티를 담요로 감싸서 바로 트럭에 태우고 다시 위치토의 병원으로 갔어.

베티는 폐렴과 히스토플라스마증에 걸린 거였어. 히스토플라스마증은 폐에 진균이 들어가 번지는 드문 감염병인데 곰팡이 슨 밀짚이 가득한 축축한 창고를 무시로 드나드는 농부들이 잘 걸리지. 베티의 왼쪽 폐에 커다란 농양이 생겼대. 병원에서 베티의 몸에 정맥주사로 항생제를 집어넣었어.

아빠가 나를 데리고 문병을 갔는데 선물 가게에 들러 꽃을 사자고 해서 깜짝 놀랐어. 나는 선물 가게에서 파는 물건은 비쌀 것 같아서 걱정이었지. 영화관에 갈 때에는 영화관 매점에서 파는 간식이 비싸기 때문에 주유소 가게에서 산 사탕을 몰래 가지고 들어갔고 어디 행사장에 갈 때에는 볼로냐 샌드위치를 만들어 아이스박스에 넣어 가져갔어. 행사장 노점에서는 바가지를 씌

우기 마련이니까. 나는 꽃을 사려면 병원 선물 가게가 아니라 다른 곳에서 사야 한다고 생각했지만, 아빠가 나한테 꽃다발을 고를 수 있게 해줘서 뿌듯하기도 했어.

엘리베이터 타는 것도 건물이 높아봐야 2층인 시골에서 온 아이한테는 신나는 일이었지. 나는 무거운 꽃병을 떨어뜨릴세라 천천히 복도를 걸어갔어. 아니 할아버지하고 다른 사람들 몇이 할머니가 누워 있는 병실에 모여 있더라.

"세라 스머프, 이리 오렴." 할머니가 말했어.

나는 할머니 몸에 붙어 있는 튜브와 장치들을 봤어. 할머니는 내 손을 잡고 웃음을 지어 보였어.

"우리 세라 스머펜버거." 베티 할머니가 내 손을 두드리면서 말했지. 할머니는 나를 웃게 만들고 싶을 때 가끔 그렇게 불렀어. 나는 「스머프The Smurfs」라는 만화를 좋아했는데 그걸 장난스럽게 독일식 성으로 바꿔서 붙여준 거야. 우리는 의식하지 못한 채로 그렇게 독일식 단어를 섞어 쓰곤 했어.

병원에서 베티 할머니의 목소리는 평소 활기 넘치는 목소리와 달리 조용했어. 엄마도 있었는데 엄마도 나긋나긋 부드러웠어. 나한테 분홍색 하이탑 운동화를 사주고 엄마 침대 꽃무늬 이불 위에 앉히고 운동화 끈 묶는 법을 가르쳐줬을 때랑 비슷했어. 병원에 오니 사람들이 점잖아지는 게 좋았어. 도서관에 갔을 때나 일요일 미사나 장례식 때처럼.

병원에서는 금연이라는 점도 좋았어. 아침마다 눈을 뜨면

가장 먼저 감각을 깨우는 게 담배 냄새였으니까. 학교에서 간접
흡연이 나쁘다고 배웠기 때문에 차 안에서나 집에 있을 때나 누
가 담배를 피우면 나는 걱정이 되어 숨을 참곤 했지. 폐 공기증
이 있는 도러시 증조할머니는 산소탱크를 코에 끼우고도 손가락
에 담배를 끼우고 텔레비전을 볼 정도였어.

텔레비전 토크쇼나 학교에서 아이들이 하는 말을 듣고 내가
요즘 사회에서 위험하다고 하는 것들로 가득한 환경에서 산다는
사실을 깨달아가던 참이었어. 담배 연기, 튀긴 음식, 안전벨트를
안 매는 습관 등. 하지만 내가 아는 건 절반도 안 됐지. 충치를 일
으키는 단 음식, 싸구려 집 벽에 사용된 유독성 본드, 농장에서
흘러온 물이 지하수로 흘러 들어가 우리가 마시는 물에 들어 있
는 질산염, 한낮의 혜성처럼 농약을 공중 살포하는 비행기가 지
나가고 난 뒤 바람을 타고 날아오는 농약. 내 몸 안에서 그런 것
들을 느낄 수 있었어. 머리가 지끈거리나 머리통이 맥박처럼 쿵
쿵 울리는 일이 심심치 않았지.

어른이 되어 다른 환경에서 살게 되자 두통이 멈췄어. 하지
만 어린아이로서는 어떻게 손을 쓸 수도 없는 일이었어. 마음을
달래는 것 말고는. 그때 내가 스스로를 치유하기 위해 쓴 방법이
너와 이야기를 나누는 거였지.

하지만 내가 아주 어릴 때에는 너를 내가 가질 수도 있는 아
이로 생각한 게 아니라 어린아이인 나를 지켜주는 누군가로 생
각했어. 어느 쪽으로 생각하든 보호막이 필요한 어린아이가 있

었던 건 마찬가지지. 나는 주변을 끊임없이 의식하는 걸 보호막으로 삼았어. 주위에서 일어나는 일에 대해 무뎌지지 않으면 상처를 받게 되는 환경이었지만 너와 이야기를 함으로써 몸에 스며드는 독을, 다가오는 위험을 피할 수 있었어. 너와 이야기를 하면서 깨어 있을 수 있었지.

내 어린 시절의 많은 부분은 어른의 악몽 속에서 깨어 있는 것이나 다름없었다. 우리의 악몽은 가난이었어. 가난은 심리적 위험뿐 아니라 죽음의 위험도 함께 가져오지.

내 어린 시절은 민간 건강보험과 제약업계가 실질적으로 미국의 영리병원 제도와 결합한 시기이기도 해. 그래서 보험이 없는 우리 같은 사람들은 병원비를 감당할 수 없게 되었지.

우리가 병원을 이용하는 일이 드물었던 까닭은 병원비가 점점 비싸졌기 때문이기도 하지만 병원과 멀리 떨어진 외진 곳에 살았기 때문이기도 해. 병원을 잘 안 믿기도 했어. 솔직히 건강 관련 문제를 두고 고민을 덜하려면 의사는 쓸모없다고 생각하는 편이 속 편했지. 실은 병원비를 감당할 여유가 없었던 거지만. 만약에 정말로 응급 상황이 발생한다면, 타운에서 앰뷸런스가 진창과 울퉁불퉁 바퀴 자국이 가득한 우리 흙길을 지나 집에 도착하기 전에 죽을 가능성이 높지. 그 대신 웬만한 베이거나 찢긴 상처는 집에서 10년은 된 듯한 병에 든 따끔한 빨간약으로 다 치료했고 그걸로 아무 문제도 없는 듯 지냈어.

내가 태어날 무렵에 시골 병원이 하나둘 문을 닫고 미국 의료 체계는 도심에 있는 번드르르하고 거대한 사업체로 바뀌었어. 우리 아빠가 여섯 남매 중 막내라, 형제 중에서는 유일하게 집이 아니라 병원에서 태어났대. 하지만 내가 어릴 때에만 해도 옛날식 시골 의사가 우리 동네에는 아직 남아 있었어. 나중에 우리나라 다른 사람들은 영화나 책에만 그런 세상이 남아 있다고 생각한다는 걸 알게 됐지만, 실제로 우린 그렇게 살았어.

내가 아기일 때 어느 날 열이 위험할 정도로 높이 올랐대. 부모님이 울퉁불퉁한 길을 몇 킬로미터 달려 조지프 스테크라는 의사의 집으로 나를 데려갔어. 스테크 선생님은 작은 타운에서 환자를 보면서 가끔 왕진도 다녔어. 위치토 큰 병원에서 내가 태어날 때 나를 받아준 의사였는데, 내가 어릴 때에는 앤데일이라는 작은 타운에 있는 19세기 건물에서 개업을 하고 얼마 안 되는 돈을 받고 진료를 했어. 나는 그 병원에서 예방주사도 다 맞았고 인후염에 걸렸을 때 항생제 처방도 받았어.

우리는 건강보험이 없었지만 스테크 박사가 청구하는 병원비는 낼 수 있었어. 학교 크리스마스 연극 바로 전날 내가 수두에 걸렸을 때, 스테크 선생님이 전화로 우리 엄마한테 학교에 보내면 안 된다고 말하는 걸 듣고 부엌 전화기 옆에서 엉엉 울었던 일이 생각나.

내 눈에는 대저택처럼 보이던 스테크 선생님 집 앞을 지나갈 때면 부모님은 이렇게 말했지. "네가 아기 때 한밤중에 열이 나서 저기로 데려갔단다." 스테크 선생님이 어떻게 나를 살려냈는지는 아무도 기억을 못해. 내가 그날 죽을 운명이 아니었다는 게 부모님한테는 가장 중요한 일이었겠지.

"하느님께서 때가 되면 널 집으로 부르실 게다." 아니 할아버지는 이런 말을 잘했어. "때가 되면 된 거지." 다른 사람들도 주억거리며 말했지. 때가 안 되었기 때문에 나는 불려가지 않았어.

하지만 나는 종종 고열에 시달렸어. 두 살인가 세 살이 되기 전까지 수차례 열병을 앓았다고 아빠가 나중에 말해줬어. 그때는 스테크 선생님한테나 위치토 병원으로 데려가지 않았대. 이제는 심각한 일이 아니구나 싶었고, 병원에 가려면 돈이 드니까. 그 대신 욕조에 찬물을 받고 나를 집어넣었어.

"너한테 살살 물을 끼얹어줬지. 그러면 열이 내렸어!" 아빠가 말했어.

나는 살았고 그게 중요한 거니까. 의료 산업은 병에 이름을 붙이고 약을 처방하면서 돌아가지만 우리가 아는 어떤 치유는 비밀스럽게 작용한단다. '위약placebo'이라는 말은 몰랐더라도 신이 우리를 집으로 부르기 전까지 살아남는다는 건 결국 물질보다는 정신의 힘으로 버틴다는 뜻이라고 생각했던 거야.

그로부터 몇 해가 흐른 뒤에는, 우리 같은 사람들이 전문적 관리가 반드시 필요한 유행병에 시달리게 돼. 비만, 당뇨, 메스암페타민 중독, 치아 뿌리 염증으로 인한 패혈증, 의사가 아픈 데를 치료해준다면서 지나치게 처방한 마약성 진통제 과용 등. 나는 자라면서 우리 가족들의 몸에서 이런 병을 전부 봤어. 얼굴의 흉터와 딱지, 점점 불어나는 아랫배, 퉁퉁 부은 발, 빠진 치아, 하이드로코돈 같은 마약성 진통제에 중독되어 덜덜 떨리는 몸. 그 무렵에 주립 정신병원을 문 닫게 만든 병원 민영화의 움직임이 일반 의료 제도 전체를 약화시켜서 중산층도 병원비를 감당하기 어려운 지경이 되었어.

1980년대에만 해도 막을 수 있었던 일이지만 20년 정도 지난 뒤에는 거스를 수 없는 현실이 되어버리지. 전에는 치료하면 나을 수 있는 병이었던 게 이제 죽을병이 되어버렸어. 내가 어릴 때 우리 식구들이 겪었던 위험한 상황들, 예를 들어 엄마가 아기를 낳다가 심한 출혈을 일으킨 것이나 할머니가 폐렴에 걸렸던 것, 아빠가 화학 약품에 중독되었던 일 등이 오늘날에 일어났다면 아무도 살아남지 못했을지 몰라. 엄마는 위험한 출산을 해야 했을 거고 할머니는 보험이 없어 병원에서 일찍 퇴원해야 했을 거고 아빠는 더 싸고 효과가 적은 치료를 받았겠지. 가난한 시골 여성의 사망률은 내가 태어난 이후에 오히려 빠르게 상승했어.

건강보험이 생긴 지는 오래되었지만 업계의 힘이 급격히 커지면서 의료비가 엄청나게 상승했어. 베티는 지니를 낳았을 때 일을 거의 잊어버렸지만 병원비가 얼마 나왔는지는 똑똑하게 기억해. 12달러였대.

"그때는 그 돈도 구하기 힘들었어." 베티가 말했어. "병원비를 치른 다음에 아기한테 말했지. '이제 네가 내 것이 됐구나.'"

1960년대 공군 병원에서 아기를 낳았거든. 수십 년 뒤에 내가 너를 개인 병원에서 낳았다면 그 병원비를 어떻게 감당했을지 알 수가 없구나. 20대 때 딱 한 번 응급실에 갔는데 그 비용을 갚기까지 2년이 걸렸어. 그때 고용주 부담 건강보험이 있었는데도 그랬어.

그런 생각을 하면 처참해져. 식량을 재배하고, 음료를 서빙하고, 집을 짓고, 비행기를 조립해 돈이 더 많은 사람들이 먹고 마시고 살고 이동할 수 있게 하는 일을 하는데, 정작 내 몸은 병원에 갈 수가 없다는 사실. 불평하는 사람도 심지어 문제를 자각하는 사람도 없었지만, 내 주변 사람들이 자기들이 쓰고 버려질 수 있는 존재로 여겨진다고 생각하는 걸 나는 느낄 수 있었어.

위험이 곳곳에 있는데 제대로 돌봄을 받지 못하는 삶은 몸뿐 아니라 뇌에도 흔적을 남겨. 뇌에서 원초적 공포를 느낄 때 싸우거나 도망가는 반응을 관장하는 편도가 커지고 그 상태가 유지되지. 만성 스트레스 아래에서 과도한 각성 상태가 계속되다 보면 신체에도 영향이 가는 거야.

가난의 위험을 일상적으로 마주하는 사람이 늘 공포를 자각한다는 말은 아니야. 나는 그런 감정을 자각하지도 못했어. 늘 각성 상태였으니까. 지금도 여전히 내가 감정적인 면에서 보통 사람들하고 다르다는 걸 알게 됐어. 어떤 면에서는 도움이 되었고 어떤 면에서는 해가 되기도 했지. 누군가가 그게 나에게 해가 될 수 있다는 걸 일깨워준 적이 있어.

"대부분 사람들은 스트레스로 느끼지 않겠어?" 그 사람이 물었지.

"맞아."

"그렇다면 너한테도 스트레스인 거야. 네가 의식하지 못하더라도."

하지만 어릴 때에는 의식할 수 있었어. 뭔가가 잘못된 듯한 느낌. 가난으로 인한 상처투성이인 엄마가 있는 시골집에서 나는 엄마의 스트레스를 먼저 느꼈어.

우리 엄마 지니는 원하지 않았던 네 살배기 딸과 갓난아이를 데리고 시골 한복판에 혼자 있었지. 한쪽에는 저수지, 다른 쪽에는 밀밭이 있고 지니는 그 사이에 끼어 있었어. 북쪽에 바람막이 삼아 성긴 숲을 만들었지만 캔자스의 날씨를 막기에는 태부족이었어. 몰아치는 북풍이 호수를 건너며 속도를 높여서 우리 집을 두들겼어.

어느 날 밤 아빠가 집을 떠나 먼 건설 현장에 가 있을 때에, 무언가가 창문을 할퀴는 소리가 한참 들리더래. 엄마는 나와 동생을 침대에 눕히고 문을 잠근 다음 장전한 총을 들고 밤새 지켰어.

낮 동안 엄마는 침실 문을 닫고 긴 낮잠을 자곤 했어. 나는 문을 살짝 열고 꽃무늬 이불 아래로 기어 들어가 엄마 얼굴의 로션 냄새와 머리카락의 담배 냄새를 맡을 수 있을 만큼 가까이 다가갔어. 엄마는 보통 아무 말도 하지 않았어. 가끔은 내 발이 찬 걸 느끼고 자기 다리 사이에 넣어 데우라고 하기도 했지. 실용적 목적을 내세워 딸과 스킨십을 어렵게 만드는 정서적 장애를 극복한 것 같기도 해.

편히 누우려고 내가 몸을 뒤척이기도 했겠지.

"움직이지 마." 엄마가 말했어.

나는 온몸의 근육을 긴장시키고 가만히 있었어. 밤에 악몽을 꾸고 깨어 누가 들어올까 봐 방문을 노려보고 있을 때처럼 온몸이 뻣뻣해졌어. 엄마가 한숨을 쉬며 말했지.

"그렇게 크게 숨을 쉬어야겠니?"

나는 숨을 늦추고 소리를 죽였어. 코를 통해 조금씩 공기를 들이마시면서 소리도 내지 않고 움직이지도 않으려 했어. 그러다 보면 가슴이 답답하고 묵직해졌어.

"그만해." 엄마가 굳은 얼굴로 말했어. **"숨 쉬지 마."**

나는 최대한 길게 숨을 참았어. 나는 쓸모 있는 존재가 되는 법을 이미 익혔지만(노동 계급 아이들이 가장 먼저 배우는 게 아마 집안일일 거야.) 그 순간에 불행한 여자에게는 아이의 몸이 성가신 것일 수 있음도 알게 됐지.

가난한 10대 엄마들의 혈통에서 태어난 내가 너에 대해 왜 이런 생각들을 갖게 되었을까 생각해보면, 아마 그 이유 가운데 두 번째로 중요한 건 엄마가 된다는 것이 어떤 여자들과 자녀들에게는 불행을 가져온다는 인식이었을 거야. 내가 엄마의 불행을 (적어도 한동안) 물려받아 지녔던 것은 내 선택이 아니라 어쩔 수 없는 일이었어. 하지만 10대가 되었을 때 나는 이 와중에 절대로 아기를 태어나게 하지는 않겠다고 맹세했지.

아빠는 자기가 돈을 잘 못 벌어서 엄마가 불행해한다고 생각했어. 여자도 할 수만 있으면 언제나 일을 했는데도 남자들은 '가장'으로서의 의무를 느꼈지.

아빠는 우리 집의 문제가 모두 돈 때문이라고 생각했어. 구체적으로 말하자면 돈 벌려고 뼈 빠지게 일하다가 중독으로 거의 죽을 뻔한 일 때문이라고.

"조금만 더 있으면 보상금 받을 거야." 아빠가 엄마한테 말했어. "조금만 더 참아." 돈만 들어오면 모든 문제가 다 해결될 것처럼.

하지만 아빠는 장기적 증상을 기록으로 남겨 보상금을 최대로 늘려야 했기 때문에 부상을 당하고 3, 4년이 지나기까지 보상금을 받지 않고 버텼어. 그러는 동안 아빠는 중독으로 인한 정신 이상 증세를 보이고 엄마는 분노와 우울에 시달리고, 모든 게 엉망이었어.

나는 엄마 아빠가 다투는 소리를 맷이 듣지 못하게 맷을 집 밖으로 데리고 나왔어. 맷은 어른들한테 마음이 여리다고 타박을 듣는 아이였기 때문에 집 안의 터질 듯한 분위기를 나보다 더 힘들어했어. 우리가 사는 곳에서는 사내아이는 물렁하면 안 되기 때문에, 눈물을 보였다가 야단맞기 일쑤였지. 누구든 우는 걸 수치스럽게 여기는 분위기이기는 했지만, 어린 맷은 특히 더 상처를 받는다는 걸 나는 알았어.

나는 맷이 걸음마를 떼기 시작하자마자 집 밖 탐험에 끌고 나갔어. 맷은 말이 느려 r, l, v 같은 소리를 잘 발음을 못해서 맷이 하는 말을 내가 어른들에게 통역해주었지. 둘만의 고립된 세계에서 우리는 쌍둥이들처럼 우리끼리만 통하는 언어를 만들었어. 외모는 전혀 남매처럼 보이지 않았어도 말이야. 나는 그을린 피부에 녹색 눈, 가늘고 색이 거의 없는 머리카락을 등에 늘어뜨렸고, 맷은 흰 얼굴에 회색 눈이고 머리카락은 굵고 검었어.

성격도 전혀 달랐지. 나는 집에 있을 때 최대한 조용히 있는 걸 목표로 삼았지만 맷은 늘 있는 티를 내며 존재감을 드러냈어. 한번은 엄마가 파티를 열었는데 맷이 자기 방에서 빠져나와 한 손을 쟁반을 받쳐 든 것처럼 들고 손님들 사이를 돌아다니면서 이렇게 말했어.

"파테?"•

텔레비전 어디에서 본 대로 따라한 거야. 손님들은 파테가 뭔지 정확히는 몰라도 부자들이 먹는 음식이라는 건 알았기 때문에 맷을 보며 웃음보를 터뜨렸지.

맷은 자라면서 엄마의 생물학적 아버지인 레이를 닮아갔어. 레이의 태도도 많이 물려받았고. 아장아장 걷는 아기일 때부터

• pâté, 간 고기로 만든 프랑스 음식.

벌써 격렬한 회오리바람 같았단다. 한번은 화가 나서 거실 벽에 머리를 찧었는데 어찌나 세게 박았던지 석고 보드가 움푹 팰 정도였어.

맷은 밤에 특히 힘들어했어. 자다가 울면서 나를 불렀지. 아기 목소리가 우리 방 사이 벽을 뚫고 나를 깨웠어.

"누나! 세라!"

벌떡 일어나서 동생한테 달려가면 맷은 침대에 앉아 땀에 흠뻑 젖은 채로 소리를 지르고 있었어. 얼굴은 눈물 콧물 범벅이고 울음이 치솟아 말이 자꾸 끊겼어. 짙은 색 머리카락이 뜨거운 이마에 들러붙어 있었고. 나는 맷을 달래려고 애를 썼지만 맷은 내 뒤쪽 허공에 시선을 고정하고 계속 소리를 질렀어. 나는 맷을 찰싹 치고 흔들었어. 그러면 마침내 정신이 드는 듯 엉엉 울었어.

나는 맷에게 이제 괜찮으니까 다시 자라고 단호하게 말했어. 안아주고 싶기도 했지만 이럴 때에 강해지라고 말해야 한다는 것도 알았지.

맷이 밤에 깨서 우는 일이 점점 잦아졌어. 엄마가 위치토 정신과 의사한테 맷을 데리고 갔는데 의사는 '야경증'이라고 진단했어. 몸은 깨었는데 정신은 아직 깨어나지 않아 가위에 눌리는 거라고 했어.

목이 끊겨 죽은 새끼 고양이들처럼, 우리는 자는 동안에도 안전하지 못했던 거야.

시골에 살아서, 가난해서, 여자라서 취약할 수밖에 없었던 곳에 다정한 아빠가 있었던 게 나에게는 정말 다행이었어. 어릴 때 베티 할머니가 부엌 식탁에서 남편한테 맞고 온 사촌, 이모, 이웃 들을 달래는 소리를 얼마나 자주 들었는지 몰라. 주먹에 맞아 눈에 멍이 들었거나 야구 방망이에 맞아 의식을 잃어 응급실에 다녀온 흔적이 팔뚝에 링거 반창고 자국으로 남아 있었지. 우리 외가 쪽에서 그런 일은 전통에 속했어.

"불같은 성격이라면 말도 마라." 베티 할머니가 자기 부모 도러시와 에런을 두고 나한테 한 말이야. 베티가 어릴 때 어느 저녁에 아빠와 삼촌이 집 앞 진입로에서 차를 고치고 있었는데 엄마가 현관 방충망 문을 열고 저녁 준비가 됐다고 말했대.

그런데 아무도 안 들어온 거야. 도러시는 음식이 식기 전에 당장 들어와 엉덩이를 붙이라고 소리를 질렀어. 에런이 화가 나서는 자동차 창문 밖으로 렌치를 집어 던졌어.

"엄마도 화가 나서는 다른 렌치를 집어 들고는 헤드라이트를 깨부숴버렸어." 베티가 웃으며 말했어. "우리 엄마는 복숭아밭의 수퇘지처럼 과격했단다."

우리 아빠 쪽인 테리사 할머니처럼 도러시 증조할머니는 대공황기에 위치토에서 자랐어. 위치토는 캔자스주에서 가장 큰 도시지만 인구는 10만 정도밖에 안 돼. 도러시는 독일계 이민 2세대인 부모님과 함께 작은 집에서 살았대. 아빠 에드는 키가 큰 도축업자로 위치토 도축장에서 소를 처리하는 일을 했어. 도축장 바로 옆에서 철로가 복잡하게 얽혀 합류하며 시골에서 소를 날라 오고 포장된 육류를 시카고와 뉴욕 등으로 실어 날랐어. 에드와 엄마 아이린은 평생 캔자스 남부에서 살았어. 에드가 잠시 멕시코로 도망갔다가 매춘부한테 성병을 옮아왔을 때만 빼고 내내 같이 살았다고들 해. 도러시는 불편한 집안 분위기를 벗어나려고 집을 나와 거친 무리들과 어울렸어. 그중에서도 가장 터프한 남자와 연애를 하게 됐지.

에런은 캔자스 남부에 있는 작은 타운 프랫 근처에서 짚단 묶는 일을 하는 농부의 아들이었어. 대공황이 닥쳐 학교는 6학년까지만 다녔고 걷기 동안에는 아빠와 같이 들일을 했어. 10대가 되었을 때 엄마가 암으로 돌아가셔서 에런과 동생 디로이는 '누나' 메이 부부와 같이 살게 됐어. 메이가 사실은 형제의 엄마라는 소문이 있었지.

그 지역의 덩치 좋은 독일계 남자들에 비해 에런은 키가 작고 뼈도 가늘고 팔에는 힘줄이 불거졌지만 머리카락은 가늘고 옅고 눈은 하늘색이라 여린 인상이었어. 늘 입에 펠멜 담배를 물고 비웃음을 띠었어. 10대였던 1935년에 미네소타로 가서 프랭클린 루스벨트Franklin Delano Roosevelt 대통령의 시민보호단*에 들어갔어. 돌아와서는 자기만큼이나 성미가 화끈한 아가씨를 만

---

*   Civilian Conservation Corps, 루스벨트 대통령이 뉴딜 정책의 일환으로 실직 청년들을 고용해 대규모 건설 공사에 투입했다.

낳지.

도러시와 에런은 1939년 2월에 결혼했어. 도러시는 열일곱, 에런은 스물한 살이었어. 둘은 정말 안 어울리는 한 쌍이었단다. 에런은 창백하고 수척한데 도러시는 땅딸막하고 낯빛이 짙고 머리카락도 진하고 뻣뻣했지. 위치토 서쪽 가장자리 커스터가에 있는 조그맣고 하얀 목조 주택에서 신접살림을 시작했어. 포장도로가 끝나고 흙길이 나오고 가게나 주유소가 드물어지다가 허허벌판만 나오는 그런 곳이었지.

결혼하고 이듬해에 도러시는 첫째 칼을 낳았어. 1942년에는 위치토 항공기 공장에서 일하기 시작했어. 전쟁 동안 위치토는 '세계의 항공 수도'로 성장해 평평하고 값싼 땅 여기저기에 비행기 공장이 들어섰지. 디트로이트에 자동차 공장들이 속속 들어선 것처럼. 도러시는 보잉사에서 리벳공 일자리를 구했어. 중년이었던 도러시의 엄마 아이린과 10대인 여동생 버트도 같이 취직했어. 에런은 징집되지 않았지만 동생 디로이는 징집되어 해외로 파병되었다가 무사히 돌아왔어.

1945년 봄 어머니날에 도러시가 딸을 낳았어. 우리 외할머니 베티였지. 도러시와 에런은 전쟁에 나간 동생 디로이의 이름을 따서 베티 디라는 이름을 붙여주었어.

그해 여름 미국이 원자폭탄 두 개를 떨어뜨렸을 때 베티는 갓난아이였고 에런은 징집되어 필리핀에 가 있었어. 다시 돌아온 뒤에는 성질이 더 고약해지고 술도 더 많이 마셨다고들 해.

에런이 술을 마실 때 도러시는 생계를 꾸리기 위해 여러 식당에서 서빙을 하면서 청소, 육아에 에런이 먹을 밥까지 차리고도 툭하면 에런한테 얻어맞았어.

1952년 베티가 소아마비에 걸렸어. 영구 마비로 남지 않고 병을 이겨낸 드문 케이스 중 하나였대. 그게 전환점이 되었을까, 이듬해에 도러시는 에런을 떠났어. 베티는 여덟 살이고 여동생 푸드는 아직 아기였어. 칼은 10대가 되어 이미 집을 떠나 있었고.

베티도 자라서 폭력적인 남자와 결혼하게 되고, 지니도 혼란 속에서 자라지. 하지만 지니가 커서 결혼하고 아이를 낳게 되었을 때에는 그래도 자기를 존중해주는 남자를 골랐어. 다만 지니에게 폭력성이 있었어. 나는 날마다 엄마의 말에서, 손바닥에서 그걸 느꼈어. 보통 멀찍이 거리를 두고 지냈지만. 그래도 중요한 것은 엄마가 자신이나 아이들에게 신체적 폭력을 안길 남자를 선택하지 않았다는 점이야.

그래서 어릴 적에 온갖 위험 속에서 살았지만 우리 집 안에서는 상대적으로 안전했던 편이야. 안전하기만 한 게 아니라 나를 깊이 사랑해주는 다정한 아빠가 있었어. 우리 엄마의 삶과 내 삶의 차이가 그런 거였을지 몰라. 엄마는 벗어나지 못했던 가족의 굴레, 즉 중독, 10대 임신, 학업 중단 등에서 내가 벗어날 수 있었던 까닭이.

어딘가에서 "내가 소화하지 못한 것은 남에게 전달하게 된다."는 말을 읽은 적이 있어. 그래서 사회경제적 조건에 따라 사람이 바뀔 뿐 아니라 계급의 지표와 결과 등 삶의 요소들마저 바뀌는 모양이야. 좋은 사람들의 슬픔, 분노, 두려움을 받아 소화한다는 게 어떤 건지 나는 알아. 보통 밤에 혼자 깨어 누워 있을 때 일어나는 일이란다. 무언가 쓰디쓴 것을 영혼으로 삼켜, 그게 안을 할퀴다가 마침내 녹아 흩어지고 다음 날 아침에 일어났을 때에는 조금 괜찮아지는 느낌이야.

이렇게 소화했기 때문에 너한테 힘든 삶을 전달하지 않았던 게 아닌가 생각해. 하지만 내가 거둔 성공이라고 하는 것도 사실 외할머니와 엄마 덕이 커. 베티 외할머니는 극도의 빈곤 상태와 남자에 의존하는 삶의 고리를 끊었어. 개정교육법 제9조*에 따라 여자도 괜찮은 일자리를 얻을 수 있게 되자 베티는 기회를 놓치지 않고 잡았지. 엄마는 나에게 내가 두려워하지 않아도 되는 아빠를 주었고. 이런 도움이 없었다면 나는 제대로 자라기 힘들었을 것이고 너와 나 둘 다의 삶이 고달팠을 거야.

지능, 창의성, 결의 등으로 상황을 개선하려고 애쓰는 동안 육체노동이 우리 몸을 바꾸어놓곤 해. 수 년 동안 중서부 지역 하늘 아래 해가 정통으로 내려 쬐는 들에서 일하다 보면 피부에 주름과 검버섯이 생겨. 팔다리, 손가락에 멍이 들고, 흉터가 생기

---

* Title IX, 성별과 무관하게 동등한 교육 기회를 부여하기 위해 1972년 통과된 법령.

고, 심지어 거대한 농기구에 신체 일부를 잃기도 해. 공장 컨베이어벨트 앞에서 반복 작업을 하다 보면 허리가 안 좋아지지.

우리가 사는 곳, 우리가 속한 계급의 신체적 지표가 내 입장에서는 너무나 당연하고 일상적이라 이상하다는 생각조차 못해봤어. 아빠 손톱 아래에는 언제나 사라지지 않는 검은 멍이 있었고 베티 할머니는 담배를 오래 피워 늘 걸걸거리는 소리를 냈고 20대 후반부터 틀니를 착용했어. 나는 볕이 강할 때 들에서 일하다가 각막에 화상을 입어 눈이 쓰리곤 했어.

가끔 우리 식구들 몸에서 이상한 점을 느낄 때도 있었어. 한번은 테리사 할머니의 코에 혹 같은 게 있길래 걱정스럽게 물어봤지. 할머니는 피부암을 잘라낸 자리라고 했어. 종일 햇볕 아래에서 일하는 농부들은 피부암이 다반사거든. 칙 할아버지의 얼굴도 날마다 어디에 햇볕을 받았는지를 보여주는 지도처럼 얼룩덜룩했지. 테리사 할머니처럼 칙 할아버지도 마르고 팔다리가 길었어. 수십 년 동안 빨아 입어 해어지고 얇아진 작업복이 빨랫줄에 걸어놓은 이불보처럼 몸에 느슨하게 늘어졌어.

아니 할아버지는 옷이 늘어지기는커녕 팽팽하게 당겨졌지. 트랙터나 콤바인처럼 위풍당당했어. 키는 보통이었지만 어깨가 미식축구 선수처럼 떡 벌어지고 상체는 황소 같고 배가 둥실해서 닳아 없어지도록 입는 얇은 갈색 체크무늬 셔츠 단추가 투두둑 뜯어질 것만 같았어. 손은 못과 멍투성이고 굵은 팔뚝에 비해 보아도 터무니없이 컸지. 할아버지는 장갑도 끼지 않고 밧줄을 다루고 어깨 위에 앉은 말벌을 손바닥으로 쳐서 잡았어. 넓은 턱 위까지 덮는 구레나룻을 길렀고 숱 적은 회갈색 머리카락을 옆으로 넘겨 벗어진 머리를 덮었어. 목은 어찌나 굵은지 베티 할머니가 어딜 가도 할아버지 목둘레에 맞는 와이셔츠를 살 수가 없었대. 평소에는 셔츠 윗단추를 풀어 헤쳐 목을 드러냈는데 나는 그 목을 찬찬히 살펴보곤 했어.

다른 사람 목하고는 전혀 달랐거든. 긴 갈색 머리 아래 희고 매끈한 엄마 목, 바깥일 때문에 검게 그을렸지만 그래도 젊어 보이는 아빠 목하고는 딴판이었지. 아니 할아버지의 목은 생김 자체가 전혀 달랐어. 목덜미가 적갈색이고 골이 졌어. 강둑에 퇴적물이 지질학적 시대에 따라 겹겹이 지층을 이루며 쌓인 것처럼 할아버지 목뒤도 층을 이루고 있었지. 할아버지가 고개를 뒤로 젖히면 목뒤에 퉁퉁한 살이 울룩불룩 불거졌어.

할아버지와 같이 살 때 할아버지가 일하다가 인스턴트 아이스티 한 잔 마시려고 집에 들어와 식탁에 앉으면 내가 어깨를 주물러드렸어. 나는 날마다 쑤시고 뻐근한 할아버지나 할머니나 부모님 어깨를 주물렀지. 한번은 아니 할아버지의 드넓은 등에 뭉친 자리를 풀다가 목에 대해 물어본 적이 있어.

"목이 왜 이렇게 생겼어요?"

"뭐가 어떻게?" 아니 할아버지가 물었지.

"흉터가 난 것처럼요."

아니 할아버지는 껄껄껄 웃더니 누군가가 도끼로 나무를 베다가 잘못해서 할아버지 목뒤를 쳐서 그렇게 됐다고 말했어. 너무 어릴 때라 나는 농담인 줄도 몰랐지. 할아버지 목뒤에 울퉁불퉁 깊은 골이 팬 이유는 당연하지만 평생 그레이트플레인스에서 뜨거운 햇볕과 모래바람을 맞으며 쟁기를 끌거나 우박이 쏟아지는 날씨에 가축 먹이를 주거나 해서 그런 거였어.

요즘 사람들은 우리를 '레드넥redneck'이라고 부르지만 어릴 때에는 그런 말을 거의 못 들어봤어. 드물게 쓰더라도 주로 욕으로 썼지. 도시 사람이 시골 사람을 두고 낙후되었다고 할 때, 혹은 시골 사람이 다른 시골 사람을 쓰레기라고 할 때 쓰는 말이었어.

그때 나야 그 말이 어디에서 나왔는지 당연히 몰랐고 언어학자들도 확실히는 모르는 것 같아. 햇볕에 그을린 백인 농부들의 목을 가리키는 말이었을 거야. 1900년대 초에 광산 노동자들이 파업을 할 때 연대의 뜻으로 목에 빨간 반다나를 두르고 그 단어를 차용했어. 그리고 남부 백인 우월주의 정치가들은 백인 빈민과 흑인 빈민을 대립시키려고 그 단어를 이용했지.

오늘날에는 계급과 지역 전체를 뭉뚱그려 가리키는 말로 확대되어 쓰여. 야구모자에도 그 단어가 적혀 있고, 월마트에서 파는 아기 턱받이에도 적혀 있고, 사람들이 긍지를 느낀다는 듯 가슴팍에 써 붙이고 다니지.

다른 비하어들과 비슷하게 '레드넥,' '트레일러 트래시trailer trash,' '힐빌리hillbilly'• 같은 단어를 우리가 오히려 적극적으로 쓰게 된 까닭은 일종의 문화적 자기방어가 아닐까 생각해. 이해할 수 있는 일이지. 하지만 나라면 그런 단어가 적힌 옷은 절대로 너한테 안 입힐 거야. 엄마도, 내가 어릴 때 그런 유행이 있었더라도 결코 나한테 그런 옷은 입히지 않았을 거야.

내가 좀 컸을 때 「트래시 위민Trashy Women」이라는 컨트리 노래가 유행했었어. 한번은 엄마 차를 타고 가다가 라디오에서 그 노래가 나오길래 내가 따라 불렀어. 남자 가수가 "나는 약간 쓰레기 같은 여자를 좋아해."라며, 자기는 고상하고 부유한 집안에서 자랐지만 가난한 여자들, 몸에 달라붙는 옷을 입고 화장을 진하게 한 여자들한테 끌린다고 하는 노래였어. 엄마는 인상을 쓰더니 나한테 그 노래 따라 부르지 말라고 했어. 그러고는 채널을 돌려버렸지.

우리는 가난하고, 그리고 여자로 태어났지. 이것만 해도 이 세상에서 우리 몸은 투 스트라이크를 당한 거야. 게다가 엄마는 남자들이 소유하고 싶어하는 외모를 가졌고, 나는 원하지 않은 아이였으니, 안 그래도 위험한 세상에서 흔들리던 우리가 각각 원 스트라이크씩을 더 먹었지. 하지만 엄마는 자기가 쓰레기가 아니란 걸 알았어. 자기 딸도 쓰레기가 아니라는 것도.

- 트레일러 트래시는 트레일러에 사는 가난한 백인들을 비하하는 말(거지 같이 사는 백인)이고 힐빌리는 산사나이나 시골뜨기라는 뜻으로 중남부 지방에 사는 가난하고 못 배운 사람들을 낮춰 부르는 말이다.

3장

★

밀밭 사이 끝없는 자갈길

너와 나 사이의 관계를 결정하는 데에는 내 몸에 작용하는 힘뿐 아니라 이 지구상에서 내 몸이 어디에 서 있는지도 영향을 미쳤어.

우리가 선 자리는 점점 보기 드문 것이 되어갔지. 20세기 중반이 되자 미국인 가운데 시골에 사는 사람은 거의 없었어. 중서부 사람들조차 도시에 살았지. 하지만 나는 캔자스 농부 5세대로 태어났어. 내가 태어난 땅에 깊이 뿌리를 내리고 우리 선대 조상들이 짐마차를 타던 땅 위에서 트랙터를 탔어.

1860년대에 홈스테드법Homestead Act이 시행되면서 미국 시민이나 시민권을 신청한 이민은(이론적으로는 독신 여성과 해방 노예도 가능했어.) 최대 65헥타르의 토지를 '무상'으로 제공받아 미시시피강 서쪽 방대한 토지에 정착해 땅을 개간할 수 있었어.

이 땅은 말할 것도 없지만 수 세기 동안 원주민들이 살아온 땅이야. 원주민 부족은 미국이 건국되기 한참 전부터 유럽 약탈자들에게 괴롭힘을 당해왔지만 19세기 말에는 그레이트플레인스 원주민들이 아예 멸절의 길을 걷게 되지. 연방 정부에서 전략적으로, 폭압적으로 사람들을 '이주'시키고 원주민들이 먹고살기 위해 따라다니던 들소 떼를 멸종시켰어. 그러는 한편 가난한 백인 160만 명이 지주가 되게 해주겠다는 약속을 믿고 서부로 왔어.

국가의 이득을 위해 대대적인 선전을 벌여 사람들을 이주시킨 거야. 미국 정부는 민영 철도 사업자들에게 엄청난 땅을 내어주었어. 철도가 개통되어 변방 지역이 개발되면 미 대륙이 동서로 이어져 상업이 번성할 거라고 봤기 때문이야. 그 땅을 경작하라고 불러 모은 사람들이 어떻게 살든 거기에는 관심이 없었어. 단지 토지를 상품으로 바꾸고 이민자들을 노동자로 바꾸는 게 목적이었으니까.

스마시 집안사람들은 1800년대에 미국으로 건너왔어. 펜실베이니아 네덜란드 공동체에서 한 세대를 보낸 다음 1880년대에 캔자스 평원으로 이주했어. 대서양을 건너온 이민자 다수를 따라 뉴욕시에 정착했을 수도 있었겠지만, 이들은 변방이라고 하는 곳으로 모험을 떠났어.

내가 어릴 때에는 이런 내력, 네 역사가 되었을 수도 있는 과거에 대해서는 몰랐어. 우리 집안에서는 가족의 뿌리나 옛일 따위는 이야기를 잘 안 하거든. 내가 알게 된 이야기들은 묻고 또 캐물어서 알게 된 거야. 그래도 아주 오랜 세월 동안 자기 손으로 먹을 것을 구하며 살아온 시골 사람들의 자의식을 어릴 때에 알게 모르게 흡수한 것 같아. 나는 우리가 땀 흘려 일하는 노동자라는 것, 땅에서 일하는 사람들이라는 걸 알았지.

개척민의 삶에 뛰어들었으나 프레리에서 몇 년도 채 버티지 못한 사람도 많았어. 눈보라가 몰아쳐 뗏장 집*이 눈 더미에 묻히자 머리를 쏘아 자살해버린 사람, 가뭄으로 작물이 말라버리고 아이들이 굶주리자 더 푸른 서쪽으로 멀리 떠난 사람들도 있어. 허벅지에 포니 원주민의 화살촉이 박혀 감염으로 죽은 사람도 있고. 떠난 이유는 저마다 달랐지만 모두 하나의 공공 정책에서 연유한 것이었어. 연방 정부가 척박하고 황폐한 땅을 비옥한 동부의 땅과 같은 것처럼 선전하며 엄청난 선심을 쓰듯 내주었다는 것. 그 제안을 덥석 받아들인 사람들은 물론 부유한 이들은 아니었지.

땅에서 이윤을 거두거나 아니면 최소한 유지라도 할 수 있었던 사람들도 곧 인구 이동 방향이 바뀌는 걸 목격해야 했어. 홈스테드법 실시 후 몇 십 년도 안 지났는데 미국 산업혁명이 일어나 도시가 경제 성장의 중심이 되었지. 공장 굴뚝이 사람들을 손짓해 부르니 하층민들에게 농업 말고도 다른 대안이 생겼어. 새로 주립대학교와 랜드그랜트칼리지**가 세워져 고등교육을 받

● 서부 개척시대에 나무가 없는 그레이트플레인스 지역에서 풀밭을 덩어리로 잘라서 지은 집.
●● land-grant college, 1862년 모릴법Morrill Acts이 통과되며 정부에서 땅을 불하받아 설립된 단과 대학.

고 육체노동 대신 사무직에 종사할 기회를 기대할 수도 있게 됐어.

이민자들에게 '개척자'가 되어 서부로 가라고 해서 정부가 허가한 원주민 학살에 공모하게 만들어놓고, 이제는 도시화의 물결에 그들의 육신이 필요하다고 다시 불러들인 거야. 그리하여 캔자스주 105개 카운티 가운데 44개 카운티가 1910년부터는 인구수 감소세로 접어들었어.

미국은 서부 팽창에 이어 농촌에서 도시로 인구 이동이 일어났고 워낙 토지가 광대하다 보니 지금도 인구 유동이 매우 심한 편이야.

하지만 우리 가족은 캔자스에 와서 말뚝을 박았어. 그런데 캔자스 농부들이 땅을 너무나 열심히, 쉴 새 없이 경작해서 토양 보존이 되지 않는 바람에 모래 폭풍이 일어났어. 집이 모래 먼지로 뒤덮이고 말았지. 그때, 1930년대 대공황 와중에 검은 지옥 같은 모래 폭풍마저 닥치자 많은 사람들이 그레이트플레인스를 떠났어. 그래도 우리 가족은 남았어. 떠나고 싶었지만 그냥 남았는지, 아니면 떠날 수가 없었는지 나는 몰라. 여하튼 더스트볼조차도 그들을 몰아내지는 못했지.

1950년대 테리사 할머니가 우리 아빠를 낳았을 무렵에는 농기계가 발전해서 마침내 생계유지를 넘어서는 소득을 기대할 수 있게 됐어. 농부들은 대규모 농업을 하며 잉여 작물을 쟁여 항구, 고속도로, 철로 등 새로 건설된 운송 기간시설을 이용해 전세계에 공급할 수 있었어. 아빠는 어릴 때 공황기에 제작된 트랙터를 이용해 농사를 지었어. 칙 할아버지가 여윳돈이 없어 새로 농기계를 마련할 수가 없었거든. 그래도 할아버지와 아빠 같은 농부들이 미국 중부 지방을 대규모 밀 생산지로 바꾸어놓았지.

그때 은행에서부터 문제가 시작되었어.

1970년대 땅값이 오르기 시작하자 은행에서 농장의 생산성을 담보로 삼아 농지저당융자를 내주기 시작했어. 가계에 상환 능력이 있느냐는 고려 대상이 아니었어. 내가 어릴 때인 1980년대에 땅값이 떨어지자 담보 가치도 같이 떨어졌지. 대출이자가 치솟았고 숱하게 많은 농장이 은행에 넘어갔어.

이 시기를 '농가 위기the farm crisis'라고 불러. 가족 농장 도산이 최고 기록을 달성했어. 연방 농업법으로는 우리 같은 소농들을 무너뜨리는 자본의 힘, 전 세계적인 힘을 막을 수는 없었지. 내가 태어나고 나서 10년 동안인 1980년에서 1990년 사이에 캔자스 시골 인구는 4만 명이 감소했고 도시 인구는 15만 명 정도가 늘었어.

이런 분위기에서 내가 태어난 거야. 주변에 있던 것들이 하나하나 문을 닫았어. 타운에 있던 백화점, 작은 서랍들이 천장까지 빼곡하던 철물점, 동네 식당. 변호사와 의원도 작은 간판을 내리고 도시로 옮겨 갔지. 그래도 우리는 들러붙어 있었어. 그래서 너를 생각할 때에 나는 어떤 장소를 생각하게 돼. 너는 나처럼, 사람들이 죽어가고 있다고 말하는 곳에서 태어났을 테니까.

그곳에서는 계획한 임신이라고 해도 아주 이른 나이에 하게 돼. 어릴 적 친구들한테 나는 스물여섯 살이 되기 전에는 아기를 안 낳을 거라고 말했더니 친구들이 깜짝 놀랐던 일이 생각난다. 시골 지역에서 첫아이를 그렇게 늦게 낳는다는 건 충격적인 일로 취급되거든. 왜 하필 그 나이를 골랐는지는 기억이 안 나. 그래도 그 나이를 넘어섰을 때는 기억이 난다. 그때 나는 시골에 안 살았고 시골에 남은 친구들은 거의 이미 하나 이상 아이를 낳았었지.

이런 사회적 압력이 느껴지던 곳이니, 우리 할머니 테리사가 농장 집에서 태어나 몇 년 동안 위치토에서 학교도 다니고 직업 훈련도 받으려고 용을 쓰다가 결국에는 농부의 아내가 되어 아이 여섯을 낳았다는 걸 생각해보면, 여성의 운명은 무엇보다도 시골에 있느냐 아니냐에 달려 있는 게 아닌가 싶어. 내가 테리사 할머니를 알게 되었을 때에 할머니는 괴팍한 할머니가 되어 있었지. 그래서 할머니를 사랑하는 사람들조차도 할머니를 두고 웃으면서 못돼 처먹은 할망구라고 부르곤 했어.

테리사 할머니는 베티 외할머니보다 나이가 서른한 살이나 더 많아. 테리사 할머니는 베티 할머니를 보고 어디서 그렇게 기운이 나는지 모르겠다고 했지. 테리사 할머니는 폴리에스테르 반바지, 간호사들이 신는 편한 단화 차림에 하지 정맥류 때문에 압박 스타킹을 신었어. 길쭉한 셰보레 임팔라 승용차를 몰고 체니 시내에 가서 희끗해진 검은 머리에 보글보글 파마를 하거나 근처 농장에 들러 닭장에서 따뜻한 알을 꺼내고 달걀값으로 커피 깡통에 동전을 넣고 오기도 했어.

내가 어릴 때 테리사 할머니가 조금씩 정신을 놓기 시작했어. 그래서 테리사 할머니가 한창 때 얼마나 불같은 성미였는지 나중에 커서 이야기를 듣기 전에는 몰랐다. 다만 할머니가 다른 누구와도 다른 특별한 방식으로 나를 사랑한다는 건 알았어. 마치 내가 할머니가 세상에서 사랑하는 유일한 존재인 것처럼 느끼게 해주셨지. 가톨릭 집안에서는 보통 그렇듯 테리사 할머니에게도 손자 손녀가 트럭으로 있었지만 다른 손자 손녀 들은 나와 달리 다들 할머니를 무서워했어.

지니와 테리사는 서로 많이 싸우기도 했지만 '못된 년bitch' 이라고 불리는 괜찮은 여자들로서 서로를 존중하기도 했단다. 엄마는 괴팍한 시어머니가 나한테만은 다정하게 대한다는 사실을 은근히 자랑스러워하는 것 같았어.

테리사는 화장을 거의 안 하고 얼굴에 향기가 나는 가루분만 뿌렸어. 할머니 뺨은 부드럽고 주름지고 늘어졌지. 내가 아주 어릴 때 엄마는 내 눈이 테리사 할머니를 닮았다고 말하곤 했어. 그때는 잘 몰랐지만 지금 자라서 보니 정말 그런 것 같아. 밝은 색 머리카락만 빼면, 내 얼굴은 꼭 테리사 할머니의 눈을 엄마의 얼굴에 박아놓은 것처럼 생겼어. 엄마는 그런 걸 누구보다도 잘 알아보는 눈썰미가 있거든.

테리사 할머니는 우박에 두들겨 맞아 찌그러진 금속 우편함에 든 우편물과 그 옆 플라스틱 통에 든 지역 신문을 가져오라고 나를 내보내곤 했어. 지방 우편물 배달로까지 가려면 집 진입로를 따라 한참 걸어가야 했어. 밀밭 한가운데에 있는 길고 긴 자갈길을 따라가, 우편물을 꺼내서 테리사 할머니가 이름을 가르쳐주어 아는 미루나무, 단풍나무, 복숭아나무 들을 지나, 칙 할아버지가 세운 원두막을 지나 집으로 돌아왔어. 칙 할아버지는 들 건너편에 있는 창고에서 일할 때가 많았지만 할머니는 늘 집에서 나를 기다리며 간식 먹겠냐고 묻곤 했지. 통조림 체리 파이 필링을 그릇에 담아주거나 크래커나 울퉁불퉁한 흙길을 따라 냉동 트럭을 몰고 가는 슈완 아이스크림 배달부한테 산 아이스크림을 줄 때도 있었어.

테리사 할머니는 우리 아빠가 10대 때 손을 보태서 지은 방 세 개짜리 집에서 거의 밖으로 나가지 않고 지냈어. 아빠 위의 다섯 형제들이 다 결혼한 다음에, 칙과 테리사는 거의 40년 동안 살던 농가를 식구가 많이 불은 아들한테 내어주고 새로 집을 지었어.

그렇게 해서 새로 지은 집에서 테리사는 흰색과 갈색이 섞인 장모長毛 카페트(내가 장난감을 굴리며 놀던 곳) 위를 묵직한 진공청소기로 밀거나 칙 할아버지가 먹을 음식을 요리하면서 하루를 보냈어. 할아버지가 종일 밖에서 일하고 들어와서 리클라이너 의자에 드러누우면 할머니는 불을 켜 요리를 하면서 욕을 했어.

"자빠져서 빌어먹을 「휠 오브 포춘Wheel of Fortune」•이나 보

• 미국 텔레비전 퀴즈 게임 쇼.

고 앉았고." 할머니는 이렇게 구시렁거리기도 하고 부엌과 거실 사이 벽에 대고 소리를 지르기도 했지. 칙 할아버지는 말없이 데 님 멜빵바지 차림으로 담배를 뻑뻑 피우면서 텔레비전 화면에 시선을 고정했어. 텔레비전은 나무 장 안에 들어 있었는데 금색 스피커가 양옆에 있고 큼직한 다이얼을 돌려서 채널을 바꾸지.

아빠는 테리사 할머니와 우리 엄마가 비슷한 점이 많다고 말 했어. 두 사람이 서로 엄청 싫어한 걸 보면 그 말이 맞는 것 같아. 두 사람 다 젊고 똑똑한 엄마였으나 재능을 펼치지 못하고 남편 이 지은 집 안에 갇혀 있었던 사람이니까.

"나한테는 엄격한 엄마였어." 내가 자란 다음 아빠가 테리사 할머니를 두고 한 말이야. "여자들이 겪는 문제가 있었는데 제대 로 치료를 못 받았고. 하지만 나이가 들면서 많이 누그러져서 너 랑은 잘 맞았지."

할머니가 어떤 병 진단을 받았다는 말은 못 들었지만 아빠 가 "여자들이 겪는 문제"라고 말한 것은 우울증 같은 거였을 거 야. 자기 능력을 드러내지도 인정받지도 못한 고립된 아내이자 엄마의 창조적 에너지가 억눌려 안에서 곪아 터지는 병이지. 나 는 할머니가 중년이던 1960년대에 쓰시던 스카프나 장신구를 가 지고 놀곤 했어. 그때를 마지막으로 할머니는 그런 물건을 사들 일 마음도 잃으셨어. 꾸며봤자 어디 보여줄 사람이나 있나? 시골 에 살면 한동안 아무도 안 만나고 지낼 때가 많은데, 그래서 좋 은 점도 있겠지만 힘든 일이기도 해.

내가 그림을 그려 할머니한테 드리면 할머니는 나한테 커서 홀마크 회사에서 카드 디자인하는 사람이 되라고 말하곤 했어. 지금은 세계적 기업이 된 홀마크카드 회사가 테리사 할머니가 태어난 이듬해인 1915년 캔자스시티에서 처음 사업을 시작했고 아직도 본사는 그곳에 있거든. 테리사는 1930년대에 위치토에서 시골로 다시 이사했으니 인구 이동 물결을 거스른 셈이야. 하지만 할머니는 자기 손녀한테는 캔자스시티로 떠나라고 은근히 부추겼어. 테리사에게 캔자스시티는 재즈 음악의 본산이자 비서 학교를 나온 여자들이 일자리를 구할 수 있는 곳, 아르데코 스타일 고층 건물이 늘어선 진짜 도시였어.

어디에서든 얻는 게 있으면 잃는 게 있나 봐. 시골 한가운데 테리사의 삶은 저물어가고 내 삶은 시작되려고 할 때, 나는 평범하지 않은 여자에게는 고독이 소중하다는 것과 생각이 있는 독립적 여자는 이런 외딴 곳에서 많은 것을 잃을 수밖에 없다는 것 둘 다를 느꼈어.

집 밖 멀리에서 새가 우는 소리도 들릴 정도로 조용한 할머니 집에서 놀다가, 낡은 서랍장 제일 아래 서랍에서 할머니의 고등학교 졸업 앨범을 찾아냈어. 할머니한테 봐도 되냐고 물었더니 할머니는 아무 말 없이 나를 쳐다보시더라. 나는 비닐 식탁보가 덮인 삐걱거리는 식탁 위에 졸업 앨범을 올려놓고 몇 시간 동안이나 찬찬히 들여다보았어. 친구들이 낯선 1930년대 글씨체와 시쳇말로 이런저런 글을 잔뜩 남겨놨는데 그걸 읽고 또 읽었지.

테리사 할머니는 아무 말 없이 내가 앨범을 들여다보는 걸 보고 있었단다. 어린애가 자기 삶에 관심을 갖는다는 게 50 평생에서 가장 희한한 일이라는 듯, 할머니 얼굴에는 불안한 기색이 어려 있었어.

우리 엄마와 베티 외할머니는 다양한 일을 경험하고 시도해 본 대단한 인물이었어. 반면 테리사 할머니는 나를 돌봐준 사람 중에서 유일하게 전통적 '주부'로 분류할 수 있는 여성이었지. 하지만 테리사 할머니는 내 재능을 실현하는 문제에 관심을 보인 유일한 사람이기도 했어. 학교에서 성적표를 받아 오면 칭찬해주고 자라서 무슨 일을 할 거냐고 물었지. 또 내가 끼니를 거르거나 아무도 나를 학교에서 데려오지 않는 등 식구들이 나를 소홀히 한다 싶으면 성을 내는 사람도 테리사 할머니뿐이었어. 아무도 데리러 오지 않아 내가 학교에서부터 3킬로미터를 혼자 걸어 할머니가 싫어하는 아저씨가 애들 여럿을 데리고 사는 트레일러에 가 있어야 했을 때 아빠를 들들 볶은 사람도 테리사 할머니였지.

베티 할머니나 우리 엄마와 달리 테리사 할머니는 한 남자와 50년을 함께 살았고 '바깥일'은 전혀 하지 않은 조용한 사람이었어. 하지만 나는 테리사 할머니야말로 나와 네 관계를 가장 깊이 이해할 거라고 생각해. 이 가난한 시골에 너를 던져놓기를 거부하게 만드는 깊은 모성, 그리고 절대 발목 잡히지 않겠다는 이기적인 목표 둘 다를.

그 가난한 시골이 아주 나빴다는 건 아니야. 돈은 없어도 양식을 직접 기르고 집을 지을 줄 알았으니 기본적 욕구를 충족하는 데에는 문제가 없었지.

아빠는 위치토로 이사하면서 농사일을 그만두었지만 베티와 아니의 농장에서는 계속 식량 생산이 이루어졌어. 집 앞 흙길에서 끝없이 뻗은 드넓은 채마밭, 과일밭, 우리가 잡아서 도축하는 가축들, 달걀을 낳는 암탉, 복숭아나무, 호두나무, 보이젠베리 덤불, 알팔파, 콩, 밀밭 등등. 위치토에 살 때에는 끼니를 거를 때가 꽤 많았어. 부모님이 다 일하고 집에서 맷을 볼 때나, 아니면 전학을 했는데 무료 급식 대상자라는 서류가 아직 새 학교에 전달이 안 되었는데 어른들한테 그렇단 사실을 말하기가 부끄러워 말을 못했을 때. 하지만 농장에는 우리가 다 못 먹을 정도로 먹을 게 풍족했어. 할머니와 같이 여름 내내 겨울에 칠리를 만들 때 쓸 토마토소스를 30리터쯤 만들었어. 이렇게 만들어놓고 맥주 한잔 마시러 들르는 나이 많은 농부들에게 한 병씩 나눠줬지.

캔자스 하면 보통 단조롭고 평평한 평원을 떠올리지. 주간 고속도로를 따라 가면 수백 킬로미터 동안 평지만 보일 거야. 캔자스에도 완만한 구릉, 숲, 붉은 퇴적암 지형, 낮은 절벽 따위가 있긴 해. 그래도 우리 가족은 평평한 땅 위의 농부들이라는 고정관념에 딱 들어맞지.

서쪽 로키산지에 가려고 우리 땅을 그냥 지나쳐 가는 사람들은 결코 모를 아름다움을 우리는 봤어. 하지만 땅은 시각적이라기보다는 촉각적 경험이었어. 온몸으로 느꼈지. 비바람이 지나가고 난 뒤 진창에 자동차 바퀴가 빠져버리고, 부들이 가득한 연못 습지에 발이 빠져 옴짝달싹 못하고, 모랫길 위에서 자전거가 미끄러져 무릎에 자갈이 박혔지.

우리는 밭에서 무를 뽑아 청바지에 쓱쓱 닦아서 그 자리에서 먹기도 했어. 흙 조금 먹어도 몸에 괜찮다고 하면서. 샤워를 하고 나도 손톱 밑이나 발가락 사이에 흙이 남아 있었어. 아니 할아버지는 내 귀가 어찌나 더러운지 거기다 감자를 심어도 되겠다고 말하곤 했지.

우리 차나 트럭은 세차라곤 거의 해본 일이 없어. 날마다 흙길을 오고 가는데 닦아봐야 아무 소용이 없거든. 어쩌다 누군가가 반짝이는 차를 몰고 말끔한 옷으로 나타나 우리한테 길을 물어볼 때가 있었는데 그 차가 떠나고 나면 아니 할아버지는 진짜 멋쟁이네, 세상엔 별별 사람이 다 있다니까 하고 말하곤 했지.

흙에서 나온 것이 부엌으로 갔어. 위치토에서 자란 베티 할머니에게는 낯선 방식이었을 텐데도 할머니는 시골 생활을 좋아했단다. 부엌 창턱 위 재떨이에서 할머니의 담배가 타는 동안 할머니는 채소를 다지고 감자 껍질을 벗기고 닭 내장을 꺼내고 달걀을 푸는 법을 나에게 가르쳐줬어. 슈프림스Supremes나 콘웨이 트위티Conway Twitty의 앨범이 오래된 레코드플레이어에서 돌아가거나 주방 조리대 위 작은 흑백 텔레비전에서 드라마가 나왔지. 할머니는 할아버지가 잡은 돼지고기에 빵가루를 묻혀 달궈진 프라이팬에 넣어 튀겼고 나는 식탁 의자 위에 속옷 차림으로 서서 핸드믹서를 들고 삶은 감자와 우유로 매시트포테이토를 만들었어.

그 집에는 외할머니나 우리 엄마나 내가 어디에서도 누려보지 못한 편안한 리듬과 안정감 같은 게 있었어. 베티와 아니가 같이 산 지 10년이 넘어 아니가 베티가 지금까지 만난 남자 중에서 가장 오래 같이 산 사람이 되었을 때야. 싸구려 장식품을 같은 자리에 오래오래 걸어놔서, 햇빛과 담배 연기로 누레진 벽지 위에 하얀 직사각형 모양 흔적이 생겼어. 그런 게 정말 집 같은 느낌이었지. 내가 맨발에 도꼬마리 열매나 압정 같은 게 박혀서 집에 돌아오면 할머니는 가시를 빼주고 피가 나는 상처에 입을 맞춰주었어.

주말에는 집에 억센 술꾼들이 가득했지. 해가 지면 아니 할아버지는 건초 수레를 트럭에 매달고 맥주를 마시며 노래를 부르는 어른들과 때가 꼬질꼬질한 아이들을 태워가지고 유쾌한 밤들판을 달렸어. 코요테, 보브캣, 닭도 우리가 노래하고 웃고 소리 지르는 걸 들었을 거야. 할아버지는 건초 수레를 끌고 밭에 물 대는 물길로 아슬아슬 내려가는 장난을 잘 쳤어. 할아버지가 건초 수레를 울퉁불퉁한 둑 위아래로 끌고 다니면 건초 수레의 녹슨 쇠 난간 밖으로 다리를 대롱대롱 내놓고 앉았던 우리는 떨어지지 않으려고 난간이나 서로를 꼭 붙들었지만 누군가는 꼭 떨어졌어.

핼러윈 날 보름달이 뜨고 하늘이 맑고 추운 한밤에 건초 수레에 올라타 감자밭과 드높이 쌓인 향긋한 건초 더미 사이로 드라이브를 했어. 삼촌 셋이 우리를 놀래려고 가면과 손전등을 들고 건초 더미 뒤에서 뛰쳐나왔을 때 우리는 깜짝 놀라 비명을 질러댔단다.

첫눈이 오면 아니 할아버지가 트랙터 타이어 속 튜브를 삼륜차 뒤에 연결하고 얼굴이 발그레하게 달아오른 술꾼들을 태우고 마당에서 끌고 다녔어. 낡은 나무 썰매를 트랙터 뒤에 묶고 애들을 태우고 눈길을 따라 달리면 아이들이 꺅꺅 소리를 지르면서 스키 마스크를 얼굴에 뒤집어썼지. 드넓은 중서부 지방 사람들은 눈보라가 몰아치고 난 뒤 이렇게 나름대로 즐길 방법을 찾아냈어. 눈은 많은데 언덕은 없으니까. 이런 상황, 한 가지는 넘쳐나는데 다른 건 부족할 때, 그러니까 땅은 넘쳐 나는데 돈은 없을 때 아니 할아버지의 기지는 끝없이 솟아났지.

어느 날 나는 셸리와 함께 눈 덮인 자갈길을 달려 할아버지를 쫓아 큰 창고로 갔어. 큰 창고는 닭장과 작은 창고 뒤쪽에 있는 큰 건물이야. 차가운 공기 중에 재 냄새가 감돌았어. 돼지우리 뒤쪽, 낡은 주철 욕조와 삭은 드럼통 옆 쓰레기 태우는 곳에서 재 조각이 하늘로 둥실 떠올랐어. 우리는 망가진 낡은 띠톱과 거미줄로 덮인 아이스박스 사이에서 우리가 겨울마다 꺼내 노는 라디오플라이어 썰매 네 개를 찾아냈어. 먼지를 털고 할아버지 픽업트럭 뒤에서 꺼낸 밧줄과 같이 할아버지한테 끌고 갔지.

"그걸로는 부족하겠는데." 할아버지는 얼어붙은 혼다 삼륜차에 시동을 걸려고 초크를 작동하고 썰매를 보며 말했어. 할아버지는 혀를 끌끌 차면서 퉁퉁한 손가락으로 사람 수를 세어보고 고개를 가로젓더니 부릉거리는 삼륜차에서 내렸어.

"니들 말썽쟁이들이 다른 걸 찾게 도와줘야겠다." 할아버지는 먼지 쌓인 창고 바닥을 쿵쿵 가로질러 10년 전인 1970년대 말 중고로 산 캠핑카가 있는 구석으로 갔어. 이걸 타고 동쪽으로 가족 여행을 떠나 미주리 오자크산지에도 갔단다.

우리는 할아버지가 낡고 망가진 카누를 캠핑카 좁은 문밖으로 끌어내는 걸 거들었지.

할아버지는 카누 바닥이 튼튼한지 장홧발로 검사해봤어. 카누에는 앉는 자리가 세 자리 있고 뒤쪽 바닥에 구멍이 하나 나 있었어. 할아버지가 올드브라우니 바닥에 깔려 있던 모래투성이 깔창 두 장을 꺼냈어. 올드브라우니는 1974년식 GMC 픽업트럭인데 농장 허드렛일을 할 때 주로 쓰는 차란다. 할아버지는 깔창을 탈탈 털어 구멍 난 자리 위에 덮고는 보트를 조금 밀어보았어. 선체가 충분히 버틸 만해 보였지.

오후 다섯 시쯤 되자 해가 기울어 햇빛이 문 열린 창고 안으로 깊숙이 들어왔어. 셸리와 나는 아니 할아버지가 카누를 올드브라우니에 묶기를 기다렸다가 얼른 올라탔어. 할아버지는 디젤 엔진에 시동을 걸고 우리를 끌고 작은 언덕을 지나 집으로 갔어.

"끝내주는데!" 사람들이 현관에서 소리를 질렀어. 사람들이 위스키를 담은 플라스틱 컵과 단열 슬리브를 끼운 맥주 캔을 들고 카누에 올라탔어. 셸리와 나는 뒤쪽 구멍 위로 밀려났어. 어른들이 우리는 작으니까 바닥에 앉아도 조그만 엉덩이가 무사할 거라고 했지.

"이 빌어먹을 게 엎어지면 난 다신 안 탈 거야." 푸드 이모할머니가 말했어. 이모할머니가 눈보라 속에서 삼륜차를 몰고 가다 엎어졌을 때 어찌나 웃었던지 오줌을 지려서 공기 중에 김이 모락모락 피어났던 일을 다들 기억하거든. 베티 할머니는 낄낄 웃으면서 내 앞에 끼어 앉더니 내 다리를 자기 다리 위에 얹었어. 우리가 움직일 때마다 솜이 든 두터운 작업복이 버스럭 소리를 냈어.

아니 할아버지가 엔진 회전 속도를 올렸어. 기어를 넣는 소리가 나더니, 카누가 앞으로 휙 끌려가기 시작했지.

"우, 씨." 베티가 말하자 우리 모두 긴장한 채로 웃음을 터뜨렸어.

아니는 길 위에서 동쪽으로 방향을 돌려 속도를 높였어.

흙길 위에서 카누를 타는 것도 나쁘지 않다는 걸 알게 됐지. 앞에 앉은 사람들이 크리스마스 캐럴을 불렀어. 칼바람이 몰아쳤지만 다닥다닥 붙어 앉아서 다른 사람 등 뒤에 머리를 붙이고 바람을 피했지. 아니가 북쪽으로 방향을 꺾어 눈에 반쯤 덮인 건초 더미 사이를 지나 달리자, 주황색과 분홍색으로 물든 지평선까지 끝없이 뻗은 새하얗고 장엄한 밀밭이 시야에 들어왔어. 눈

밑에서 싹을 틔우는 밀과 알팔파는 어리기 때문에 매서운 추위도 버텨내는 거란다.

아니가 기어를 바꿀 때 트럭과 카누를 연결한 밧줄이 느슨해졌어. 올드브라우니가 밀밭 가장자리에서 흙더미를 넘으면서 순간 기우뚱했어. 입에서 기도가 나오더라. **"하느님, 아무도 다치지 않게 해주세요."**

"엉덩이 꼭 붙이고 앉아!" 베티 할머니가 소리쳤어. 차가 넓은 벌판으로 나오고 할아버지가 가속 페달을 밟자 할머니의 맥주가 공중에 흩뿌려졌어.

나는 할머니 등에 얼굴을 묻었어. 할아버지는 손바닥처럼 훤히 아는 들판 위 구덩이 하나를 또 빠르게 달려 넘었지. 할머니는 누군가와 팔짱을 끼고 있었는데 아마 이모할머니였을 거야. 셸리는 내 허리를 꼭 감싸 안았어. 우리는 보트에서 떨어지지 않으려고 서로 꽉 붙들고 보트가 돌 때마다 이리저리 무게 중심을 바꿨어.

요즘 사람들은 돈을 내고 이것하고 비슷한 경험을 해. 돈을 내고 건초 수레를 타고 호박밭을 돌지. '농촌 체험 관광agritourism'이라고 하는 안전한 산업이야. 식품 보관용 유리병을 컵으로 쓰는 술집에서 술을 마시고, 엄청난 돈을 들여가며 헛간에서 결혼식을 올리기도 해. 도시화되는 세상에서 점점 희귀해지는 경험을 나는 실제로 한 셈인가.

나는 보나마나 온갖 종류의 가난을 네게 물려주었겠지. 하지만 어느 깊은 밤, 직접 기른 양식으로 잘 먹은 너를 트랙터 뒤 썰매에 태우고 별이 가득한 맑은 밤하늘을 달렸을 수도 있겠지. 그 웃음, 그 자유, 그런 행복도 너는 물려받았을 거야.

우리는 시골 중의 시골에 사는 시골 사람들이었어. 사람들이 하는 말을 들어보니 해안 지대 도시나 교외에 사는 중간 계층 사람들은 우리가 사는 방식을 이미 사라진 옛 방식이라고 생각하더라고. 농장에서 일해본 적이 없는 사람, 샌드위치의 빵과 고기가 농업과 무관하게 마법처럼 생겨난 걸로 생각하는 사람들에게 시골 한복판이란 비행기를 타고 가로지르는 곳일지언정 직접 접할 일은 없는 곳이니까.

"『분노의 포도*The Grapes of Wrath*』• 말고 다른 데에서는 한 번도 못 들어본 얘기야." 내가 농장에서 어떻게 살았는지 이야기하면 다른 지역 출신인 사람들은 진심으로 이렇게 말해. 우리가 이제 존재하지 않는다고 생각했던 거야. 사실은 그들이 결코 가지 않는 곳에 존재했던 거지만. 그렇게 생각하는 게 쉬울 거라고 생각해. 내가 집이라고 부르는 곳을 정치 담론, 뉴스 매체, 대중 문화에서 정형화하거나 100년 전 일인 것처럼 묘사하지 않고 다루는 건 한 번도 본 적이 없으니까.

• 대공황 시기 농부 일가의 삶을 사실적으로 그린 존 스타인벡의 1939년 소설.

우리는 보이지 않는 존재라 캐리커처로 그려질 때조차 왜곡해서 재현되기 일쑤야. 다른 부류의 백인 빈민들과 한 덩이로 취급받고 우리와는 맞지 않는 비하어로 불려.

우리는 넓은 평원에 사니까 스모키산지나 오자크산지에 사는 '힐빌리'와는 다르지. 유전에서 일하는 '러프넥roughneck'●도 아니고. 캔자스에도 수백 미터 깊이에 원유가 조금 묻혀 있기는 하지만 남쪽 오클라호마나 텍사스의 생산량하고는 비교할 수 없어.

'레드넥'이나 '크래커cracker'●●라는 말도 딱 맞지는 않는데, 이 단어들은 남부 노예주에서 유래한 단어거든. 캔자스는 남부 노예주에 맞서 싸웠고 그게 남북전쟁의 도화선이 됐어. 1854년 캔자스-네브래스카법으로 캔자스 준주●●●가 노예제 허용 여부를 스스로 결정할 수 있게 되자 노예제 폐지론자들과 미주리의 노예주들이 주 경계에서 전쟁을 벌였어. 이 시기를 역사가들은 '피의 캔자스'라고 부르는데, 이렇게 피를 흘리고 캔자스는 자유주가 되었어. 150년이 지난 지금도 캔자스와 미주리 사이에는 문화적 적대감 같은 것이 남아 있어. 그렇다고 해서 백인 노예제 폐

●　주로 석유 채굴업에 종사하는 노동자를 비하하여 일컫는 용어.
●●　미국 남부 지방에서 채찍으로 돼지를 때리며 사육하던 농부들을 일컫는 말.
●●●　주의 자격을 얻지 못한 미국의 행정구역. 대부분이 이후 주로 편입되었고 필리핀만 1946년 완전히 독립했다. 캔자스는 1854년 준주로 설립되었다가 1861년 1월에 미국의 34번째 주가 되었다.

지론자들이 인종 문제에 있어 의로운 사람들이라거나 캔자스의 유색인들이 온당한 취급을 받았다고 말할 수는 없겠지. 여하튼 같은 백인 빈민이라고 해도 역사적 뿌리가 다르다는 의미야.

평원에서 나무가 없어 뗏장으로 집을 짓고 살아온 우리 조상을 부르는 말은 마땅히 없어. 의도적으로 미국 문화에서 잊혔기 때문에 다른 어디에 사는 가난한 백인들한테도 붙일 수 있는 흔한 비하어로 우리도 불려. 백인 쓰레기, 곧 '화이트 트래시white trash'. 또 우리가 이동식 주택에서도 살기 때문에 '트레일러 트래시'라고도 해.

대중문화에는 가난한 백인 여성의 정형화된 이미지가 있어. 입에 담배를 물고 한쪽 엉덩이에 아기를 걸치고 다른 쪽 엉덩이로는 트레일러 방충망 문을 밀어 열어젖힌 채로 서 있는 모습. 우리 엄마가 그 여자고 내가 그 아기라고 할 수 있겠지만, 네가 태어났다면 네가 그 아기일 수도 있지. 여러 정형화된 집단에 속한 사람들은 잘 알겠지만, 더 큰 권력을 가진 집단이 선택해 부여한 대중적 이미지는 실제 삶과는 무관할 때가 많아.

한 예로, 그 삶을 살아본 사람들은 중요한 건 트레일러 자체가 아니라 트레일러가 주차되어 있는 땅이란 걸 알 거야. 우리 트레일러는 아빠가 고른 땅 위, 나중에 아빠가 우리 집을 지은 땅에 있었지. 사방 풀밭뿐이라 따분하다고 여겨지는 곳이지만(산과 숲이 있어야 장엄한 자연이라고 하잖아.) 대신 산과 나무가 없으니 몬태나주보다도 더 큰 하늘이 있었어. 세상을 다 덮은 하늘에서 어둑한 뇌운 사이로 밝은 빛이 비치는 광경은 어디에서도 본 적 없어. 샌드위치 패널 트레일러 집에서 나와 그런 장엄한 장관을 맞닥뜨리면 우리 집에서 좋은 경치를 보는 게 아니라 하느님이 우리를 구경하는 느낌이었지. 우리가 얼마나 작은지 느낄 수 있었어.

나는 알았어. 의식하지도 못할 정도로 깊은 곳에서 느꼈지만. 우리 가족이 정상으로 간주되는 범주에 속하지 않는다는 것. 정상이라면 도시, 교외, 아니면 최소 인구 3000명 규모 소도시는 되어야 했지. 우리는 어떤 것이든 다 '타운'이라고 불렀어. 아무리 작은 도시에 갔을 때라도, 더러운 청바지를 입고 은행에 가서 딜러즈백화점에서 산 정장을 입은 은행원을 마주하자면 어쩐지 기가 죽었어. 은행, 학교, 상점, 카운티 법원 등이 있는 곳은(드높은 고층 건물은 말할 것도 없고 말이야.) 우리가 가지지 못한 권력을 상징하는 것 같았어. 우리가 문화적으로 소외되었을 뿐 아니라 지리적인 거리도 멀어서 권리를 박탈당했다고 느꼈지.

그래서 우리에게 없는 힘을 가진 사람을 믿지 않는 습관이 생겼어. 우리를 도우려 하는 사람이라고 해도 마찬가지였지.

"나는 한 푼도 구경 못해봤다." 아니 할아버지가 팜에이드Farm Aid에 대해 한 말이야. 팜에이드는 라이브에이드처럼 1985년에 망해가는 가족 농장을 구하기 위해 열린 기금 마련 콘서트야. 가난한 집안 출신의 백인 가수들이 시작했어. 윌리 넬슨 Willie Nelson은 대공황기에 자동차 기계공의 아들로 태어나 어릴 때 여름마다 텍사스의 뜨거운 볕 아래에서 목화 따는 일을 했대. 존 쿠거 멜렌캠프John Cougar Mellencamp는 인디애나주 작은 마을에서 태어나 서른일곱 살에 할아버지가 된 사람이고. 닐 영 Neil Young은 글쎄, 닐 영은 캐나다에서 온 중년 히피였지만. 아니 할아버지는 그런 게 있는지도 몰랐고 알았더라도 관심도 없었어. 할아버지에게 확실한 건 자기는 평생 대규모 공연에 가본 적도 없고 이 공연도 갈 일이 없다는 거였지.

카우보이 부츠를 신은 유명 가수들이 의회에서 무슨 발언을 했건 안 했건 공공 정책은 기업 독점과 공장식 농업의 물결을 바로 우리 턱밑에 들이댔어. 이미 오래전에 시작된 흐름이지만 레이건 정권 때 정점에 달했어. 농장 대출금이 담보 가치를 넘어선 가구가 주변에 허다했어. 나이 든 농부가 세상을 뜨면 자녀들이 농장을 팔아치웠지. 자녀들 다수가 살아남으려면 떠나라는 부모의 부추김에 이미 도시로 터전을 옮기기도 했고.

농업 경제가 붕괴하자, 능력 있는 시골 사람은 '탈출'하려고 노력해야 한다는 게 사회 일반의 생각이 되었어. 성공한 사람들도 있었어. 대학 장학금을 받고, 시골을 떠나고, 이렇게 정치관과 경제적 전망이 바뀌고 나자 다시는 돌아보지 않았어. '농촌 탈출'이 이어지는 와중에 시골 사람은 복잡한 대도시에서 살아남지 못한다는 생각이 만연하게 되었지. 하지만 알팔파 파종 간격을 가늠하고 풀을 벨 적기를 냄새로 감지하는 능력이 지하철 이동 경로를 머릿속에 그리고 내릴 때가 되면 졸다가도 깨는 능력하고 뭐가 다를까.

산업화된 국가가 다 그렇지만 미국도 농사짓는 시골에서 시작해서 도시화되었어. 우리 식구들은 그 흐름을 따라가지 않았지. 빛을 발하는 경제의 중심지를 향해 가려고 분투하는 대신, 들판 위 트랙터에 머물거나 아니면 꽤 괜찮게 살 수 있고 대도시보다 오히려 더 살기에 낫다 싶은 소도시에 자리를 잡았어. 시골 사람이 대도시를 헤쳐나갈 능력이 없어 머문 게 아니라 그냥 그런 삶을 선택하지 않았기 때문일 때도 많아. 아니면 삶이 바라는 것처럼 풀리지 않았기 때문이거나.

켄터키주 출신 농부이자 활동가 웬델 베리Wendell Berry가 1991년《애틀랜틱The Atlantic》에 이런 글을 썼어. "지속 가능성은 버릴 수 없는 이상이자 목표인데, 도시가 지속 가능하려면 시골과 균형을 유지해야 하며", "생태적·인간적 빚을 갚는" 도시여야 한다고 했어. 인간적 빚이라고 말한 것은 도시가 생겨나며 땅에서 쫓겨난 원주민들이나 도시 백인에게 의복과 담배를 싸게 공급하기 위해 남부 면화 밭, 담배 밭에서 노역한 흑인들에 대한 빚을 가리키는 거겠지.

이런 만행을 저지른 인종에 속하는 사람들, 그러니까 백인이 이 과정에서 희생되었다는 생각은 잘 안 들 거야. 실제로 우리가 사는 지역에는 백인 수가 압도적으로 많아. 해방 노예 몇 천 명이 캔자스에 아프리카계 미국인 농경지를 개척했고 한 군데는 아직까지 남아 있지만 대부분은 더 북쪽 도시 지역으로 갔어. 같은 시기에 연방 정부는 원주민 부족을 학살하고 '인디언 특별 보호구'로 강제 이주시켰어. 우리 식구가 살던 땅에서 80킬로미터 남쪽에 인디언 준주가 있었어. 텍사스에서 소 떼를 대규모로 몰고 오던 시기에 멕시코계 이민자도 캔자스에 많이 정착했어. 하지만 20세기에 캔자스주 인구 대부분은 유럽계 후손이었어.

그러니 우리는 백인으로 누리는 혜택을 느끼기 어려운 상황에서 살았지. 지평선 끝까지 다른 어떤 사람도 마을도 건물도 보이지 않는 곳에서 백인 세 명이 같이 일하는 곳이니까. 특권과 불리한 조건이 복잡하게 얽혀 있었어. 이런 시골 농장에 도시가 빚진 게 있다면 그게 뭘까, 나도 모르겠어. 내가 아는 건 주 정부나 연방 정부 권력의 핵심에서 소외되어 지방이 경제적으로 무너지고 버려졌고 현재 종자 회사, 천연가스 회사, 공장식 농장에 좌지우지되고 있다는 점이지.

정부가 시골 지역에 인구를 머물게 하거나 유입하도록 유도하려고 재정 지원책을 내놓곤 하지만, 아무리 해도 인구 감소로 인한 기간시설의 유지비용 상승과 주택가치 하락, 지방 세수 감소, 지방세로 운영되는 학교 수 감소 등의 흐름을 막을 수는 없어.

내가 어릴 때만 해도 다음 세대가 이전 세대보다 더 잘사는 게 아니라 더 못살게 되리라는 현실 인식이 나라 전체에 있었던 건 아니야. 하지만 우리가 살던 곳에서는 몇 세대 전부터 이미 사정이 점점 팍팍해지고 있었어. 나 같은 아이들이 농장에서 살려고 하지도 않을 거고 살아서도 안 된다는 걸 진작 느꼈지. 농장을 계속 유지해야 한다는 압박을 받고 자란 아이들은 거의 없을 거야.

우리 가족은 열심히 일하는 걸 그렇게 강조하는 사람들인데도, 노력한 만큼 반드시 얻는 게 있다는 생각을 다른 미국 중산층보다 훨씬 일찌감치 버릴 수밖에 없었어. 날이면 날마다 동트기 전에 일어나 일을 시작해서 해가 질 때까지 쉼 없이 일했으니, 우리가 이렇게 쪼들리는 건 노력이 부족해서가 아님이 명백했거든. 문제는 공산품 시장, 대기업, 월스트리트에 있었지. 우리에게서 너무나 멀리 있고 알 수도 없는 것들이라 우리는 그저 고개를 가로젓고, 정부를 욕하고, 우박이 내리기 전에 콤바인을 창고 안에 들여놓는 일 말고는 달리 할 수 있는 게 없었어.

우리 환경과 농산품 유통을 바꾸어놓는 정책이나 정치에 대해서는 잘 몰랐어. 우리는 우리가 미국 중부에서 밀, 쇠고기, 돼지고기를 생산해 전 세계로 수출한다는 사실을 자랑스럽게 여겼어. 상대적으로 동떨어진 지역에서 살았으니 우리의 노동으로 다른 사람들을 먹인다는 게 우리가 모르는 세상과의 유일한 연결 고리로 여겨졌지. 그게 우리에게는 정치적·문화적 정체성이라기보다 그냥 생활 방식이었어.

하지만 '시골'이 의미하는 바는 내가 살아온 몇 십 년 동안 많이 바뀐 것 같아. 삶의 경험에서 보수주의자들이 선전하는 브랜드로 바뀌어갔지. 내가 서른 살 때였나, 어떤 작은 타운 출신

남학생이 "PRO GOD, PRO GUNS, PRO LIFE"*라고 쓰인 티셔츠를 입은 걸 봤어. 충격이었지. 1980년대에 내가 경험한 우리 가족의 가톨릭 신앙에는 복음주의라는 게 아예 없었고 교회와 정치가 공공연하게 결합하지도 않았어. 더 많이 배우고 더 많이 가진 도시 사람들에 대한 원망 같은 것도 없었고. 이런 문구가 시골 노동 계급의 경험을 대변하는 것처럼 내세워지면 의심부터 할 수밖에 없어. 그것도 우리 가족은 누릴 수 없었던 것을 누린 사람들의 입으로 그런다면 말이야.

또 한 예로 칼하트Carhartt라는 작업복 브랜드가 노동 계급의 계급 의식을 상징하는 듯 취급하는데, 내가 어릴 때에는 들어보지도 못했어. 어른이 되고 한참 뒤에야 들어봤지. 내가 일할 때 입는 작업복은 20년 된 옷인데 코듀로이 재질에 커다란 칼라가 있고 안감에 구멍에 뚫렸어. 돼지 먹이를 줄 때에는 장화를 신을 때도 있지만 낡은 운동화를 신기도 했어.

아니 할아버지의 트럭은 중고로 산 작은 도요타 트럭이었어. 거대한 타이어를 달고 억세 보이려고 뒤축을 들어 올린 커다란 포드나 셰보레 트럭이 아니고. 길에서 그렇게 멋을 부린 트럭을 가끔 보는데 일하는 데 쓰기에는 너무 멀끔해 보여. 게다가 뒤에 그렇게 성조기를 휘날리고 달리면 소들이 겁을 먹을 텐데 싶지. 이런 차들을 몰고 다니는 사람은 보통 교외에 살고 널찍하고 깔

* "하느님, 총, 생명 지지." 'pro life'는 낙태 합법화 반대를 뜻한다.

끔한 차고에 '장난감'이라고 부르는 ATV 사륜차들을 세워놓고 그 옆에 반짝이는 헬멧들도 죽 걸어놓을 거야. 헬멧은 아주 바람직한 장비지만 내가 삼륜차를 몰고 사료 양동이를 실어 나르며 농장을 돌아다닐 때는 그런 게 없었어.

누군가가 1주일간 맥주를 끊으면 헬멧을 살 수도 있었겠지. 하지만 우리가 그냥 그렇게 산 건 은행에 돈이 없어서기도 했지만 문화가 그래서, 혹은 교육을 제대로 받지 못해서기도 했어. 우리 생활 방식이 옳았다는 게 아니야. 하지만 아니 할아버지가 사무실 출퇴근용으로 쓰는 트럭 앞에 불바*를 단 걸 봤다면 틀림없이 비웃었을 거야.

할아버지 손톱 밑에 늘 있는 흙먼지의 느낌을 내려고 누렇게 워싱한 고급 브랜드 청바지를 보더라도 웃었겠지. '섀비시크 shabby chic'라고 하는, 새 가구를 우리 집 헛간에서 수십 년 묵은 것처럼 낡아 보이게 가공하는 인테리어 유행을 봐도 웃었을 테고. 우리 식구들은 그런 걸 보면 모욕적이라고 느끼기보다는 재미있어했지. 아마 흉내가 너무 어설퍼서 그랬을 거야. 도시의 부유한 남자들이 노동자 스타일을 흉내 낸다고 체크무늬 플란넬 셔츠를 입고 머리를 멋대로 길러 흐트러뜨리고 커피숍에서 노트북 앞에 앉아 일하는 모습을 보면, 나는 우리 아빠가 매일 아침

• bullbar. 가축과 충돌했을 때 차를 보호하기 위해 범퍼 위에 다는 금속제 보조 범퍼.

동이 트기 전에 일어나 수염을 깔끔하게 다듬고 공사장에 일하러 가던 모습이 생각나. 우리 집안 남자들은 노동을 하면서도 틈만 나면 외모를 꼼꼼하게 관리했어.

엄마도 소매점 창고 정리를 하러 출근하면서도 모델 일이라도 하러 가는 것처럼 단장을 했어. 위치토 시내 쇼핑몰 세일 매대에서 건진 옷들로 위아래를 맞춰 입었어도 엄마는 늘 맵시 있었어. 엄마 옷 중에서 내가 가장 좋아한 옷은 헐렁한 스타일의 샴페인색 실크 바지 정장이야. 큼직하고 화려한 장미 프린트가 있는 스카프와 함께 입었지. 우리 집 현관 반대쪽 벽에 엄마가 직접 풀을 발라 도배한 새틴 재질 벽지와 비슷한 색 스카프였어. 엄마는 농부와 결혼했지만 체크무늬 셔츠 따윈 입지 않았어.

엄마는 둘째를 힘들게 출산하고 회복한 다음 다시 위치토 직장에 돌아갈 수 있게 되어 안도했어. 나와 맷을 1982년식 AMC 스피릿 자동차에 싣고 베이비시터에게 데려다주었는데, 가는 길에 주유소에 들러 주유를 하면서 나한테 무연 휘발유 5달러어치와 말보로라이트 한 갑 살 돈을 주어 주유소 안으로 보냈어. 아빠가 시내 공사장에서 일할 때에는 시트커버가 찢어진 아빠 픽업트럭을 타고 베이비시터 집으로 갔어. 가는 길에 막 동이 틀 무렵 가끔은 맥도널드 드라이브스루에 들렀어. 식당이나 패스트푸드 음식점이 근방에 없는 곳에 살았기 때문에 우리한테는 특별한 일이었지. 내가 처음 피자 상자를 봤을 때가 또렷이 생각나. 내가 2학년인가 3학년 때 체니에서 우리 집안 누가 운영하는 지점에서 저녁으로 배달해준 거였어.

시골은 어떤 경치나 스타일, 의식적 태도가 아니라 우리에게는 실제적·물리적 공간이었어. 시골 경험은 사실 시골을 상품화하는 문화의 힘으로부터 멀리 떨어져 있다는 사실로 정의되는 거지. 시골은 절대적인 고독이 끝없이 뻗은 곳, 이따금 고속도로를 타고 한참 달려 사회에 들어갔다가 나올 때에만 간간이 그 고독에서 벗어나는 곳이야.

우리 상황은 더 먼 시골, 그러니까 캔자스 서부 같은 곳에 사는 사람들하고 또 다를 거야. 우리는 그래도 도시 근처에 살았기 때문에 시골과 도시의 날카로운 차이를 알았고 또 양쪽 어디에서든 편했어. 우리는 조용히 살았지만 차로 40분만 달리면 기회에 가까이 접근할 수 있었지.

아빠는 그런 점을 좋아했어. 일은 도시에서 해도 시골 땅 한 뙈기가 있다는 게 아빠에게는 큰 만족감을 줬지. 1960년대에 주 정부에서 수용권을 행사해 할아버지의 농지 일부를 수용했어. 저수지를 만들고 그 물을 지하관을 통해 위치토 상수도로 공급하기 위해서였지. 아빠는 가끔 저수지 둑을 따라 이어진 2차선 아스팔트로 갓길에 트럭을 세우고, 맷과 나를 데리고 길고 가파른 콘크리트 계단을 올라갔어. 그 위에서 아빠의 땅이 되고 또 우리가 물려받을 수도 있었을 땅이 물밑에 잠겨 있는 걸 내려다보았지. 그 물은 우리가 쓰는 물이 아니었어. 위치토 사람들이 수도꼭지를 돌려 사용하는 물이었지. 그래서 우리가 쓸 우물은 전에 우리 땅이었던 거대한 저수지 옆에 따로 팠어. 이런 일은 어제 오늘 일이 아니야. 가난한 시골 사람들을 밀어내고 그 땅에서 도시에서 쓸 천연자원을 끌어내는 일.

어릴 때 이런 일이 일어나는 걸 보아서인지 아빠는 그 일에 깊은 영향을 받았어. 아니 할아버지가 "땅은 새로 생겨나지 않아."라고 말하며 땅을 소중히 생각하는 것에 아빠도 공감했어. 집 북쪽 땅을 사들여 나와 맷이 자라 방이 더 많이 필요할 때 집을 늘릴 계획을 세웠지.

엄마는 그 계획에 대해 뜨뜻미지근해했고.

저녁에 나는 안방 옆에 만들어놓은 화장대 거울 앞에서 엄마가 짙은 색 머리카락에 컬을 넣고 거꾸로 빗질을 해서 머리 볼륨을 만드는 걸 구경하기도 했어. 엄마한테서 헤어스프레이와 캘빈클라인 옵세션 향수 냄새가 났어. 엄마는 캄캄한 밤에 집에서 나가 자동차를 몰고 위치토 시내로 갔지.

아빠는 엄마한테 이렇게 말하곤 했어. "당신 직장 여자들하고 어울리기 시작한 뒤로 도무지 집에 있지를 않네. 그 여자들은 미혼이잖아."

"당신이 뭐라든 난 나갈 거야." 엄마가 화를 냈어.

엄마가 나간 뒤에 아빠는 엄마가 '타운'에서 뭘 할지 생각하면서 울기도 했어. 시골에서는 누가 장을 보러가거나 은행에 가면 '타운'에 갔다고 말하곤 해.

엄마가 막 유명해진 컨트리 가수 조지 스트레이트 공연을 보러 위치토 '카우보이클럽'에 갔을 때 아빠는 벽돌 난로 옆에 앉아 지역 방송국에서 라디오로 공연 실황 중계를 해주는 걸 들었어. 조지가 관객 중에서 여자 한 명을 찍어 무대 위로 올라오게 했다고 아나운서가 말하자 아빠는 순간 숨을 멈추었어. 꽉 끼는 랭글러 청바지와 카우보이모자 차림의 잘생긴 연예인에게 엄마를 빼앗길까 걱정하는 것 같았어. 내가 아는 시골 남자들은 카우보이모자가 아니라 이마의 소금기 때문에 탈색된 야구모자를 주로 쓰고 일했는데. 아빠는 컨트리 음악도 안 좋아했어. 너무 슬프다고 했지.

엄마가 위치토에서 일을 하거나 여자 친구들하고 어울리지 않을 때 시골에서도 할 만한 일을 한 가지 발견했어. 돈벌이 방법이 있었어. 시골 여자들 중에 도시에 거의 안 나가는 사람들이 있어서, 팔 만한 물건을 가지고 그 집 문을 두드리면 쏠쏠히 장사가 되기도 했거든. 인터넷이나 온라인 쇼핑 같은 게 생기기 전의 얘기지. 엄마는 맷과 나를 차에 태우고 시골길을 따라 달려 에이번 화장품이나 아기 신발을 금속으로 코팅해 기념품으로 간직하게 하는 통신 판매 제품 따위를 팔았어. 나는 앞자리에서 엄마가 파는 물건이나 제품 샘플을 정리하고 맷은 뒷자리에서 장난감을 가지고 놀았어.

엄마가 녹슨 자동차에서 키를 뽑으면 카세트테이프에서 흘러나오던 이글스Eagles 노래가 멈췄지. 엄마는 자갈이 깔린 진입로를 하이힐로 걸어 현관까지 갔어. 문을 열어준 여자가 독립기념일에 폭죽을 팔던 가족 아니냐고 묻기도 했지.

엄마는 컨트리 음악을 좋아했지만 카우보이 부츠는 안 신었어. 자기가 어떤 사람인지 드러내지도 않았고 사회에서 어떻게 바라보는지도 전혀 신경 쓰지 않았어. 들에서 농사짓는 농부건, 캔자스 강풍 속에서 무거운 차문을 힘겹게 여는 젊은 엄마건, 땅바닥에서 이리저리 움직이며 작은 기회라도 잡아보려고 한다는 사실, 이보다 더 시골스러운 건 없는 거야.

베티 할머니와 아니 할아버지의 시골집에서, 풀장과 시멘트 안마당 쪽에서 유리문으로 거실로 들어가면 바로 옆에 음이 안 맞는 피아노가 한 대 있었어. 어떻게 해서인지 공짜로 얻었대. 건반을 눌러보면 마치 그게 나를 위한 악기인 것처럼 가슴이 떨렸지만 피아노를 칠 줄 모른다는 사실이 나한테는 거의 몸이 아픈 것처럼 고통스러웠어. 풀장도 비슷한 느낌을 줬어. 어른이 된 다음에 수영을 배웠지만 어릴 때는 수영을 배울 수가 없었어. 수영장까지 오가는 일이나 강습비나 우리 가족한테는 감당하기 힘든 일이었을 테니까.

시골에서 생활하면 기회도 접근성도 부족하기 때문에 좌절감을 느낄 수밖에 없어. 풀 안에서, 피아노 앞에서 잠재된 내 에너지가 고통으로 느껴졌어. 훈련만 받으면 평영 동작이나 노랫가락으로 터져 나올 것만 같은 에너지가. 나는 어머니나 테리사 할머니한테서도 비슷한 고통을 느낄 수 있었어.

학교가 이런 좌절감을 해소할 최적의 장소였지. 엄마가 학부모회 활동을 하지 않는 가난한 아이에게는 학교가 우호적이지 않을 때도 있었지만. 인구가 1500명 정도 되는 체니는 우리 집에서 남쪽으로 흙길과 2차선 아스팔트 도로로 15킬로미터도 넘게 가면 나왔어. 아빠는 1973년에 체니에서 고등학교를 졸업했고 몇 년 뒤에 엄마도 체니에서 학교를 다녔지만 작은 도시의 배타적 분위기를 못 견뎌 학교를 그만두고 나를 낳기 직전에 고졸 학력 인증을 받았어.

나는 아침 일찍 우리 집 흙길 진입로를 따라 내려갔어. 도시 한 블록 길이보다 더 긴 거리였지. 진입로 끝에 서서 저수지 댐이 있는 모퉁이를 뚫어져라 봤어. 그쪽 아스팔트 도로를 따라 선 나무 사이로 스쿨버스가 나타나거든.

날씨가 추울 때는 버스가 빨리 오길 빌면서 맨손을 온기가 있는 몸 어딘가에 쑤셔 넣었어. 버스가 도착하면 키가 작은 나는 높은 계단을 낑낑거리며 올라갔어. 그러고 나서 빈자리에 앉았지. 땀 냄새와 플라스틱 냄새가 풍기는 버스를 참 오래도 탔다. 우리 집이 버스 운행로 끝에 있어 날마다 내가 가장 먼저 타고 가장 마지막으로 내렸거든. 버스가 울퉁불퉁한 흙길로 달리는데다 외떨어진 집에 들르려면 큰길에서 벗어날 때도 많았기 때문에 오는 길과 가는 길 각각 한 시간은 족히 걸렸어.

나는 학교가 좋았어. 수업도 활동도 내 작품이 복도에 걸리는 것도 다른 아이들과 어울리는 것도 좋았어. 나는 이런 것들 모두 아주 잘했지만 체니는 충격적일 정도로 젊은 우리 엄마를 절대 받아들이지 않았고 그래서 나도 받아들여지지 않았어. 우리가 사는 곳에서는 대부분 여자들이 아기를 일찍 낳긴 해. 하지만 10대에 임신하고 고교 학력 인증을 받은 사람하고 스물세 살에 작은 주립대학을 갓 졸업하고 손가락에 약혼반지를 끼고 고향에 돌아와 아기 엄마가 된 사람은 하늘과 땅 차이라는 거지. 내세울 게 없는 것 같은 사람들 사이에도 엄연한 서열이 있었어.

엄마가 학교에 '일일 교사'를 하러 온 날이 몇 번 있었는데 다른 엄마들은 우리 엄마를 두고 엄청 젊어 보인다는 둥, 누구한테 잘 보이려고 저런 옷을 입었냐는 둥 수군대고 아이들 대하는 게 영 어설프다며 흉을 보곤 했어. 한번은 엄마가 맷의 장난감 상자를 뒤져 아기용 플라스틱 볼링 세트를 학교에 갖고 온 일이 있었어. 집에 아이들이 함께 가지고 놀 수 있는 물건이라고는 그것뿐인데 뭔가 새걸 살 여유는 없었거든. 다른 엄마들이 비웃자 엄마가 창피해하는 걸 나는 느낄 수 있었어. 나에게 가해진 어떤 수치보다도 그때 그 일이 훨씬 더 고통스러웠다.

가족과 학교의 영역이 서로 겹치는 일은 거의 없었어. 우리 부모님은 이런저런 학교 행사에 빠질 때가 많았는데 일 때문이기도 했고 그게 내 삶에서 얼마나 중요한지 몰랐기 때문이기도 했을 거야. 본인들의 삶에서는 학교가 별 의미가 없는 것으로 판명되었으니까. 나한테 숙제했냐고 묻는 법도 없었어. 그래도 나는 늘 꼬박꼬박 숙제를 했고 부모님이 당연히 내 학업에 신경을 써야 한다는 생각은 전혀 안 해봤네. 내 타고난 성격인지 아니면 환경이 그래서 그에 맞춰 자란 건지는 모르겠어. 하지만 내가 기억하는 아주 오래전 어릴 적부터 내 안에는 어른이 있었어. 아마 그래서 너의 존재를 느낄 수 있었을 거야.

학교에 있는 어른들은 집에서 보는 어른들하고 정말 달랐어. 입성도 다르고 쓰는 언어도 거의 외국어처럼 달랐어. 무질서한 삶에 익숙한 아이에게는 질서 정연하게 짜인 일과도 낯설었지. 학교에 나를 밀어주고 격려해주는 사람이 있든 없든 나는 잘했어. 내 출신 배경이 누군가 관심을 갖고 밀어줄 만한 것이 아니기도 했고. 대부분 인구가 백인인 우리 작은 마을에서는 돈이 있고 없고에 따라 사회적 지위가 결정됐으니까.

1학년 때 담임 선생님은 키가 작고 삼각형 모양의 파마머리에 앞머리를 뒤로 넘겨 잔뜩 부풀려 고정한 분이었는데 나를 딱 찍어서 괴롭혔어. 아마 내가 말대답을 가장 잘하는데다가, 자기 애 혼냈다고 부모가 학교에 와서 소동을 일으킬 가능성이 가장 낮은 애였기 때문이겠지. 우리 반에 지적 장애가 있는 남자아이가 있었는데 선생님이 걔 머리카락을 움켜쥐고 바닥에서 일으켜 세우는 걸 본 적도 있어.

나는 선생님이 부당하거나 편파적인 행동을 하면 지적하곤 했거든. 그러면 선생님은 나를 복도로 내보내고 나중에 초콜릿 우유와 크래커를 나누어줄 때 그 일을 꼭 다시 꺼내서 간식을 받으려면 잘못했다고 사과하라고 했지.

자격 없는 선생님들이 교실을 차지하고 있을 때 크게 피해를 받는 아이들은 따로 있어. 장애가 있어 부모한테 자기가 당한 일을 전할 수 없는 아이들, 부모가 무관심하거나 술에 취해 있거나 너무 바빠서 학교에 신경 안 쓰는 집 아이들.

날마다 선생님이 어찌나 무서운 눈으로 나를 노려보는지 나는 무서워서 죽을 것 같은 기분이었어. 밤에 잠을 잘 못 자 피곤해서 하품을 하기라도 하면 선생님은 놓치지 않고 나를 괴롭힐 기회로 삼았지.

"세라, 수업이 지루하니?"

"그냥 하품한 건데요." 내가 말하면 말대답했다고 복도로 쫓겨났어. 1학년 때는 거의 날마다 복도로 나갔어. 다른 선생님들하고는 한 번도 그런 문제가 없었고 다들 나보고 예의바르다고 했는데.

한번은 쉬는 시간에 선생님이 나를 불러서 말했어.

"세라, 너 읽기 성적이 B라는 거 알아?"

이해가 안 갔어. 지금까지 했던 연습 문제지 전부 A를 받았거든. 나는 절대로 A를 놓치지 않았고 숙제도 정말 열심히 했어. 그 말을 들으니 걱정도 됐지만 영문을 알 수가 없었어.

선생님은 큼직한 선글라스에 트렌치코트 차림이었고 얼굴에는 웃음을 띠고 있었어. 가끔 선생님이 나를 따로 불러낼 때는 선생님 눈 하나가 마치 다른 사람으로 변신하는 것처럼 돌아가곤 했는데, 학부모가 근처에 있을 때에는 완전히 다른 사람이 되어 정말 잘해주곤 했기 때문에 그게 이상하지 않더라.

"똑똑한 앤 줄 알았는데 B를 받았네." 선생님이 말하더니 턱을 앞으로 쑥 내밀었어. "왜 이런 점수를 받았는지 잘 생각해 봐라."

물론 시골 학교에도 좋은 선생님이 있지만, 시골 학교는 교사를 까다롭게 가려 뽑기 어려운 것도 사실이야. 수십 년에 걸쳐 예산을 합치지 않고는 운영이 힘들어지면서 학구가 통폐합되는 일들이 잦았어. 살아남은 학교들은 교사를 공유하는 따위 교육 지책을 써야 했지. 그래서 선생님들이 반 시간씩 운전을 해서 하루에 학교 세 군데를 돌면서 6학년 음악을 가르치고 하는 식으로 학교를 유지했어.

나는 선생님한테 찍혀서 구박을 당하면서도 배움에 대한 욕구가 너무 컸기 때문에 숙제와 공부에 온 힘을 쏟았어. 나에게는 학교가 전부였기 때문이기도 했어. 학교에 괴물이 있다고 하더라도 어쩔 수 없이, 한순간도 의심하지 않고 장애에 맞서야 했어. 그렇지만 이렇게 어렵게 심지어 상처를 받아가면서 얻어야 하는 무언가를 그렇게 절박하게 원한다는 사실이 때로 서글프기도 했지.

학교와 집을 오가는 긴 통학 길에 다른 아이들은 버스 안에서 장난을 치고 소리를 지르지만 나는 보통 조용히 있었어. 친구가 한둘은 있었지만 나는 학교에서 대체로 아웃사이더였어. 유치원 첫날, 다른 아이들처럼 보라색 유니콘 배낭이 아니라 슈퍼마켓에서 물건을 담아주는 종이봉투에 학용품을 넣어 등원한

날부터 그렇게 됐지. 그날부터 다른 아이들이 버스에서 소리 지르고 놀고 싸우는 동안 나는 혼자 앉아 창밖을 봤어. 트레일러 주택에 사는 아이들은 겨울에 외투도 입지 않고 버스까지 달려왔어. 마구간과 대문이 있는 큰 집에서는 아이들이 엄마와 함께 버스를 기다렸지. 밀밭은 얼어붙은 흙밭이다가 발목을 덮는 연푸른 풀밭이다가 파도처럼 일렁이는 황금 양탄자가 되었어.

집에 돌아오면 가방을 벗어놓고 나무가 늘어선 길을 달려, 2차선 아스팔트 도로를 건너, 커다란 호수로 갔어. 댐에 기어올라 엄청난 분량의 물을 쏟아내는 방수로로 갔어. 높은 철제 울타리에 매달려서 수문이 열리기를 기다렸지. 수문이 열리면 어마어마한 양의 물이 우레 같은 소리를 내며 두꺼운 콘크리트 댐을 찢듯이 터져 나와 울타리 너머의 나에게 물보라를 뿌리고 내 온몸에 전율을 일으켰어.

나는 자연 가까이에서 느끼는 조용한 삶의 기쁨을 사랑했지만 한편 내 마음속에서는 엄마나 테리사 할머니 같은 시골 사람들 가슴 깊이 긴장감도 커져갔어. 갇힌 느낌. 어떻게든 찢고 나가고 싶은 갈망.

1987년 초 베티 할머니는 위치토 법원과 황무지 한가운데 농장을 오가며 먼 길을 출퇴근하는 걸 힘들어했어. 아니 할아버지가 직장을 그만두라고 했지만 베티는 그러고 싶지 않았어. 한 번도 일을 안 하고 놀았던 적이 없는데. 게다가 직장에서 하는 일에서 보람을 느끼기도 했고.

"게다가 큰돈을 버는 데 익숙해져서 말이지." 베티 할머니가 말했어.

베티 할머니는 직장에서 주는 대로 군말 없이 받아서 사실 월급은 보잘것없었어. 여자들은 대개 돈을 많이 못 받고 일했어. 하지만 할머니가 농장에 사는 동안은 집세나 대출금을 갚을 필요가 없었으니까 할머니가 번 돈을 가지고 생전 처음으로 저축이라는 걸 할 수 있었네. 할머니가 젊은 시절에 그랬던 것처럼 곤경에 처한 친구가 있으면 그 돈으로 선뜻 도와주기도 했어. 베티 할머니는 날마다 장거리 출퇴근하는 데 지쳐서 위치토에 집을 사서 거기서 출퇴근하는 게 합리적이라고 생각했어. 부동산을 사는 게 장기적으로 투자도 된다고 생각했고. 게다가 젊을 때 숱하게 이사를 다녔고 또 농장에서도 꽤 오래 살았지만 그래도 위치토가 베티 할머니에게는 고향이니까.

할머니가 집을 보러 다닐 때 나도 따라갔어. 유리 커피 테이블이 있는 갈색 벽돌집이 내 마음에 들었어.

"6만 달러를 달라네." 베티 할머니가 말했어. "너무 비싸다."

집에 와서 엄마한테 말했어. "6만 달러짜리 집을 구경했어요."

"그건 그렇게 비싼 것도 아니야." 엄마가 말했지. "10만 달러짜리도 있어."

그다음 주 내내 나는 들어주는 사람만 있으면 앵무새처럼 그 이야기를 전했어.

할머니는 위치토 시내 근처에서 조그맣고 네모반듯한 집을 찾았어. 어릴 때 살던 집하고도 가깝고 평생지기 친구가 살았던 멕시코계 동네와도 가깝대. 새집에서는 차로 5분 만에 직장인 법원까지 출근할 수 있었어. 할머니는 주중에는 시내 집에서 지내고 주말에는 할아버지와 같이 농장에서 지내겠다고 했어. 할아버지는 주중에 일 때문에 늦게까지 농장에 묶여 있는 날만 아니면 일을 마치고 차를 몰고 위치토로 가기로 했지.

할머니는 벌룬상환방식 주택담보대출을 끼고 2만 5000달러에 그 집을 샀어. 벌룬상환방식은 처음 몇 년 동안은 집을 판 사람이 매달 상환금을 갚다가 이어 집을 산 사람이 빚을 갚기 시작하는데 나중으로 갈수록 큰돈을 불입하게 되는 속임수 같은 방법이야. 마치 예수님에게 안겨서 모래밭 길을 걸어오긴 했지만 발자국 하나당 이자를 지불해야 하는 것과 비슷한 노릇이지.•

할머니의 귤색 벽돌집은 할머니가 태어났을 무렵 지어진 집이었어. 현관은 콘크리트고 작은 침실, 마루가 깔린 거실, 주방 겸 식당, 작은 화장실 이렇게 네 칸짜리 집이었지. 마감이 안 된 상태인 지하실을 넓혀 방으로 쓰려고 아빠와 아니 할아버지가 벽을 큰 망치로 때려 부수었고 맷과 나는 석회 조각을 주워 쓰레기봉투에 담았어. 차디찬 시멘트 바닥 위 석회 가루로 뒤덮인

• '모래 위의 발자국'이라는 유명한 기독교적 이야기를 빗대서 하는 말.

매트리스에서 우리는 깡충깡충 뛰며 놀았어. 아빠가 전기톱으로 샛기둥을 자르기 시작하자 귀청이 찢어질 것 같아 밖으로 도망 나왔어.

할머니 집이 있는 거리에는 차가 많이 다녔기 때문에 맷이 멀리 나가지 못하게 했어. 맷의 손을 잡고 몇 블록 걸어 세븐업 광고 간판이 있는 오래된 구멍가게로 갔어. 가게 이름이 '조지네'였는데 요즘엔 보기 힘든, 가족이 운영하는 상점 중 하나였어. 할머니도 어릴 때 그 가게에 가곤 했대. 1000살쯤 되어 보이는 조지 아저씨가 카운터 위에 있는 사탕 단지에서 사탕을 하나 꺼내주곤 했지.

새집에서 저녁을 먹고 맷은 부모님과 같이 시골집으로 가고 아니 할아버지는 아침 일찍 해야 할 일 때문에 농장으로 갔어. 나는 위치토에 할머니와 같이 남아 집 청소를 했어.

우리는 부엌 바닥과 조리대, 레인지와 냉장고를 박박 문질러 닦았어. 할머니는 어떻게 이렇게 집을 더럽게 썼느냐며 혀를 내둘렀지. 벽지를 긁어 벗겼더니 엉성하게 대충 붙인 벽지가 겹겹이 나왔어. 나는 석고 보드에서 스테이플, 압정, 못을 뽑아내고 흙손으로 플라스틱 그릇에서 회반죽을 떠서 팬 홈과 구멍을 메웠어.

조그만 흑백 텔레비전을 켜놓았는데 10시 뉴스가 나오자 할머니가 이제 그만하자고 했어. 배가 출출했는데 새집에는 먹을 게 아무것도 없었어. 저녁은 볼로냐 샌드위치와 기름기가 번들거리는 금속 깡통에 든 '신발끈' 모양 감자튀김으로 때웠지. 할머니가 나를 맥도널드에 데려가서는 뭐든 먹고 싶은 거 고르라고 했어. 패스트푸드 식당에 가면 할머니가 마음껏 고르라고 할 때가 많았어. 할머니가 힘들게 살았기 때문에 나한테 그렇게 관대하다는 걸 알았지. 어릴 때 먹고 싶은 걸 먹겠다고 말하지 못하는 게 어떤 기분인지 할머니는 알았으니까. 나는 핫퍼지 선디 아이스크림을 주문했어.

새집으로 돌아와 매트리스와 침대 시트를 거실로 끌고 와 깔고 텔레비전도 한쪽 구석에 놓았지. 할머니가 안테나를 이쪽저쪽으로 조정하니 마침내 텔레비전에 조니 카슨Johnny Carson이 나왔어. 텅 비어 메아리가 울리는 집 마룻바닥에 커버도 없는 매트리스를 놓고 그 위에 앉아 아이스크림을 먹으며 「투나잇 쇼The Tonight Show」를 보자니 엄청난 모험을 하는 기분이더라.

베티 할머니가 텔레비전과 전등불을 끄면서 말했지.

"오늘 정말 수고 많이 했어. 세라 스머프."

위치토의 어둠과 고요는 시골과 전혀 다르다는 걸 잠시 잊고 있었는데. 밤인데도 현관 앞으로 지나가는 자동차 불빛이 집 안을 훤히 비추고 소리도 크게 들렸어. 밤마다 늘 그렇듯이 생각에 생각이 꼬리를 물었지. 머릿속에도 스위치가 있어서 끌 수 있으면 얼마나 좋을까 속으로 빌었지. 할머니가 어둠 속에서 일어나는 걸 느꼈어.

할머니는 화장실에 가야겠다면서 물 한 잔 갖다 줄까 물었어. 할머니가 부엌 전등을 켜더니 비명을 질렀어.

"아 맙소사, 세라, 일어나."

바퀴벌레 수백 마리가 부엌 리놀륨 장판 위를 까맣게 덮은 거야.

갑자기 불이 켜지니 바퀴벌레 일부는 화장실로 달아났어. 일부는 냉장고 밑으로 후다닥 들어갔어. 일부는 어둑한 거실의 우리 매트리스가 있는 쪽으로 달려왔어.

나는 매트리스에서 일어나 한 걸음 물러섰어. 바퀴벌레가 한 줄로 매트리스 옆을 타고 기어 올라왔어. 할머니는 허겁지겁 신발을 찾았지.

"빌어먹을 것들." 할머니가 말했어. "짐 챙겨. 나가자."

자정 지나 익숙한 54번 고속도로를 따라 달렸어. 별. 소떼. 이 길이 캐넌볼 역마찻길이라고 불릴 때에는 황무지였던 밀밭. 할머니는 바퀴벌레들을 저주하며 거미나 풍뎅이가 차라리 낫지 더러운 바퀴벌레들만은 세상에 없었으면 좋겠다고, 바퀴벌레는 정말 싫다고 계속 중얼거렸어.

한 시간이 좀 못 되어 시골에 도착해 메뚜기 우는 소리가 들리고 어둑한 곳에 잠들었을 가축 냄새가 물씬 풍기는 차 밖으로 나왔어. 할머니는 저면 셰퍼드 사샤를 조용히 시키고 따뜻한 밤 공기를 맡으며 현관으로 걸어갔지. 부엌에서 큰 잔에 물과 얼음을 가득 채워 들고 울룩불룩한 파란 카펫이 덮인 삐걱거리는 나무 계단으로 2층에 올라갔어.

"쉿. 할아버지를 놀래주자." 계단 절반쯤 올라왔을 때 할머니가 말했어.

할머니는 안방 문간에서 한쪽 눈을 찡긋하더니 풀쩍 날아 물침대로 뛰어 들어갔어. 물침대 매트리스가 출렁이면서 할아버지의 커다란 배가 위로 솟았지. 할아버지는 깜짝 놀라 비명을 질렀고 할머니와 나는 배가 아플 때까지 웃어댔어.

"대체 여기서 뭐하는 거야?" 할아버지가 놀라서 물었어.

할머니는 담뱃불을 붙이고 커다란 리모컨으로 텔레비전을 켜더니 심야 방송을 하는 채널 네 개를 돌려가며 볼 만한 프로를 찾았지. 할머니는 주로 「트와일라잇 존The Twilight Zone」이나 「나이트메어Nightmare on Elm Street」 TV 시리즈를 틀었어. 그 프로그램들 때문에 나는 악몽에 시달렸지만 할머니가 미안해할까 봐 그렇다는 말은 한 번도 안 했어. 할머니는 담배를 끊으려고 침대 머리맡에 놓아둔 니코틴 검 반쪽을 떼어 특별 간식으로 나한테 줬어.

할아버지와 할머니 두 분 다 잠들면 나는 텔레비전을 끄고 몇 시간 동안 시골 공기, 할아버지 코 고는 소리, 밭 너머 고속도로 위의 헤드라이트 불빛, 짙은 어둠, 할아버지가 근육통을 달래려고 바르고 할머니는 코가 막혔을 때 코밑에 바르는 박하 향 연고 냄새를 느끼며 누워 있었지.

베티 할머니가 나를 우리 집에 데려다줄 때가 되면, 나는 지금 엄마 기분이 어떨까 생각하면서 걱정했어. 할머니는 부러 장난스럽게 말을 걸면서 내 기운을 북돋으려고 했지. "이제 출발할 시간!"이라고 들뜬 소리로 말하거나 내 팔을 꼬집으면서 "어서 꺼지자! 여길 뜨자!"라고 했지.

그러고 나서 할머니의 작은 차를 타고 출발했어. 재떨이에는 담배꽁초가 가득하고, 시가잭 라이터는 어디로 갔는지 없고, 여름에는 담배 냄새가 머리가 아플 정도로 강했지. 할머니가 키우는 작은 개는 할머니 무릎 위에 앉아 발을 운전석 쪽 창턱에 얹고 혀를 쭉 내밀었어. 글러브 박스에는 냅킨, 1회용 케첩, 소금과 후추 봉지, 물티슈, 플라스틱 포크 겸용 숟가락 따위가 잔뜩 들어 있었어. 위치토 패스트푸드 식당에서 먹은 점심의 잔재물들이란다.

할머니는 지나가는 길에 있는 것들 모두에 "안녕!"이라고 외치곤 했어. 가늘고 긴 왼팔은 차창 밖으로 내밀어 미친 듯 흔들었고 오른손으로 핸들과 불붙은 멘톨 담배 둘 다를 다루었어.

"안녕, 헛간! 아디오스, 텃밭! 다시 만나자 우편함아! 신문 만화 부탁해!"

자갈길 진입로가 끝나고 흙길로 나오면 할머니의 우스꽝스러운 쇼가 이제 끝난 건가 궁금해하면서 웃음을 꾹 참았어. 그러면 할머니는 어쩐지 불안해질 때까지 아무 말도 하지 않고 가만히 있었지.

침묵.

침묵.

"안녕, 밀밭! 안녕, 능금나무!"

할머니는 소리를 지르면서 몸을 이리저리 기울이며 핸들도 같이 돌렸어. 차가 왼쪽 밀밭 쪽으로, 오른쪽 나무 쪽으로 휘청휘청 흔들려서 바퀴 두 개씩으로만 달리는 것 같았어. 나는 얼굴이 시뻘게지도록 웃었어.

백미러로 돌아보면 차 뒤에서 피어오르는 흙먼지 뒤로 농장이 점점 작아졌어. 할머니는 햇살을 받아 반짝이는 금발 머리 주위로 담배 연기를 흩날리며 활짝 웃었어. 베티 할머니, 우리 엄마, 테리사 할머니 모두 위치토 출신인데 농부를 사랑해서 결혼했어. 하지만 시골집에서 행복을 찾은 사람은 베티 할머니뿐이었어. 그런 면에서는 내가 나를 키워준 여자들 중에서 베티 할머니를 가장 닮았다고도 할 수 있겠다.

네 마음은 어디에 있을 때 가장 행복할까, 나는 모르겠다. 시골이 네게 주어진 곳이리라고 생각했지만 나이 들면서 생각해보니 네가 시골과 도시 어느 쪽에서 태어났느냐는 네가 어떤 존재일지에 큰 영향을 미치지 않았으리란 생각이 들어.

'도시'와 '시골'이라는 대립항은 미국이란 나라가 생기기 한참 전에 생겼지. 미국인만의 특별한 점은 이동하는 방식이야. 고속도로를 타고 드넓은 땅을 가로질러, 우리를 공정하게 대해줄 법한 곳으로, 우리가 속할 수 있을 것 같은 곳으로 옮겨 다니잖아.

사회과학자들이 '이농 현상'이라고 부르는 것을 촉발한 원인이 여럿 있지만 내가 어릴 때에는 농업의 산업화가 가장 강력한 힘을 미친 듯해. 대규모 농산업체에서 대형 중장비를 동원해 농산물을 생산하기 시작했어. 더 크고 더 많고 더 빨라진 농업 경제 안에서 우리 가족 농장처럼 돼지우리에 암돼지 세 마리와 새끼 돼지들을 키우는 농장은 설 자리가 없어졌지.

내가 태어난 해인 1980년에 아이오와주에서 돼지를 키우는 농부가 6만 5000명이었는데 농장 하나당 돼지가 평균 200마리 있었어. 32년 뒤에 돼지 농장 수는 1만 개로 줄고 농장 한 곳당 사육하는 돼지 수는 1400마리로 늘었지. 곡물을 재배하는 농장들도 병합되고 지역 협동 농장은 하나둘 문을 닫았어. 시골 일자리는 사라지고 사람들은 도시로 떠나고 인구가 줄어 상점, 서비스업체, 학교 등도 유지가 안 되니 문을 닫을 수밖에 없지.

또 다른 종류의 도농 불균형도 있어. 사람들이 도시로 너무 많이 몰려가면 인구 과밀과 실업에 시달릴 수밖에 없어. 이런 걸 '과잉 도시화'라고 하지. 노동 계급은 딱딱한 모래땅 65헥타르(160에이커)를 공짜로 준다는 약속이나 마찬가지로 도시의 환상도 허망하게 무너져버리는 경험을 했어. 내가 자라던 때에 그게 현실이 됐지. 소득은 계속 감소하고 물가는 올랐으니. 도시에 젠트리피케이션°이 진행되어 집값을 감당할 수 없게 됐어. 너의 집이 되었을 가족 농장만 몰락한 게 아니라, 도시건 농촌이건 노동

• gentrification, 낙후된 구도심 지역이 활성화되어 중산층 이상의 계층이 유입됨으로써 기존의 저소득층 원주민을 대체하는 현상.

계급 전체가, 아니 하위 중산층까지도 몰락한 거야.

내가 어릴 때는 농장을 경영하던 노인이 세상을 뜨면 농장도 말 그대로 죽음을 맞곤 했어. 우리 친가 농장도 그렇게 됐어. 1988년 봄, 내가 2학년을 막 마쳤을 때 칙 할아버지가 일흔아홉 살을 일기로 전립선암으로 사망하면서.

세인트로즈 교회에서 장례식이 열렸어. 나는 장례식장에 부모님하고 나란히 앉았어. 이 교회에서 나는 첫 고해성사를 했고 얼마 전에 첫영성체도 받았어. 장례식에서 엄마가 손톱에 색을 칠한 희고 매끈한 손으로 손톱이 빠지고 못투성이인 아빠의 시커먼 손을 쥔 모습이 깊이 기억에 남았다. 두 분이 신체 접촉을 하는 일은 거의 없고 사람들 앞에서는 더욱 드물었기 때문일 거야. 그때 말고는 부모님이 손을 맞잡거나 입을 맞추는 모습을 본 기억이 도통 없네.

아빠는 일하다가 화학 약품에 중독된 지 몇 달밖에 안 되었을 때라 몸도 정신도 아직 온전하지 않았어. 아빠는 멍한 상태였는데 독성 약물 탓도 있지만 이 모든 일로 인한 트라우마 때문이기도 했을 거야. 칙 할아버지가 누운 관을 뚜껑이 열린 채로 예배당 앞쪽에 두고 미사를 올리며 손을 모으고 기도했어. 아빠는 칙 할아버지가 돌아가시기 전 마지막으로 뵀을 때 독성 물질에 중독되어 제정신이 아닌 모습을 보여드렸다며 울었어.

테리사 할머니도 가까이에, 아마 우리 앞줄에 있었을 거야. 지난 50년 내내 같이 살았던 남자의 마지막 모습을 보고 있었지.

이제 그의 몸은 교회 뒤쪽, 1920년대에 만들어진 삥삥이와 봄 야유회 때 아이들이 둘러앉아 테리사가 만든 파이를 먹던 잔디밭 너머 바람받이 묘지에 묻히겠지. 할아버지의 묘비에는 밀 줄기 그림이 있었고 할아버지 이름 옆에 할머니 이름도 나란히 새겼어. 할머니가 세상을 떠날 날짜를 새겨 넣을 자리만 빈칸으로 남겨뒀지.

엄마는 이런 묘비를 세울 날까지 기다릴 생각이 없었어.

1989년 여름, 엄마와 같이 건조기에서 꺼낸 수건을 개고 있는데 엄마가 아빠와 이혼하기로 했다고 말했어. 우리는 위치토로 이사할 거라고, 맷과 나는 엄마와 같이 살 테지만 그래도 아빠를 만날 수 있다고 했어. 엄마는 네 잘못이라고 생각하지 말았으면 좋겠다고 덧붙였어. 엄마 말투에서 어딘가 잡지나 친구한테서 이런 말을 해야 한다는 조언을 듣고 하는 말이란 게 느껴졌어. 나는 속으로 대체 왜 내가 그게 내 탓이라고 생각하리라는 걸까 의아했어.

알고 보니 벌써 1년 전에 우리가 살던 집을 내놓았더라고. 하락 시장이라 관심 갖는 사람도 집을 보러 오는 사람도 없어서 나는 전혀 몰랐지. 한참 만에 집이 팔렸는데 아빠가 원한 가격을 받을 수는 없었어. 아빠 손으로 직접 지은 집이니 제값을 못 받은 게 더더욱 속이 쓰렸을 것 같아. 집과 땅 4헥타르를 함께 팔았어. 아니 할아버지는 땅은 더 만들어낼 수 없으니 절대로 팔지 말라고 했는데. 하지만 엄마는 땅을 팔고 그곳을 뜨기만을 바랐지.

나도 떠날 준비가 되어 있었어. 1학년 때 나를 찍어서 괴롭히던 선생님이 내가 3학년에 올라간 해부터 3학년을 맡게 됐는데 하필 내가 그 선생님 반에 배정이 된 거야. 체니를 떠나 다른 학교로 전학 가는 게 조금도 섭섭하지 않았지.

나는 엄마를 도와 이삿짐을 싸고 상자에 이름표를 붙였고 네 살이던 맷은 울면서 물건들을 부쉈어.

아빠는 말이 없었어. 우리와 가까이 살려면 아빠도 시내로 이사해야 했어. 그게 아니라도 혼자서 프레리에서 살 수는 없었어. 시골에서 혼자 산다는 건 생각하기 어려운 일이었는데, 시골에는 항상 무언가 혼자 힘으로는 하기 힘든 밀거나 당기는 일이 있기 마련이거든. 도움이 필요할 때 도와줄 경찰이 있는 것도 아니고 눈이 내린 뒤에 제설차가 와서 길에 눈을 치워주는 것도 아니니까. 시골에서 혼자 사는 건 고독 속의 고독이었어. 이혼한 남자가 그러고 산다면 알코올 의존증이 될 가능성이 높은데다가, 술을 마시고 집에 가려면 먼 길을 운전해야 하는데 그러다 보면 실적을 올리고 싶은 주 경찰관이 지키는 길목을 지날 공산이 높다는 이야기야. 게다가 일자리를 구하기에도 아무래도 시골보다는 위치토가 나을 테고.

미국 역사에서 어느 시기부터 사람들이 농촌에서 도시로 이주하기 시작해 전국적으로 도시화가 이루어졌어. 우리 아버지 가족은 몇 세대 동안 시골을 뜨지 않고 버텼어. 아스팔트보다는 벌판이, 가로등보다는 반딧불이가 좋았나봐. 어쩌면 너무 외진 곳에 살다 보니 다른 삶과 비교해보고 여길 벗어나야겠단 생각을 못했을 수도 있고. 아빠를 시골에서 끌어낸 것은 신나는 삶, 문화, 기회가 있다고 손짓해 부르는 도시의 유혹이 아니라 살아남으려면 당장 엉덩이를 떼고 움직이라고 경고하는 토네이도 경보에 가까웠지.

내가 어릴 때 시작한 경향이 지속되면 내가 노인이 될 무렵에는 캔자스 인구의 절반이 105개 카운티 가운데 다섯 카운티에 쏠려 있게 될 거야. 종자 회사가 합병하듯 사람들도 합해지는 거지. 인구가 한곳에 쏠리면 환경이나 경제적 관점에서 이점도 있겠지만 아마 위험이 이득보다 클 거야.

드와이트 아이젠하워Dwight Eisenhower 대통령은 캔자스 시골 출신인데 1950년대에 "미국이 세계에서 이루고자 하는 것은 반드시 미국의 심장에서 먼저 일어나야 한다."는 말을 남겼어. 요즘 사람들은 도시보다 시골에 '미국의 심장'의 정수가 존재한다거나 들에서 손에 흙을 묻히고 일하는 시골 사람이 더 고귀하고 위엄 있다고 생각하지는 않겠지. 하지만 곡식과 가축을 기르는 사람을 폄하하고 이들이 사는 곳을 "날아서 지나가는 땅"이라고 무시한다면 미국의 뿌리를 잊게 될 뿐 아니라 콘크리트로 덮인 곳에서는 볼 수도 알 수도 없는 삶의 순환과의 연결 고리도 잃게 될 거야.

웬델 베리가 경제적·환경적으로 균형을 이루는 지속 가능한 세계에 대해 이야기했다고 했잖아. 그러기 위해 미국의 심장은 대도시 밖에 강하고 튼튼한 심실을 갖추어야 해. 미국의 심장으로 흘러 들어가는 생명의 힘은 다른 지역에서 오는 것일 거야.

예를 들어서 캔자스 서부에 육류 가공 공장이 모여 있는 지역은 미국에서도 특히 다양한 인종이 사는 지역이야. 농업의 산업화가 진행되는 와중에 멕시코, 중동, 중앙아메리카 등에서 이민자들이 공장 일자리를 얻으러 왔어. 2010년 인구 총조사에 따르면 캔자스 시골 지역은 인구가 감소했고 인구 열 명 중 여덟이 백인이야. 하지만 히스패닉계 인구는 지난 10년 동안 60퍼센트 증가했어. 인구 변화가 아무 갈등 없이 이루어질 수는 없겠지만 그래도 이 지역 백인들은 살아남기 위해 어쩔 수 없는 변화임을 알고 받아들였어. 서부로 이주해 프레리에 뗏장 집을 지었던 유럽계 이민자들도 그랬듯이 함께 일하지 않으면 홀로 굶주릴 수밖에 없으니까.

시골 생활이 주는 선물도 있고 어려움도 있지만 넓은 땅에서 살기 때문에 더욱 가깝다는 것이 가장 신비로운 역설이란다. 아파트를 짓고 줄줄이 붙어 살아서 친밀감이 자라는 게 아니라, 5킬로미터 반경에 이웃이라고는 딱 하나밖에 없어서, 아플 때나 트랙터가 고장 났을 때나 차를 타고 어딘가 가야 할 때 도움을 주고받아야 하고 눈이 내리기 시작하면 사나운 개를 데리고 사는 할머니가 별일 없는지 좋든 싫든 들여다보아야 할 때에 어쩔 수 없이 깊은 친밀감이 생기는 거야.

1996년 내가 고등학생일 때 처음으로 뉴욕에 가봤어. 내가 다니던 작은 시골 학교에서 대표로 뽑혀 전국 커뮤니케이션 대회에 참가하러 갔지. 자유의 여신상을 보러 갔는데 안에 있는 계단으로 꼭대기까지 올라갈 수 있었어. 여신의 왕관을 향해서 좁은 나선 계단으로 올라가니까 내 앞에도 뒤에도 수백 명이 줄줄이 꽉꽉 들어찼지. 그때 갑자기 숨쉬기가 힘들어지는 거야. 나는 고소 공포증이 없는데 주위를 둘러보고 내가 나가고 싶어도 나갈 방법이 없다는 걸 깨닫는 순간 공포가 솟구치더라. 그때는 몰랐지만 공황 발작을 일으킨 거였어. 지금까지 살면서 한 번도 이렇게 사람이 많은 곳에 가본 적이 없으니 나한테 폐소 공포증 같은 게 있는 줄도 몰랐지.

좁은 공간에 소리가 메아리쳐 웅웅 울렸어. 나는 눈을 감고 깊이 숨을 들이마신 다음에 내 뒤에 있는 잘 모르는 남자를 돌아보고 세상에 우리 둘만 있는 것처럼 눈을 맞추면서 말을 걸었어. 그 남자는 보스턴에서 왔다고 한 것 같아. 나는 그에게 심리 테스트를 해보겠냐고 물었지. 공포가 온몸을 장악해서 가슴이 답답하고 몸이 굳는 것 같은 기분이었지만 겉으로는 드러나지 않게 잘 감췄나 봐. 목소리도 흔들림 없이 나왔어. 남자는 웃더니 좋다고 말했어.

나는 남자에게 걸어서 숲과 들판을 지나는 여행을 한다고 상상을 해보라며 가끔씩 질문을 하면서 긴 이야기를 했어. 포도 넝쿨로 이루어진 벽 너머에 어떤 동물이 있을까요? 연못가에서 고개를 숙여 안을 들여다보면 물 안에 뭐가 보이나요? 이런 식으로 상상의 미로로 다른 사람을 인도해가는 심리 테스트를 전에 어디선가 들은 적이 있거든. 하지만 대부분 내가 지어서 했지.

우리 주위에 있는 사람들도 조용히 내 이야기를 듣더라. 남자가 대답을 하면 나는 당신은 스스로를 이런 사람으로 생각하는 거라며 나름 그럴듯하게 설명을 해주었지. 주변 사람들도 신기하다는 듯 아니면 적어도 재미있다는 듯이 고개를 끄덕였어. 그러면서 자유의 여신상의 왕관을 향해 느릿느릿 한 계단 한 계단씩 올라갔어. 무언가 다른 것에 정신을 집중하니까 마음을 좀 가라앉힐 수 있었어.

나는 어디에서든 마음의 평온을 찾는 법을 깨쳤지만, 그 평온감은 캔자스주 시골 땅에서 기른 거고 캔자스는 주州 깃발에 포장마차와 ad astra per aspera, 곧 "역경을 헤치고 별을 향해"라는 라틴어 문구가 적힌 곳이잖아. 이런 도시 환경에서는 또 다른 얘기였어. 그래도 꼭대기까지 올라오니까 이제 더 이상 무섭지 않더라. 누가 내 사진을 찍어줬어. 안심한 듯한 웃음을 띠고, 밤이면 여신상의 왕관에서 보석처럼 빛나는 작은 창문 앞에 서서 저 멀리 뉴욕항을 배경으로 찍은 사진.

어린 시절의 긴장감, 우리 식구들 사이의 갈등, 시골과 도시의 충돌을 나는 이런 식으로 해소했던 것 같아. 나는 도시에 있는 기회를 갈망했고 그걸 쫓아갔지만 내가 잘 살기 위해 반드시 필요한 것은 평평하고 드넓은 지평선의 끝없는 자유였어.

내가 어른이 된 뒤에 미국에서는 계급과 지리에 따라 사람을 본질적으로 다른 두 종류로 나눌 수 있다는 개념이 확고해졌어.[*] 그게 사실이 아니란 걸 난 알아. 두 가지 면이 다 나에게는 있으니까. 내 출신 지역, 내가 하고 싶은 일, 나를 지탱하는 곳, 내가 하려는 일을 하려면 가야 하는 곳. 그 구분선이라고 하는 것 위에 걸쳐 앉은 나는 그게 본질적 인성의 차이가 아니라 경험의 차이란 걸 알아.

네가 그 구분선 어느 쪽에서 태어났든 그게 네 본질을 결정하지는 않을 거야. 정치관도 성격도 마찬가지고. 네가 보는 것, 하는 일들은 어느 정도 영향을 받을 테고 미국 경제가 네게 안겨주는 심리적 긴장도 피할 수 없겠지. 날이면 날마다 머물 것인가, 떠날 것인가, 떠나려고 시도해볼 것인가를 고민하겠지. 만약 떠난다고 해도, 어디로 가든 여전히 너는 이민자처럼 어머니 땅의 보이지 않는 흙을 네 발아래에서 느낄 거야.

---

[*] 2004년 대선에서 공화당이 시골 지역인 중서부, 남부, 남서부 대부분에서 이기고 민주당은 동부 도시 지역, 서부 해안 지역, 북부 산업 지역을 가져가면서 지리적 구분에 따른 문화적, 정치적 간극이 실재하는 것처럼 여겨지게 되었다.

4장

★

나라가 부과하는 수치

부모님이 이혼하고 우리가 위치토로 이사한 뒤에 1주일에 두어 번은 아빠가 우리 어릴 때부터 타던 거대한 1970년대식 올즈모빌로 우리를 학교에 데려다줬어. 차체는 찌그러지고 머플러는 축 늘어지고 디젤엔진 소리는 한 블록 멀리에서도 들릴 정도로 요란했지. 맷은 유치원에 다녔는데 다른 아이들이 자기가 고물차에 탄 모습을 볼까 봐 적갈색 벨루어 시트 위에 납작 엎드리곤 했어. 나는 4학년이었고 아빠 기분이 상할까 봐 고개를 들고 있을 만큼은 철이 들었지만 사실 나도 숨고 싶을 때도 있었어.

심리학에서는 '수치'가 집단에 해가 될 수 있는 개인행동을 규제하기 위한 진화적 기능으로 발달했다고 해. 하지만 현대 사회에서는 태어난 것 말고 아무런 죄도 저지르지 않은 사람들에게 수치를 부과하곤 한단다. 경제적 도움이 필요한 환경에 태어났다는 사실이 너의 원죄, 나도 잘 아는 그 원죄가 되었겠지.

미국에서 가난한 사람에게 부과하는 수치는 다른 편견과 다르게 피부색, 성적 지향, 성별 등 내가 어떤 사람인가와 필연적 관련이 있다기보다는 내가 해내지 못한 것(자본주의 사회 안에서 경제적 성공), 또 그에 따라 능력주의 사회에서 나에게 부여되는 가치와 관련이 있어.

가난한 백인은 백인성에 권력을 부여하는 사회 안에서 특히 불편한 존재야. 우리 사회에서는 백인을 인종적 표준으로 삼고 나머지 인종은 '타자'로 간주할 뿐 아니라 백인성을 경제적 안정과 동의어로 취급하기도 해. 그러니 계급과 무관하게 백인은 유색인의 타자성을 혐오하거나 두려워하게 되지만, 부유한 백인의 입장에서 가난한 백인을 보면 신체적으로는 자기와 다르지 않다는 사실이 더욱 큰 혐오감을 불러일으키지. 백인 노숙자가 거울에 비친 자기 모습과 비슷하다는 데에서 불편함을 느끼는 거야.

비율로 따지면 유색인 빈곤층 비율이 더 높긴 하지만, 미국에는 백인 인구가 가장 많기 때문에 숫자로는 백인 빈곤층이 다른 인종 집단보다 더 많아. 이 두 가지 사실이 서로 충돌하지 않고 공존할 수 있지만, 인종과 계급에 대한 고정 관념 때문에 둘 중 하나만 참일 수 있다고 생각하기가 쉬워. 우리 가족에게는 인종적 특권이 있었으나 나날의 경제적 분투 속에서는 특권을 누린단 사실을 인지하기가 힘들었어.

뉴스나 대중문화를 보아도 마찬가지였지. 어릴 때 내가 읽고 가장 공감한 소설은 19세기에 쓰인 책이었어. 텔레비전에 백인 여자아이들이 많이 나오지만 그 아이들 이야기에서 내 모습을 볼 수는 없었거든. 내가 사는 곳이나 주변 사람들이 대중문화에서 묘사될 때는 보통 캐리커처로 그려지곤 했지.

내가 속한 계급이 보이지 않는다는 건, 우리가 없는 것으로 취급받고 인정받지 못한다는 거잖니. 거기에서 수치심이 생겨. 중산층과 상류층의 서사가 가득한 곳에서는 가난하게 산다는 것에 깊은 수치를 느끼고 스스로를 패배자라고 느낄 수 있어.

내 주위에서 이런 말을 입에 올린 사람은 아무도 없었지. 불평하는 사람도 물론 없었고. 자기가 어려운 처지에 놓인 게 자기가 부족해서라고 생각하는 노동자는 고용주나 정책이나 제도에 불만을 갖고 항의하거나 파업하거나 임금 인상을 요구할 가능성이 낮겠지. 게다가 내가 자라난 중서부 가톨릭 정서에서는 조용히 있는 것을 미덕으로 취급했어. 우리가 고통을 우리 탓으로 생각하고 현실을 있는 그대로 받아들였기 때문에 미국 산업은 부유한 사람들의 이익을 중심으로 발전했어.

하지만 내가 느낀 수치는 내 죄에서 오는 게 아니었어. 사회 전체에서 가난한 사람을 멸시하기 때문이지. 경멸이 미국 법에 아예 명시되어 있어.

빈민에 대한 멸시를 가장 뚜렷하게 보여주는 예가 복지 제도에 대한 태도일 거야. 공공 정책이나 언론에서 복지 프로그램에 의존해 살아가는 걸 혐오스러운 것으로 취급하기 때문에 우리 가족은 혜택을 받을 자격이 되어도 지원을 안 했어.

내가 중학교에 다닐 때 빌 클린턴Bill Clinton이 대통령에 취임

하고 개인의 책임을 강조하는 '복지 개혁' 시대를 열겠다고 했어. 연방 법으로 주 정부에서 복지 수혜자에게 소변으로 약물 반응 검사를 받게 하고, 복지 혜택을 받는 동안에는 아기를 갖지 않겠다고 서약하게 하고, 사회에 '기생'하는 만큼 자원봉사로 '갚게' 하고, 개인 정보를 경찰이 관리하는 데이터베이스에 입력하게 하고, 사회보장번호로 범죄 기록을 조회할 수 있게 됐어.

이런 개혁을 통해 주 정부 재량으로 자금을 분배할 수 있게 되기도 했어. 그래서 일부 주에서는 가난한 사람들에게 돌아가던 돈을 중간 계급을 상대로 한 결혼 워크숍 지원 같은 데로 돌리기도 했지. 가족의 가치를 드높이면 빈곤을 해결할 수 있다는 논리로.

1994년에 캘리포니아주는 막대한 비용을 들여 복지 수혜자의 전자 지문을 등록하는 시스템을 만들었어. 전문가들이 불필요한 제도고 부정 수혜자를 가려내 절약하는 돈보다 시스템 관리 비용이 더 많이 든다고 비판했지만 입법자들한테는 비용을 아끼는 것보다 메시지를 전달하는 게 중요했던 거야.

전국의 가난한 사람들이 그 메시지를 확실하고 뚜렷하게 들었어. 그 뒤 20년 동안 복지 혜택을 받는 사람의 수는 확 줄었지. 도움이 필요한 사람은 전혀 줄지 않았는데도.

내가 어른이 된 뒤에 캔자스 의회에서는 현금 지원금으로 오션 크루즈 티켓을 사는 것을 금지하는 법이 통과되었단다. 가난한 사람들이 세금으로 바하마 휴가 여행을 떠나는 게 흔한 일이라도 되는 것처럼 말이야. 같은 법으로 복지 수혜자가 현금으로 인출할 수 있는 돈에도 한도가 정해졌어. 한 달에 받는 지원금이 얼마건 상관없이 ATM으로 한 번에 25달러 이상은 인출할 수 없게 됐지. 카드에서 돈을 뺄 때마다 수수료를 챙기는 은행 말고 그 누구에게도 도움이 되지 않는 무의미한 조치였어. 처음에는 가난이 그저 수치이기만 했다면, 내가 살아오는 동안에 가난이 점점 더 부유한 사람들에게 이득이 되는 방식으로 바뀌어갔어. 가난한 사람들의 돈이 이율, 연체료, 벌금 등의 형태로 은행 금고로 흡수되었어.

그런 한편으로 20세기 후반 미국은 열심히 일한 이에게는 경제적 보상이 주어진다는 약속에 여전히 매달렸지. 사회에서 경제적으로 곤궁한 사람은 나쁜 사람, 즉 게으르거나 판단력이 부족한 사람이라는 메시지를 전했어.

우리 할머니조차도, 위치토 교차로에서 도와달란 말을 판지에 써서 들고 있는 노숙자를 보면 "일을 하세요."라고 말하곤 했어.

삶이 엉망진창이라면, 그건 다른 누구도 아닌 자기 책임이라고 생각한 거야. 스스로 초래한 일이라고, 어떤 변명도 통하지 않는다고. 자기 삶을 추스르고 고삐를 잡거나, 아니면 그러지 않거나 둘 중 하나라고.

우리 식구들이 삶을 잘 추스르고 다잡지 못한 것도 사실이지만, 중간층이나 상류층 가족에서도 얼마든지 있을 수 있는 일이잖아. 차이점은 우리는 같은 실수를 하더라도 더 가혹한 대가를 치러야 한다는 것이지.

날마다 쉬지 않고 일해도 돈이 부족한 게 현실이라면, 재벌 소유의 대형 상점에서 작은 물건 하나를 훔치는 사람과 고용인들에게 정당한 급료를 치르지 않는 갑부 중 누가 더 큰 비난을 받아야 할까. 수백 달러 뒷거래가 더 나쁠까 아니면 해외 계좌를 이용해 수백만 달러를 탈세하는 게 더 나쁠까. 가난한 알코올 의존자는 부유한 알코올 의존자보다 더 무책임한 사람인가? 가난한 도박꾼은 부유한 도박꾼보다 더 어리석은가? 가난한 10대가 임신하면 같은 처지의 부유한 10대보다 더 대책 없는 건가?

마지막 질문에 대한 답은, 내가 어릴 때 우리 문화에서 받아들인 바에 따르면 '그렇다'일 거야. 나 같은 젊은 여자가 임신하는 게 우리가 사는 지역에서는 어느 정도 용인되는 측면이 있었지만 더 넓은 사회에서는 혐오스러운 일이었어. 아기를 낳으면 경제적으로 타격을 입을 수밖에 없기 때문이겠지. 아무튼 내 몸에 일어날 수 있는 일을 수치스러운 일로 취급하는 분위기가 나에게는 나를 겨냥하는 것처럼 느껴졌어.

20세기 초 수십 년 동안 수천 명의 가난한 백인 여성이 전국적 우생학 프로그램에 따라 징벌적으로 불임 시술을 받았어. 나중에는 주로 흑인과 원주민 여성들이 타깃이 됐어. 우생학자들은 유전적 결함이 가난의 원인이며 가난한 백인 여성의 성적 문란함 때문에 백인종이 오염된다고 주장했어.

미국에서는 가난한 사람들은 대체로 비합리적인 판단을 하는 경향이 있다고 생각하는데, 사실 판단 착오는 누구나 할 수 있는 거야. 다만 가난한 사람들은 실수를 감당하고 극복할 여유가 없어서 곤궁한 상태가 만천하게 공개되고 만다는 차이가 있을 뿐이지. 어린 미혼모가 낳은 아이는 세금으로 공짜 급식을 먹겠지. 가난한 알코올 의존자는 길거리에서 구걸을 할 거고. 가난한 도박꾼은 자기 힘으로 갚을 수 없는 빚을 질 테고.

베티 할머니가 나한테 반세기 전에 잠시 동안 생활 보호 대상자였다고 털어놓은 적이 있는데, 그때 할머니의 목소리는 죄를 짓고 감옥에 갔다 오기라도 한 듯한 말투였어.

베티 할머니는 1960년대에 자식들을 낳았는데 그때에는 사회복지사들이 가난한 싱글맘 가정에 불시에 들이닥쳐서는 옷장, 찬장, 쓰레기통, 빨래 바구니를 뒤지곤 했단다. 남자가 같이 사는지 아닌지 검사하기 위해서였어. 소중한 납세자들이 교활한 빈민들에게 돈을 뜯기지 않도록 하기 위해서, 사회복지사가 싱글맘의 침대에서 남자를 잡아내려고 눈에 불을 켰지. 정부 시각에서는 미국의 부에 몰래 손을 대는 여자를 현행범으로 잡아내는 것이나 다름없는 일이었어. 화장실 세면대에서 면도한 흔적이라도 발견했다 하면, 싱글맘은 제도를 악용한 사기꾼으로 취급받았고 더 이상 지원도 못 받게 됐어. 남자가 그 집의 '가장'일 거고 돈을 벌어 올 텐데 소득이 있다는 사실을 정부에 숨겼다고 간주하는 거야.

2차 대전 뒤 베이비붐을 거치며 복지 수혜자 수가 급격히 늘었어. 베티 할머니가 태어난 1945년에는 90만 명이었는데 1960년에는 300만 명이 됐어. 그래서 1962년 웨스트버지니아주 상원의원 로버트 버드Robert Byrd는 복지 사기를 파헤치겠다며 대대적 조사를 벌여 큰 관심을 받았어. 그해는 베티가 열여섯 살의 나이로 엄마가 된 해이기도 했지.

당장 먹여야 할 갓난아이가 있으니 베티는 다른 방법이 없었어. 레이의 폭력을 견디지 못하고 집에서 나왔지만 레이는 군대에서만 무단이탈한 게 아니라 아비 노릇도 무단이탈해버렸어. 베티는 벌써 몇 년째 테이블 서빙을 해서 번 돈을 거의 예술의 경지로 아끼고 아껴 써온 경험이 있었지. 하지만 식당에서 일하면서 동시에 아기 지니를 볼 수는 없었으니까. 결국 실업 수당을 신청했어.

"그 이야기를 하려니 부끄럽구나." 복지 혜택을 받았다는 이야기를 털어놓으면서 할머니는 이렇게 말했어. 베티가 무엇에 대해서건 부끄럽다고 말하는 걸 들어본 일은 손에 꼽을 정도야. 내가 아는 힘들게 사는 사람들이 대부분 그렇듯 우리는 굳건한 자존심 하나로 버티는 사람들이니까.

실업 수당을 몇 주 받고 나자 다시 일할 용기가 나더래. 할머니의 엄마 도러시와 교대로 아기를 볼 수 있게 일하는 시간을 맞추어 짰어.

복지 수혜자에 대한 비난은 가난의 문제이기도 하지만 인종 문제이기도 해. 유색인에게나 가난한 백인에게나 나태하다는 편견이 쉽게 덧씌워지지만 흑인 여성이야말로 이런 편견에 가장 심하게 희생되었어. 1960년대 루이지애나주는 사실혼 관계의 배우자가 있는 여성이나 최근 5년 사이 혼외 자녀를 낳은 여성을 지원 대상에서 배제하는 법을 통과시켰어. 그래서 6000가정, 2만 2500명의 아이들이 대상에서 제외되었지. 그 가운데 95퍼센트는 흑인 가정이었어. 1965년 뉴욕 정치가 대니얼 패트릭 모이니핸Daniel Patrick Moynihan은 흑인의 높은 이혼율과 혼외 출산, 여성 중심의 가정을 사회 문제의 원인으로 지목하는 보고서를 내놓았어.

1970년대에는 민권 운동과 여성 운동 덕에 가난한 여성에 대한 시각이 조금 나아졌다고 할 수 있지. 사회복지사들이 싱글맘의 집을 습격하는 일도 없어졌고. 리처드 닉슨Richard Nixon 대통령은 재임 기간 동안 식료품 지원 예산이 세 배로 늘어났다고 자랑스럽게 과시했어.

하지만 우리 엄마가 막 이혼하고 위치토의 작은 아파트에서 두 아이를 데리고 돈 한 푼 없이 살림을 시작했을 때는 1989년이었고 레이건 대통령이 두 차례의 임기 동안 이른바 '복지 여왕'이라는 이들을 악당으로 매도하고 난 다음이었어. 복지 여왕이란 말은 모이니핸이 원흉으로 지목한 가난한 흑인 여성을 가리키는 약호인데 가난한 엄마들이 정부의 돈을 함부로 축내고 있다는 의미가 내포되어 있기도 했지.

내가 어릴 때에는 그 말의 인종주의적 함의를 이해하지는 못했어. 우리 집안 여자들도 그런 말로 불릴 수 있고 언젠가 나한테도 붙여질 수 있다고 생각했어. 나는 '미혼모들은 교활한 매춘부고 가난하게 살아도 싸다.'는 메시지를 흡수했지.

1979년 레이건은 첫 번째 대통령 선거 운동을 시작하면서 가난한 10대 미혼모들에 대한 공격으로 포문을 열었어. 그해가 바로 나의 가난하고 아직 결혼하지 않은 10대 엄마가 나를 임신한 해였어. 아마 그래서 엄마가 아빠와 이혼하고 난 뒤 복지 혜택을 받을 대상이 되었어도 죽어도 받지 않겠다고 버텼을 거야. 가난한 이들에 대한 사회의 경멸을 가난한 사람은 그대로 받아들여 스스로에 대한 경멸로 내면화하지.

그러니 정부에서 내주는 돈이 절실히 필요한 사람이야말로 '공돈'이라는 개념을 가장 혐오하는 사람인 거야. 내가 너를 가졌을 수도 있었을 그 시기에도, 누군가에게 도움을 청하거나 도움을 받는 것만은 내가 정말 도저히 할 수가 없는 일이었거든.

맷과 나는 1989년 위치토로 이사 온 뒤에 정부의 지원을 받았어. 학교에서 무상 급식을 받았고 태어나서 처음으로 건강보험도 생겼고 맷은 방과 후 돌봄을 받았어. 전부 주에서 지원했지. 그런 한편 엄마는 허리가 끊어져라 일했고.

엄마는 여러 종류의 소매업체에서 일했는데 보통 아침 일찍 출근했어. 유치원생인 맷과 4학년인 나는 엄마가 나가고 난 뒤에 우리끼리 학교 갈 준비를 하고. 차가 씽씽 지나가는 웨스트가를 따라 걸어서 일찌감치 학교에 갔어. 맷은 학교 식당에서 공짜 아침을 먹을 수 있었거든. 유치원생에게만 제공되는지 나는 먹을 수가 없었지만. 맷은 유치원이 끝나면 '헤드스타트'나 '래치키' 등으로 불리는 빈민 아동 프로그램에서 내 수업이 끝날 때까지 시간을 보냈어.

우리는 현금 지원은 받지 않았지만 그래도 정부 프로그램 덕에 부모님들이 일하는 동안 먹고 배우고 돌봄을 받을 수 있었어. 이런 일들이 선생님과 책, 녹색 화면이 있는 구형 컴퓨터(내가 태어나서 처음 본 컴퓨터야.) 등등이 있는 1920년대 벽돌 건물 안에서 일어난다는 게 나한테는 그저 멋진 일이있어. 부모님의 이혼, 이사, 전학, 달라진 환경 등 심리적 스트레스 요인이 가득한 시기였지만 나는 더 안전하고 행복한 곳에 들어온 기분이었어.

낡은 학교 건물에는 에어컨 설비가 없었어. 학년이 시작되는 무더운 8월이면 종이컵에 얼음을 받아 더위를 식혔어. 웨스트가가 포장 안 된 흙길이고 주위 사방이 밭일 때 지어진 학교래. 베티 할머니도 30년 전에 이 학교를 다녔었어. 우리 초등학교는 학생 거의 절반이 유색인이었어. 체니 학교에서는 백인이 대부분이었는데.

나에게 가장 중요한 차이점은, 새 담임 선생님이 좋은 분이고 우리 부모님이 어떤 분인지는 상관하지 않는 것처럼 보였다는 거야. 코이켄들 선생님이라는 재미있고 나이 많은 백인 여선생님이었는데 질문을 던질 때마다 내가 손을 번쩍번쩍 들어도 아니꼽게 보지 않았지.

오후가 되면 아이들 몇 명이 자리에서 일어나 교실에서 나갔어. '영재 프로그램'이라고 하는 뭔가 비밀스러운 것에 참가하려고 지하로 내려가는 거래. 그런 게 있다는 말은 처음 들어봤지만 어떤 의미인지는 알 수 있었지. 날마다 아이들이 내려갈 때마다 나도 얼마나 같이 가고 싶었는지 몰라. 나는 그때까지 살면서 내내 목구멍 속에서 목소리가 터져 나올 것만 같은데 아무도 들어주지 않는 느낌을 안고 살아왔거든. 그래서 기회의 기미를 띤 것이라면 무엇에든 신경을 곤두세우게 됐지.

학교를 마치고 맷과 나는 엄마가 준 열쇠를 가지고 우리 아파트로 들어갔어. 몇 시간 뒤 엄마가 퇴근하기를 기다리며 은색 안테나가 달린 조그만 텔레비전으로 만화를 봤어. 텅 빈 찬장을 뒤져서, 크래커에 마가린을 발라서 나눠 먹었어. 위쪽 칸에 뭐가 없나 보려고 조리대 위로 기어 올라가 봤더니 슬림패스트 다이어트 파우더 깡통이 있더라. 그걸로 초코 우유를 만들어서 맷과 같이 먹었지. 그런데 엄마가 깡통이 거의 빈 것을 발견하고는 이렇게 말했어. 비싼 거고 너희들 먹는 게 아니라고. 내가 말대답을 했다면 엄마는 "말대꾸하지 마."라고 하거나 "까불지 마."라고 했겠지.

이혼 뒤에 처음으로 크리스마스 시즌이 돌아왔어. 엄마는

UPS 택배 일을 부업으로 시작했어. 갈색 유니폼에 겨울용 패딩 점퍼를 챙겨 입고 작업용 장갑을 끼고, 작은 체구로 무거운 상자들을 큰 트럭에 싣고 내렸어. 그 트럭을 몰고 새벽과 주말에 위치토를 돌았지. 엄마 몸은 멍투성이고 아침이면 여기저기가 심하게 쑤셨어. 하지만 돈벌이가 쏠쏠했어. 명절 선물 배달이 많아 야근 수당이 붙었거든. 엄마는 밀린 고지서를 처리하고 크리스마스 선물을 살 돈도 남길 수 있었어.

엄마는 맷과 내가 먹을 저녁을 차려주고 자기도 조금 먹은 다음 발코니에 나가 앉았어. 카세트테이프 플레이어에서 캐럴 킹 Carole King이나 칼리 사이먼Carly Simon의 노래가 흘러나오고 어둠 속에서 엄마의 담배 끝 작은 불만 보였지.

"너무 늦었어요, 베이비." 캐럴 킹이 노래했어.

"네 아빠와 내 상황에 딱 맞는 노래네." 엄마가 담배를 빨았다가 후 뱉으면서 이렇게 말하길래 가사에서 뭐라고 하는지 열심히 들어봤어.

나는 가사를 곰곰이 생각해보고는 엄마한테 내가 '비정상 아동기'를 보내고 있다는 걸 알게 됐다고 말했어. 최근에 어디에선가 들은 용어였지.

"넌 아무것도 몰라." 엄마가 말했어.

"무슨 말이에요?"

"비정상이란 게 어떤 건지 네가 뭘 아냐고." 엄마가 말했어. 이런 비슷한 말을 나는 외가 쪽에서 수도 없이 들었어. 내가 너무 어려서 뭘 모른다고 무시당하는 게 화가 나기도 했지만 한편으로 어른들 목소리에서 진정이 느껴지기도 했어. 그들의 삶은 내가 본 것과는 비교할 수도 없을 정도로 극단적인 혼란, 폭력, 학대, 중독, 광기 위에 놓여 있었다는 진실.

세대가 그렇게 나아가는 건지도 몰라. 엄마가 내 뺨을 때리고 욕을 하긴 했어도 적어도 매질을 한 적은 없으니까. 힘든 상황에 있는 많은 아이들이 그러하듯 나도 내가 누리는 게 얼마나 많은지 알라는 이야기를 숱하게 들었어. 입에 들어갈 게 있다는 이유로 감사해야 하는(가난한 사람들은 정부의 관대한 복지 혜택을 겸허하게 받아야 하니까.) 환경에서 배운 게 있다면 어딘가에서 누군가는 이보다 더 힘겹게 산다는 것, 그러니 불평하지 말아야 한다는 것이지.

우리 엄마 마음속의 고통이 단지 우리가 경제적으로 곤궁했기 때문이라고만 할 수는 없을 것 같아. 여유 있는 집안의 딸들도 같은 고통을 겪는 걸 보았으니까. 그렇긴 하지만 엄마가 그랬기 때문에 나는 내가 어떤 자리를 차지할 자격이 있는지에 대해 예민하게 의식하게 됐고, 따라서 사회 전체가 내 계급이 그러니 나에게는 그럴 자격이 없다고 말한다는 사실도 알아차렸어. 엄마는 나한테 "숨 쉬지 마."라고 말하곤 했는데 사회에서 우리 같은 사람들에게 하는 말, "자식을 낳지 마."라는 말과 같은 얘기지.

20세기 말 즈음 '의지박약이고 원시적인 가난한 백인'이라는 개념을 접하게 됐어. 친구 부모님들이 하는 말을 통해서나 아니면 영화 「서바이벌 게임」● 같은 대중문화를 통해서였을 거야. 그래서 내가 나를 낳은 젊은 여성에게도 나를 만들어가는 사회에서도 환영받지 못하는 존재라는 걸 알았어.

환영받지 못하는 존재는 고통스럽지. 위험하기도 해. 자존감이 무너질 수도, 생식기관이 위태로워질 수도 있어. 이런 모든 면에서 나 스스로를 지키기가 무척 힘이 들었어. 날마다 무언가 견딜 수 없는 것에 맞서는 듯한 기분이었지.

이런 잘못된 메시지들이 나를 찌르고 상처를 입혔어도 내 안 깊은 데까지는 미치지 못했나 봐. 네가 이 세상에 태어났다면 너도 그 상처를 느꼈을 거야. 하지만 내 마음속의 영혼인 너는 진실 그 자체처럼 상처 입지 않을 수 있었어. 내가 이렇게 살아남을 수 있었던 건 오직 그 때문이었을 거야. 나를 지켜주리라 믿을 수 있고 또 마찬가지로 내가 지켜줄 수 있는 목소리가 내 안에 있었기 때문에. 계급은, 사람들을 갈라놓고 삶을 비참하게 만드는 인종 따위의 여러 다양한 구분과 마찬가지로, '사회적으로 만들어진 구성물'임을 나는 나중에 알게 되었지. 우리 식구들은 그런 걸 '개소리'라고 불러. 사람의 마음속 깊은 곳에는 그런 개소리가 건드릴 수 없는 자리가 있단다.

● 원제는 'Deliverance'. 존 부어먼John Boorman 감독의 1972년 스릴러 영화로 네 남자가 카누를 타고 개발되지 않은 조지아주 북쪽으로 여행을 갔다가 그곳 사람들과 충돌을 일으키고 폭력과 살인 등 파국으로 치닫는 내용.

차를 타고 가다가 엄마는 툭하면 후미등이 깨졌다거나 자동차 재등록 기간이 지났다거나 하는 이유로 경찰에 붙들리고는 했어. 돈이 없어서 제때 챙길 수가 없었으니까. 자동차 거울에 뒤에 따라오는 경찰차의 경광등 불빛이 비치면 엄마는 바짝 긴장을 했고 맷과 나는 뒷자리에 얼어붙은 듯 앉아 있었어. 그럴 때 나는 마음속으로 하느님과 거래를 하곤 했지. 숨을 꾹 참고 손가락도 꿈쩍 하지 않고 가만히 있을 테니 대신 엄마가 딱지를 받지 않게 해주세요. 엄마는 벌금을 낼 돈이 없으니까요. 아빠도 우리와 멀지 않은 곳에서 벌금 딱지를 피해 다니고 있었어. 망가진 자동차를 폐차장에 보내려 해도 견인비가 없어서 아파트 쓰레기장 근처에 그냥 버려뒀거든.

20세기 후반에는 카운티나 시에서 사소한 법규 위반을 적발해 돈을 거둬들이는 데 점점 혈안이 됐어. 내가 어릴 때 정부 예산이 대규모로 감축되면서 전에는 주나 연방 지원금으로 충당하던 비용을 시나 카운티에서 스스로 마련해 메워야 했거든. 이런 돈은 주로 노동 계급한테서 받아냈기 때문에 점점 쌓이는 벌금을 갚지 못해 카운티 형무소 신세를 지게 되는 사람이 많았어. 세수를 늘리기 위해 가난을 범죄화한 거야. 이로 인해 특히 유색인들은 엄청난 피해를 당했어. 흑인은 경찰과 살짝만 충돌해도 목숨이 위험한 지경에 처하기도 했으니까.

내가 아는 어른들 중에는 음주 운전 때문에 형무소에서 하룻밤을 보낸 적이 없는 사람이 드물 정도야. 그러고 나면 위반 이력을 기록에서 삭제하는 비용을 치르기 위해 노동을 더 해야 하지. 위반 기록이 있으면 일자리나 대출이나 분양권이나 기타 등등 승인이 필요한 것을 얻지 못하게 될 수가 있기 때문에 울며 겨자 먹기였어. 내가 나 자신을 우리 가족의 부담이라고 느낀 것처럼 우리 가족은 자기들이 사회의 부담이라고 느꼈을 거야. 아무 잘못도 안 하고 철저히 잘해봐야 보상은 없지만 단 한 번이라도 공과금을 제대로 안 냈다가는 세금 징수원이나 순찰차가 득달같이 쫓아왔지.

"내가 어떻게 하든 다 잘못이었어." 베티 할머니가 자기 아버지에게 학대당했던 때를 회상하면서 한 말이야. 가난하다는 것도 그런 기분이야. 우리가 사회의 규칙과 어긋나게 서 있고 그 규칙을 따르려면 우리에게 없는 돈이 필요하다고 느낄 때.

조금이라도 삐끗했다간 돈 나갈 일이 생긴다는 걸 다들 의식하고 있었어. 우리 집에서 파티를 하는 도중에 누가 술에 취해 성을 내면서 집에서 나서면 사람들이 "얼간이처럼 굴다가 감방 들어간다."라며 말리곤 했어. 사고를 내서 자기나 남의 목숨을 위험하게 할까 봐서가 아니라 보석금이나 벌금을 내야 하는 사태가 벌어질까 봐 걱정하는 거였지. 잘못해서 범죄 기록이라도 남는 날에는 직장을 잃을 수도 있고. "어리석게 굴다가 애 생긴다." 10대 여자아이에게는 이렇게 말하곤 했지. 임신에 대해 나는 미혼 가톨릭교도로서 도덕적 수치감도 느꼈지만 그보다는 너를 갖게 되면 경제적 부담이 커지고 내가 이루려는 목표에 장애

물이 생길 거라는 두려움이 훨씬 컸어.

　사회적 규준과 경제적 타격이 구분되지 않고 뒤섞여 있으니 항상 삐끗 잘못될 가능성을 이야기하고 늘 실패를 염두에 두게 돼. 그러니 사람의 장점에 주목할 여유가 없었지. 내가 아니 할아버지를 도와 주말 내내 목장 소 떼를 울타리 안으로 몰아넣는 일을 한 적이 있거든. 할아버지가 말없이 어깨를 두드려주었는데 그때 내 얼굴은 새빨갛게 달아올랐단다. 칭찬을 받는 게 너무 드문 일이라 어색했거든.

　어느 날 주말 저녁에 할아버지 할머니와 같이 농장에 있었어. 다 같이 시골 댄스파티 같은 데에 가기로 해서 할아버지와 내가 거실에서 할머니가 단장을 마치고 나오길 기다리고 있었어. 할아버지는 좋은 부츠, 짙은 색 청바지, 끈 넥타이, 작은 깃털이 달린 회색 펠트 카우보이모자를 썼지. 할아버지 향수 냄새, 위스키 냄새, 콜라 냄새가 방 안에서 섞였어.

　우리는 「히호Hee Haw」 재방송을 봤는데 내가 별로 재미없어 하던 프로그램이야. 하지만 이 쇼에 나오는 로이 클라크Roy Clark 가 구레나룻을 기른 아니 할아버지와 닮았다고들 해서 나는 할아버지가 자기를 닮은 사람이 밴조를 들고 노래하는 걸 보고 웃는 모습이 좋았어. 할아버지가 눈을 가늘게 만들며 베티 할머니와 처음 만난 날 할머니의 마음을 움직인 깊고 순수한 웃음을 터뜨리면 둥그런 대머리가 벌게지곤 했지.

　할머니를 기다리는 도중에, 어쩌다 그 말이 나왔는지는 기억이 안 나지만 할아버지가 문득 말했어. "너 진짜 똑똑해."

"제가요?" 내가 물었지.

"내가 아는 서른 살 먹은 어른들보다 더 똑똑해." 할아버지는 「히호」 화면에서 눈을 떼지 않은 채로 말했어. 우리 집안 분위기에서 누군가를 칭찬하는 일도 쉽지 않은데 똑바로 쳐다보면서 칭찬한다는 건 있을 수가 없는 일이거든. 할아버지는 방금 한 말을 인증이라도 하는 듯 고개를 묵직하게 끄덕였고 나는 마음속 깊은 곳에서 기쁨이 퐁퐁 솟아나는 걸 느꼈단다.

교회에서 첫 고해성사를 했을 때와 비슷한 감정이었어. 여섯 살 때 세인트로즈 교회에서 첫 고해성사를 했는데 "저의 죄를 신부님께 고백합니다."라고 해야 할 것을 "저의 죄를 하느님께 고백합니다."라고 말했어. 내가 말을 거는 사람이 늘 하느님이라는 무의식적 생각이 겉으로 나온 건가 봐. 그러다 결국은 사제복을 입은 사람이 내 말을 하늘로 전해줄 전달자로 반드시 필요하다는 가톨릭 교리 때문에 종교와 멀어지게 되었어. 하지만 어릴 때에는 교회의 가르침을 무겁게 받아들였기 때문에 그날 고해성사를 마치고 세인트로즈 교회 밖으로 나왔을 때에는 너무 신이 나서 깡충거리며 계단을 내려왔단다. 도로 건너편 탁 트인 벌판을 바라보며 처음으로 해방감 같은 걸 느꼈어. 자유의 느낌, 사면 받았다는 느낌, 진정한 고양감.

문화적으로, 정치적으로, 그리고 가정에서도 내가 엇나갈 것을 기본으로 간주하곤 했지만, 그래도 나는 어떻게 해서인지 내가 괜찮은 사람이고 주위 사람들과 다르게 취급될 만한 사람이라는 심리적, 정신적 보호막을 유지했어. 나는 성취를 향한 투쟁의 길에 나선 어린 여자아이였어. 초등학교는 나의 전장이었고. 선생님, 텔레비전 프로그램, 우리 엄마, 그 밖에 모든 사람들이 나를 깎아내리는 말을 하더라도, 나는 그 말들이 틀렸다고 믿었어.

하지만 내가 아무리 그렇게 생각해도 다른 사람은 그 누구도 알아주지 않는다면 삶이 달라질 수가 없겠지. 내가 똑똑하다는 아니 할아버지의 말은 나를 인정해주고 면죄를 시켜주는 말이었어. 내가 세상의 짐이 아닐 수도 있다고, 언젠가는 세상에 무언가를 내어줄 수도 있을 거라고 말해주었지.

새 학교로 전학하고 한두 달쯤 지났을 때 코이켄들 선생님이 내가 공부를 잘하는 것 같다며 학교 심리 상담 선생님께 검사를 받아보라고 했어. 베티 할머니한테서 법원 증인석에서 용의자들이 받는 신문에 대해서는 많이 들어봤지만, 능력이 어느 정도인지 측정하려고 테스트를 하기도 한다는 건 그때 처음 알았어.

며칠 뒤에 누가 폴더 안에 든 기록표를 주면서 엄마한테 갖다드리라고 했어. 내가 먼저 꺼내서 읽어보았어. 검사 결과, 점수와 백분율 수치, 심리 선생님의 총평 등이 적혀 있었어. 나는 탁월하다는 평가를 받았어. 나는 그걸 읽고 또 읽으면서 울었어. 그다음부터는 아이들이 영재반 수업을 받으러 교실에서 나갈 때 나도 같이 따라갈 수 있었지.

OK초등학교 지하실은 낯설고도 신기한 세상이었어. 시멘트 바닥 방이 두 개 있는데, 하나는 책상이 여남은 개 있는 널찍하고 아늑한 교실이었어. 교실 안에는 미술 작품, 작은 무대, 바닥에 그려놓은 셔플보드* 놀이판, 피아노 등이 있는데다가, 선생님이 직접 망치질을 해서 로프트와 나무 사다리를 만들고 책과 빈백 의자를 넣어 읽기 공간으로 꾸며놓았지.

이걸 다 한 사람이 치섬 선생님이야. 뺨이 발그레하고 팔자수염이 희끗한 남자 선생님인데 칠판 앞에 서서 행복한 듯 수학을 가르쳤어. 치섬 선생님은 종이에 송송 구멍을 뚫어 뒤쪽에서 손전등 불빛을 비추며 별자리 지식을 테스트하고, 우리가 텔레비전 프로그램에 나가서 할 연극 대본을 쓰고, 우리가 '잡지'를 만들 수 있게 지도해주기도 했어. 우리가 지어낸 이야기, 말장난, 그림 등을 녹색 화면의 애플 컴퓨터를 이용해 인쇄하고 집게로 한데 묶어 잡지를 만들었지. 한번은 선생님이 내가 쓴 이야기를 전국 어린이잡지에 투고했는데, 그 글이 잡지에 일러스트와 같이 두 면에 걸쳐 실린 거야. 선생님이 그 잡지 한 부를 사줬어. 선생님이 나보고 재미있는 아이라고 하니까 다른 아이들도 그렇게 생각하데. 나한테 창의적인 면이 있다는 걸 인정받은 게 그때가 처

---

* 평평한 바닥에 숫자가 적힌 보드를 그리고 그 위에서 원반을 긴 막대로 밀면서 점수를 내는 게임.

음이었어. 깊은 곳에서 힘이 솟는 걸 느꼈는데 그게 진짜 기쁨이라는 걸 지금은 알지.

베티 할머니는 학교를 싫어하고 대체로 학교에 불신이 있어 이런 일들에 대해 미심쩍어했어. 크리스마스 휴가 때 농장에 다들 모였는데 덴버에서 온 친척들한테 내가 영재반에 들어갔다고 말하자 할머니가 평소답지 않게 나한테 퉁바리를 놨어.

"세라, **잘난 척**하지 마라." 할머니 말에 내 얼굴은 새빨갛게 달아올랐지.

지금은 알 것 같아. 우리가 사는 세상은 10대에 싱글맘이 되어 복지 혜택을 받는 것이나 학업 성취로 상을 받는 것이나 똑같은 결과로 이어져. 네 자리를 지키라는 꾸지람. 복지 혜택을 받는 게 내 짐을 대신 져준다는 납세자들에게 피해를 입히는 일이라면, 학교에서 상을 받는 건 고등학교를 중퇴한 할머니, 자기 출신이 허용하는 선보다 자기가 뛰어나다고 생각하는 사람을 못마땅해하는 할머니들에게 상처가 되는 일인 거야.

할머니 말이 사실 맞아. 나는 내가 태어난 환경에 비해 뛰어나다고 생각했어. 하지만 할머니도 훨씬 뛰어난 분이라고 생각했어. 누구나 다 그렇다고, 이런 환경에 걸맞은 사람은 아무도 없다고. 그래서 나는 가능한 한 최대로 관심을 끌려고 했어. 내가 관심을 즐겼기 때문이 아니라(나는 조용히 혼자 있는 걸 좋아하는 편이었어.) 그렇게 해야만 내가 원하는 기회를 누릴 수 있으리란 걸 알았기 때문이었지.

모든 게 나한테 달려 있다는 걸 느꼈어. 아메리칸 드림은 가난한 아이에게 엇나가지 않고 올바로 사는 게 스스로의 책임이라고 말하지. 사춘기에 접어드는 시기, 학교에서나 직장에서나 보안관이 출동해 해산시키는 길가 맥주 파티에서나 늘 '말썽꾼' 취급을 받는 식구들 사이에서, 내가 착한 아이라는 걸 입증하려면 각고의 노력을 기울여야 했어.

지금 내 자리에서 나는 그 시기를 나를 단단하게 다지고 깎아준 시기로 생각하고 고맙게 여겨. 하지만 네가 그런 싸움을 하지 않아도 된다는 것, 세상에서 가장 부유한 나라에서 자신의 가치를 입증해야만 하는 아이로 태어나지 않았다는 것에 더욱 감사한단다.

아침에 아니 할아버지가 얼룩진 청바지와 체크무늬 셔츠를 입고 일하러 나가면 베티 할머니는 K마트 떨이 매대에서 산 헐렁한 바지 정장을 입고 싸구려 금속으로 만들어 귓불을 시커멓게 만드는 귀걸이를 달고 위치토로 출근했어. 나도 여름 방학에는 할머니를 따라 세지윅카운티 법원으로 갔어. 법원이 하도 넓어서 내가 슬쩍 스며 들어가도 할머니가 곤란해질 일은 없었나 봐.

할머니를 따라 1970년대에 지어진 수수한 11층짜리 건물에 들어갔어. 캔자스 시골에 익숙한 내 눈에는 고층 건물로 보였지. 할머니의 빠른 발걸음을 종종걸음을 치며 따라가는데 할머니 하이힐 굽 소리가 로비 대리석 바닥에서 또각또각 울리면 어쩐지 뿌듯했어. 대부분 백인인 변호사들은 손을 흔들었고 대부분 흑인인 경비원들은 할머니와 하이파이브를 했어.

"계단으로 가자. 운동 삼아." 할머니가 말하곤 했어. 메아리가 울리는 계단으로 할머니 사무실까지 올라가면 헉헉 숨이 찼어. 약간 지각했을 때에는 엘리베이터를 탔지. 엘리베이터에 다른 사람이 없으면 할머니는 제인 폰다Jane Fonda 스타일의 스트레칭을 했고 나도 따라 했어. 손을 발끝에 댔다가 어깨에 댔다가 하늘로 쭉. 할머니는 활력이 넘쳐서 다들 신기해했어. 할머니는 40대였는데 늘 씩씩했어. 우리 같은 사람들은 생활 패턴상 일찍 늙는 게 보통이거든.

가끔 수갑을 찬 사람과 같이 엘리베이터를 탈 때도 있었어. 재판을 받으러 가거나 구치소로 돌아가는 길이었겠지. 어떤 때에는 엘리베이터가 땅 소리를 내면서 문이 열렸는데 새 지방 검사 놀라 풀스턴Nola Foulston이 서 있기도 했어. 놀라 풀스턴은 여성 최초로 지방 검사가 된 사람인데 어깨에 패드를 넣은 재킷과 커다란 귀걸이로 멋지게 차려입었지.

"오만하긴." 할머니가 말하곤 했어. "화면에 비칠 기회만 노리지." 그때 당시에는 베티 할머니처럼 강인한 여자조차도 야심이 있는 여자를 흰 눈으로 보는 문화를 자연스레 받아들였나 봐.

그런 잘못된 생각을 너한테 물려줄 위험은 없었을 것 같다. 우리 세대는 할머니 세대보다 여성에 대한 인식이 많이 나아졌으니까. 지방 검사가 내 눈에는 전혀 오만해 보이지 않았어. 영웅으로 보였지. 베티 할머니처럼 사회를 위해 헌신한 영웅. 실제로 풀스턴은 텔레비전에 많이 나오기도 했지. 그 뒤 수십 년 동안 지방 검사로 일하면서 위치토 연쇄 살인범, 낙태 시술자 조지 틸러George Tiller를 살해한 남자 등을 기소했어.

풀스턴의 일이 범죄자를 기소하는 것인 한편 보호 관찰관인 할머니의 일은 새로 석방된 사람을 갱생시키는 거였어. 할머니는 살아온 경험을 통해 어떤 건 정당한 이유고 어떤 건 핑계인지 구분할 수 있었고 그런 지식을 이용했어.

"사람들이 자기는 문제가정에서 태어났다며 변명을 늘어놓지. 나는 편히 살았으니까 이해 못할 거라고 하면서." 여러 해 뒤에 할머니가 그때를 떠올리며 한 말이야. 보호 관찰 대상인 사람들이 자기가 힘든 어린 시절을 겪었기 때문에 강간이나 마약 거래, 일급 살인 등을 저질렀다면서 아무 어려움 없이 살았을 당신 같은 사람이 뭘 알겠냐고 해도 베티는 눈 하나 꿈쩍 안 했어.

"난 그냥, '이 사람아, 문제가정이 어쩌고 하는 헛소리는 집어치워. 그거 우리 집에서 발명한 거야.' 하고 말하지." 베티 할머니가 들려준 이야기야. "어쩌다가 보호 관찰이 끝난 사람이 나를 다시 찾아오거나 아니면 장 보다가 마주칠 때도 있어. 그러면 그 사람들이 이래. '그때 드럽게 딱딱거렸던 거, 어쨌든 고맙네요.' 그럼 나는 '별 말씀을.' 하고 대답한단다."

그런 질긴 애정이 있었기에 할머니는 범죄자라 불리는 사람들의 인간적인 면도 볼 수 있었고 사회가 악인으로 취급하는 이들을 두려워하지 않을 수 있었어. 그 일을 하면서도 할머니는 내 내 집 주소를 공개해놓았어. 왜 그러셨냐고 나중에 물어봤는데 보호 관찰 대상자가 자기한테 해를 입히리란 생각은 단 한 번도 해본 일이 없었대.

만약 할머니가 그런 사람들을 무서워했다면 자기 혈육도 무서워해야 했을 거야. 내가 아는 어른들은 거의 대부분 최소 경범죄 기록이 있었으니까. 하지만 나는 그보다 더 심각한 의미에서 범죄자의 혈통을 타고났다고 할 수 있지. 집에서 들은 말에 따르면 엄마의 생물학적 아버지 레이는 청부 폭력업자였다니까. 사람을 때리고 협박하고 강도짓을 하고 사업체에 폭탄을 터뜨리기도 했다. 베티는 젊은 시절 레이가 감옥에 들어가지 않게 막으려고 경찰에 진술을 거부하기도 했어. 엄마가 열네 살 때, 자기 아버지 레이와 소식이 끊기기 전에 아버지한테 마지막으로 들은 말이 "빵에 들어가지 마라."였대.

여름 방학 때 할머니 직장에 따라가 지하 복도로 엘리베이터 쪽으로 가다 보면 철창살이 있는 출입구 앞을 지나가게 돼. 그 문으로 들어가면 카운티 구치소야.

할머니는 말하곤 했지. "착하게 살아. 저런 신세가 되고 싶진 않을 테니."

내가 착한 아이일까 나쁜 아이일까? 가톨릭 신앙에서도 가르치고 자본주의에서도 가르치듯 그 질문에 대한 답이 내 운명을 갈라놓을 거였어. 천국 혹은 지옥. 부 혹은 가난. 자유 혹은 감옥.

할머니 사무실에는 보호 관찰 대상자가 앉는 의자가 하나 있고 야트막한 건물들이 있는 바람 부는 시내를 내려다보는 큰 창문이 있었어. 19세기 창고식 건물과 20세기 중반에 세워진 뾰족한 건물들이 뒤섞여 있었지. 벽에 걸린 액자에는 할머니가 작은 지방 경영대학에서 받은 수료증이 있었어. 할머니가 30대 때 정부 지원을 받아 학교에 다녔을 때 받은 거야. 또 귀여운 그림과 "조용, 천재성 가동 중!" 따위 얼뜨기 같은 문구가 적힌 조그만 나무 액자도 있었어. 파일 캐비닛 위에는 할머니가 점심시간에 창고세일에 데려가 25센트를 주면서 사고 싶은 걸 사라고 했을 때 내가 사서 할머니한테 선물한 5센트짜리 장식품들을 진열해놓았어. 도자기 고양이, 금속 받침대에 붙은 철사 위에서 흔들거리는 플라스틱 새. 할머니 책상 위에는 타자기가 있었는데 세월이 흐르면서 투박한 워드 프로세서, 녹색 화면이 있는 컴퓨터로 바뀌었어. 컴퓨터로는 범죄 기록도 조회할 수 있었어.

가끔 할머니가 건물 다른 곳에 볼일이 있어 나를 사무실에 두고 나갈 때도 있었어. 할머니는 나한테 심심하면 사건 기록 파일을 읽어보라고 하곤 했지. 일고여덟 살 때 살인과 흉악 범죄에 대한 생생한 경찰 기록을 읽었던 거야.

그 시절에 나한테 중요한 영향을 미친 그런 경험을 지금은 고맙게 생각해. 어린 나이에 세상에 대해 해박해진 게 나한테 해를 끼쳤다기보다는 도움이 되었을 거야. 우리 식구들은 내가 그런 경험에 노출되는 걸 막지 않았지만, 나라면 너는 그런 걸 접하지 못하게 할 거야. 생각해보면 이상한 일이지. 자기 자신을 보호할 때와 전혀 다른 방법으로 소중한 무언가를 보호하기도 한다는 게.

할머니가 사무실을 비웠을 때 변호사들이 들르기도 했는데 그러면 나는 꼬마 비서처럼 전갈을 받아 적어놓았어. 가끔 할머니가 나를 심부름 보내기도 했어. 건물을 오르내리며 파일을 배달하면 접수대 너머에서 엄격한 얼굴의 여자가 나를 내려다보며 눈썹을 치키기도 했지. 그러다 보니 법원에서 유명 인사가 됐어. 시골에서 밀 추수를 거들 때 사람들이 나를 '닉 스마시의 딸'이라고 부르듯이 법원에서 나는 '베티의 손녀'로 통했지.

왓슨 판사의 집무실은 베티 할머니 방을 통해서 들어가는 구조였어. 얼마 전에 건물 안 흡연이 금지되었지만 판사 집무실 문 아래로 시가 연기가 흘러나오곤 했지. 왓슨 판사를 할머니나 그 옆방 법원 기자들은 '판사님'이라고 불렀어. 왓슨 판사는 세지 윅카운티 최초의 흑인 판사였어. 엄청나게 나이가 많았으니 판사가 된 지 아마 1000년은 되었을 거야. 판사님의 할머니는 남부에서 노예였다고 해. 왓슨 판사는 본인이 내킬 때면 거리낌 없이 담배를 피웠지.

그러니 베티도 슬쩍 담배를 피울 수가 있었어. 가끔 거물급 백인 변호사가 집무실로 들이닥치면 베티와 판사는 눈짓을 주고받았어. 변호사가 나간 뒤에 할머니는 왓슨 판사의 재떨이에 담뱃재를 떨었고 왓슨 판사는 고개를 뒤로 젖히고 길고 검은 고수 머리를 목뒤로 늘어뜨리면서 가래가 끓는 목으로 호탕하게 웃음을 터뜨렸지.

"루, 너도 와서 들어보렴." 공판이 있으면 할머니가 이렇게 말하기도 했어. "이번 건 재미있을 거야."

나는 읽고 있던 코카인 소지 범죄에 관한 서류를 내려놓고 할머니 사무실에서 나가 방청객 출입구를 통해 법정 안으로 들어갔어. 교회에 있는 반들반들한 신자석하고 비슷하게 생긴 긴 의자에 앉아 속기사와 할머니가 판사 출입구로 들어오고 검은 법복을 입은 왓슨 판사가 뒤따라 들어오는 모습을 보았지. 할머니의 단발 금발 머리와 펄이 든 립스틱이 형광등 불빛 아래 반짝였어. 할머니는 판사 옆쪽 단상에 앉아 나한테 한쪽 눈을 찡긋해 보였어. 나는 앉아서 피고의 인상과 양측의 주장을 공책에 적었어. 법정 안에 있으면 할머니가 자기 전에 보는 텔레비전 드라마 「심야 법정Night Court」이 생각났어. 가끔씩은 텔레비전 방송국에서 취재를 나오기도 했지.

왓슨 판사는 판결에 자비가 없는 엄한 사람으로 정평이 나 있었지. 그래서 피고들 사이에서는 '목 매달 왓슨'이라는 별명으로 불렸어. 변호사나 피고가 주제넘은 소리를 하면 왓슨 판사는 기지 있는 말로 응수해 입을 다물게 만들었어. 할머니는 웃음을 감추려고 고개를 숙였지. 재판이 끝나면 나는 할머니 사무실로 돌아와 타자기 앞에 앉아 지방법원 편지지에 '보고서'를 작성해

할머니에게 검사를 받았어.

　보호 관찰을 받는 사람이 정기 보고를 하러 할머니 사무실에 올 때면 나는 밖에 나가 있어야 했어. 내가 간유리창 너머 복도에서 기다리는 동안 살인범, 마약상, 성범죄자 등이 고개를 푹숙이고 다리를 끌며 내 앞을 지나가 할머니 사무실로 들어가 왜 중독 치료나 행동 상담을 받으러 가지 않았는지 해명했어. 정부가 '약물과의 전쟁' 캠페인을 벌일 때 할머니 사무실은 일종의 환자 분류소 같은 역할을 했어. '약물과의 전쟁'이란 것도 인종주의적 함의가 짙어서 체포되고 기소되고 투옥된 사람 중에 흑인 비율이 터무니없이 높았지.

　할머니가 보호 관찰 대상자들을 면담할 때 나는 주머니에 마커를 넣고 엘리베이터를 타고 건물 꼭대기로 가기도 했어. 꼭대기 층에서 계단실로 가서 높은 건물 옥상으로 나가는 해치문과 연결된 사다리 꼭대기까지 올라갔어. 꼭대기에 매달린 채로 건물에서 가장 높은 천장에 내가 좋아하는 스포츠 팀의 로고를 잔뜩 그렸어. 가끔은 간유리 밖에서 사무실 안의 대화를 엿듣기도 했지만.

　베티 할머니는 정치나 정책 같은 것에 해박하지는 않았어. 엄마는 신문을 꼼꼼히 읽지만 할머니는 수요일 신문에 실리는 슈퍼마켓 광고와 창고세일 장소를 광고하는 일요판 개인 광고 때문에 신문을 구독했지. 하지만 할머니는 형사법 체계에 대해서라면 하버드대학 형법 교수보다 더 빠삭했을 거야. 우리 공동체에는 그런 실질적 지식을 지닌 사람이 많아.

할머니는 자기도 그때 민주당, 공화당 양당에서 같이 밀던 '강경한 처벌' 입장을 지지한다고 말했어. 하지만 정치적 존재로 길러지고 교육받지 않은 사람들은 말과 행동이 서로 다른 입장을 드러내기도 한단다. 할머니도 그랬어. 나는 간유리 너머에서 범죄자들이 할머니에게 힘들다고 말하는 걸 들었어. 그러고 나면 할머니의 목소리가 들렸지. 할머니는 진지하고 단호하게 말했지만 그래도 말씨는 늘 부드러웠어. 남자들은 웃기도 하고 울기도 했지. 그 사람들이 사무실에서 나갈 때에는 축 늘어졌던 어깨가 조금 펴진 듯 보였어. 누군가가 자기를 사람으로 대해주었던 것처럼.

할머니의 공감력은 자기도 어쩔 수 없이 평생 힘겹게 살아온 탓에 자라난 거야. 할머니는 폭력적 아버지와 폭력적 남편들을 줄줄이 거쳐왔기 때문에 폭력적 범죄자들 앞에서도 전혀 위축되지 않았어. 할머니는 공허한 눈으로 다섯 살 때 부모님이 못질을 해서 할머니가 어린 시절을 보낸 작은 집을 지을 때 일을 떠올렸어. 할머니의 아빠 에런이 마당에 흩어진 못을 주우라고 했어.

"다시 나왔을 때 못 하나라도 남아 있다간 봐라." 아빠가 말했대.

아빠는 나중에 마당을 훑어보더니 못 하나가 남아 있었다고 말했어.

"엉덩이를 호되게 맞았지." 할머니가 나한테 이야기해주었어. "아버지는 툭하면 나를 와락 잡아 붙들고 때렸지. 엄마가 막으려고 하다가 엄마까지 맞았어." 에런은 아이들은 회초리나 가죽띠로 때렸고 아내는 주먹으로 때렸어.

이런 어린 시절을 보낸 아이가 어떻게 자랄지는 타고난 성향에 따라 갈리나 봐. 베티의 오빠 칼은 다툼을 피하려고 말이 없고 조용한 사람이 됐어. 베티는 어릴 때 이미 싸움꾼이 됐지. 할머니는 어릴 때 못된 짓을 하는 녀석이 있으면 손을 봐주곤 했다는 이야기를 곧잘 들려주었어. 이웃집 애들이 새끼 고양이들을 빨랫줄에 빨래집게로 꽂아놓았을 때에는 한 녀석 한 녀석 호되게 두들겨 패줘서 걔네 엄마가 나와서 경찰을 부르겠다고 위협했을 정도였대.

"그 엄마한테도 덤빌 생각이었지." 할머니가 말했단다.

한번은 1950년대 유행한 푸들스커트를 입고 학교에 갔는데 부잣집 딸내미가 치마가 너무 길지 않느냐고 놀리더래. 할머니는 그 애를 클립보드로 후려쳐서 계단 아래로 굴러 떨어뜨렸고 덕분에 3일 정학을 받았어. 할머니는 정학을 받고 아버지한테 처음으로 주먹으로 얼굴을 맞았어. 할머니는 아버지는 학교에 아무 관심도 없으면서 그냥 정학을 성질부릴 핑계로 삼은 거라고 말했어. 베티 할머니도 관심 없기는 마찬가지라 아무렇지도 않았대.

"내 인생 최고의 사흘이었지." 할머니 말이야.

할머니가 가장 자랑스럽게 생각하는 일은 자기 엄마 도러시의 세 번째 남편 조에게 맞선 일이야. 도러시 할머니는 폭력적인 에런과 16년 동안의 결혼 생활을 끝내고 요리사인 폴과 잠깐 결혼했는데 폴은 도러시한테 한 번도 손을 안 댔어.(세월이 흐른 뒤에 도러시는 "폴은 계집애 같았지."라고 했어.) 폴과 헤어지고 나선 보잉 비행기 공장 노동자 조와 결혼했어.

도러시와 조가 결혼했을 때 베티는 10대였는데 조를 지독하게 싫어했어.

"바로 눈앞에서 뭘 처먹으면서 한 입 먹어보란 소리도 안 하는 사람이었단다." 할머니는 그것보다 더 울화통 터지는 일은 세상에 없는 듯 말했지.

어느 날 조가 도러시더러 빌어먹을 돼지라고 했는데, 거의 날마다 하는 말이기는 했지만 베티는 자기 방에서 나와 조한테 당장 꺼지라고 했대. 조가 꿈쩍 않자 베티는 저녁 요리를 할 때 써서 기름이 가득한 무쇠 프라이팬을 집어 들었어.

"최대한 힘을 줘서 그 개새끼한테 휘둘렀어. 그 자리에서 쓰러지더라. 아마 눈에 별이 보였을걸."

조는 머리에서 피를 흘리며 부엌 바닥에 누워 있었고 기름이 도러시가 새로 도배한 벽지에 온통 튀었대. 베티 할머니는 그 점이 가장 안타까운 듯이 말했어.

처음에 도러시는 베티가 조를 죽인 줄 알았대. 그런데 조가 비틀거리며 일어나 뒷문으로 나가더니 다시 쓰러졌어. 베티는 문간에 기대어 있던 빗자루를 집어서 손잡이로 한바탕 더 두들겼어.

"엄마가 소리쳤지, '보내줘, 보내줘, 그러다 죽이겠다!' 그래서 엄마한테 말했어. '그래도 싸요.'" 베티 할머니도 참.

이런 폭력은 가난이나 다른 것들처럼 부모에게서 자식에게로 전달이 돼. 베티가 술 취한 새아버지를 때릴 때 베티의 몸을 타고 흐르던 전류를 네가 이어받았을 수도 있을 거야. 하지만 그것과 함께 서글픈 선물을 받을지도 몰라. 가난한 사람들은 안전이나 준법, 평화 이런 건 얻지 못하지만 대신에 연민이라는 걸 얻게 되기도 해.

"일을 해." 할머니는 고속도로 진입로 아래 신호등 밑에서 판지 팻말을 들고 있는 노숙자를 보면 이렇게 웅얼거리곤 했어. 그래 놓곤 차창을 열면서 나한테 말했어.

"루, 할머니 백 좀 찾아보렴. 지갑 좀 줘봐."

어릴 때는 몰랐지만 우리 집안 여자들 중에서 폭력적이거나 무관심한 아빠 밑에서 자라지 않은 사람은 나 하나뿐이었어. 네가 태어났더라도 네 아빠가 폭력적인 사람은 아니었을 거라고 생각해. 다정한 아빠가 있었기 때문에 나는 남자에게서 따뜻함을 기대할 수 있었어. 하지만 내 주변 다른 여자들은 아니었어. 베티 할머니와 푸드 이모할머니에게는 못된 술꾼 아버지 에런이 있었지. 두 사람의 어린 동생 폴리의 아버지 조도 못된 술꾼이었어.

베티가 프라이팬으로 두들겨 패준 그 사람 말야. 우리 엄마의 아빠 레이는 사람을 죽이기까지 했다고들 하는 인물이고. 푸드 이모할머니의 큰딸 캔디의 아버지는 콜로라도 사람인데 캔디는 자기 아버지를 아예 모르고 자랐대. 작은딸 셸리의 아버지는 조용한 해군이었는데 이 사람도 양육 의무를 저버리고 도망가버렸어.

우리 아빠도 술 때문에 문제를 일으킨 적이 한두 번은 아니었지. 하지만 적어도 아빠가 집을 떠나 있을 때는 일을 하러 간 거였고 곁에 있을 때에는 대개 늘 애정을 느낄 수 있었어. 엄마는 이혼하기 전에 아빠가 늘 사람 좋게 응석 받아주는 걸 못 참겠다며, 내 엉덩이를 때려주라고 시킨 적이 있어. 아빠는 아프지 않을 정도로 살살 때렸지만 그래도 그러고 난 뒤에 마음 아파하며 눈물을 흘리더라고.

하지만 이혼과 화학 물질 중독을 겪고 난 뒤에 아빠는 정신적으로 많이 망가지고 말았어. 전과 다른 사람이 됐지.

여름에 아빠가 직접 지었고 평생 살려고 마음먹었던 시골집을 팔고 나서, 아빠는 맷과 나를 데리고 북쪽으로 캔자스와 네브래스카를 가로질러 사우스다코타의 블랙힐스로 여행을 가겠다고 했어. 그전에는 가족 여행이라고 할 만한 것을 거의 해본 적이 없었어. 아기 때는 부모님과 조부모님과 같이 자동차로 한참 달려서 뉴멕시코 경마장에 가기도 했지. 맷이 걸음마를 할 무렵에 엄마 아빠가 세 시간 운전해서 캔자스시티 놀이동산에 데려간 적도 있구나. 하지만 휴가 여행이라고 부를 만한 건 아빠와 셋이 떠난 그 여행이 유일하지 않나 싶네.

아빠는 밴 뒤쪽 바닥에서 장비를 치우고 그 위에 큼직한 양탄자를 깔았어. 맷과 내가 그 위에서 씨름도 하고 뒹구는 동안 아빠는 네브래스카 밀밭을 관통하는 곧은 고속도로를 따라 달렸어. 가는 길에 공룡 모양 콘크리트 정글짐 같은 데에서 놀기도 했어. 맷과 내가 형광색 반바지와 더러운 캔버스 운동화 차림으로 정글짐에 매달린 모습을 아빠가 110밀리미터 카메라로 찍어 줬지.

아빠는 우리를 행복하게 해주려고 애쓰고 있다는 사실에서 위안을 얻었던 것 같아. 하지만 자신은 전혀 행복을 느끼지 못했어. 우리가 시골에 살 때 아빠가 들일을 마치고 돌아오면 내가 뛰어들어 와락 안기곤 하던 아빠의 품이 힘든 나날을 거치면서 점점 멀어지는 느낌이었어. 창고와 농기구를 하루아침에 화재로 잃은 일, 힘들었던 공장 지붕 철거 공사, 다른 일을 하다 중독으로 거의 죽을 뻔한 일, 할아버지의 죽음, 이혼, 직접 지은 집을 팔아야 했던 것……. 이 많은 일이 다 2년 사이에 일어났던 거야.

사우스다코타주 산지를 따라 굽이굽이 달리며 내가 평생 한 번도 못 가본 높은 곳으로 올라갔어. 아빠는 전보다 더 말이 없어진데다 벼랑 너머를 응시하는 모습이 어쩐지 섬찟하더라. 나는 길 가장자리 너머 깊은 계곡을 내려다보며 숨을 멈췄어. 우리가 벼랑에서 떨어지지 않게 해달라고 하느님께 기도했어. 고통스러워질 때까지 숨을 참고 참았어. 무사히 집에 도착할 때까지 내내.

바람 부는 러시모어산 근처에 도착했는데 우리는 옷을 얇게 입어 덜덜 떨었지. 아빠가 래피드시티 카지노에 도박을 하러 간 동안 맷과 나는 차에서 기다렸어. 아빠는 금방 오겠다고 말했지만 어느새 해가 지고 말았지. 별이 빛나기 시작했어. 우리는 추위에 떨며 기다렸어. 나는 걱정과 분노가 뒤섞인 심정으로 카지노 문을 노려봤어.

그날 밤 묵을 방을 구하는데 관광지라서 그런지 방 구하기가 힘들었어. 마침내 '빈방 있음'이라는 간판에 불이 들어온 곳을 찾아냈어. 들어가서 데스크를 지키는 남자에게 물어봤더니 방이 있대.

"다행이다. 방을 못 구하는 줄 알았어요." 내가 휴 한숨을 내쉬며 말했어.

그런데 남자가 부른 값을 듣고 아빠가 너무 비싸다고 말했어. 하지만 데스크 직원은 꿈쩍도 안 했어. 하는 수 없이 그냥 차로 돌아왔는데 아빠가 나한테 이제부터 입을 다물고 있으라고 했어. 방 구하느라 힘들었다는 티를 내면 어떻게 흥정을 하겠냐면서.

이튿날 배들랜즈 황무지의 작은 마을에서 아빠가 아이스크림콘을 사줬어. 그런데 내 아이스크림 덩어리가 땅바닥에 떨어졌어. 나는 아이스크림을 못 먹게 돼서, 또 아빠 돈을 낭비한 게 아까워서 울음이 났어. 아빠는 울지 말라면서 내 머리를 주먹으로 때렸어. 나는 머리를 손으로 쥐어 싸고 주저앉았어. 머리통이 얼얼했어.

머리에 솟아오른 혹보다도 가슴속에 솟는 배신감이 더 아팠지. 지금까지 내 평생 아빠는 나한테 절대 모질게 굴지 않는 사람이었는데. 자기 마음속 분노를 아이들에게 쏟아붓지 않을 방법을 늘 찾아냈었는데. 아빠가 사우스다코타의 그 추운 날에는 어떻게 그렇게 되었던 걸까?

사람이 한 행동에 대한 책임은 오롯이 그 사람에게 있다고 나는 배웠어. 하지만 나는 아빠가 상황의 압박 속에서 어떻게 변했는지도 알아. 그 뒤로 계속 나는 아빠의 경제 사정이 널뛰기를 할 때마다 아빠의 영혼도 같이 까물거리는 걸 지켜봤지.

우리가 위치토로 이사하고 얼마 지나지 않아 다정하고 약간 불안한 성격의 부풀린 금발 머리 여자가 아빠 아파트에 등장했어. 나는 두 사람이 어떤 관계인지 알아내려고 틈을 보고 있었지.

"아빠 침대에서 끈팬티를 발견했어요." 나는 거짓말로 아줌마를 떠봤어.

"어머나, 미안해!" 아줌마는 입을 가리며 말했어.

아줌마 이름은 크리스였는데 자동차 사고를 크게 당해서 허리가 좋지 않았어. 진통제를 처방받았지만 그래도 힘들어했어. 날마다 약을 먹었지. 크리스는 열아홉 살 때 위치토 의사가 생리통 약으로 처방해준 마약성 진통제를 습관적으로 먹다가 이미 중독이 된 상태였어.

그때는 내가 어릴 때라 당연히 그런 건 몰랐지. 크리스는 생활을 문제없이 해나갔거든. 집을 깔끔하게 관리하고, 해야 할 일 목록을 만들어서 하나씩 지워가면서 하고, 도움이 필요한 사람이 있으면 늘 도와줬어. 잘 웃었고 누구한테나, 나한테도 칭찬을 많이 해줬어. 크리스도 엄마처럼 말보로를 많이 피웠는데 엄마처럼 라이트를 피우는 게 아니라 독한 레드를 피웠지. 엄마와 다른 점은 주말에 맥주를 많이 마셨다는 거야. 맥주도 레드로 먹길 좋아했어. 맥주에 클러메이토 토마토주스와 보드카 한 샷을 타서 먹었지.

아빠와 크리스는 내가 열 살이던 1991년 봄 법원에서 결혼식을 올렸어. 두 사람은 위치토 서쪽의 소박하지만 깨끗한 거리에 있는 랜치 스타일 주택•으로 이사했어. 주중에 크리스는 어린이 주간 보육 시설을 운영했고 아빠는 공사 일을 했어. 주말에는 맷과 내가 아빠 집으로 갔는데 크리스는 강박적으로 집 안을 닦고 정리하고 아빠는 문 경첩을 수리하거나 식탁 위에 청구서를 늘어놓고 고객 서비스 센터에 전화를 걸었지.

그래도 따뜻하고 즐거운 집이었어. 다만 아빠와 크리스가 우리 집안 거의 모든 어른들이 그러하듯 주말마다 취할 때까지 마

• 서부 개척 시대부터 만들어진 단층 주택. 헛간이나 차고로 쓸 수 있는 별도 공간이 붙어 있고 긴 구조가 특징이다.

신다는 문제가 있었지. 평소에는 아빠 집에서 파티가 열리고 시끄럽고 술 취한 친구들이 우글거리기 전에 자전거를 타고 빠져나올 수 있었어. 하지만 아빠와 크리스가 맷과 나를 데리고 동쪽 오자크산지의 관광지 브랜슨에 데려갔을 때에는 도망갈 곳이 없었지.

여행 중 어느 날 밤 내가 모텔 야외 풀장 옆에 옷을 입은 채로 서서 하늘을 보면서 생각에 잠겨 있는데 술 취한 크리스가 내 등 뒤로 소리 없이 다가왔어. 크리스가 나를 확 밀어서 풀장에 빠뜨렸어. 장난으로 받아들일 기분이 전혀 아니어서 본능적으로 크리스의 머리를 붙들고 풀장으로 끌어당겼지.

나는 사람을 때려본 적이 없었어. 다른 사람의 기분을 상하게 했다는 생각만 해도 참담해지곤 하는데 어떻게 몸을 다치게 하겠니. 그런데 그때 우리 두 사람이 옷이 흠뻑 젖은 채로 락스 냄새가 나는 물 밖으로 공기를 마시러 나왔을 때 나는 크리스의 얼굴을 주먹으로 쳤어.

나는 풀장 밖으로 기어 나와 울고 있는 맷을 데리고 모텔 방으로 들어갔어. 그 뒤로 크리스는 다시는 나를 밀지 않았어. 사실 내가 자란 곳에서 입에 올릴 가치가 있다고 간주되는 이야기들 대부분이 이런 식으로 끝나지.

한편, 맷과 내가 래피드시티 카지노 밖에서 아빠를 기다린 일이 그날만의 일이 아니라는 걸 알게 됐어. 아빠는 도박에 점점 빠져들었어. 주말에 해야 하는 집안일과 집수리 등을 마치고 나면 나와 맷을 밴에 태우고 위치토 그레이하운드파크로 갔어. 그레이하운드파크는 시내 북쪽 외곽 고속도로변에 있는 경견장이야. 아빠는 입구 쪽에 빈자리가 많은데도 넓은 주차장 뒤쪽에 차를 세웠어. 그래야 혹시 시동이 걸리지 않아 차를 견인해야 할 일이 생겼을 때 구경거리가 덜 될 테니까. 아빠는 신경을 바짝 곤두세웠어. 도러시 증조할머니가 빙고 게임장에 갔을 때처럼, 원하는 것을 얻기 위해 주의를 집중하고 마음속으로 기도를 하는 것 같았어.

아빠는 나와 매트에게 경견장 트랙 쪽에서 안으로 몰래 들어오는 방법을 알려주었어. 입장료를 아끼기 위해서이기도 했지만 일정 시간 이후에는 어린이들이 출입할 수 없기 때문이기도 했지. 아빠가 입장 관리 직원의 주의를 끌고 있는 사이에 우리는 슬쩍 안으로 들어갔어. 사실 여름 방학이면 심심찮게 영화관에 몰래 숨어 들어가곤 했던 우리한테는 식은 죽 먹기였지. 가끔은 아빠가 최근에 딴 돈(최근에 잃은 돈보다는 늘 적은 돈이었지.)을 찾아 바로 나온다며 우리한테 차에서 기다리라고 할 때도 있었어. 그랬다가도 아빠는 몇 번만 더 걸어보자, 그러고 나면 또 딱 몇 번만 더 걸어보자 하다가 결국은 가진 돈을 다 날려버리곤 했어. 베티 할머니는 도러시 증조할머니를 도박 빚에서 구해준 적이 몇 번 있어서, 힘들게 번 돈을 그런 식으로 없애버리는 건 바보짓이라고 말했어. 나도 같은 생각이었지.

맷과 나는 건물 밖 경주 트랙에서 검은 아스팔트 도로 위의 노란 선까지 경주를 하거나 높은 트럭을 사이에 두고 야구공을 주고받으며 놀았어. 아빠 밴 뒤쪽에 공구 무더기와 '키 건설'이라고 쓰인 헬멧 사이에 글러브가 있었거든. 놀다가 지루해지면 나는 속이 부글부글 끓어올라 아빠가 우릴 잊어버렸다고 성을 냈고 그러면 여섯 살 맷은 울음을 터뜨렸어.

나도 나쁜 손버릇이 있었어. 가게에서 자잘한 물건을 슬쩍하는 데 재미를 들였지. 내가 열 살 언저리였을 땐데 오후에는 혼자서 걷거나 스케이트보드를 타고 중앙로를 따라 동네를 싸돌아다녔어. 중앙로는 4차선 도로고 아빠가 사는 거리도 이 도로와 만나. 대형 드러그스토어도 있고 우리가 장을 보는 '푸드포레스Food 4 Less'라는 식료품 할인 매장도 이 길에 있었는데 우리는 '푸드포루저스Food 4 Losers'*라고 부르곤 했지. 가끔은 맷도 데려갔어. 내가 창고세일에서 중고로 산 검정색 화이트삭스 야구모자와 바트 심슨 티셔츠를 입고, 도랑 위 다리 난간에 다리를 걸고 거꾸로 대롱대롱 매달리면 맷이 겁에 질려 소리를 지르며 제발 그만하라고 사정했어. 주머니에 마커를 잔뜩 넣고 다니며 벽이나 울타리에 그래피티를 남기기도 했어.

어른들이 볼 때 나는 품행 바르고 학교에서 전 과목 A를 받는 모범생이었어. 관심을 끌고 싶은 무의식적 요구 때문에 반항

* '값싼 식료품'이라는 뜻의 상점 이름을 '실패자들의 식료품'으로 바꾸어 부른 것.

하는 청소년도 있겠지만 내 삶은 너무 위태했기 때문에 나는 반항도 절대로 남모르게 해야 했어. 내가 한 일탈 행동은 갖고 싶지만 가질 수 없는 물건을 훔치는 짓이었어.

작은 물건들이었어. 나는 스포츠를 좋아했는데 생일 선물로는 늘 인형을 받았어. 그래서 드러그스토어에서 베이스볼 카드 상자를 통째로 겉옷 아래에 쑤셔 넣었지. 그러다가 곧 돈러스와 톱스 카드를 수백, 아니 수천 장쯤 모았나 봐. 길 아래쪽에 작은 스포츠 기념품 판매점이 있었는데 나는 그 안에서 몇 시간이고 둘러보고 구경하다가 갖고 싶은 작은 물건을 슬쩍하곤 했어. 위치토 출신 영웅 배리 샌더스Barry Sanders 소속 팀인 디트로이트 라이온스의 삼각기, 마이클 조던Michael Jordan 스티커, 조지 브렛 George Brett 기념주화. 카운터 뒤의 남자는 내가 가게 문밖으로 그냥 나가거나 말거나 쳐다보지도 않았어. 오늘 좀 큰 걸 훔쳤다 싶은 날은 의심을 덜기 위해 카드 프로텍터 비닐 한 묶음 따위의 싼 물건 하나를 돈 주고 사기도 했어. 어쨌거나 스포츠 기념품 가게 노인은 조그만 백인 여자아이를 의심할 생각은 안 했던 모양이야.

어느 날 아빠 집 소파에서 자던 날(맷은 아빠와 같이 침실에서 잤어.) 자기 전에 기도를 했어. 그런데 훔친 베이스볼 카드 컬렉션을 쌓아가면서 계속 하느님과 대화를 할 수는 없겠단 생각이 들더라. 내가 아주 어렸을 때, 학교도 들어가기 전에 쇼핑몰에서 보라색 보석이 박힌 금반지를 집어 왔던 때가 생각났어. 주차장에 주차해놓은 엄마 차 안에 돌아와서 엄마한테 반지를 선물로 줬어. 그런데 엄마가 불같이 화를 내는 거야. 나는 어리둥절했지. 예쁜 반지라서 엄마한테 줬는데 왜 혼내는 걸까.

지금은 이게 무슨 짓인지 빤히 알면서 하는 거였지만, 그래도 감정은 그때와 다를 바 없이 혼란스러웠어. 아빠 집 소파에서 기도를 드리며 나는 하느님에게 이제 그만하겠다고 약속했어. 그래 놓고도 계속하긴 했지만.

사춘기에 접어들면서 마음속에서 분노가 자라났어. 무언가를 갖고 취하고 내 것으로 삼아야만 했어. 절도는 잘못이라고 교회에서나 다른 곳에서도 배웠지만, 그 한편으로 돈으로 이루어진 이 제도도 뭔가 잘못되었다는 생각이 들었어. 세상이 내게 뭘 줘야 한다고 생각하지는 않았지만 내가 손을 뻗어 스스로 취하지 않는다면 아무것도 얻을 수 없겠다 싶었지. 하지만 그런 행동은 도덕적 실패의 지표이자 한 번이라도 들켰다간 내 삶을 망쳐놓을 수 있는 위태로운 일이었어.

그런 순간, 갈등과 결단의 순간에 너에게 가장 많이 의존했다. 누군가의 삶이 나에게 달려 있다는 막연한 느낌. 내가 나한테 제대로 못한다고 해도 최소한 너한테는 제대로 해야 한다는 생각.

강당에 내 목소리가 울려 퍼지는 걸 처음 들었던 날, 내가 처음으로 많은 사람들 앞에서 주목을 받았다고 느꼈던 날은 약물 중독 방지 말하기 대회 날이었어.

1991년 초에 내가 5학년일 때 엄마는 오래 사귄 남자 친구고 신문 유머 칼럼니스트인 밥과 위치토 동쪽 가장자리에 있는 집에서 같이 살기로 했어. 맷과 나는 속상하게도 전학을 해야 했지. 원래 다니던 OK초등학교에서는 친구도 사귀고 지하에서 치섬 선생님한테 재미있는 수업도 받았는데, 새로 전학한 미네하 학교는 적응하기가 힘들었어. 쉬는 시간에 거의 늘 운동장 그네에 혼자 앉아 있었어. 새집도 편하지 않았고.

엄마는 주거용 부동산 중개업을 했는데 대학 학위 없이 할 수 있는 일치고는 괜찮은 일이었지. 이제 생필품 살 여유가 충분히 있었는데도 엄마는 내가 몸이 자라서 옷이 작아져도 알아차리지 못했어. 어느 날은 새 학교에 파자마 바지를 입고 갔는데 속옷이 비쳐 보일 만큼 얇아서 너무나 창피했어. 주니어브라를 해야 할 때가 되었는데 엄마는 딱 한 개만 사줬어. 그러니 같은 걸 날마다 입어야 했지. 전체가 레이스로 되어 있어서 피부에 쓸렸고 주말에 빨려고 보면 운동장 흙먼지 때문에 누레져 있었어.

밥은 엄마보다 수입이 많아 중산층 생활을 했어. 하지만 내가 알기로 엄마가 맷이나 내 밑으로 들어가는 돈을 밥에게 대신 내달라고 한 적은 없어. 밥의 물건들을 가까이 두고 쓸 수 있어서 나한테는 도움이 됐고 같이 외식을 하면 밥이 식사비를 내긴 했지. 하지만 가난한 엄마가 중산층 애인과 같이 사는 상황은 필요하지만 가질 수 없는 많은 것들을 옆에 두고 사는 것하고 비슷했어. 말하자면 미국에서 가난뱅이로 사는 것하고 비슷한 거지.

전에도 특히 힘들 때 그랬듯이 이때도 나는 두 가지에 몰두했어. 너와 이야기하는 것과 학교생활을 열심히 하는 것. 어쩌어찌 같이 점심을 먹을 친구 두엇을 사귀었어. OK초등학교에서는 대부분 아이들이 학교 급식을 먹었는데 미네하초등학교 아이들은 거의 다 유명 상표의 포장 음식을 도시락으로 싸 오더라고. 갑자기 공짜 급식을 먹는 게 창피해졌어. 맷이나 나나 아직 공짜 급식 대상자였어. 엄마와 밥은 결혼하지 않았고 엄마는 밥과 따로 세금을 내니까. 나는 학생 식당에서 줄을 서는 대신 그냥 배고픈 채로 테이블에 앉아 다른 아이들이 샌드위치 봉지와 포장된 간식을 꺼내는 걸 보고만 있었지. 선생님들은 내가 밥을 굶는지 어쩐지 몰랐고 남자아이 한 명이 알아차리고 나한테 플라스틱 통에 든 점심을 조금 나눠줬어.

미네하초등학교 건물은 20세기 중반에 지어진 것인데 지난번 학교보다 좀 차가운 느낌이었어. 여기에도 영재반이 있었어. 영재반 던 선생님은 짧은 단발 가발을 쓴 엄격하고 진지한 분이었지. 선생님은 암에 걸려서 항암 치료를 받고 머리카락이 빠졌다고 말해줬어. 어느 날은 선생님이 가발을 벗고 두피를 보여줬어. 다른 사람이 어떻게 생각하는지는 개의치 않는다고 선생님이 말하는 걸 듣고 존경심이 솟더라. 나는 선생님이 내준 과제에 매달렸어. 과제 자체가 재미있기도 했고, 치섬 선생님보다 훨씬 칭찬에 인색한 던 선생님의 인정을 받고 싶었기 때문이기도 했지.

학년이 끝날 무렵 던 선생님이 해마다 열리는 말하기 대회에 나갈 학생을 선발하겠다고 말했어.

나여야만 한다고, 이 기회를 놓칠 수는 없다고 생각했어. 무대 위에 서서 사람들 앞에서 말할 사람은 반드시 나여야만 했어. 다른 사람이 그 자리에 선다는 건 말도 안 되는 일이라고 생각했지. 지금까지 평생 한 번도 사람들 앞에서 연설 같은 건 해본 적도 없으면서.

던 선생님은 올해의 주제는 불법 약물이라고 했어. 레이건 대통령이 '약물과의 전쟁'을 벌이던 시기에 태어난데다가 중독 문제가 넘쳐 나는 집안 출신이라 나한테도 중요한 주제였어. 내 방에는 법무부와 마약단속국에서 후원하는 학교약물남용방지 교육DARE 모임에서 받은 빨간 리본이 걸려 있었지.

던 선생님이 대회 심사위원장 이름을 알려줬어. 내가 아는 이름이었어. 지방 검사 놀라 풀스턴, 베티 할머니를 따라 출근했을 때 봤던 어깨 패드가 빵빵한 유력 인사. 그 이야기까지 들으니 야망이 활활 타올라 화재경보기처럼 울리기 시작했지.

그다음 주말은 시골 테리사 할머니 집에서 보냈어. 할머니 집에 가려면, 얼마 전까지만 해도 엄마, 아빠, 동생, 나 우리 네 식구가 같이 살던 아빠가 지은 집 앞을 지나가야 했어. 몇 년 전에 체니초등학교에서 같은 반이었던 애의 부모님이 그 집을 샀어. 그 애가 내 방을 쓴다고 생각하면 화가 치밀었지.

테리사 할머니의 집은 전보다 더 고요했어. 칙 할아버지가 돌아가셔서 리클라이너 소파에 앉아 텔레비전을 보면서 담배를 피우는 사람도 없고 할머니가 카펫에 담뱃재가 떨어진다고 소리를 질러댈 일도 없으니 말이야. 나는 할아버지가 앉던 의자에 앉아 《리더스 다이제스트Reader's Digest》 최신 호를 읽었어. 그 집에는 1960년대 백과사전 말고는 책이 거의 없었거든. 그런데 《리더스 다이제스트》에 약물과 관련된 이야기가 실렸더라고. 「내 안의 악마The Devil Within」라는 제목이었지. 그 구절이 바로 와 닿았고 딱이다 싶었어. 우리 식구들이 알코올, 도박, 진통제, 남자들의 인정 따위에 중독되어 함몰되는 걸 내 눈으로 봤으니까. 본모습은 사라지고 전염병에 걸린 듯 변해가는 모습을 봤지.

거기에서 영감을 얻어 연필과 공책을 꺼내 잡지나 신문 기사에서 읽은 마약의 위험성을 거론하며 준엄한 경고의 글을 썼어. 내 주변에서 접한 것보다는 훨씬 강력한 약물인 코카인, 헤로인, 크랙 등을 예로 들고 모든 악덕이 그렇듯 단 한 번 허용했다가는 나를 송두리째 장악할 수 있다고 주장했어. 또 학교에서 배운 대로 약물 중독에 빠지지 않을 책임은 오롯이 자기 자신에게 있다고 거듭 강조했지.

1991년 추운 봄날 아침에 나는 '의지'라는 주제로 쓴 연설을 되풀이해서 연습하고 있었어. 결국 학교 대표로 대회에 나가게 된 거야.

내 옷 중에서 제일 좋은 옷인 진녹색 면 스커트와 녹색과 황

갈색 줄무늬가 있는 반팔 셔츠를 입었어. 학교 연극에 나간 적은 있지만 무대 위에 홀로 서서 객석 가득한 사람들의 시선을 한 몸에 받은 건 처음이었어. 얼마 전 위쪽 앞니 하나가 빠진 데가 어떻게 보일지도 걱정이었지. 나는 입을 다문 채로 웃는 연습을 했어. 게다가 지난겨울 농장에서 썰매 타다가 밧줄에 걸려 트랙터 뒤에 질질 끌려갔을 때 다친 턱에 흉터가 아직 남아 있었어. 나는 귀에 달랑거리는 귀걸이를 달고 머릿속에서 암기한 연설을 계속 중얼중얼 외웠지.

위치토 전역에서 온 참석자 가족들이 공연장 접이식 의자를 가득 채웠어. 우리 집에서는 엄마와 밥, 아빠와 크리스, 맷, 베티 할머니, 아니 할아버지까지 어떻게 왔더라고. 다른 많은 사람들보다도 식구들 때문에 더 긴장되는 거야. 일터에서 빠져나오기가 쉽지 않았을 텐데 일부러 시간을 내서들 온 걸 보니 그제야 이게 진짜 중요한 일인가 보다 싶었지.

참가자들 모두 웃옷에 번호를 달았어. 무대 뒤쪽 의자에 객석을 마주 보며 죽 앉아 있다가 한 명씩 이름이 불리면 마이크 앞으로 나와 짧은 연설을 했지. 나는 다른 참가자들이 연설을 하는 동안 듣지 않고 관객석을 보면서 머릿속으로 계속 내가 할 말을 짚어봤지. 몸이 달달 떨렸어.

"세라 스마시." 진행자 선생님이 마이크에 대고 말했어.

나는 무대 가운데로 걸어가, 나이에 비해 낮고 굵은 내 목소리를 스피커를 통해 들었어. 끝나자 관객들이 박수를 쳤어. 나는 웃으며 내 자리로 돌아왔어.

발표가 다 끝나고, 지방 검사 풀스턴과 다른 심사위원들이 모여 수상자를 정하는 동안 나는 얼른 눈으로 식구들을 찾았어. 다들 뒤쪽에 앉아 불안한 듯한 미소를 띠고 나를 보고 있었지. 우리 식구들은 어딜 가든 앞쪽에는 안 앉는 사람들이야. 자리가 어쩐지 어색하고 담배 피우러 밖으로 나가기도 불편해서 그렇겠지.

드디어 수상자가 발표되기 시작했어.

"1등 수상자는."

나이기를 간절히 간절히 빌었어.

나였어!

지방 검사 풀스턴이 무대로 올라와 나와 악수를 했어. 상장과 내년 중학교에 가면 필요하다는 공학용 계산기를 부상으로 받았어. 우리 집에서 20달러짜리 학교 준비물을 거리낌 없이 사주지는 않을 테니 다행이었지. 그보다 더 소중한 건 사람들 모두가 나에게 환호를 보낼 때의 그 기분이었어. 너무 행복해서 앞니가 빠진 것도 잊고 부끄럼 없이 활짝 웃었다.

우리 식구들이 환호하는 모습이 보였어. 나는 옳고 그름을 단순하게 나누어 연설 원고를 썼지만, 불리한 처지에 있는 사람을 두고 그렇게 쉽게 옳고 그름을 판단할 수는 없다는 걸 우리 식구들만큼 잘 아는 사람도 없을 거야. 베티 할머니 사무실을 드나드는 보호 관찰 대상자들은 절대다수가 가난한 유색인이었어.

폭력을 휘두르는 사람은 흔히 스트레스와 두려움 속에서, 혹은 부모의 폭력 속에서 만들어지지. 우리 아빠의 음주와 도박, 엄마와 할머니의 끝없는 흡연, 크리스의 약물 중독은 어려운 상황의 원인이기도 하지만 결과이기도 해.

나는 좀도둑질을 하고 공공 기물에 낙서를 했지만 한 번도 안 잡혔어. 만약 한 번이라도 걸렸다면 '나쁜 아이'로 낙인이 찍혀 내 삶의 궤적이 바뀌었을지도 몰라. 그런데 그렇게 되지 않고 대신 초등학교 선생님들이 내가 똑똑하다고 알아봐주었고 그게 내 삶에 결정적 영향을 미쳤어.

나랑 비슷한 출신의 아이들 대부분은 나만큼 운이 좋지는 못했어. 피부색 때문이든 다른 불리한 조건 때문이든. 그런데도 나는 개인의 의지의 힘으로 막대한 사회적 압력을 이겨내야 한다는 내용의 연설을 하고 1등상을 받았지. 너를 내 품에 실제로 안지 않도록 분투하게 된 까닭이 그런 사회적 압력 때문이었는데도 말이야.

무대에서 내려와 바로 식구들한테 갔어. 여섯 살이던 맷은 소리를 지르며 깡충깡충 뛰었어. 엄마는 얼굴에 함박웃음을 폈고, 아빠와 할아버지는 깨끗한 옷을 입고 있더라. 다들 나를 안아주고 웃고 사진을 찍어댔지. 식구들이 때로 나에게 상처 주는 말을 하고 주먹질을 하더라도 좋은 순간에는 나를 사랑해준다는 것, 자기들 삶은 엉망일지라도 이렇게 한데 뭉쳐 깊은 자부심을 느낀다는 걸 이해할 수밖에 없었다.

우리 식구들에게 강철 같은 의지가 없어 고통을 받은 건 사실이야. 하지만 그건 누구나 마찬가지 아니니. 소득 수준과 무관하게 누구에게나 있을 수 있는 일이야. 우리는 도덕성이 부족해서 수치감을 떠안게 된 게 아니야. 돈이 부족해서였지.

크리스의 중독이 점점 심해졌어. 나는 어른이 되고도 크리스가 '나쁘다'고 생각했어. 처방받은 마약성 진통제, 아스피린, 알코올이 합해져 결국 크리스의 내장에 구멍을 내고 말았어. 크리스는 위장 대부분을 잘라내는 수술을 받았어. 원래도 엄청나게 말랐었는데 음식을 먹지 못하다 보니 거의 말라 죽을 지경이 되었지. 한동안 크리스는 예측 불가능한 일들을 저질렀고 그러다 나머지 식구들까지 위험에 빠뜨리기도 했어. 마구잡이로 물건을 사들이기도 하고 상점에서 물건을 훔치기도 하고 주차된 차에서 기절한 적도 있어. 경찰이 크리스를 아빠 집으로 데려왔지.

나는 크리스가 아빠를 힘들게 하니까 화가 났어. 아빠가 크리스를 돌봐주고 부양해야 했으니까. 하지만 이 사회에서 일어나는 일이 크리스보다, 크리스의 의지나 선함보다 훨씬 큰 힘으로 작용했던 거야. 마약성 진통제 중독은 전국적 건강 문제로 점점 확산됐고 특히 가난한 사람들의 건강과 재정에 파탄을 초래했어. 하지만 늙어 기운이 떨어져가는 아버지가 힘들게 번 돈이 크리스의 중독 문제를 수습하는 데 들어가는 걸 보면서 내가 크리스를 원망하지 않기도 힘들었어.

크리스가 실패했다면 크리스를 구하지 못한 제도의 책임은 없나? 사법 제도는 건강 문제로 고통받는 크리스를 도와주기는 커녕 수갑을 채우고 벌금을 물렸어. 1980년대에 크리스는 고등학교 졸업장을 땄지만 그때 이미 인력 시장에서 고졸 학력의 가치가 떨어지기 시작했고 크리스가 받는 임금은 물가 상승을 쫓아갈 수가 없었지. 이윤만 추구하는 의료 산업계는 마약성 진통제를 계속 처방해 배를 불렸고. 크리스에게 수년 동안 약을 처방해주고 결국에는 철창신세를 지게 된 의사도 그 시스템의 일부였어.

나는 가끔 이런 일들이 내 주변에서 일어난다는 것에 수치심을 느끼기도 했어. 친구를 아빠 집에 초대하는 상상을 해보곤 했지. 크리스가 과격한 행동을 하거나 횡설수설하는 걸 어떻게 설명할까? 부끄러워하지 않고 아무렇지도 않게 이야기할 수 있을까? 그럴 수 있다고 자신 있게 말할 수 있다면 좋았을 거야. 하지만 내가 주변 사람들에게 우리 집안 문제에 대해 이야기하면 대개 뭐라 말해야 할지 난감해하고 불편해하는 걸 수도 없이 봤거든.

아빠는 크리스를 나무라지 않으려고 했어. 뉴스를 통해 제약 회사의 부도덕함이 폭로되기 전부터도 확고부동한 태도였어. 아빠는 크리스가 조기 발생 치매와 뇌 위축 진단을 받았다고 나에게 말해줬지만 이런 증상이 무엇 때문인지는 말하지 않았지. 시골에서 가톨릭교도로 자라난 아빠로서는 자기 아내를 차마 '중독자'라고 부를 수는 없었을 것 같아. 크리스가 약물 중독 때문에 법에 저촉되는 일도 잦고 경제적으로도 문제를 일으켜 타격이 컸는데도 말이야. 아빠는 크리스를 평생 남편으로서 지켜주겠다고 맹세했으니 그 약속을 지킬 거라고 했어. 다들 그러다네 인생까지 망한다고 말렸지만 그런다고 크리스를 버릴 수는 없다고 했지. 아빠는 한 번도 불평을 하거나 크리스에 대해 나쁘게 말하지 않았어. 하지만 나는 그러지 못했어. 중독 등의 제도적 문제를 개인의 실패로 취급하는 우리 사회도 마찬가지였고.

크리스는 마약성 진통제 중독으로 25년 동안 고생하다가 메타돈을 처방받아 먹기 시작했어. 메타돈은 중독을 서서히 줄여주는 약물이지만 치아를 썩게 만드는 부작용이 있어. 그 부작용 때문에 다른 사람들이 보기에 확연히 망가진 사람으로 비치게 됐을 거야. 그래도 크리스는 7년 동안 날마다 꼬박꼬박 병원에 가서 메타돈을 받아 왔어. 그러는 동안 정신이 조금씩 맑아지고 또렷해져 건강과 살려는 의지를 되찾을 수 있었어.

어느 정도 자신을 되찾은 크리스는 돈이 없어 쪼개진 데를 강력 접착제로 붙인 틀니를 끼고 자기처럼 고생하는 사람들을 돕기 시작했어. 망가진 중독자들, 돈이 없거나 일자리가 없거나 막 형무소에서 출소한 위험해 보이는 사람들을 집에 들였어. 시간이든 격려든 공감이든 자기가 내줄 수 있는 거라면 뭐든 희생적으로 내어줬지. 운전면허가 취소되거나 차를 못 쓰게 된 사람이 있으면 새벽에 맥도널드까지 자기 차로 출근시키기도 했어. 절대 그들의 삶을 두고 함부로 평가하거나 재단하지 않았지.

하지만 내가 어릴 때에는 크리스가 아직 망가진 중독자도 아니었고 병을 이겨낸 사마리아인도 아니었어. 그저 재미있고 다정한 젊은 여성이었으나 경제적으로 취약했기 때문에 크리스도 21세기 초 많은 미국인들이 걸어야 했던 힘든 삶의 길을 가야 했어. 골칫거리는 많은데 도움을 얻을 곳은 적었지. 그렇게 살다 보니 크리스는 결국 돈도 건강도 잃었을 뿐 아니라 평생 친구들도 잃고 말았어. 친구들은 크리스의 문제 행동에 당황했고, 도대체 어떻게 스스로를 이렇게 망쳤냐며 화를 냈어.

내가 크리스를 처음 만났을 무렵, 그러니까 부모님이 이혼하고 난 뒤 몇 년 동안 위치토에서 4~6학년에 다니면서 아직 사춘기가 오지 않아 눈에 뜨이지 않는 어린아이로 보낸 마지막 시기에 처음으로 너에 대한 생각이 또렷해졌어.

그 시기가 나와 내 삶의 궤적에서 중추적이고 결정적인 시기였기 때문일 거야. 그때 두 가지 다른 삶의 경로라고 할 법한 것들이 충돌을 일으켰어. 나는 혼자 거리를 싸돌아다닐 만큼 컸지만(적어도 우리 식구들 생각에는) 그때 삐끗했다간 소년원으로 가게 될 짓을 하면서 해방감을 찾고 있었지. 그런 한편 가난의 지표이기도 한 폭력, 약물 남용, 범법 행위 등의 깊은 우물의 존재를 우리 가족 안에서 보고 그게 내 삶에 어떤 의미인지를 조금씩 깨달아가고 있었어. 그전까지 나날의 주된 감정이 외로움과 좌절감이었다면 이제는 혼란과 혼돈이 시작되고 있었지.

나는 1년 반 동안 두 번 전학을 했어. 아빠와 엄마 각각 새 파트너와 함께 살기 시작했는데 두 사람 다 아이를 돌보는 데는 큰 관심이 없는 사람들이었어. 나보다 네 살 위인 오촌 이모 셸리는 가난 때문에 계속 이사를 다니다 학교를 열다섯 군데나 거쳐 고등학교에 들어갔고 이제 거친 친구들과 어울려 다녔어. 한편 내 또래의 여자아이가 우리 집에서 멀지 않은 가난한 동네에서 혼자 걸어가다가 납치를 당했고 강간당하고 목이 졸린 시체로 들판에서 발견됐어.

베티 할머니가 일하는 법원이 내가 사는 삶과 점점 비슷해졌어. 위험한 사람, 무구한 희생자. 우리 식구들처럼 가난한 사람들이 두 가지 역을 다 채웠지. 공부하고 책을 읽는 것보다 내가 유일하게 더 열심히 한 일이 있다면 그건 기도였어.

가끔은 혼자 무릎을 꿇고 무릎이 아파올 때까지 기도를 했어. 그런 희생과 고행으로 하느님과 거래하는 거라고 배웠거든. 우리 가족을 위해서도 기도했지만 더 나은 삶을 살 수 있게 해달라고도 기도했어. 그 길에 가장 큰 위협이 되는 일이 학교 시험에서 B를 받는 거라고 나는 생각했지. 나는 큰 소리로 이렇게 기도했어. "전 과목 A를 받게 해주시면 앞으로는 절대로 베이스볼 카드를 훔치지 않겠다고 맹세해요."

힘들게 일하고 바르게 사는 가난한 아이가 성공을 거둔다는 스토리가 내 마음에 너무나 강하게 새겨 있어서, 내 삶의 이야기가 성공 스토리를 입증하는 증거라고 믿고 싶었어. 그래서 마치 내 굳은 의지로 홀로 역경을 극복한 것처럼 이야기하는 오류를 저지르기도 해. 그것도 어느 정도는 사실이지. 하지만 내 삶은 오직 내가 잘나서 이룬 성취라기보다는 어떻게 해서인지 무수한 축복이 내 존재 위에 내려져 이뤄진 거야. 내가 너의 존재를 인식한 것도 그 축복 가운데 하나였고.

그 무렵 어떻게 행동할지 결정을 내려야 할 때 나 스스로에게 조금씩 다른 질문을 던지기 시작했어.

내 딸이라면 이런 상황에서 어떻게 하면 좋을까? 아니면 이런 식으로. **내 딸한테라면 뭐라고 말하지? 내 딸을 위해서 어떻게 해야 할까?**

마음속에 이런 질문이 떠오를 때면 마음이 고요하고 맑아졌어. 아주 어릴 때 거울 앞에서 내 눈을 한없이 들여다보고 있다가 마치 마법이라도 부린 듯 머릿속이 살짝 어긋나고 거울 속에 비친 어린아이를 넘어서는 다른 존재를 느꼈던 때와 비슷한 기분이었어.

하지만 이제는 내가 지키려고 하는 아이가 나 자신이 아니었어. 바로 너였지.

덕분에 청소년기에 접어들기 직전에, 청소년기에 흔히 찾아오는 분노와 자기 파괴의 충동에 빠지기 직전에 내 삶을 다잡을 수 있었어. 머지않아 찾아올 힘든 순간들에 실패와 좌절을 겪을 수도 있었겠지. 하지만 그 위태로운 나날에 나 자신도 아직 어린아이면서도 너를 내게 주어진 책임으로 생각하곤 했어. 어떻게 해서인지 그 일만은 완벽하게 했다고 생각해.

너는 해 질 녘 코요테가 출몰할 때 내가 곁에 앉아 지키던 농장의 새끼 동물들 같았어. 아니 할아버지는 내가 여린 것들을 지키기 위해 추운 데 쭈그리고 있는 걸 보고 농부로 인정해주었 단다. 하지만 그래도 그 새끼들한테는 어미가 있었어. 나는 엄마 가 언제나 반드시 있었다고 할 수 없었지만. 그 빈 공간에서 너를 찾아낸 거야.

새끼 돼지, 송아지, 병아리 들과 달리 아무도 너를 시장에 내 다 팔거나 도축장으로 끌고 가 고기로 갈아버릴 수는 없었지. 너 는 농부와 농장 동물들의 삶을 결정짓는 시장을 넘어서는, 국가 와 교회가 네게 부과하는 수치를 넘어서는 존재니까. 너는 내가 내 방 거울 안에서 보는 여자아이보다 더 절절하게 살아 있는 존 재, 불확실한 세상보다 더 고요한 존재, 보이지 않기 때문에 더욱 성스러운 존재였어.

5장

★

지붕이 새는 집

너는 아마도 튼튼하고 오래된 집, 망가지기 일보 직전에 사서 내 손으로 고친 집에 살았을 거야. 나도 부모님한테 집수리하는 기술을 배웠거든. 부모님을 나는 일종의 집의 신으로 생각해. 아빠는 오래된 집에서 죽은 사람들의 영혼을 볼 수 있는 목수고 엄마는 인테리어 감각을 동원해 내부 공간을 변신시켜 다음 주인을 찾아주는 일을 했으니까.

건설 노동자와 가난한 동네 부동산 중개업자를 예술가라고 부를 사람은 없겠지만 우리 부모님은 정말 예술가였어. 아빠는 봉투 위에 연필로 부속건물 설계도를 그리고, 시간당 급료를 받고 일하는 현장에서 버리는 자재들을 끌고 와서 실제로 만들어 내는 사람이었어. 엄마는 창고세일하는 곳에서 앤티크 조명 장치와 설비 등을 50달러에 사서 완전히 버려진 집에 설치했어. 엄마가 이런 노력을 들인 덕에 6개월 동안 안 팔리던 집이 2주 만에 팔리기도 하지.

부모님에게도 여러 기회가 주어졌다면, 그래도 집과 관련된 일을 하셨을까. 그건 알 수 없어. 아빠는 책을 읽지는 않았지만 나무토막에 남모르게 자작시를 적곤 했어. 엄마는 지성인들이 쓰는 언어를 쓰고 지적인 농담을 했지. 하지만 우리가 사는 곳에서는 타고난 재능이나 흥미로 직업을 정하는 게 아니야. 아빠는 아버지의 일을 물려받았어. 엄마는 매력적 외모가 자산이 될 수 있는 판매업이 최선이었는데 엄마가 팔 수 있는 가장 큰 상품이 집이었던 걸 테고. 여하튼 두 사람에게는 집과 관련된 재능이 있었어. 학교에서 배우거나 돈으로 키울 수는 없는 재능이었지. 결핍 때문에 집을 더 간절히 중요하게 여기게 된 탓도 있을 거야.

부모님도 나처럼 가난한 사람들이 주로 사는 곳을 전전하며 살 수밖에 없었어. 바퀴 위쪽 벽이 찌그러진 트레일러, 복도에 불이 안 들어오는 후진 아파트, 내장은 낡고 설비는 고장 난 집. 그래도 부모님은 솜씨나 감각이 부족한 사람들이 손 놓아버린 집을 싸게 사거나 빌려서 그럴듯하고 심지어 아름답기까지 한 집을 만들어낼 수 있었어. 부모님은 아는 걸 전부 나한테 가르쳐줬지. 나를 공짜 노동력으로 쓰려고 그런 것이기도 했지만.

아빠한테 배운 것: 투-바이-포라고 부르는 각목의 실제 크기는 2×4인치가 아니라 약 1.5×3.5인치(3.81×8.89센티미터)라는 것. 찌그러진 못을 나무에 홈을 내지 않고 빼내려면 어떤 각도로 망치질을 해야 하는지. 비가 와도 주차장이 물바다가 되지 않도록 하는 방법, 도급업체와 하도급업체의 차이, 안전 기준이 정치

와 기업에 어떤 영향을 받는지. 노동조합의 경제학. 작업비를 쉽게 부풀리는 이들은 누군지(전기 기술자), 돈이 아깝지 않게 일하는 사람은 누군지(배관 기술자). 헛소리를 못 참는 건설 노동자들을 한데 모아놓고 어떻게 한 몸 같이 일하게 다독일지. 기반암이 얼마나 깊이 있는지. 콘크리트 기초 만드는 법과 벽돌 쌓는 법. 온갖 종류의 톱 다루는 법. 안전 고글이 필요한 톱과 꼭 쓰지 않아도 되는 톱. 석고 보드 대는 법. 석고 보드 이음매에 퍼티를 바르고 샌더 기계로 갈아내는 법. 글라스울●의 미세한 가루를 흡입하거나 조각이 손에 박히지 않게 하는 법. 냄새나는 정화조와 우중충한 설비 공간 등을 이용해 어떻게 집에 물이 흐르게 하는지. 고운 모래 토질인 캔자스 토양에 고정이 잘 안 되는 기초를 어떻게 보강할지. 쐐기를 끼워 넣어 수평을 맞추는 법.

엄마한테 배운 것: '매매' 팻말을 여름 건기의 단단하고 마른 흙에 하이힐을 신고도 너끈히 박는 법. 50달러를 들여 부동산 구매자에게 괜찮은 집들이 선물을 하면 좋은 입소문을 내줘 확실히 돌아오는 게 있다는 사실. 엉망인 집을 그나마 봐줄 만하게 꾸미는 법. 이상한 사람들 상대하는 법. 모기지 계산하는 법.(인터넷 시대 전에는 전자계산기를 두들겨 계산했단다.) 모기지, 중개인, 판매자, 중개수수료, 판매자 부담 모기지, 구매자, 융자심사, 재융자, 집 개방, 계약 대기, 계약 중, 판매 완료, 리베이트, 주택 검사,

● 유리 섬유로 만든 단열재.

대출 승인, 주택도시개발부, 30년 상환 일반 대출 등의 용어. 가성비가 좋은 광고 방법(예쁜 얼굴 사진이 든 명함을 직접 건넨다.)과 그렇지 않은 방법.(버스 정류장 의자나 광고판의 값비싼 광고.) 사무적인 목소리로 말하는 법. 신용평가기관 세 군데의 실제 신용도 평가 방식이 어떻게 다르고 그래서 어떤 기관이 유용한지. 엄마는 월세는 그냥 버리는 돈이지만 어쨌든 어딘가에 살긴 살아야 하고 주택융자이자는 연방세 공제 대상이 되니까 부동산 구매가 좋은 투자라고도 했어. 또 무언가 신비스러운 작용에 의해 모든 일이 섭리대로 돌아간다는 말도 했지. 예를 들면 가난한 신혼부부가 계약이 무산되어서 크게 낙담했는데 그다음 주에 더 좋은 집을 찾아낸다든가. 엄마는 계약서에 서명을 하고 난 다음 뭔가 틀어졌을 때 판매자는 반드시 팔아야 할 의무가 있지만 구매자는 그렇지 않다는 걸 명심하라고 했어. 무엇보다도 가격을 두고 흥정을 할 때에는 아쉬울 게 없는 사람이 항상 이긴다는 걸 알려줬지.

집을 짓고 수리하고 꾸미고 협상하고 설계하고 계약을 이끌어내고 은행 감정인의 기를 꺾는 일을 내가 부모님만큼 잘할 수는 없어. 그래도 나도 이런 일들 다 해보긴 했어. 그러니까 아마 너도 아주 가난해 보이지는 않는 집에서 가난하게 살았을 거야.

부모님과 나에게는 집이라는 게 중요한 문제였어. 기질이 민감한 편이라 집이 그냥 몸을 누일 곳만이 아니라 그 이상이었거든. 집이 자신을 표현하는 공간이라고 생각했고 집 밖 날씨만큼이나 집 안의 색채도 기분에 영향을 미치는 것 같았어. 부모님이 이혼하기 전, 아빠가 우리 집을 막 완성했을 때 엄마가 거실 벽 하나를 짙은 적갈색 페인트로 칠했어. 영화감독이나 화가가 자기만의 서명을 남기듯, 엄마도 그 뒤로 자기가 사는 집마다 벽 하나씩을 늘 같은 색으로 칠했지. 세낸 집이라 사실 그러면 안 되지만.

우리 조부모님은 다른 종류의 사람들이었나 봐. 칙 할아버지와 아니 할아버지는 효율적이고 깔끔한 집을 좋아하긴 했지만 집이란 대체로 저녁 일을 마치고 작업복을 벗고 샤워를 하는 욕실, 새벽 동이 틀 때까지 수면을 취하는 방의 기능이 중요한 곳이고 다른 걸 바란 것 같진 않아. 베티 할머니와 테리사 할머니는 완고하고 실용적인 사람들이라 깨끗하고 편리한 공간을 원했지만 아름다움에는 큰 관심이 없었어. 우리 엄마 아빠는 대체 누굴 닮았을까 가끔 궁금해져. 너도 아마 그분들의 재능을 물려받았을 거란 생각이 든다.

부모님은 공간에 대해서도 그랬지만 그 안에 뭐가 깃들어 있는지에 대해서도 예민했어. 엄마 아빠가 데이트를 할 때 아빠가 베티와 아니의 농장 집 소파 위에서 잔 적이 있는데 식당 문간의 무언가를 보고는 한밤중에 집에서 나갔대. 그게 뭐였는지는 말을 안 하네. 엄마는 주로 위치토 노동 계급을 대상으로 부동산을 팔았는데 가끔 구매자가 집 안으로 들어올 때 어떤 알 수 없는 느낌을 받을 때가 있대. 나는 유령이나 심령 능력 같은 건 안 믿지만 사람이 정말로 때로 설명하기 어려운 경험을 할 때가 있

다는 건 믿어. 그런 신비한 일들을 너무 많이 봤기 때문에 착각
이라고 치부해버릴 수가 없어.

부모님은 집마다 시간과 의미가 마치 전류처럼 흐른다고 했
어. 여러 사람이 들고 나면서 집의 시간은 흘러가더라도 의미는
달라지지 않는다고 했지. 안전함, 안정감, 안도감, 짜임새, 집. 이
런 것이 늘 부족했기 때문에 무엇보다도 소중하기도 했어. 부모
님이 나에게 줄 수 없었던 것들이기도 하지.

엄마가 1980년대 초 부동산 중개사 자격증을 따고 얼마 뒤
에 베트남 이민자 대가족이 융자를 받아 위치토 남쪽에 작은 집
을 살 수 있게 도와준 적이 있어. 그 가족이 너무나 고마워하면
서 새집에서 같이 저녁 식사를 하자고 우리 식구를 초대했어. 그
사람들은 영어를 술술 하지는 못했고 우리 부모님은 베트남어를
전혀 몰랐지만 얼마나 고마운 마음으로 그 자리를 마련했는지
느껴졌대. 그들이 아메리칸 드림을 한 땀 이루려면 은행에 가서
넥타이를 맨 누군지 알 수 없는 사람을 상대해야 한다는 게 엄두
가 안 났지. 그런데 하이힐을 신은 젊은 여자가 그들에게 인간적
인 연결 고리 역할을 해줬어. 재잘거리는 금발 머리 어린애와 뱀
가죽 카우보이 부츠를 신은 수줍어하는 남편을 데리고 자기들
집에 찾아온 여자를 만났기 때문에 그 집을 얻었다고 생각한 거
지. 시장에서는 집이 추상적인 수치로 바뀌어 통용돼. 하지만 집
만큼 사적이고 인간적인 공간이 있을까.

우리 부모님은 의사가 사람의 몸을 보듯이 집을 부분 부분 뜯어보고 골조까지 들여다봤어. 망가진 데, 수리된 데, 외관만 단장한 데, 돈이 들어갈 구석 등등. 집을 거리를 두고 냉정하게 보는 것처럼 들리기도 할 거야. 이 업계 종사자들은 그렇게 냉정한 태도를 취할 때가 많지만 우리 부모님 경우는 좀 달랐어. 벽 안 어딘가 아빠가 테이블 톱으로 널빤지를 자르다가 손을 베어 아빠 핏자국이 있는 기둥이 있지. 저쪽 동네 기찻길 근방의 어떤 집에는 5년 동안 야근을 하면서 계약금을 모아 집을 산 부부에게 엄마가 마음을 담아 집들이 선물로 준 꽃다발이 있었어.

주말마다 나는 아빠 작업장 바닥에서 톱밥을 쓸거나 엄마의 집 개방 행사를 앞두고 모르는 사람 집 부엌에 초를 켜놓곤 했어. 건축이나 판매에 꽤 해박해졌지. 그뿐만 아니라 엄마 아빠로부터 집이 투자 수단으로서가 아니라 정신의 보금자리로서 소중하다는 것도 배웠어.

그렇지만 미국에서는 집이 무엇보다도 지위의 상징이고 집이 있다는 건 자긍심의 원천이야.

이런 자긍심은 의도적으로 만들어진 거지. 미국 산업혁명과 1차 대전을 거치면서 부유한 열강이 된 미국은 한때 농업 천국이라는 헛된 약속으로 사람들을 서부로 이끌었던 것처럼 이번에는 사람들을 도심의 수직 공동생활 공간으로부터 교외의 '단독 주택'으로 이끌었어.

"집이 있는 사람은 안정감에서 오는 행복을 누린다." 1920년대에 상무장관이자 미래의 대통령이 될 허버트 후버Herbert Hoover는 이렇게 말했어. "하숙집에서 살기 위해 일하고 싸우는 사람은 없다."고도 했지. 전쟁 직후 짧은 호황기에 내 집 마련 열풍이 전국적으로 일어난 건 이런 맥락이었어. 나라의 근간이 되어온 근면한 노력을 이제 깔끔한 건물을 마련하는 것과 연결해 선전했어. 그렇게 해서 주택 소유자가 국가 경제의 중심축이자 충성스러운 시민이 되었어.

후버는 주택 마련 캠페인을 펼치며 지방 건설업체, 가구업체, 심지어 걸스카우트까지 끌어들여 전국 수천 곳에서 정보 박람회를 열고 교외 주택 마련을 부추겼지. 도심에 밀집한 외국에서 온 이민자들이 전복적인 생각을 품고 있을지 모르니 뿔뿔이 흩어놓고 싶었을 거야.

이런 정부 주도 정책은 1929년 주식 시장이 붕괴하면서 무위로 돌아갔어. 새로 양산된 실직자와 노숙자들은 '후버빌 Hoovervilles'이라 불리는 판자촌에서 살 수밖에 없었어. 하지만 오늘날에도 '자기 집'이라는 개념은 여전히 문화적으로 아름답게 그려지고 정책적으로는 지원을 받아. 여기에서 이득을 보는 기업이 조장한 면이 있지.

엄마는 먹고살기 위해 여러 해 동안 온갖 종류의 일을 하긴 했어도 1980년대에 취득한 부동산 중개인 자격을 계속 유지했어. 1990년대와 2000년대 초 주택 경기 호황 때 일거리가 많았어. 엄마는 소득이 낮고 신용 등급도 높지 않은 사람들에게 비싸지 않은 집을 찾아주고 적절한 모기지 방식을 맞춰주는 일에 전문가였어. '부동산'이라는 게 어떤 지역에서는 부를 의미하지만 엄마가 파는 집은 빈곤층에서 중간층으로 가는 계단 정도였지.

1990년대에는 꽤 보람을 느낄 만한 일이었어. 그때는 주택 가격이 터무니없이 오르기 전이고 은행에서는 채무자가 조금씩이라도 갚을 수 있다 싶은 대출만 승인을 했어. 엄마는 후진 아파트에서 자기 집으로 이사하는 젊은 부부에게 열쇠를 건네주면서 자기 일처럼 기뻐했어. 크리스마스 때에는 부동산 회사 직원들이 기부금을 모아서 정성껏 선물을 준비해서 지역 여성보호센터에서 추천한 가족들에 전달했어. 나는 엄마와 같이 선물을 포장하고 자동차 트렁크에 싣고 배달했어. 정작 엄마 차는 돈이 없어 브레이크 패드를 못 갈고 있었지만.

엄마가 그렇게 말한 적도 없고 스스로 그런 생각을 해보지도 않았으리라 싶긴 하지만 나는 엄마가 극히 불안정한 어린 시절을 보냈기 때문에 사람들에게 집을 찾아주면서 만족감을 느꼈을 거라고 생각해. 만약에 엄마가 1920년대에 살았고 주거가 불안정했는데 후버가 자기 집을 소유해 안정을 누리라고 선전하는 걸 들었다면 눈을 흡떴겠지.

엄마는 집에 대해서만은 희한할 정도로 감상적이었어. 엄마는 온갖 종류의 기념물을 나나 너한테 준다고 버리지 않고 모아 놨어. 언젠가 너를, 그러니까 손녀를 볼 수 있었으면 좋겠다는 말을 나한테 한 적은 한 번도 없지만. 하지만 주택 시장에 대해서는 냉소적인 현실주의자였어. 돈이든, 이혼이든, 또 돈이든 어떤 이유로든 이사를 해야 하게 되면, 새집의 벽 하나를 적갈색으로 칠하면 그만이고 떠나온 집은 다시 돌아보지 않았어.

우리 엄마 가족은 어쩔 수 없이 떠도는 생활을 해야 했어. 가난 때문이기도 하고, 제대로 치료하지 않은 정신 질환 때문이기도 했어. 그것도 가난의 일부지만. 내가 태어나기 전 20년 동안은 격동의 시기였을 거야.

증조할머니 도러시가 우리 엄마가 태어났을 무렵인 1960년대 초에 조현병을 일으켰어. 베티가 프라이팬으로 때렸던 남편 조를 집에서 쫓아낸 지 얼마 안 되었을 때였어. 도러시는 마흔한 살이었고 조의 아이를 임신하고 있었지. 그 집에서 남편 세 명이 살다가 떠난 거야.

"그 일을 겪으면서 정신을 놓게 됐어." 푸드 이모할머니는 증조할머니가 세 번째로 이혼하고 동시에 중년에 임신을 하면서 정신 상태가 급격히 무너졌다고 했어. 도러시의 연녹색 눈이 아득해지더니 그때부터 아이들을 끌고 충동적으로 거처를 옮기기 시작했어.

도러시는 임신했고, 불안했고, 막 이혼한 상태였고, 원래 살던 집과 위치토를 완전히 뜨고 싶었어. 얼마 전에 오클라호마 시골에 사는 먼 친척 집에 가봤는데 거기도 괜찮겠다 싶었지. 오래전에 에런에게 넘겨받은, 10년 넘게 아이들을 키우며 살았던 집을 팔기로 했어. 그 돈으로 오클라호마에서 식당을 할 생각이었어.

도러시가 집을 팔고 식당에 필요한 물건들을 한창 사들이는 동안 도러시, 베티, 푸드, 베티의 어린 딸 지니는 도러시의 부모 에드와 아이린 집에 얹혀살았어. 두 분의 집이 그 뒤로도 줄곧 연착륙 장소로 사용돼. 12월에 도러시는 딸 폴리를 낳았어. 그러고 나서 자기 부모와 격하게 한바탕 싸움을 벌였고, 계획대로 여자들로만 이루어진 대가족을 이끌고 남쪽 오클라호마로 떠났어. 베티는 열여덟, 푸드는 열 살, 지니는 한 살, 폴리는 갓난아이였지.

"그때부터 유랑이 시작됐어." 푸드 이모할머니 말이야.

그 뒤로 아무도 몇 차례인지 꼽을 수 없을 정도로 숱하게 거처를 옮기며 살았어. 내가 좀 자란 다음에 그 이력을 구성해보려고 누렇게 바랜 편지의 소인과 법원 기록을 뒤지며 벽에 차트를 만들어 날짜와 장소를 정리했어. 언제 어디에서 무슨 일이 일어났는지, 그게 나나 너에게 어떤 의미일지까지 알아내기는 무리였지만.

처음에는 오클라호마 폰드크리크로 갔어. 캔자스주에서 오클라호마로 경계를 넘어가면 바로 나오는 곳이야. 1963년 겨울 도러시는 고속도로변에 있는 건물을 빌려 휴게소를 열었어. 도러시가 요리를 하고 베티가 테이블 서빙을 하고 푸드는 아기들을 봤어. 그러다가 조가 위치토에서 쫓아와서 도러시의 목을 졸랐어. 할머니들은 이 이야기도 주방 설비에 대해 설명할 때와 다를 바 없이 담담한 목소리로 하더라고. 도러시는 조의 손에서 놓여 나려고 주방 칼을 집어 조의 팔을 찔렀어. 이번 이사는 결국 실패로 돌아가고 말았지. 휴게소는 장사가 잘 안 됐고 도러시는 집을 판 돈을 전부 날렸어.

다시 캔자스로 돌아가 에드와 아이린 집으로 들어갔지. 이듬해 봄에 다시 위치토를 떠났는데, 이번에는 오클라호마도 지나 텍사스 어빙까지 갔어. 도러시의 똑똑한 맏아들 칼 집에 얹혀 지냈지. 칼은 군대를 제대하고 회계사로 자리 잡은 상태였어. 베티는 빅보이 햄버거 가게에서 일했어. 푸드는 5학년이었는데 플루트를 배우고 싶어했대. 도러시가 플루트를 하나 빌렸는데 레슨을 두 번인가 받고 다시 이사를 하게 됐어.

돈 문제가 있었던 모양이야. 몇 달 만에 텍사스를 떠서 다시 위치토 에드와 아이린 집으로 돌아갔으니. 푸드는 같은 초등학교로 한 학년 동안 세 번 전학 온 학생이 됐단다. 창피했다고 하더라고. 못 배우고 놓친 게 너무 많아서 학교 수업을 따라갈 수가 없었대.

조는 아직도 미련을 못 버리고 계속 찾아왔지만 도러시는 꿈쩍도 안 했어. 남자 놈들은 다 몹쓸 개새끼라고 하면서 이제 됐다고, 다시는 남자를 만나지 않겠다고 했고 끝까지 그 말을 지켰어. 그런 한편 도러시의 망상증은 자꾸 심해졌어.

"자꾸 헤까닥 돌곤 했지." 베티 할머니는 이렇게 묘사했어.

도러시는 망상에 빠지면 주로 베티를 물고 늘어졌어. 자기

등 뒤에서 이런저런 짓을 하고 지갑에서 돈을 훔쳐 간다고 우겼어. 사실은 베티가 도러시를 어떻게든 돌보려고 애쓰고 있었는데 말이야. 결국 도러시를 캔자스주 한복판 라니드에 있는 주립 정신병원에 입원시킬 수밖에 없었어.

얼마 뒤에 도러시는 퇴원했는데 병원 근처에서 지내고 싶어 했어. 퇴원할 수 있을 만큼 안정되긴 했지만 당장 자기가 믿는 의사들과 멀리 떨어져 살기는 불안했거든. 그래서 병원 근처에 아파트를 얻고 푸드와 폴리와 같이 살았어.

1965년 초였어. 베티와 지니는 위치토 시내 근처에 살았어. 베티는 아직 레이와 결혼한 상태였지만 조니라는 남자와 사귀게 됐어. 조니도 아내와 별거 중이었지. 베티는 조니에게 임신했다고 말했대. 사실은 아니었지만. 조니는 일자리를 구해 베티와 멋지게 살아볼 생각이라며 캘리포니아로 떠났어. 조니가 2주 동안은 날마다 사용한 봉투를 뜯어서 쓴 연애편지를 보냈어. 편지지를 살 돈이 없으니, 베티와 지니에게 보낼 버스비도 없었겠지. 베티는 주립병원 근처에 사는 엄마와 여동생들에게 편지를 보냈어.

지금은 주소를 모르지만 엄마 주소 알게 되는 대로 편지 부칠 게요. 지니는 길 건너 사는 베이비시터가 봐줘요. 푸드야, 목걸이랑 지니에게 주는 1달러 25센트 선물 고마워. 목걸이 쏙 마음에 들고 너무 예쁘다. 날마다 일하러 갈 때 하고 가. 다들 너무 보고 싶고 사랑해. 조니는 아직 캘리포니아에 있어요. 어제 통화했는데 금요일에 돌아올 것 같아요. 어떻게들 지내요? 일자리 좀 찾아봤어요? 캘리포니아로 갈 방법을 찾으면 떠나기 전에 들러서 보고 갈게요. 조니는 옷 가게에서 일하는데 직장이 꽤 맘에 든대요. 캘리포니아에 가면 큰돈을 벌 수 있다고들 해요. 나도 거기에서 돈을 최대로 모아서 이혼 비용을 마련하려고요. 잘되길 기대하고 있어요.

그해 봄 도러시는 다니던 병원을 끊고 라니드에서 다시 남쪽으로 푸드와 폴리를 데리고 떠났어. 오클라호마 메드퍼드의 붉은 흙밭으로 다시 내려갔는데 왜 떠났는지는 아무도 기억을 못하네. 물론 이번에도 오래 머물지 않았어. 도러시가 다시 위치토로 돌아왔는데 그때 베티는 떠나고 싶어 몸이 근질거렸지.

조니가 자기 아내에게 돌아갔거든. 베티는 다 털고 떠나고 싶었지. 그래서 여자들 다섯이 차 두 대를 끌고 충동적으로 위치토를 떠났어. 베티는 도러시가 텍사스 식당에서 일하면서 번 돈으로 산 머큐리를 몰았어.

"아주 새끈한 차였어." 베티 할머니 말이야.

고속도로 교차점에서 멈췄어.

"나였는지 엄마였는지 모르겠지만 누군가가 '서쪽으로 가자.'고 말했지." 베티 할머니 말에 따르면 그래.

그런데 캔자스 시러큐스 언저리에서 머큐리가 망가져버렸어. 차를 정비소까지 끌고 갔어. 그런데 수리비가 한재산 든다네. 그러니 이 빌어먹을 머큐리를 어쩌면 좋담?

"그냥 두고 왔어." 베티가 말하며 웃음을 터뜨렸어. 베티는 짐을 도러시의 차에 옮겨 싣고 세 살 지니를 안고 엄마 차에 올라탔어.

주 경계를 145킬로미터 정도 지나 콜로라도 리먼에 다다랐을 때 도러시의 차도 과열돼 연기를 내기 시작했지. 가끔은 운이 좋을 때도 있어서 이번엔 큰 고장이 아니었대. 그런데 도러시가 더는 가지 말자고 했어. 고속도로변 작은 마을이 마음에 든다고. 트럭 운전사와 산지로 놀러가는 관광객들이 잠시 들르는 마을이었어.

"내 눈에는 유령 마을처럼 보이더라." 베티 생각은 그랬대.

베티는 코너 카페에서 서빙 일을 구했어. 도러시는 마을 반대쪽 데어리킹 패스트푸드점에서 일자리를 구했고. 아파트 빌릴 돈을 모을 때까지 실버스퍼 모텔에서 지냈는데, 더럽고 벽에는 벌레가 바글바글하고 주차장에는 피곤에 전 트럭 운전자들이 득시글한 곳이었대.

"친구를 데려오고 싶지는 않은 곳이었지. 징글징글했어. 그래도 어쨌든 몸을 누일 수는 있으니까."

나도 자라면서 가끔 그런 감정을 느낀 적이 있었어. 나한테는 충분히 좋지만 다른 사람들에게 보여주기에는 너무 부끄러운 게 뭔지 알지. 어떤 때에는 부끄러운 건지 뭔지 모를 때도 있었지만.

우리가 살던 시골집을 나는 하도 오래 봤기 때문에 놀러 온 사람 눈에 쉽게 들어오는 것들이 내 눈에는 안 들어올 때가 많거든. 무너져 내리는 굴뚝, 낡은 사슬 철망, 십여 마리가 달려들어 밥을 먹는 마당 고양이 밥통, 수도꼭지를 틀면 처음에는 누렇게 나오다가 한참 지나야 맑아지는 지하수. 내가 사는 곳의 모습을 보고 깜짝 놀라는 친구들이 숱하게 많았어. 아마 내 외모나 행동이나 말씨가 가난한 사람에 대한 고정 관념에 들어맞지 않았기 때문이었을지도 몰라.

우리 집안 여자들 특징이기도 한데 베티 할머니도 낡아빠진 집에 살지라도 외모 덕에 칭송을 받곤 했어. 가난과 추함 혹은 불결함을 동일시하는 미국에서는 희한한 조합이었던 셈이야. 외모를 잘 관리한 여자는 포치가 가라앉고 카펫에는 얼룩이 있고 천장에는 물 샌 얼룩이 있는 셋집과 정반대의 시선을 받지. 긴 금발 머리를 벌집 모양으로 높이 올리고 헤어밴드를 한 베티는 가수 태미 와이넷Tammy Wynette을 꽤 닮았었어. 얼굴은 갸름하고 길고 부숭한 눈에 펄이 든 립스틱을 발랐지. 남자들이 베티한테 서빙을 받고 싶어 코너 카페에 오곤 했어.

"확실히는 기억이 안 나지만 그 새끼도 아마 거기서 만났을 거야."

베티가 말하는 그 '새끼'는 밥이라는 비쩍 마른 금발 머리 남자인데 식당에 찾아와 데이트를 신청했대. 얼마 지나지 않아 베티는 임신하고 말았어.

베티는 밥을 사랑하지 않았지만 임신을 하면 결혼하는 거라, 그리고 현실적으로 혼자 아이를 키울 수가 없어서 결혼하기로 했어. 밥은 《리먼 리더Limon Leader》 신문사 식자공이라는 안정적인 일자리가 있었어.

그런데 결혼식 날 예배당으로 차를 몰고 가는데 도저히 차에서 내리고 싶지 않더래. 그래서 제단 앞에 밥을 내버려두고 그냥 계속 차를 몰고 갔어.

다시 날을 잡았고, 결국 두 번째는 식을 올렸어. 이 무렵 베티가 도러시에게 편지를 보냈는데 신혼여행에 대한 이야기는 아니고 돈과 주소 이야기만 잔뜩 나와. 가난한 삶의 부작용 가운데 하나가 주소와 전화번호가 자꾸 바뀐다는 점이야. 나도 어른이 된 뒤에 아빠 전화번호가 몇 달에 한 번씩 바뀌어서 짜증이 나기도 했단다. 전화 요금을 내지 못해 전화가 끊기면 새 직장을 통해서 전화를 개통하거나 아니면 월마트에서 신용이 나쁜 사람들이 쓰는 선불 폰을 사거나 해서 전화번호가 바뀌는 거야. 1960년대에는 누가 어디에 사는지 추적하기가 더 어려웠지.

애니타에게 전화해봤는데 연락이 안 됐어요. 나중에 다시 해볼게요. 밥은 늦게까지 일해요. 이제 올 때가 됐네요. 병원에서는 뭐래요? 별 소식 없어요? 또 조가 찾아와서 괴롭혀요? 푸드는 학교 잘 다니고요? 폴리는 좀 어때요? 좋아졌기를요. 「배지 714Badge 714」 드라마를 보면서 편지를 써요. 할머니한테 전화 요금 고지서

나왔대요? 내가 얼마 보내면 될까요? 세금 환급 받는 대로 바로 보내겠다고 말씀드려주세요. 캔자스 것은 할머니 집으로 갈 거예요. 내가 거기 있을 줄 알았거든요. 콜로라도 것은 여기로 올 거고요. 요금 나오면 알려주세요. 이제 더 쓸 말이 생각이 안 나니 이만 줄일게요. 할머니 할아버지께 안부 전해주시고 편지 쓰겠다고 해주세요. 나중에 만나요. 사랑해요.

추신: 드러그스토어에서 편지가 왔어요. 청구서를 찾았다니 내일 가서 찾아오려고요. 청구서가 더 오면 돈을 좀 보내주셔야 해요. 10달러는 제가 써버렸거든요.

편지에 밥이 베티에게 신체적·언어적 폭력을 행사한다는 사실은 적혀 있지 않았어. 우리 엄마는 밥을 '허리띠를 휘두르는 사람'으로 기억해. 엄마가 새아버지 일곱 명 중에서 '아빠'라고 부른 사람은 아니 할아버지하고 이 밥이라는 사람뿐이었어. 하지만 밥은 의붓딸을 원하지 않았지. 한번은 지니가 동네 아이들과 모래 놀이터에서 놀았다는 이유로 집까지 허리띠로 때리면서 몰고 갔대. 베티는 남편한테 맞는 데 익숙했지만 자기 아이까지 맞은 건 처음이었어.

"몇 달 참아봤지만 도무지 안 되겠다 싶었어. 나까지는 받아주겠지만 딸린 자식은 못 받아들이겠다는 거였지. 하지만 내 신조는 둘 다 데려가거나 아니면 말거나였어. 임신 8개월이었는데 이제 더는 못 참겠다 싶더라."

그래서 1966년 봄 임신하고 돈 한 푼 없는 상태로 베티는 지니를 데리고 위치토로 돌아갔어. '사우스웨스트 그리스 앤드 오일'이라는 공장에서 일자리를 구했어. 컨베이어벨트 앞에 서서 작은 통에 하나씩 하나씩 기름을 채우는 일이었어. 베트남 등 해외에 있는 미군이 총에 기름을 칠하는 용도로 쓸 기름통이었어.

곧 도러시도 위치토로 돌아와 집을 빌렸고 돈을 아끼기 위해 베티와 지니도 같이 살게 됐어. 베티는 4월 아들을 낳기 직전까지 줄곧 일했어. 아기를 낳고 1주일 뒤에는 다시 공장으로 출근했고.

아기를 낳았다는 소식을 듣고 밥이 콜로라도에서 차를 몰고 왔어. 밥이 고집을 부려 아들에게 자기하고 같은 이름을 붙였어. 베티는 밥을 따라가지 않겠다고 버텼지만 밥이 계속 구슬리자 굴복하고 말았지.

"집에 돌아와서 완전히 지쳐서 소파에 그냥 쓰러졌던 게 생각나. 엄마가 밥하고 청소하는 동안 나는 그냥 누워 있었어. 아기를 낳은 지 얼마 안 돼서 완전히 기진맥진했던 것 같아. 그래서 어쩔 수 없이 그 쓰레기 같은 밥을 따라간 거야."

밥의 차에 네 살 지니와 갓난 로버트('보'라고 불렀어.)와 같이 타고 하루 종일 달려 콜로라도에 도착했어. 가는 길에 밥은 베티에게 널 데리러 온 건 다른 이유는 하나도 없고 오직 아들 때문이라고 말했어. 길 위에 올라서기가 무섭게 밥이 바로 태도를 바꾸어 잔인하고 무섭게 굴자 베티는 가슴이 무너지는 것 같았대.

다음 해 봄에 도러시는 푸드와 폴리를 콜로라도 리먼에 사는 베티에게 보냈어. 도러시가 라니드에 있는 정신병원에 다시 입원했거든.

"신경 쇠약 때문에." 베티 할머니는 말했지.

푸드는 열세 살이었는데 밥의 집에서 사는 게 끔찍했대.

"개새끼였어." 푸드 이모할머니 이야기야. "한 번도 웃는 꼴을 못 봤어. 입만 열면 욕설이고." 푸드 이모할머니는 자기 식구들이 다 싫었어. 특히 자기 엄마가. 베티가 올바르게 살려고 애쓰는 것도 꼴 보기 싫었대. 푸드는 밥의 동생 한 명하고 같이 학교에 다녀서 그 집안사람들이 특별 대접을 받는다는 걸 알게 됐어.

"제길, 그 동네를 세운 사람들이라도 되는 양 뻐기고 다니더라."

베티는 블루스타 모텔에 있는 블루스타 그릴에서 서빙 일을 했어. 나중에 70번 주간 고속도로가 되는 고속도로 바로 옆에 있는 모텔이었지. 땀에 전 트럭 운전사, 튀김 기름, 커피, 산지로 가는 관광객들이 쓰는 돈이 있는 곳이었어. 휴식 시간에 베티는 주립 정신병원에 있는 엄마에게 편지를 썼어.

주말에 이사를 했어요. 훨씬 좋고 넓은 집이에요. 폴리와 지니가 한방을 써요. 푸드는 지하실에 공간을 만들어줬고요. 일도 괜찮아요. 빨래를 150통은 돌렸나 봐요. 하! 애들은 다 잘 있어요. 학교에 가서 푸드를 입학시켰어요. 내일부터 나가요. 놀스 자동차 정비소 앞을 지나가는데 폴리가 "엄마가 자동차 고친 곳이야."라고 했어요. 폴리는 날마다 엄마가 병원에서 나오면 여기로 와서 자길 데려갈 거라고 말해요. 그래도 지금은 잘 적응하고 있어요. 푸드는 다섯 시부터 아홉 시까지 일해요. 설거지를 하는데 장사가 잘 안 돼서 일이 아주 힘들지는 않아요.

외증조부모인 에드와 아이린에게 보내는 편지에 지니도 몇 줄을 불러줬어. 지니가 "캔자스가 콜로라도보다 좋아요."라고 해서 베티가 받아 적었지.

도러시가 퇴원하자 푸드와 폴리는 또 이사를 갔어. 콜로라도를 떠나 다시 캔자스로 가서 엄마와 같이 살았어. 그러다가 몇 달 안 되어 도러시가 또 마음이 바뀌어 다 같이 리먼으로 왔어.

"서커스에서 사는 것하고 똑같았지." 푸드 이모할머니가 나한테 한 말이야. "재미가 없다는 점만 빼고."

우리 집안 여자들은 폭력적인 남자로부터 도망치려고, 생활비를 벌 방법을 찾으려고 끝없이 이사를 다녔어. 비참한 곳을 뒤로 하고 새로운 희망을 좇아 길을 떠났어. 하지만 내일의 희망이 어제의 비참함으로 끝나리라는 걸 모르지 않았지. 아무튼 숱한 비참한 이야기 속 여자들과 달리 이들은 항상 떠날 방법을 찾아냈어. 하지만 이들에게는 갈 집이 없었어. 그래서 똑같은 순환이 다시 시작되곤 했지.

엄마는 이혼하고 1년이 조금 지난 다음에 근엄하고 나이도 훨씬 많은 남자 친구 밥과 같이 살기로 했는데 쉬운 일은 아니었어. 엄마는 집을 주도적으로 꾸려나가는 데 익숙했거든. 우리가 아는 다른 남자들과 달리 신문 칼럼니스트 밥은 뭐가 어떤 모습이어야 하는가에 대해 확고한 의견이 있었어. 엄마는 우아하고 여성적이고 화려한 색을 좋아했어. 밥은 각이 지고 흑백으로 이루어진 대담한 디자인을 좋아했지. 밥의 집에는 두 사람의 삶의 이력이 서로 어울리지 않는다는 걸 보여주는 물건들이 가득했어.

밥은 테니스 대회에서 받은 트로피들을 모아 전시해놓았고 책꽂이에는 미술 책, 작가의 전기, 비트 세대• 시인들의 시집 등이 빼곡했어. 주로 시골에서 띄엄띄엄 배운 나는 들어본 적도 없는 이름들이었어. 나는 책등을 물끄러미 바라보다가 한 권씩 꺼내 보곤 했어. 밥의 냉장고에는 '저지방'이라고 적힌 음식들이 가득했어. 하루를 버티려면 에너지를 내는 음식을 먹어야 하는 우리 노동자 집안에서는 이해할 수가 없는 음식이었지. 지하실에는 벤치 프레스가 있었는데, 내가 아는 남자들은 먹고살려고 물건을 들고 내리는 사람들이니 그것 역시 낯선 물건이었어. 밥은 《뉴요커 *The New Yorker*》라는 잡지를 정기구독했는데 엄마는 커피

• 1950년대 산업화 이전 시대의 전원생활, 인간 정신에 대한 회복을 강조했던 문화 운동이다. 이들은 기성 사회를 떠나 시를 쓰고, 재즈 음악에 맞추어 춤을 추고, 동방의 선불교에 빠졌다. 앨런 긴즈버그Allen Gisberg, 잭 케루악Jack Kerouac과 루시엔 카Lucien Carr 등의 작가들이 주도했다.

테이블에 과시용으로 올려놓는다고 놀리길 좋아했지. 밥이 신문
사에서 일하면서 큰돈을 버는 건 아니었지만 그래도 위치토에서
는 꽤 괜찮은 편이었어.

밥은 40대 중반이었고 엄마보다 열여덟 살이 많았어. 다 자
란 아들과 10대인 쌍둥이 딸이 있었는데 '바나나리퍼블릭'이라
고 적힌 티셔츠를 입고 다녔어. 쌍둥이 언니들은 멋진 동그란 금
속 테 안경을 썼고 머리카락은 갈색 곱슬머리였어. 엄마는 유대
인이라고 하더라. 나는 그때까지 유대인을 만나본 적이 한 번도
없었어. 의붓 언니들은 읽고 쓰고 그림 그리기를 좋아했어. 우리
집안에서는 엄마나 나의 지적·창의적 열정이 이상한 것으로 취
급받았는데, 이 언니들이 오히려 우리랑 비슷하다 싶었지. 엄마
가 쌍둥이 언니들한테 잘해주고 성질은 절대 안 내는 걸 보면 나
는 샘이 나서 미칠 것 같았어.

밥은 주말에는 집 밖으로 나가지 않고 우디 앨런Woody Allen
영화나 프랑스 다큐멘터리 비디오를 빌려 와서 보면서 쉬고 싶
어했지. 뭐든 딱 자기 그림대로 되기를 바라는 사람이었어. 시끄
러운 소음이 들리면 치를 떨며 싫어했어. 밥은 공영 라디오 방송
을 들었는데 나는 AM 라디오에서 농산물 가격 정보나 들었지
그런 건 처음 들어봤어. 밥의 스포츠카 뒷자리에서 지지직거리
는 라디오 방송을 듣고 있자면 귀에 칼을 꽂고 싶어지더라. 엄마
는 자기가 운전하는 걸 좋아했지만 밥의 차에서는 운전대를 잡
지 않고 조수석에 앉아서 재치 있는 말을 해서 밥을 웃기곤 했

지. 밥은 엄마 같은 여자는 처음 봤다고 말했어. 바보 같이 굴 때도 귀엽다고. 그러면 엄마는 눈을 흘기며 "가서《뉴요커》나 읽으시지."라고 했어.

밥이 우리 출신을 대놓고 헐뜯지는 않았지만《위치토 이글 Wichita Eagle》에 1주일에 세 번 실리는 자기 칼럼에서 우리 쪽 지역에 대한 혐오감을 농담처럼 흘리곤 했어. 서쪽은 퇴행적 시골뜨기들이 사는 곳이고 자기가 사는 동쪽만 유일하게 문명화된 곳이라고 치켜세웠지. 그 무렵 위치토에 처음으로 지역 간 간극이 생기기 시작했거든. 동쪽에는 고급 레스토랑, 담쟁이로 덮인 벽돌 건물들이 있었어. 서쪽에는 고속도로 식당, 할인점, 빙고 게임장이 있고.

밥은 우리의 다른 부분에 대해서는 거리낌 없이 비판하곤 했어. 우리 행동 같은 것. 엄마한테는 눈살을 너무 자주 찌푸린다고, 그러면 주름살이 생긴다고 지적했지. 맷과 나에게는 웃기지도 않는 걸 가지고 너무 크게 웃는다고 뭐라 했고. 밥은 그림 액자를 벽 어디에 걸까 등의 문제를 두고 고심에 고심을 했는데 솔직히 남자가 그러는 건 처음 봤어. 밥은 한편으론 내가 그린 그림을 칭찬하고 맷한테 멋진 장난감도 사줬고 우릴 테니스코트에 데려가 서브하는 법을 인내심 있게 가르쳐줬어. 생일에는 내가 갖고 싶어하던 폴라 압둘Paula Abdul 카세트테이프를 사줬어. 가끔은 내가 하는 말에 귀를 기울여주기도 했지. 그러니 밥을 좋아하지 않을 수 없었어.

하지만 도시 동쪽에 있는 밥의 집에서 사는 일은 너무 힘들었어. 맷과 나는 엄마처럼 그 집의 긴장감에서 벗어날 탈출구가 없었거든. 엄마는 부동산 회사에서 새 친구를 사귀었어. 엄마 또래의 똑똑하고 재미있고 예쁜 아줌마였는데 힘든 어린 시절을 겪고 살아남았고 병원에서 자원봉사자로 일하며 강간 피해자들을 돕기도 했어. 엄마 말로는 자기가 같이 일해본 사람 중에서 진짜 인생이 뭔지 아는 몇 안 되는 사람이래. 둘이 같이 어울려 놀러 다니면서 엄마는 밥에게 반항을 시작했어. 엄마는 시골에 살면서 너무 일찍 결혼하고 빨리 아기를 낳는 바람에 경험해보지 못한 유흥에 이혼하기 전에 이미 맛을 들였잖아. 도시에서 엄마가 광란의 밤을 다시 시작하자 밥은 화를 냈지. 밥이 못마땅해하면 할수록 엄마 치마는 점점 짧아졌어.

그러는 와중에 나는 엄마 관심 밖으로 밀려나 있었어. 나는 들어주는 사람이 있으면 하소연을 하고 다녔어. 밥의 집으로 이사하기 전에, 사회복지기관에서 온 사람 두 명이 우리 아파트에 찾아와 엄마와 면담을 하고 집을 둘러보겠다고 한 일이 있었어. 학교에서 상담 선생님이 나한테 집에서 어떻게 지내는지 물어봤는데 엄마가 나를 미워한다고 말했었거든. 복지사들은 그래서 찾아온 거라고 했어. 엄마는 그 사람들을 당장 돌려보내고 불같이 화를 내며 나를 혼냈어. 밥의 집에서 살면서 5학년 말이 되었지만 상황은 그때와 전혀 다르지 않았어.

1991년 여름 방학 시작 즈음에 베티 할머니의 차에서 있었던 일이야. 할머니의 작은 집 앞에 주차된 작은 도요타 자동차에 할머니와 같이 앉아 있었어. 나는 지금 사는 곳이 너무 싫다고 말했어. 할머니는 진지하게 들어주었지. 할머니는 끔찍한 어린 시절을 보냈기 때문에 자기 삶이 불행하다고 말하는 아이가 있으면 그 말을 꼭 믿어주겠다고 결심한 사람이었으니까.

"나하고 같이 살고 싶니?" 할머니가 물었어.

할머니는 '영영'이라는 뜻으로 한 말이었어. 그게 언제까지가 될지는 모르지만. 나는 엄마와 같이 번듯한 사립 학교 구경을 갔던 때를 떠올렸어. 그곳 선생님과 직원들이 학교 구경을 시켜주었어. 엄마는 나한테 거기 다니고 싶으냐고 물었어. 속으로는 그렇다고 대답하고 싶었지만 나는 아니라고 대답했어. 엄마는 안도하는 기색이 역력했어. 그때 나는 몰랐지만 그 학교 등록금이 엄마 연봉 절반이 넘었을 테니까. 하지만 할머니의 이 질문을 듣자, 죄책감도 느꼈지만 어떻게 대답하는지가 나에게 얼마나 중요한 영향을 미칠지 알았기 때문에 나는 내 가슴에 있는 생각 그대로 대답했어. 그렇다고.

엄마가 왜 동의했는지는 모르겠어. 돈 때문이었을 수도 있고, 스트레스 때문이었을 수도 있고, 엄마가 애를 둘이나 데리고 온 걸 은근히 불만스러워하는 밥 때문일 수도 있겠지. 아니면 엄마도 아직 20대 후반 젊은 나이니, 자기 어머니의 결정을 순순히 따랐던 것일 수도 있어. 아빠 의견은 묻지 않았고 아마 아빠도 기대도 안 했을 거야. 우리 집안에서는 여자들이 결정을 내렸고 그

것에 반기를 드는 사람은 없었어. 이때에는 그 결정을 내린 사람이 나인 것 같은 기분이었어. 그때 내 나이가 열한 살도 채 안 되었을 때지만.

돈이 없기 때문에 쪼개지는 가족이 많아. 예전에는 아이들을 건사할 수가 없어 기차에 태워 서부에 농장 일손으로 보냈지. 이혼한 가정에서 아빠가 기름값이 없어 애들을 만나러 가지 못하기도 하고. 허리케인으로 홍수가 나 시에서 돌보지 않는 저지대가 물에 잠기는 바람에 아이들을 북쪽 친척 집으로 보내는 집도 있지.

그때는 그런 건 몰랐어. 나는 그저 이렇게 해석했어. 엄마가 나를 원하지 않아.

어느 정도는 그때 내 생각이 옳은 것이기도 했어. 우리 엄마보다 형편이 더 어려운 부모도 어떻게든 아이들을 데리고 살려고 자기 삶을 희생하지만 엄마는 그러고 싶어하지 않았어. 엄마와 나 사이에 있던 것은 돈 문제만이 아니었어. 힘든 삶이 엄마 마음속에 만들어놓은 벽이었지. 한편 삶이 힘들었던 까닭이 돈때문이기도 했어. 엄마도 가난 때문에 자기 엄마와 따로 살아야 했으니까.

너와 나 사이를 나누어놓는 벽은 그것과 전혀 다른 것이지만 그것도 우리 경제적 지위와 관련이 있지. 그러니 우리 가족의 고리를 내가 깼다고 생각했는데도, 결국은 그 고리에서 벗어나지 못한 거구나.

베티는 1960년대 초부터 이사를 다니기 시작해 그 추세가 한동안 계속되었는데 하필 지니가 초등학교에 다니던 때 특히 심했어. 지니는 유치원만 네 군데를 다녔단다. 1967년 가을 리먼에서 처음 유치원에 갔지.

도러시와 베티는 블루스타 그릴에서 번 돈을 합해 타운 북쪽 가장자리 24시간 트럭 휴게소에 '프런티어'라는 식당을 열었어.

그 시기에 식구들이 주고받은 편지는 하나같이 돈 문제 아니면 어디에서 살 것인가 하는 이야기였어. 도러시가 새벽 네 시 잠시 쉬는 시간에 캔자스에 있는 부모님에게 쓴 편지가 남아 있어. 그해 첫눈이 내린 뒤였고 도러시는 아침 손님이 몰려오기 직전 잠깐 짬을 내 쉬고 있었는데 바깥 기온이 영하 15도고 식당 주방 안도 추웠어.

베티가 오늘 전화드렸지요? 밥이 베티가 전화했다 하더라고요. 저는 베티랑 이야기를 나눌 기회가 없었네요. 전화할 짬도 없었고요. 아침에 일어나서 푸드와 폴리를 데리고 셋집을 찾으러 돌아다녔어요. 세 군데를 봤는데 첫 번째 본 데로 정할 것 같아요. 깨끗하고 인테리어도 새로 했고 더 넓어요. 다른 집보다 한 달에 10달러만 더 주면 되고요. 그 밖에 다른 소식은 별로 없네요. 가게는 그럭저럭 돼요. 한 달 더 해보고 어떤가 보려고요. 지난 주 매상이 1494달러 94센트였어요. 내일까지 해서 이번 주 매상은 200달러 정도 적을 거예요. 처음 문을 열었을 때 재료를 300달러어치만

해놔서 첫 달 수익 대부분은 재료비로 들어갔지만 지금은 처음 열었을 때의 세 배쯤 쟁여놨으니 이번 달은 수익이 괜찮을 거예요. 얼른 돈을 모아 거기로 돌아가 다시 집을 사고 싶어요. 하지만 장사가 어떨지 지금 당장은 모르겠네요.

그런데 트럭 휴게소 식당이 아주 잘됐어. 베티 할머니가 나중에 '끝내줬다'고 했을 정도로. 하지만 집안은 점점 더 지옥이 되어갔지.

밥이 베티를 때리는 것도 엄연히 범죄였지만 경찰을 불러봤자 아무 소용이 없었어. 가정 폭력은 아무도 심각하게 생각하지 않고 게다가 밥은 콜로라도 그 작은 마을에 사는 사람들 전부하고, 경찰서부터 식료품점까지 다 알고 지내는 사이였으니까. 그런 한편 베티는 위치토에서 온 외지인이고 스물세 살짜리 젊은 여성이니 떠름하게 보는데다 거리낌 없이 미니스커트에 고고 부츠를 신고 다니는 것도 도움이 안 됐을 거야.

베티는 전에도 두 번 밥한테서 벗어나려고 했었어. 처음에는 뭔가 아니다 싶어서 결혼식을 올리기로 한 예배당을 지나쳐 계속 갔고, 또 밥의 아이를 임신하고도 임신 말기에 위치토로 떠났지. 이번에는 진짜 영영 떠나겠다고 결심을 했어. 무엇보다도 밥에게 계속 학대를 당하는 지니를 위해서.

"내 몸뚱이 하나라면 한동안은 버텼겠지. 밥이 지니한테 뭐라고 했는지 떠올리기도 싫지만 이건 확실히 기억나. 지니가 뭘 어떻게 하든 다 잘못이었어."

베티는 두 아이를 데리고 집에서 나왔어. 리먼에서 방을 구하고 이혼 신청을 했어. 베티에게 보의 양육권이 주어졌고 밥에게는 방문권이 있었어.

베티는 곧 조니라는 남자와 사귀기 시작했어. 키가 크고 어깨가 넓고 머리가 군인처럼 짧았지.

"머리가 약간 뒤죽박죽인 사람이었어." 베티 할머니는 이렇게 기억하네.

어쨌든 조니는 아이들에게 잘해줬고 돈도 벌어 왔고 덕분에 밥과 리먼 사람들의 쑥덕공론에 좀 덜 시달릴 수도 있었지. 곧 베티, 조니, 지니, 보는 서쪽 로키산맥 쪽으로 거처를 옮겼어. 지니는 덴버에서 두 번째 유치원에 다니게 됐고.

베티와 밥의 이혼이 밸런타인데이에 확정되자 베티는 바로 조니와 결혼했어. 두 사람은 덴버 외곽에 있는 앨러미다라는 작은 마을 언덕 위의 집으로 이사했어. 그런데 사람들이 유령이 나오는 집이라고 하던 집이었던 거야. 지니는 그 집에서 악몽을 꿨어. 지하실에서는 이상한 소리가 들렸대. 지니는 조니가 지하실 계단 입구에 손전등을 들고 서서 아래쪽을 내려다보던 게 생각난대.

한편 리먼에서 도러시는 정신병이 다시 심해졌어. 10대였던 푸드는 엄마가 오르락내리락하는 걸 도저히 못 참겠다고 베티와 같이 살러 왔어. 베티와 조니가 일하는 동안 푸드가 지니를 봐줄 수 있었으니 베티한테도 잘된 일이었지만 그게 아니라도 베티는 도와달라고 찾아온 식구를 절대로 그냥 돌려보내지 않았을 거야.

몇 달 만에 산속 깊은 곳으로 다시 이사했어. 아마 일자리 때문이었을 텐데 아무도 기억을 못하는구나. 지니는 콜로라도스프링스에서 세 번째 유치원에 다니게 됐고.

그러고 나서 또 몇 달 안 되어 로키산지를 떠나 오로라에 있는 트레일러 주차장으로 이사했어. 지니는 1968년 봄 네 번째로 유치원을 옮겼지.

베티는 공장에서 일하기 시작했어. 위치토에 사는 외조부모 에드와 아이린에게 편지로 소식을 알렸어. 역시나 돈에 대한 내용이었지. 지금 나도 너에게 일종의 편지를 쓰고 있고 역시 돈에 대한 이야기를 하고 있다고 생각하니 재미있네.

내가 어릴 때 말로 하기 힘든 이야기가 있으면 앉아서 편지로 써보라고 일러준 사람이 베티 할머니야. 하지만 그때 베티 할머니는 다른 이유로 편지를 썼지. 전화 요금이 없어서. 나도 그랬던 때가 있었어. 어쩔 수 없이 편지를 쓰기도 했지만 나하고 베티 할머니만은 우리 집안에서 유일하게 어떤 일이 있었는지 솔직하고 구체적으로 글로 쓰기를 좋아하는 사람인 것도 사실이야.

제가 엄마한테 수신자 부담으로 건 전화 두 통 요금을 동봉했어요. 이 정도면 되겠지요. 만약 모자라면 알려주시면 더 보낼게요. 저는 지금 미사일 부품 만드는 공장에서 일해요.

그런데 조니가 베티가 일하는 걸 싫어해서 1주일 뒤에 일을 그만두고 다시 소식을 전했어.

어제 지니 생일 파티를 했는데 친구들을 다 초대해서 아주 신나게 놀았어요. 끝나서 다행이에요. 보도 많이 커서 손 닿는 거 다 꺼내놓고 아주 말썽이 심해요. 조니는 지금 일하는 중이에요. 1주일에 하루도 안 쉬고 일해요. 적자 안 나게 살려고 그러는 거지만 날마다 일하는 게 마음 쓰여요. 하지만 갚을 돈 좀 갚고 나면 1주일에 하루 이틀 정도는 쉴 수 있지 않을까 싶어요. 저는 공장에서 일했는데 그만뒀어요. 조니가 집에서 애들하고 같이 있는 게 좋겠다고 해서요. 하지만 돈벌이에 도움이 안 돼서 마음이 안 편해요. 다들 빚지고 사니까, 너무 걱정하지 말아야겠죠. 조니는 병원에 가서 치아 치료를 받아야 해요. 치아 상태가 너무 안 좋아서 12월에는 병원에 가서 죄 뽑고 틀니를 해야 할 것 같아요. 나도 언제가 될지는 몰라도 그렇게 해야 할 거고요. 이제 일해야겠네요. 지금 열시 십오 분이고 조니는 네 시쯤 집에 와요. 그러니 이제 청소 좀 하고 저녁 준비해야죠. 오늘은 이만 줄일게요.

1주일 뒤에 베티는 다시 일을 시작했는데 리먼으로 트레일러를 옮길 돈이 필요했기 때문이었어. 베티는 산과 6번 도로 사이에 있는 계곡 옆 아일오파인 모텔에서 서빙을 했어.

엄마는 같은 곳에서 계속 일하고요, 푸드는 학교를 그만두고
일할 모양인가 봐요. 폴리는 잘 있어요. 지니는 6월 6일에 졸업했어
요. 선생님이 지니가 아주 똑똑하다고, 아이큐가 아주 높다고 했어
요. 선생님 말이 지니가 반에서 10등 안에 든대요. 그래서 무척 행
복했어요. 보는 쑥 컸는데 머리카락은 여전히 밝은 색이고 기저귀
를 떼는 중이에요. 조니랑 저는 잘 지내요. 리먼으로 돌아갈 게 확
실해요. 일단 가면 괜찮을 텐데 가는 일이 문제에요. 트레일러 끌고
가는 데 125달러 50센트가 든대요. 하지만 가면 조니네 식구들한
테 땅을 많이 살 생각이고 그 값을 치르고 나면 트레일러 주차 비
용을 낼 필요가 없어요. 그러니 어쨌든 형편이 더 나아질 거예요.

추신: 혹시 아버지(에런)를 만나면 엄마한테 푸드 양육비 좀 보
내라고 하세요. 내가 엄마라면 15년 동안 양육비를 안 보낸 전남편
은 감방에 처넣을 텐데 말이에요!

두 사람이 조니의 부모님한테서 트레일러를 주차할 땅을 사
서 같이 살게 되지는 않았어. 조니는 애들한테 잘해줬고 성실한
사람이었지만 어느 날 베티의 얼굴을 때려서 턱뼈를 부러뜨리고
말았어.

베티가 와이어로 턱을 고정하고 지낼 때 조니가 용서해달라
고 빌러 찾아왔어. 베티는 안 된다고 했어. 우리 엄마 지니는 조

니가 마지막 떠날 때 일을 기억한대. 엄마가 이렇게 말했어.

"아래층으로 내려와봤더니 차에 자기 짐을 실어놓고 앉아 있더라고. 울고 있었어."

그런 한편 밥은 법원 명령대로 6주에 한 번 보를 데려갔어. 밥은 계속 리먼에 살았고 다른 여자와 만나고 있었지. 베티 할머니는 어떻게 된 건지 알겠다 싶대.

"나랑 헤어지기 전부터 그 여자랑 만났던 것 같아. 같이 살 때는 밥이 그 여자의 친구랑 놀아나는 줄 알았는데 알고 보니 그 여자였더라고. 아무튼 간에 결국 둘이 결혼했어."

결혼을 했으니 밥은 이제 법원에 완전한 가정이 있다는 걸 보여줄 수 있게 됐어. 베티에게 엄마 자격이 없다고 비난하는 서류들도 첨부해서 제출했지. 밥이 보의 양육권 소송을 시작한 거야. 밥은 베티에게 협조하지 않으면 보뿐 아니라 지니도 키울 수 없게 될 거라고 위협했어.

관선 변호사는 베티가 세 번째 이혼 준비를 하고 있는데다가 수도 없이 거처를 옮겨 다닌 게 불리하게 작용할 거라고 말했어. 베티가 보의 양육권을 지키려면 안정적 가정을 꾸릴 수 있다는 걸 법정에서 입증해야만 했어.

사회에서 이루어지는 일 가운데는 고정된 주소가 필요한 게 너무나 많지. 자동차 면허, 자동차 등록. 보험 가입. 공공 도서관 이용. 투표. 가난한 사람들이 거처를 계속 옮기는 걸 안정감이 부족하다는 뜻이라고 해석하지만, 사실 그건 가난하다는 뜻일 뿐이야.

베티가 수없이 이사를 다닌 까닭은 판단력 부족 탓이 아니고 오히려 그 반대였어. 베티는 상황이 자신이나 아이들에게 너무 위험해질 때마다 어떻게 해서든 빠져나왔던 거지. 그랬어도 자기 의지와 무관하게 주변 상황에 의해 또다시 위험에 처하게 됐어.

재판에서 밥의 변호사들은 베티의 성별과 가난을 약점으로 삼아 공격했어. 20대 초반에 이미 세 번 결혼했고 지금은 혼자 산다고 치욕을 주었고 수도 없이 주소를 바꾼 것이 불안정한 가정환경의 징표라고 했어. 그리하여 판사는 작은 도시에 탄탄한 입지가 있는 폭력적인 남자에게 양육권을 주었어. 무료 변호사를 대동한 이혼녀 웨이트리스 대신에.

베티는 밥의 위협대로 지니도 뺏길까 봐 겁이 났어. 그래서 텍사스를 떠나 디트로이트에서 가정을 꾸린 오빠 칼에게 연락했어. 칼은 10대이던 1950년대에 위치토에서 부지런하고 엄격한 팻이라는 여자를 만나서 결혼했어. 팻의 어린 시절은 베티와 칼보다도 더 곤궁했다나 봐. 그래도 그때는 디트로이트 좋은 동네에 있는 작지만 번듯한 집에서 애들 셋을 키우고 살았어. 칼은 육군을 전역하고 전문직 회계사가 되어 있으니, 지니가 그 집에서 산다면 법원에서도 안정적인 가정에 속했다고 보고 문제 삼지 않을 거라고 생각했던 거야.

"칼한테 입양시키면 지니를 잃지는 않겠다고 생각했어." 베티 할머니가 말했어.

도러시는 펄펄 뛰었지. 지니를 미시간주까지 보내느니 자기가 데리고 있겠다고 했어. 하지만 도러시는 자기 정신도 추스르지 못하는 판인데 베티로서는 도저히 안 될 일이었지.

디트로이트에서 입양 서류를 작성했어. 최종 절차까지 마무리하지는 않았지만 필요할 때에 대비해 서류를 미리 마련해놓았지. 1968년 8월 베티는 여섯 살 먹은 딸을 비행기에 태웠어. 비행기 삯도 아마 칼이 내지 않았을까. 지니는 고양이 모양의 노란 플라스틱 저금통을 들고 비행기에 탔어. 친절한 승무원들에게 고양이 저금통 이름이 바나나라고 말했대. 승무원들이 조종석을 구경시켜줘서 지니가 기장에게 바나나를 보여줬어. 지니는 비행기 앞쪽 좌석에 안전벨트를 채우고 앉았어. 처음 타보는 비행기였지.

1968년 가을 지니는 디트로이트에서 1학년에 입학했어. 1년 동안 네 번 이사하고 다섯 번째 학교로 전학을 간 거야.

우리 엄마처럼 나도 사는 곳과 배우는 곳 사이에 어떤 관계가 있는지를 직접 경험으로 알게 됐어. 나는 9학년이 될 때까지 여덟 군데 학교를 다니면서, 중심을 잡고 제정신을 유지할 수만 있다면 어딜 가든 주변 환경이 어떻게 달라지든 나 자신은 그대로라는 걸 깨달았어. 그런데 주변 환경은 돈과 계급을 따라갈 때가 많아.

지붕이 새는 집에 산다면 책이 부족한 학교에 다닐 가능성이 높고 교실에 앉아 있을 때에도 치과 치료를 못 받아 이가 아파서, 혹은 배가 고파서 집중하기 어려울 거야. 이런 아이들에게는 선생님이 엄마 역할을 해. 학교가 집이 되고, 학교 식당이 난롯가 대신이야. 그런데 만약 학교가 삶에서 가장 안정적인 장소가 되었는데, 어른들이 이번엔 정말 마지막이라면서 다시 한 번 옮기자고 한다면 정말 잔인한 일인 거지.

내가 어른이 되어서 공교육에 대한 기사를 쓰느라 중학교 교사 모임에 참석한 적이 있어. 그때 선생님 한 분이 자기 학생 가족이 살던 집에서 쫓겨나서 사실상 무주택자가 되었다는 이야기를 했어.

"그러니 오늘은 특별히 마음 한 켠을 더 내줍시다." 그 선생님이 말했어.

나는 다행스럽게도 집이 없었던 적은 없었고 최소 소파에서라도 잘 수 있었지. 그렇지만 이 학교 저 학교를 돌다 보니 어린 나이에 이미 내가 없더라도 동아리도 모임도 아무렇지도 않게 돌아갈 테고 친구들은 곧 나를 잊을 거라는 걸 알게 됐어. 하긴 1년 전에는 그 친구들이 나라는 애가 있다는 것조차 몰랐으니까. 물질적인 관점에서 집에 집착하다 보니 원초적 욕구가 충족되어도 사람의 마음은 다칠 수 있다는 걸 자꾸 잊게 돼. 어딘가에 속하고자 하는 욕구도 원초적 욕구에 속하는데, 가난한 사람들은 누리지 못할 때가 많지.

가난하고 젊은 이혼녀였던 베티는 콜로라도 작은 마을에 속할 수가 없었고 그렇다는 사실을 사람들이 똑똑하게 일러주었어. 지니가 디트로이트에서 새 학교에 적응하려 애쓰는 동안 베티는 아라파호카운티 법원에서 법정 싸움을 계속하기 위해 다시 오로라로 갔어. 밥에게 아들 양육권을 준 법원에 베티는 항소했어.

　베티는 사실 양복을 입은 사람들이 가득한 장소에 가면 기가 죽고 긴장하곤 했지만, 그래도 자신 있는 척하면서 판사를 만나게 해달라고 요구했어.

　"어떤 변호사가 거기 서 있었어. 그 여자가 판사는 만날 수 없다고 말했어. 하지만 돈도 거의 안 받고 나를 도와주겠다고 했지."

　양육권 판결에 항소해줄 새 변호사가 생겼고, 아들 보는 판결에 따라 아비가 리먼에서 데리고 있었고, 지니는 디트로이트에 가 있으니 베티는 캔자스로 돌아갈 수 있었어. 조니와 이혼 절차까지 마무리했으니 콜로라도에서 지내기는 안전하지 않을 게 뻔했어.

　"리먼처럼 작은 마을에서 두 남자하고 이혼한 여자니, 얼른 내빼는 게 상책이었지." 베티 할머니는 이렇게 말했어.

　소송이 시작되었는데, 베티가 직장에 휴가를 내고 주유비를 모아서 기나긴 길을 운전해서 위치토에서 콜로라도까지 가면 밥의 변호사들이 마지막 순간에 날짜를 바꾸곤 하는 거야. 밥이 집에 와서 보를 볼 수 있게 해주긴 했으나 베티가 가면 엄청나게 괴롭혔고 베티 등 뒤에서는 보에게 엄마에 대해 거짓말을 했대. 이건 이길 수가 없는 싸움이란 걸 베티는 깨달았어. 소송 중에 베티는 신경 쇠약 같은 걸 일으켰어.

"그때 무너졌던 것 같아. 보를 잃었을 때." 베티는 이렇게 회상했어. "내가 할 수 있는 방법을 다 동원해도 답이 없으니까. 결혼도 해야 하고, 좋은 집을 꾸려야 하고 그래야 한다는 거야. 밥은 학교 선생하고 결혼했어. 거기가 밥이 나서 자란 동네였고. 그러니 밥이 이길 수밖에 없는 게임인 거야. 내가 무슨 짓을 하든 나한테는 쥐뿔도 가능성이 없었어. 그래서 뚜껑이 열려버렸지. 나한테 약을 먹이고 몇 주 동안 정신병원에 가둬놓더라. 상담이라는 것도 받았고."

"도움이 됐어요?" 내가 물어봤어.

"그다지."

미시간 디트로이트에서 지니는 비참하게 살았어. 외삼촌 칼은 일이 바빠 거의 볼 수가 없었고, 외숙모 팻은 완벽주의적 독재자 같았어. 삼촌과 숙모의 세 아이도 지니한테 잘해주진 않았어. 바라지도 않은 동생이 나타나 놀잇감을 빌려 가고 부모의 관심도 빼앗아 갔으니 당연했겠지. 지니는 거기 살 때 처음으로 젖니가 빠졌대. 화장실에서 다른 사촌 형제들이 "빼! 빼!"하고 외치는 가운데 덜렁거리는 이를 잇몸에서 손으로 잡아 뺐어. 발레반에 들어갔는데 쫓겨났고. 모든 사람들, 모든 것들이 자기를 밀어내는 것 같았대. 거기는 도무지 집 같지 않았다지.

지니가 마당 그네에서 노는데 사촌 한 명이 완벽주의자 엄마의 화단이 밟힌 걸 발견했어.

"야, 네가 꽃 망가뜨렸지." 사촌이 지니한테 말했어. 지니는 사촌이 무슨 말을 하는지 알 수가 없었어. 하지만 혼날까 봐 겁이 나서 집으로 달려갔어. 지니는 노란 플라스틱 고양이 저금통 바나나를 꼭 껴안았어. 지니는 바나나를 달래려고 동전 넣는 틈으로 땅콩버터를 먹였어. 그런데 사촌 오빠가 바나나를 마당으로 가지고 갔어. 정원용 호스로 바나나를 쏴서 풀밭 멀리로 날려 버리는 거야. 지니는 그만하라면서 울었어.

"밤마다 기도를 했지. 하느님 제발, 제발, 집에 갈 수 있게 해주세요."

위치토에서 지니의 아빠 레이가 상황을 알게 됐어. 베티는 아직 레이랑 가끔 연락을 했거든. 베티는 레이와 다시 얽히고 싶지는 않았지만 그래도 아주 연락을 끊고 지내지는 못했대. 레이가 밥을 없애주겠다고 했어.

"진짜로 진지하게 생각해봤단다." 베티가 시인했어. 수십 년이 지났지만 베티의 목소리에서 밥에 대한 증오가 절절하게 느껴질 정도였으니까. "제거해버릴 수도 있었지. 하지만 그러면 내가 감옥에 가야 할 테니까. 지옥에 떨어지기 싫기도 했고."

아들을 되찾게 해달라는 베티의 기도는 이루어지지 않았어. 아주 오랜 세월이 지나기 전까지는. 하지만 엄마와 같이 살고 싶다는 지니의 기도는 이루어졌어.

디트로이트에서, 초등학교 겨울 방학 직전에 선생님이 아이들에게 오늘이 지니가 이 학교에 나오는 마지막 날이라고 말했어. 아이들 모두 문 옆에 줄 서서 작별 인사를 했어. 지니는 아이들을 지나쳐 나오면서 눈물을 흘렸는데 슬퍼서가 아니라 사람들이 다들 자기를 보고 있어서 그랬대.

위치토에서 비행기에서 내렸을 때 엄마 아빠가 공항에서 기다리고 있었어. 레이는 컨버터블을 몰고 왔지. 지니는 집에 돌아온 게 너무너무 기뻤대. 엄마 아빠한테 문제가 없는 건 아니지만 그래도 자기 엄마 아빠니까. 적어도 엄마의 사랑만은 분명하게 느낄 수 있었어. 좁아터진 집이어도 부모님이랑 같이 사는 위치토 집이 디트로이트의 번듯한 중산층 집보다 훨씬 좋았어.

나는 반대로 집에서 떠나면서 편해졌지. 부모에게서 멀어져서, 술을 마시거나 곁에 없거나 나에게 상처를 주는 엄마아빠나 엄마아빠의 파트너와 함께 사는 집 대신에, 내가 늘 사랑받고 외롭지 않을 수 있는 곳인 할아버지 할머니의 농장으로 가면서. 이런 면을 보면 나는 어릴 적부터 냉정한 판단을 할 수 있었나 봐. 엄마와 따로 살게 된 게 가슴이 찢어질 듯 아팠지만 그래도 내가 살아남을 수 있는 방법을 택했어. 그런 걸 생각해보면 너도 어떻게든 잘 키워냈을지도 모르겠다. 가난하더라도. 굴뚝이 비뚜름한 농가에서 10대에 엄마가 되었더라도.

내가 태어난 해에 극심해지기 시작한 경제적 불평등이 결국 미국 경제를 무너뜨렸어. 위기는 주택 시장에서부터 시작됐어.

2000년대 초 금융기관들이 대출금을 갚을 능력이 없는 사람들에게 약탈적 대출을 내주기 시작하며 모기지 업체가 급성장했어. 전국적으로 소규모 모기지 업체들이 우후죽순 생겨났어. 부동산 중개업자인 엄마는 대부업체들과 협력하면서 일했고, 나중에는 갑자기 사무실을 열었다가 몇 년 만에 연기처럼 사라지곤 하는 타이틀 회사[•]에서 일하기도 했어. 엄마는 누구에게 피해가 갈지 전혀 모르는 채로, 그저 가난한 사람들이 집을 가질 수 있게 도와주는 일이라고 생각하면서 열심히 대출을 주선해줬어.

엄마는 시골 사람들이 대체로 그렇듯 자신의 삶도 빚으로 꾸려나가고 있었지. 크리스마스 선물은 신용 카드로 사고 집은 이중 저당이 잡혀 있었어. 엄마는 삶의 질을 포기하느니 집을 저당 잡히고 재정 기반을 잃는 편을 택했어. 트레일러에 사느니 빚을 떠안고라도 번듯한 집에 사는 편이 낫다고 생각했지. 이건 다 게임일 뿐이라고 엄마는 말했어. 규칙을 만드는 사람들조차 남의 돈을 가지고 놀고 있고 그것도 엄마하고는 비교도 할 수 없이 큰 규모로 그렇게 한다고 했어. 엄마 말이 틀렸다고는 말할 수 없을 것 같아.

아빠는 그렇게 쉽게 넘어가지는 않았어. 밀 농사를 지으며

• title company, 부동산 거래 시 법적 확인, 거래 대금 보관, 보험 가입, 서류 등록 등을 대신 해주는 회사.

대공황기를 버틴 부모 밑에서 자랐으니 그럴 수밖에 없었을 거야. 자기 집이 온전히 자기 것이 아닐 때 진정한 승자는 은행이라는 걸 모를 수가 없었겠지.

금융 산업이 시장을 지배하는 동안 우리 가족 같은 사람들은 수십 년간 집을 마련할 수가 없었어. 아빠는 1980년대 후반부터 2000년대까지 목수 일을 하면서 다른 사람들의 집을 지었지만 자기 집을 마련할 계약금조차 모을 수가 없었고 제 손으로 직접 지으려 해도 자재를 살 돈조차 없었어.

그래서 한 달에 375달러를 월세로 내고 방 세 개, 화장실 한 개짜리 랜치 하우스에 16년 동안 살았어.

그 시기 동안 아빠는 어릴 때부터 익힌 목수 기술을 이용해서가 아니라 건설 노동자로 일하면서 생계를 꾸렸어. 위치토 시골에서 형과 아버지와 같이 일할 때에는 옛날 장비를 가지고 옛날 방식으로 집을 지었지만 1980년대와 1990년대 교외가 개발되면서 쿠키 틀로 찍어낸 듯 똑같은 집을 짓는 데에는 이런 기술이 별로 필요 없었거든. 미국 주택은 여러 면에서 동시에 악화되고 있었던 거야. 가격은 올라가고, 소유주의 지분은 줄어들고, 건물은 날림으로 지어지고.

내가 자란 뒤에 아빠가 잊히지 않는 이야기가 있다며 들려주었어.

"어떤 목수가 나쁜 사장 밑에서 일했단다. 사장을 위해서 집을 한 채 한 채 꾸준히 지었지. 솜씨가 훌륭한 목수인데다 어떤 일을 맡든 최선을 다했대. 그런데 이 사장이란 인간이 내 능력을 가치 있게 여기지 않는구나 싶은 생각이 들기 시작하는 거야. 월급도 쥐꼬리만 해서 입에 풀칠하기도 어려울 지경이야. 그때 사장이 다음 집을 지으라고 일을 맡겼어. 이 목수가 이제는 이 돈을 받고 온 힘을 다해 일하는 건 말이 안 되는 것 같고 될 대로 되라 싶은 거야. 그래서 그 집은 처음으로 대충 날림으로 지었어. 집을 딱 완성하고 나니까 사장이 와서 말하기를 '자네한테 할 말이 있네. 그동안 열심히 일해주었으니 상을 주고 싶어. 이게 자네가 막 완성한 집의 열쇠야. 자네 것일세.'"

아빠가 잠시 말을 멈췄어.

"그러니까 한순간도 일을 게을리해서는 안 된다는 거야." 아빠는 눈에서 눈물을 훔쳤어. "바로 그 순간에 기회가 주어질 테고, 기회를 놓치고 말 테니까."

그런데 기회라는 게 정말 많지 않았어. 평생 단 하루도 쉬지 않고 일한 아빠 같은 사람도 좀처럼 만날 수 없었으니까. 서브프라임, 계약금 제로 모기지까지 등장하자 이제는 아빠도 대출을 받아 집을 살 수 있게 됐어. 그래도 아빠는 유혹을 물리쳤어. 지속 가능하지 않다는 생각이 들었대.

하지만 2007년에 아빠가 살던 집 월세가 너무 많이 올라서 월세보다 모기지로 집을 샀을 때 다달이 내야 하는 돈이 더 적어진 거야. 그래서 결국 아빠도 모기지를 받았어. 1980년대 후반 엄마와 이혼한 뒤에 처음으로 집을 산 거지.

은행에서 아빠와 크리스 앞으로 15만 달러를 대출해줄 수 있다 했대. 하지만 아빠는 그만한 돈을 갚을 여력이 없다는 걸 알았어. 그래서 12만 5000달러짜리 집을 샀어. 1970년대에 지은 3층짜리 집으로 식료품점이 가까이에 있었어. 나도 그해에 처음으로 내 집을 샀어. 다른 도시에서 비슷한 가격의 조그만 벽돌집을 샀지.

나는 차를 몰고 남쪽으로 내려가 아빠와 크리스가 가로수길에 있는 집으로 이사하는 걸 도왔어. 그때 크리스의 아편 중독이 최고로 심할 때였거든. 아빠와 내가 차에서 집으로 상자를 옮기는 동안 크리스는 담배를 물고 뭘 어디에다 뒀는지 생각이 안 난다며 집 안에서 정신없이 돌아다녔어.

1년 정도 지난 뒤에 주택 버블이 붕괴했어. 알고 보니 대형 은행이 주택 소유자들한테서 돈을 갈취하고 있었네. 역사상 최대 규모의 모기지 대출로 실체를 알 수 없는 금융 시스템은 이득을 본 반면 수백만 명 주택 구매자들은 집을 잃었어. 국가 전체 경제가 무너져 내리며 사람들은 저축을 날리고 수입도 잃었어. 2006년에 전국적으로 가압류가 71만 7000건 발생했는데 2008년에는 233만 건으로 늘었어. 2010년에 290만 건에 달해 최고치를 기록한 이래 버블 붕괴 이전 수준으로 돌아가기까지 10년 가까이 걸렸어. 그러는 동안 금융업계 긴급 구제에 세금이 막대하게 들어갔지.

주택 시장이 붕괴되자 주택 구매자나 건설업자에 대한 대출이 중단되다시피 했고 그 결과로 건설 일자리가 사라졌어. 2008년 위기가 시작되고 몇 달 만에 아빠를 비롯해 나이가 많고 임금도 높은 건설 노동자들은 전부 해고되었지.

그때 나는 교수로 임용되어 안정적인 일자리가 있었기 때문에 대출금을 계속 갚아나갔어. 몇 년 뒤에 집을 팔았는데 위치가 괜찮았기 때문에 심지어 약간 이득도 봤단다. 아빠는 그럴 수가 없었지. 아빠 집도 압류되었어.

나는 아빠와 크리스가 위치토 트레일러 주차장 한구석으로 이사할 수 있게 도왔지. 아빠는 자기 집처럼 만들려고 트레일러 옆에 꽃밭을 만들었어. 강풍이 몰아쳐서 트레일러 벽이 떨어졌을 때에 아빠와 크리스는 토네이도 대피소로 대피해야 했어. 하지만 아빠가 불평하는 건 들어본 적이 없어.

너도 겉보기에는 가난해 보이지 않는 집에서 살았을 수도 있어. 하지만 언제 트레일러로 옮기게 될지 몰랐겠지.

여러 규제가 사라졌기 때문에 그 이후로도 은행업계는 대체로 정부의 통제에서 벗어나 있었어. 버락 오바마Barack Obama 대통령은 주택 시장이 다시 회복세에 접어들었다고 선전하면서 경제에 결정적인 영향을 미쳤던 서브프라임모기지 사태에 대해 이렇게 평했어. "주택 위기가 미국 중산층의 핵심에 직접 타격을 입혔습니다. 우리의 집 말입니다. 집은 저축을 전부 투자한 곳, 가족이 생활하는 곳, 공동체에 뿌리를 내리는 곳, 추억을 쌓아가는 곳입니다."

가난한 운명을 타고난 우리는 경제적 안정을 누리지 못했지만 대신 융통성을 발달시켰고 어떤 것은 지속되고 어떤 것은 그러지 않을지를 냉혹하게 직시하게 됐어. 2008년 금융 위기 때 우리 부모님 둘 다 일자리를 잃었고 그 어느 때보다도 더 사정이 힘들어졌어. 중산층에 속한 사람들은 자산 감소를 처음으로 겪어보았을지라도 우리 가족에게는 처음 있는 일은 아니었지.

아마 그래서 우리 부모님은 은행이나 시장이 안전한 투자라는 착각에 빠지지 않았을 거야. 엄마가 감당할 수 있는 것보다 더 비싼 집을 산 까닭은 거기에서 영원히 살 수 있을 거라고 생각해서가 아니야. 오히려 경제적 확실성이라는 걸 안 믿었기 때문에, 인생은 짧으니 누릴 수 있을 때 큼직한 욕조가 있는 집에서 살아보자는 생각에 그랬던 거지. 아빠처럼 엄마도 트레일러 하우스 같은 '이동 주택'에 사는 게 어떤지 충분히 잘 알았으니까. 이동 주택이라니 말 자체에 모순이 있는 것 같지만 어찌 보면 깊은 진실이 담겨 있는 말이야. 진정으로 안정적인 집이란 있을 수가 없으니까. 사람의 육신만이 영원한 집이라고 하겠지만 그것마저도 언젠가는 비워줘야 해.

우리 집안사람들은 거의 다 트레일러에서 살았던 적이 있구나. 1970년대 나란히 놓인 트레일러 두 대에 한쪽에는 베티 할머니하고 우리 엄마, 다른 쪽에는 도러시, 푸드, 폴리, 푸드의 딸 캔디가 산 적이 있어. 위치토 남서쪽 레이크사이드 이동 주택 주차장에서 세 세대의 여자들이 작은 땅 두 개를 빌려 바퀴 위에 얹힌 집에서 살았지. 드라이브인 영화관 뒤쪽, 기찻길과 물이 고인 모래밭 옆에 있는 트레일러 주차장이었어. 그 물 때문에 레이크 사이드, 즉 '호숫가'라는 멋진 이름이 붙었지. 나도 어릴 때 아빠가 자란 농장 근처 벌판에 갖다놓은 트레일러에서 엄마 아빠와 같이 살았고. 베티와 아니의 농장 집 옆에 트레일러 한 대가 있는데 친척이나 친구나 묵을 곳이 필요한 사람들이 몇 달, 몇 년이고 와서 지냈어.

어릴 때 나는 로키산맥에서 불어온 찬 공기가 멕시코만에서 올라온 따뜻한 공기와 만나는 평지 위에 살았으니 토네이도를 늘 가까이 느낄 수밖에 없었어. 사람들은 토네이도와 트레일러 주차장을 쌍으로 떠올리곤 하지. 토네이도는 대형 폭풍 중에서도 가장 강력한 폭풍인데 그레이트플레인스에서 흔히 일어나. 특히 캔자스주가 토네이도 최대 피해 지역이야. 토네이도는 우리 삶에 깊은 영향을 끼치는 존재였어. 학교에서는 주기적으로 대비 훈련을 했고 봄마다 지하의 토네이도 대피소로 피하는 게 일상이었어. 토네이도가 닥치면 경보가 울리고 굵은 빗줄기가 얼어 골프공만 한, 우박이 쏟아졌어.

1990년 봄 내가 아홉 살이고 동생 맷이 다섯 살일 때 할아버지 할머니 차를 타고 농장 서쪽 헤스턴이라는 작은 타운이 엄청난 토네이도에 직격탄을 맞아 초토화된 것을 보러 갔어. "이 쑤시개처럼 부러졌네." 사람들이 남아 있는 건물 잔해를 보고 말했어.

그런 광경까지 봤어도 토네이도 경보를 들어도 겁이 나지는 않았고 그냥 무덤덤하게 받아들였어. 부엌 조리대 위에 놓인 작은 텔레비전 화면 아래쪽에 비상사태를 알리는 경보 문구가 계속 흘러가는데도 할머니는 태연히 담배를 피우며 그레이비를 저었고 엄마는 파일 폴더를 꺼내 지붕 보험이 얼마까지 세금 공제가 되는지 찾아보고 있었지.

내가 엄마 집에서 나오고 얼마 안 되었을 때인데, 1991년 4월 어느 하루에 무려 21개나 되는 토네이도가 캔자스주를 덮쳤어. 대부분 우리가 사는 남중부 지역에 쏠렸어. 엄마와 밥은 그중에서도 가장 지독한 것, 전에 쓰던 등급 체계에서 최고 등급인 F5등급 토네이도가 엄마가 태어난 병원이 있는 공군 기지를 쓸어버리는 걸 텔레비전으로 봤대. 우리가 사는 곳에서 차로 한 시간 거리인 오클라호마 레드록에서는 토네이도 속도가 시속 431킬로미터로 측정됐어. 그때 당시 지구상에서 측정된 최고 풍속이었어. 또 다른 토네이도는 위치토 동쪽 트레일러 주차장을 휘갈겨 갈가리 찢어놓았어. 그곳에서 열세 명이 사망했어. 중서부 여섯 개 주 토네이도 사망자의 절반 이상이 그곳에서 죽음을 당한 거야.

이 비극이 전국 방송에 보도되었어. 아마 그게 내가 수도 없이 들어본 그 질문을 사람들 머릿속에 심어놓은 게 아닐까. "왜 토네이도는 항상 트레일러만 덮쳐?"

당연히 토네이도는 어디든 가리지 않고 덮치지. 기초가 없는 집, 금속과 플라스틱으로 만든 작은 성냥갑 같은 집은 제대로 지은 집과 달리 강풍을 버티지 못하는 것뿐이야. 가벼운 구조물은 바람에 쉽게 날아가고 토대가 없는 사람들은 쉽게 목숨을 잃고 말아. 피해 정도가 심하기 때문에 저녁 뉴스에 보도되는 거고.

토네이도에서 살아남은 누군가가 텔레비전 뉴스에 나와 인터뷰를 할 때 문법이 안 맞는 말, 상태가 좋지 않은 치아, 단정치 못한 옷차림, 엉망인 머리카락 따위가 화면에 비치면 사람들의 의심은 확증되지. 허름한 집에 사는 사람은 꼭 그런 집에 살 만한 별 볼 일 없는 사람들이라는 생각. 미국에서는 트레일러와 토네이도가 마치 농담처럼 취급돼. 우리도 그 농담에 한 마디를 보태곤 했어.

"세상에, 왜 꼭 저렇게 바보 같이 말하는 사람만 텔레비전에 내보내지?" 엄마는 뉴스를 보면서 고개를 절레절레 흔들곤 했어.

사실 시청자들에게는 토네이도 이후의 인터뷰보다 토네이도 이전의 경고가 더 중요하지.

"킹맨카운티 주민들은 지금 당장 지하실로 내려가십시오." 방송에 기상 통보관이 나와서 말해. "토네이도가 발생했습니다. 다시 말합니다. 토네이도가 발생했습니다. 지하실이 없으면 창문에서 멀리 떨어진 곳으로 가십시오. 창문이 깨질 위험이 있습니다. 지붕이 무너질 위험이 있으므로 욕조 위에 매트리스를 덮고 안에 들어가십시오."

경보가 나왔을 때 어떻게 대처할지는 어디에 사느냐에 따라 달라.

캔자스의 강풍이 트레일러 벽면을 마구 휘갈기는데, 기상 통보관이 있지도 않은 지하실로 대피하라고 하는 말을 들으면 우리 집이 한 줌 모래처럼 휩쓸려 갈 수도 있겠구나 싶은 거지.

1991년 대규모 토네이도 발발 뒤에 엄마와 밥은 위치토 동쪽 가장자리에 있는 추운 집에서 도시 중심에 가까운 곳으로 이사했어. 이사한 집은 오래되고 낡은 2층 건물이었고 다락에는 다람쥐가 살았어. 멋있는 나무와 예쁜 집이 있는 깨끗한 동네 가장자리에 있는 집이었어.

엄마는 어떤 블록에서 가장 나쁜 집을 사는 게 현명한 투자라고 말하곤 했어. 좋은 집 이웃에 있기 때문에 시장 가치가 올라갈 테니까. 하지만 엄마와 밥이 이사한 집은 셋집이었던 것 같아. 바닥에 마루가 깔려 있고 창틀이 예쁘고 오래된 계단이 있는 집이었는데 54번 도로에 맞붙어 있었어. 아마 그랬기 때문에 위치토에서 가장 좋은 동네에 있는 집인데도 우리 사정권에 들어올 수 있었을 거야. 맷과 나는 마당 가장자리에서 대형 트럭이 시커멓고 기름기가 도는 빗물을 튕기며 지나가면 그걸 맞으면서 놀았어.

그런데 학년이 시작되기 직전에 나는 짐을 싸서 가난한 동네에 있는 베티 할머니의 방 한 칸짜리 집으로 이사했지.

그 집에 단 하나뿐인 침실을 내가 차지했어. 2층에 있는 아주 작은 방이었는데 창문 밖으로 분주한 거리가 바로 내다보였지. 할머니와 할아버지는 시멘트 계단으로 내려가는 천장이 낮은 지하실을 방으로 개조해서 그 방에서 잤어. 무슨 재주를 썼는지 방 안으로 침대도 들여놓았더라고. 내 방으로는 작은 주방을 통해서 올라갈 수 있었어. 할머니는 주방 바닥에 검정색과 흰색 체커판 무늬 리놀륨을 깔고 농장 집 생각이 나게 젖소 장식을 했어. 뒷마당이 꽤 넓어서 뭘 좀 심을 수도 있었고 스케이트보드를 타고 갈 수 있는 거리에 상점도 몇 개 있었어. 그때는 몰랐지만 상당히 험한 동네였어. 사람들이 차를 타고 지나갈 때 자동차 문을 잠그는 그런 동네였지.

나는 오후에는 주로 골목에서 검은 더벅머리 남자아이 트레버와 캐치볼을 하면서 놀았어. 트레버의 아빠는 보잉 공장 노동자였는데 일하다가 다쳐서 장애를 얻었어. 어느 날 트레버 아빠가 총으로 스스로 목숨을 끊었어.

트레버의 엄마는 사건 현장 전문 수습 서비스를 받을 돈이 없었어. 그래서 할머니와, 왕년의 히피이자 비행기 공장 노동자로 역시 비행기 공장에서 일하는 남편과 함께 오토바이로 출퇴근하는 이웃 친구가 트레버 집에 가서 커튼과 카펫에서 피를 씻어냈어. 온 집 안을 두 사람이 다 치웠지.

몇 년 뒤에 트레버의 누나가 살해당해. 내가 엄마와 같이 살던 마을에서 납치되었던 아이처럼 트레버 누나의 시신도 들판에서 발견됐어.

엄마와 맷은 밥과 함께 더 안전하고 깨끗한 동네에서 살았지만 가끔 우리를 보러 왔고 나도 주말은 엄마 집에서 지내곤 했어. 떨어져 살았지만 멀어지거나 그러진 않았어. 맷과 나는 만나면 늘 그랬던 것처럼 바로 어울려 놀았지. 하지만 나는 엄마를 우상화하기 시작했어. 여자아이가 세련되고 예쁜 언니를 우상화하는 것하고 좀 비슷했지. 그런 한편 엄마한테 화가 나기도 했고. 엄마는 내가 할머니와 같이 사는 게 아무 일도 아닌 듯 무심하게 말했어. 내가 뒤에서 꾸민 일인데 엄마가 그냥 눈감아주기로 했다는 듯한 투였지. 그래서 엄마를 보면 가슴이 조이고 어떻게 해야 할지를 몰랐어.

날마다 애들은 엄마와 같이 살아야 한다는 사실을 주입받는 것 같기도 했어. 가정 통신문은 "부모 확인"이라고 쓰인 선 위에 서명을 받아 오게 되어 있었지. 선생님은 당연하다는 듯 집에 가서 부모님께 모금 프로그램에 대해 말씀드리라고 했고. 애들은 나한테 왜 할아버지 할머니랑 같이 사냐고 물었지. 텔레비전을 보아도 아이들은 항상 부모님과 같이, 아니면 최소한 엄마랑 같이 사는 걸로 나왔어. 엄마와 같이 살지 않는 건 딱한 일이라고 느낄 수밖에 없었어.

그래도 우리 집에서는 이렇게 사는 게 아무렇지도 않은 일인 양 지냈어. 우리 엄마는 길거리에 사는 마약 중독자가 아니니까. 세련되고 매력적이고 직업도 있고 생존에 필요한 만큼은 가진 사람이었어. 많이는 아니고 빠듯하게나마 버텨나갈 만큼은 있었지. 신용 카드 청구 대금은 점점 늘었지만.

사실 문제는 우리의 현재가 아니라 엄마의 과거에 있었달까. 엄마는 안정감이 가장 필요한 시기에 수도 없이 거처를 옮기고 가난에 시달렸어. 1960년대와 1970년대에 베티는 지니를 데리고 60번도 넘게 이사를 했단다.

　푸드 이모할머니는 그 시기를 슬픈 서커스라고 불렀지. 나는 서커스가 떠나고 난 뒤에 땅 위에 남은 둥그런 빈터에서 자라난 셈이야. 고등학교를 옮기기 전까지 나는 캔자스의 두 카운티 안에서 스물한 번 이사를 했어.

　주택은 경제의 기본 단위고 사람들이 집을 소중히 여기는 건 당연한 일이야. 그래도 나보다 더한 사람은 드물 거야. 나는 집을 수리하고 꾸미는 데에서 큰 기쁨을 느끼게끔 키워졌으니까. 하지만 하도 여러 번 이사를 다니다 보니 단순한 주거지와 진짜 안정감이라는 건 별개라는 것도 알아. 집은 결국 사라지고, 안정은 실체가 없는 것이고.

　당연히 너한테는 둘 다를 주려고 애썼을 거야. 하지만 너에게 필요한 첫 번째 집은 네가 절대로 들어갈 수 없게 내가 막았어. 아이에게는 엄마의 몸이 최초의 집이니까. 하지만 나는 현관 등을 늘 꺼두었어.

6장

★

노동 계급 여성

어떻게 보면 내가 자란 곳에서는 더 잘 사는 지역에 비해 남자와 여자 사이의 구분이 적었던 것 같아. 나를 키운 여자들은 식당에서 요리를 하고 트랙터를 몰고 서빙을 하고 건초 덩어리를 만들고 공장 조립 라인에서 일하고 병원 간호조무사로 노인들을 돌보고 할인점 창고에서 상자를 옮겼어. '요조숙녀', '참한 여자' 같은 개념은 없었고 그런 흉내라도 냈다간 비웃음거리가 됐지. 집에서도 숙녀답게 굴라는 따위 말은 들어본 적이 없는데 아마 숙녀가 실질적으로 하는 일이 거의 없기 때문이겠지. 너도 아마 손톱 밑에 때가 끼어 있었을 거야. 안 씻어서가 아니라 일하다 보면 그렇게 돼.

내가 어릴 때 우리 집 남자들은 여자의 능력을 무시하지 않았어. 어릴 때부터 억척같이 살아온 여자들을 보았기 때문이지. 내가 아는 여자들은 돈을 쓸 때 누구한테 허락을 받는 법이 없었지. 당연히 애초에 쓸 돈이 넉넉해서 그런 건 절대 아니었고.

노동 계급 여성은 노동 계급 남성보다도 더 적은 임금을 받으니까. 그래도 우리 집에서는 재정 문제나 의사 결정에 있어서 여자와 남자가 하는 몫이 다르지 않았어.

성별에 따른 차별을 금지하는 남녀평등헌법수정안이 테리사 할머니가 아홉 살 때인 1923년 처음 제출되었어. 외증조할머니 도러시는 그때 한 살이었고. 할머니들이 자라고 나이 드는 동안, 또 베티 할머니가 나서 자라고, 이어 우리 엄마가 어른이 될 때까지도 헌법수정안은 의회에서 계속 공회전하다가 마침내 1980년대 초 내가 아기일 때 최종 비준에 실패해 부결되었어.

하지만 캔자스주는 1972년 엄마의 열 번째 생일 다음 날에 전국에서 여섯 번째로 수정안을 받아들였어. 캔자스주에는 여성의 권리에 대해서는 이른바 개척민 시대까지 거슬러 올라가는 진보적인 성향이 있거든. 짐마차에 유럽 이민자 열두 명이 농기구 몇 개와 종자 자루를 싣고 와서 바람이 몰아치는 황무지에서 농사를 지어보려 하는데, 그 가운데 일곱 명이 흙 묻은 장화를 신은 여자라면 일도 공평하게 나눌 수밖에 없었겠지. 막 생겨난 작은 공동체에서는 여자에게 발언권도 경제권도 있어 여자들이 토지를 소유하고 술꾼과 이혼하고 투표할 권리를 요구했어.

캔자스주 여자 조상들은 사실 정치적 선구자기도 해. 언론인이자 활동가 클래리나 니콜스Clarina Nichols는 주 헌법초안을 작성한 남자들에게 참정권 조항에서 '남성'이라는 문구를 삭제하라고 압력을 넣었어. 니콜스를 비롯한 여성들이 소동을 일으켰기 때문에 캔자스주는 1867년 전국 최초로 여성 참정권 문제를 결정하는 주민 투표를 실시했지.

미국평등권협회는 여성과 흑인 참정권을 위해서 캔자스에서 열렬하게 운동을 벌였어. 뉴욕의 여성 참정권 운동가 엘리자베스 캐디 스탠턴Elizabeth Cady Stanton과 수전 B. 앤서니Susan B. Anthony가 운동에 가세해 주민 투표까지 갈 수 있었어. 여성 참정권과 흑인 참정권 둘 다 상당한 지지를 받았지만 가결에는 못 미치고 말았어. 스탠턴은 이 일을 이렇게 회고했어. "캔자스 헌법에서 '백인'과 '남성'이라는 두 단어를 빼자는 개정안이 제출되었을 때만큼 주 법률안 통과에 뜨거운 관심과 기대가 집중된 적은 없었다."

이 투쟁이 있기 몇 년 전에 캔자스 여성은 학구 교육위원 선거 투표권을 획득해서 탁월한 주립학교 제도를 확립하는 근간을 놓았어. 나중에 나도 이 제도 덕을 봤지. 1865년 설립된 캔자스 대학은 이론적으로나마 '남성과 여성을 동등하게 받아들인' 최초의 대학들 중 하나야. 1876년 최초로 흑인 학생이 입학했는데 여학생이었어.

진보의 시기였던 1912년, 여성에게 투표권을 부여하는 미국 수정헌법이 비준되기 8년 전에 캔자스는 전국에서 여덟 번째로 여성에게 모든 공직 선거 투표권을 부여했어. 그러기 전에 캔자스 여성은 재산권과 남자와 동등한 법적 양육권을 이미 획득했지. 다른 주에서는 생각도 하지 못한 일이었어.

캔자스주에서 거둔 승리의 혜택은 노예제를 겪었던 흑인이나 대량 살상을 당한 원주민이 아니라 백인 여성에게 집중되었지. 인종 분리, 폭력, 경제권 박탈 등이 법률의 이름으로 자행되던 때였거든. 이렇게 야만적인 상황이기는 했으나 캔자스주가 젠더에 있어서는 앞서나가고 있었어.

그 뒤 수십 년 사이에 여성 운동은 전국적으로 일어난 노동 운동, 이민자들의 좌파 대중주의 봉기와 만나게 돼. 1921년 캔자스 이민자 여성들이 남편이 일하는 광산에 몰려가 조업을 막은 일이 전국적으로 보도되었어. 그해 캔자스 남동쪽에 있는 두 개 카운티에서 광부들이 200명이나 다치고 죽는 일이 일어나 광부들이 파업 중이었거든. 사랑하는 남편을 잃은 여자들, 남편의 수입이 있어야 살림을 꾸릴 수 있는 여자들이 들고일어났어. 광산 회사 사장과 용역이 지나가는 길을 여자들이 몸으로 막았어. 아기, 장총, 성조기를 들고 독일어, 프랑스어, 슬로베니아어, 이탈리아어 등 각자 자기네 나라 말로 노래를 불렀지. 캔자스광산노동자조합도 지원해서 결국 광산 폐쇄에 성공했단다. 주 방위군이 투입돼 여자들 가운데 마흔아홉 명을 감옥으로 보냈어.

우리 식구들은 활동가도 아니고 4년에 한 번 대선 투표 말고는 정치 활동이라고 할 만한 걸 하지도 않아. '페미니즘'이라는 단어를 입에 올리는 사람도 없고 우리 주의 역사에 대해서도 잘 모르지. 하지만 캔자스주의 초기 역사를 이룬 강인한 여성 정신 같은 것은 쉽게 사라지지 않는 법이야. 100년 세월이 흐른 뒤의 사람들은 인식하지 못할지라도 문화를 통해 세대를 넘어 공명하며 전해지니까. 아마 네 몸 안에도 흘렀을 거야. 오늘날 정치보다 더 깊은 영향을 미치며 마치 피처럼 진하게 흘렀겠지.

내가 청소년일 때에 캔자스주가 여성의 재생산권에 대해 강경한 입장으로 돌아섰어. 하지만 적어도 내가 어릴 때에는, 캔자스주가 정치적으로 이렇게 보수적인데도 일하고 생각하고 트럭을 몰거나 사업체를 운영하는 여성의 능력을 의심하는 일은 정말 드물었어.

계급에 따라 문해력이나 접근성 등에 차이가 생기기 때문에 페미니즘이 현실에서 어떤 모습으로 드러나는지도 달라져. 캔자스주 의회에 가서 로비를 벌이는 것보다 광산 입구에 장총을 들고 서 있는 편을 택할 여자들이었으니. 이곳 여성들은 1960년대와 1970년대, 1980년대에 다른 지역의 중산층 여성들이 직업 세계에 뛰어들기 훨씬 전부터 '가장'으로서 생계를 꾸려왔어. 그러니 우리 집에는 여자는 '돌봄을 받아야 한다'는 생각 비슷한 것도 없었지. 고조할머니 아이린이 보잉 공장에서 일할 때에도, 그 이전부터도 늘 그랬다. 우리 집안 여자들에게 일은 가정으로부터의 해방도 자아실현도 아니었어. 그저 삶의 방식, 늘 그랬던 것이고 그래야만 했던 것이고 칭송도 주목도 받지 못했던 것이었어.

그렇지만 우리 계급을 대변하는 이미지는 늘 남성이었지. 렌치로 파이프를 두드리거나 헤드램프를 달고 갱도 아래로 내려가는 남성. 돌리 파튼Dolly Parton이 「히스 어 고 게터He's a Go Getter」라는 노래로 그런 생각에 돌을 던졌단다. 노래 가사는 게으른 남편이 하는 일이라고는 아내가 퇴근했을 때 "데리러 가는 것"*뿐이라는 이야기야.

"손에 물 한 방울 안 묻히려고 해." 베티 할머니는 돈벌이를 안 하거나 가족에 대한 의무를 제대로 안 하는 남자를 보면 경멸스럽다는 듯 이렇게 말하곤 했어. 할머니의 아버지 에런 같은 사람.

1950년대에 도러시와 에런이 이혼을 했지만 에런은 법원에서 명령한 양육비를 주지 않았어. 도러시 혼자 세 아이를 먹이느라 힘들게 살던 중, 친구를 통해서 에런이 덴버 시내에서 술꾼이 되어 살고 있다는 이야기를 들었어. 도러시는 개새끼한테 한 푼이라도 받아내겠다고 맘을 먹었어.

도러시가 폴이라는, 타코마버거에서 햄버거를 굽는 키가 크고 가무잡잡한 남자를 두 번째 남편으로 맞았다가 얼마 못 가 이혼했을 때였어. 도러시는 햄버거와 감자튀김을 팔고 핀볼 기계 등이 있는 작은 식당 타코마버거에서 매니저로 일했는데, 어느 날 혼자 가게 문 닫을 준비를 할 때 낯모르는 사람이 들어와서

● go get'er, '여자를 데리러 가다'라는 말이 진취적인 사람을 뜻하는 go-getter 와 같은 발음인 것을 이용한 농담.

도러시를 강간했어. 그뿐만 아니라 도러시의 자매 중 한 명은 자살을 했고 다른 한 명은 전기 충격 요법을 받으려고 정신병원에 입원했으니 정말 힘든 해였어. 도러시는 돈이 필요했어. 화도 나고 절박한 상태라 나라에서 양육비를 받아주지 않는다면 자기 손으로라도 받아내겠다 결심했지.

차에 애들을 태우고 캔자스 평지를 가로질러 콜로라도 덴버까지 500킬로미터 가까이를 달렸어. 땀에 전 지저분한 남자들이 현관 계단에 앉아 있고 깨진 병이 널려 있는 거리에 도착했단다. 도러시는 애들을 데리고 차에서 내려 문을 두들겼어. 피부색이 짙은 남자가 문을 열었어.

"덩치 큰 인디언 남자였어." 베티도 그때를 기억했어. 트윈베드 한 쌍, 작은 화장실, 주방이 있는 작고 깨끗한 아파트로 들어갔어. 에런이 웃통을 벗은 채로 있었대.

"커다란 똥 덩어리 같더라." 베티 말이야.

도러시는 법원에서 1주일에 25달러 양육비를 주라고 하지 않았냐고 했어. 그 돈 대체 어디 있냐고. 하지만 에런은 주고 싶어도 줄 돈이 없었어. 도러시는 애들을 다시 차에 태우고 500킬로미터 거리를 돌아왔지.

그해 열한 살이던 베티는 사랑에 빠졌어. 자기 아빠보다 더 위험한 남자한테. 베티는 학교 마치고 타코마버거에서 엄마 일을 도왔는데 그때 핀볼을 하는 레이를 처음 봤대. 레이는 열여섯 살이고 머리카락이 검었어. 한번은 레이가 베티를 목말을 태워주었는데 그때 이 남자가 자기 남자가 되리란 걸 알았대. 베티가 자라 10대가 되었을 때 실제로 그렇게 되었지.

레이는 툭하면 바람을 피웠지만 그랬다가도 또 베티한테 돌아오곤 했어. 두 사람은 일당들과 함께 위치토 시내 더글러스로를 누비면서 모여 놀고 파티를 했지.

"약국하고 뭔 관계가 있는 여자애가 있었어. 그 애 별명이 비타민 빅Vitamin Vic이었어. 온갖 종류의 약을 다 구해줬거든."

베티와 친구들은 미니스커트가 사회에서 용인되기 전에 이미 미니스커트를 입었어. 남자 친구들은 못마땅해했고.

"나랑 제일 친한 친구한테 짧은 드레스가 있었는데 그걸 입었다 하면 남자 친구한테 엉덩이를 얻어맞았어."

베티 할머니가 어깨를 으쓱하면서 말했어.

그때 레이는 베티보다 다섯 살이 많아서 법적으로 성인이었어. 범죄를 저지르면 소년원에 가는 나이를 넘어선 거지. 레이는 1950년대 후반 열여덟인가 열아홉이었을 때 절도죄로 주 교도소에 수감되었어.

"항상 깡패 같은 애들하고 어울려 다녔어. 어린애에서 바로 어른이 되어버렸지. 레이가 감방에 들어갔는데 거기서 온갖 인간들을 알게 됐어."

레이는 마음을 잡아보려고 군에 입대했어. 네브래스카에 주둔했는데 얼마나 오래 있었는지는 모르겠어. 1961년 여름이었는데 베를린에 동서를 가르는 장벽이 생겼고 케네디 대통령이 주

방위군에 실제 임무를 부여한 해야.

레이는 멋을 부렸지만 고르지 않은 글씨체로 베티에게 편지를 보냈어. 에런이 16년 전 병영에서 도러시에게 편지를 보낸 것처럼. "조그만 촌 동네 야구장에 헬기 착륙장을 만들고 있어."라고 레이는 썼어. 포커를 해서 돈을 좀 땄다고도 하고 자기 사단이 독일로 배치될 수도 있다고도 했어. 레이는 "언제나 사랑한다."라는 말과 함께 서명을 하고는 추신을 붙였지. "추신: 배신하면 네 머리를 깨버릴 거야."

한편 캔자스의 베티는 생리가 멈춘 걸 알게 됐어.

"결정적 한 방이었지." 임신한 순간 영원히 레이와 헤어질 수 없게 되었다는 말이었어. 그때 베티 할머니는 열여섯 살이었어.

레이는 독일로 가지 않았어. 미네소타 캠프리플리까지가 최대였지. 레이가 캔자스로 돌아왔을 때 두 사람은 카운티 법원에서 결혼식을 했고 도러시가 증인이 되어줬어. 설레는 마음도 신혼여행도 축하도 없는 결혼식이었지. 베티 배 속의 아기와 군인 가족으로 살 계획 말고는 아무것도 없었단다.

베티는 레이와 같이 캔자스 정션시티에 있는 군인 가족 숙소로 들어갔어. 정션시티는 들판 한가운데에 있는 황량한 섬 같은 곳이라 정크타운이라는 별명으로 불렸어. 베티가 위치토를 떠나 가족과 친구들과 헤어져 산 건 이때가 처음이었어. 베티에게는 군부대가 너무 작고 답답하게 느껴졌대. 레이는 전보다도 더 야을 많이 했고 베티를 '처음으로 진짜 제대로' 때렸어. 베티가 만삭일 때 바닥에 쓰러질 정도로 때렸대.

20대 때 나는 부정기적으로 캔자스 법률구조협회에서 지원금 신청자 일을 했어. 그곳 무료 변호사들은 주로 변호사 비용이 없는 학대 여성들이 접근금지명령을 받을 수 있게 지원했어. 경제적 불평등에 젠더 불평등까지 겹쳐져 고통받는 사람들이었지. 나는 학대 여성들이 여성폭력방지법*이 지원하는 주 프로그램에서 지원금을 받을 수 있도록 서류를 갖추는 일을 했어. 이 법이 통과된 것은 베티가 레이와 결혼하고 30년도 더 지난 뒤의 일이야. 그때 베티는 돈도 없었고 정책적 지원 같은 것도 받을 수 없었어. 오직 탈출하겠다는 의지뿐.

베티는 정크타운에서 나와 위치토로 돌아가 도러시와 새아버지 조, 푸드가 사는 집으로 들어갔어. 몇 년 전에 도러시가 양육비를 받으러 덴버까지 갔다 돌아왔던 것과 다르지 않게, 베티도 믿을 수 없는 레이에게 손을 벌리지 않을 수가 없었어. 레이는 군대에서 나와 위치토에서 바텐더로 일하기 시작했고 베티는 날마다 레이가 일하는 술집에 들러 분유 살 돈을 받아 갔어. 그러다가 어느 날 레이가 자기 친구하고 키스하는 걸 딱 맞닥뜨렸대. 베티는 그 여자를 화장실로 끌고 가서 변기에 머리를 처박고 누군가가 화장실 문을 억지로 열고 베티를 끌어내기 전까지 손을

----

* 1994년 제정된 연방법으로 여성을 폭력으로부터 보호하고 피해자를 지원한다.

316

안 놓았다네.

레이는 그래놓고 베티가 다른 남자 만나는 건 또 간섭했어. 베티가 레이 친구 한 명하고 어울린 적이 있는데 그 친구가 집에 나타나자 레이는 얼굴에 휘발유를 끼얹고 성냥불을 댕겼대. 그 사람은 얼굴 재건 수술을 받아야 했어.

"레이의 비위를 거스를 사람은 아무도 없었지." 베티 말이야.

교도소에서 만난 사람들이 레이가 시카고와 오클라호마시티 보스 밑에서 청부업자 일을 하도록 주선했던 것 같대. 레이는 이글패스 목재 회사 트럭으로 로키산지에서 캔자스로 목재를 운반하는 일을 시작했어. 베티는 트럭을 이용해서 약과 총기를 나르는 걸 거라고 생각했어. 레이가 자기 부업에 대해 입을 털지는 않았지만 돈 나올 구석이 없는데 비싼 옷과 보석을 두르고 다녔으니 뻔했지.

레이와 에런 같은 남자는 내가 절대로 네 가까이 가지 못하게 막았을 거야. 하지만 우리 집안 여자들이 어쩔 수 없이 그런 남자에게 의존하고 상처를 받을 수밖에 없었던 걸 생각해보면, 네 삶에서도 어쩔 수 없는 부분이 있었을지도 몰라. 그런 일이 너에게 일어나지 않도록 원천적으로 막았다는 게 내가 가장 뿌듯하게 생각하는 일이기도 해.

1969년 베티가 스물네 살이었고 콜로라도에서 두 번 결혼했고 아들을 낳았으나 양육권을 뺏기고 돌아왔을 때, 레이가 여전히 주변을 얼쩡거렸어. 베티는 레이를 피하려고 했지만 결국 또 엮이곤 했지. 하루는 레이가 베티 집 거실에 앉아 손가락 끝에 22구경 권총을 걸고 담배를 피우고 있었어. 자기와 지니를 지키려고 베티가 가지고 있던 권총이었어. 그때 지니는 마당에서 가스계량기 위에서 놀고 있었대.

"널 그냥 쏴버릴까 봐." 레이가 말했어.

"쏘려면 제대로 쏴." 베티가 말했어.

몇 걸음도 떨어지지 않은 곳에서 레이가 베티를 겨누고 방아쇠를 당겼어. 총알이 베티의 팔 위쪽, 심장에서 멀지 않은 데를 맞혔어.

"아팠어요?" 내가 열두 살 즈음에, 할머니 팔에서 수도 없이 쓰다듬곤 하던 하얀 흉터가 어떻게 생긴 건지 캐묻다가 마침내 그 이야기를 들었을 때 이렇게 물었어.

"그럼, 당연하지!" 베티 할머니가 말했어.

왼팔 위쪽에서 피가 철철 흐르는 베티를 레이의 누이가 차로 병원에 데려갔어. 병원에서 누군가가 경찰에 신고를 했는데 베티는 경찰한테 자기가 실수로 총을 쏴서 맞았다고 말했어.

그 시대에 여성 해방이 찾아왔다고들 하지만, 현실에서 가난한 여성들은 독립을 쟁취할 힘이 없었어. 때로 남자에게 의존해서 사는 게 죽음의 위험을 안길 때가 있었는데도. 가정 폭력은 사회경제적 계층 어디에서든 일어나는 일이지만 남자를 떠날 능력이 없는 여자들이 살해당할 가능성이 더 높은 거지.

레이가 베티와 헤어지고 얼마 지나지 않아 어떤 여자와 동거를 시작했는데 그 여자가 금세 죽었어. 소문에 따르면 레이가 운전하던 트럭에서 떨어졌대.

"떨어졌다고." 그 이야기가 나올 때마다 우리 엄마는 안 믿긴다는 듯한 표정으로 이렇게 말하곤 했어. "참도 그랬겠다."

그런 한편 베티는 그때까지 같이 산 남편 세 명 전부에게 학대를 당했는데(위치토의 레이, 콜로라도의 밥과 조니.) 다들 베티에게 보의 양육권을 되찾아오려면 남편이 있어야 한다고 말하는 거야. '안정적 가정'을 보여줘야 한다고 남자 변호사들이 말했어. 지금까지 베티가 만났던 남자들 가운데 경제적으로나 다른 면에서나 안정적인 남자가 하나라도 있었으면 말을 안 하지. 그때 홀몸에 가난한 여자였던 베티가 사정에 의해 숱하게 이사를 다니면서 안정적인 가정을 꾸렸다고 할 수 없는 것도 사실이지만. 그래도 베티는 아들을 되찾을 희망을 끝까지 버리지 못하고 변호사들의 조언을 따라 (베티 할머니 표현으로) '결혼 삽질'을 계속했어.

1971년 초 스물다섯 살일 때 베티는 영어를 거의 못하는 미겔이라는 멕시코 이민자와 계약 결혼을 했어. 미겔은 분홍빛이 감도는 흰 얼굴에 눈은 파랗고 머리카락은 검었지. 스페인계지만 누이 중에 금발 머리가 있다고 했어. 마이크라는 이름으로 통했어. 마이크는 영주권이 필요했고 베티는 아들을 찾으려면 남편이 있어야 했기 때문에 결혼한 거야. 이혼하기 전에 마이크는 이민

비자를 받았지만 베티는 아들을 되찾지 못했어.

베티는 위치토 남쪽에 있는 벨플레인으로 가서 고속도로 모텔 식당에서 일했어. 베티와 지니는 모텔 방에서 생활했고 도러시와 폴리는 직원 숙소에서 지냈어. 푸드는 콜로라도에 살 때 열다섯 살 나이로 오토바이족을 만나 임신을 했어. 그래서 그때는 딸 캔디와 둘이 살았어. 도러시는 식당 매니저 일을 맡았고 호텔 운영도 거들었는데 모텔 식당에서 공짜로 식사를 할 수 있었으니까 나쁜 조건은 아니었어.

베티는 그곳 작은 타운에서 서빙을 하다가 게일런이라는 남자를 만났어. 베트남전에 참전했다가 지금은 옆 동네에서 케이스트랙터 판매사원으로 일하는 사람이었어. 베티는 스물여섯 살에 다섯 번째로 결혼했어.

그런데 7월 4일 독립기념일 폭죽 소리를 듣고 게일런이 기겁해서 정신을 놓아버렸어. 베트남에서 돌아온 지 얼마 안 되어서 도무지 같이 살 수 있는 상태가 아니었단다. 베티는 이듬해 게일런과 이혼했어.

베티와 지니는 위치토에 아파트를 구했어. 그러고 나서 베티는 누군가를 정말로 좋아하게 됐는데, 그 남자가 좋아했지만 결혼하지 않은 유일한 남자가 됐지. 베티는 집 근처 폐차장에 자동차 부품을 구하러 갔다가 그곳에서 일하는 허브라는 남자를 만났어. 허브는 체구가 작고 다부졌고 그 동네에서는 흔하지 않은 유대인이었어. 허브는 베티에게 '이혼 중'이라고 말했는데 다른 말로 하면 유부남이라는 뜻이었지.

"자기가 잘생긴 줄 아는데 사실은 아니었어." 베티가 말했어.

허브는 캠핑카와 오토바이에 자동차도 여러 대 있었는데 자기가 수리해 고친 거였어. 베티와 지니를 차에 태우고 체니호수로 캠핑을 갔어. 베티한테 은 체인에 옥석이 달린 목걸이를 사주기도 했지. 정말 드물게 받아본 선물이라 베티 할머니는 그 목걸이가 어떻게 생겼는지 또렷이 기억했어. 허브는 베티의 집에 놀러왔을 때 저녁을 차려주면 꼬박꼬박 고맙다고 말했어.

허브가 베티에게 정부교육보조금을 받아 공부를 계속하라고 부추겼어. 아마 그때 막 통과된 개정교육법 9조에 따라 여성이 연방에서 지원을 받을 수 있었나 봐. 학교를 10학년까지 다니고 그만뒀으니 교실을 떠난 지 10년이 넘었지만 그래도 베티는 위치토에 있는 작은 상업 전문학교에 들어갔어. 그곳에서 타자, 사무용 편지 쓰는 법, 일반 사무 등을 배웠지.

그 뒤 몇 년 동안은 사립학교 보조교사로 일하다가 뒤이어 척추 지압사 비서로도 일했어. 1975년 베티와 지니는 위치토 남서쪽에 있는 트레일러 주차장으로 이사했어. 늘 그렇듯이 이번에도 도러시와 폴리도 따라서 이사 왔어. 같은 구역 안에 있는 트레일러에 살았지.

베티와 허브가 만난 지 몇 년이 지났어. 결혼 기간 몇 개를 합한 것보다 더 길어지고 있었지. 베티 할머니는 허브를 여섯 번째 남편으로 맞을 뻔도 했지만, 이렇게 생각하면서 마음을 접었대. '지금까지는 내내 누군가와 결혼해서 살려고 했지. 그럴 필요 없어. 결혼할 때마다 망했잖아.' 잘한 일이었어. 허브는 결국 다른 여자를 임신시키고 그 여자랑 결혼했대.

이 이야기를 떠올릴 때는 어쩐지 좀 마음이 따뜻해지는 기분이야. 이때만은 베티 할머니가 계급과는 무관한 지극히 평범한 이유, 곧 상대가 바람이 나서 헤어졌다는 생각을 하면 그래. 흔해빠진 이유고 충분히 이겨낼 수 있는 문제니까. 내 삶에 대해서도 가끔 그런 생각을 해. 세상이 끝난 것 같은 기분이 들 때 누구나 겪는 일이라는 걸 깨달으면 마음이 좀 가라앉아. 그렇지만 내가 안고 태어난 문제들은 정말 사람을 죽일 수도 있는 문제야. 노동 계급 여자로 네가 안아야 할 문제 중에는 진짜 위험한 것들도 있었을 거야.

그 무렵에 지니는 10대였는데 술 마시고 담배 피우다가 엄마한테 들키곤 했어. 엄마랑 삐걱거리다가 오클라호마시티에 있는 아빠 레이한테 가서 같이 살겠다고 했대. 그곳에서는 말 없는 남자가 지니를 보호하는 임무를 맡았는지 늘 그림자처럼 지니 뒤를 따라다녔어. 레이가 술집에서 사람들을 만날 때 지니는 차 안에서 기다렸어. 남자들이 술집에서 주차장으로 나오는 모습을 봤는데, 레이가 빙글거리며 아무 말이나 할 때마다 남자들이 큰소리로 웃더래.

지니는 길가에 레이의 트럭이 주차되어 있는 집에서 엄마한테 장거리 전화를 자주 걸었는데 레이가 돈이 많이 든다고 뭐라고 했어. 레이는 지니를 쇼핑몰로 데려가서 다이아몬드 반지를 훔쳐서 선물했어. 지니는 기쁘기는커녕 수치심을 느꼈지. 몇 달 안 되어 다시 캔자스 엄마 집으로 돌아왔어. 그 뒤로는 다시는 아빠를 안 봤대.

그 무렵 베티는 레이 같은 폭력적인 남자와 그 밖의 남편들을 모두 떨구고 좀 더 봐줄 만한 문제를 가진 남자들을 만나기 시작했어. 양다리를 걸치는 허브라든가.

그중에 딘이라고 키가 작고 신앙심이 깊고 건설 회사 사장인 남자가 있었어. 베티가 보기에는 '부자들'이 사는 시내 북동쪽 깨끗한 새집에서 살았지. 사실 딘은 중하층 정도에 속했지만 베티 눈에는 충분히 부자로 보였지. 시어스백화점에 베티를 데려가 옷 서너 벌을 고르라고 했대. 베티는 한 번에 옷을 한 벌 이상 사는 사람이 대체 어디 있나 싶어서 크게 놀란데다가 심한 낭비 같아서 쉽게 못하겠더란다.

베티가 허브와 헤어진 직후에 만난 남자 가운데 아니도 있었어. 고속도로변 댄스홀에서 베티에게 투스텝 춤을 신청했지. 아니는 별 볼 일 없는 사람으로 보였어. 회색 카우보이모자를 쓴 농사꾼, 이혼했고 장성한 자식들이 있고 돈은 거의 없고, 베티보다 열세 살이나 많았어. 그래도 베티는 아니가 재미있는 사람이라고 생각했대. 아니가 전화를 걸어 아이스 쇼에 가자고 했을 때 베티는 좋다고 했어. 그런데 시골 구석진 곳에 사는 농부와 데이트하고 싶지는 않다는 생각이 문득 들더래. 그래서 마지막 순간에 마음을 바꿔서 핑계를 대고 약속을 취소했어.

그때 딘이 베티에게 청혼을 했어. 베티는 승낙했지만 사랑해서는 아니었어.

"돈이 많았거든." 베티의 설명이야. 자기를 버리고 다른 여자랑 결혼한 허브한테 복수도 되고, 딘의 소득으로 베티와 지니가 편히 살 수 있겠다 싶었대.

그래서 딘의 집으로 들어갔어. 그런데 시어스백화점에서 쇼핑하는 사치를 누리는 대가로 겪어야 하는 게 만만치가 않았어. 딘은 가늘고 거슬리는 목소리로 온갖 일을 가지고 불평하고 징징거렸다고 베티도 지니도 입을 모아 말해.

여섯 번째 결혼도 이전 결혼들과 마찬가지로 몇 달 못 갔어. 베티가 잘못된 판단으로 결혼을 하긴 해도, 아닌 걸 알고도 계속 머무르지는 않는다는 게 이제 분명해졌지.

1977년 베티는 재정적으로나 개인적으로 완전히 새로운 삶을 살게 해줄 일자리를 얻었어. 위치토 시내에 있는 카운티 법원 비서직 공무원이 된 거야.

편안한 사무실에서 한 달에 800달러를 받고 일했어. 내내 식당과 공장에서 뼈 빠지게 일하고 그것보다 훨씬 적은 돈을 받았던 걸 생각하면 믿기지가 않을 정도였어. 베티와 지니는 딘의 집에서 나와 다시 트레일러 주차장으로 이사했어. 도러시와 이제 곱슬머리 10대가 된 폴리가 아직 거기 살았어. 쉴 새 없이 이사하고 결혼하고 이혼하고 한 끝에 싱글맘 엄마와 딸들로 이루어진 대가족이 다시 모인 거지. 다 합해서 수천 킬로미터를 이동하고 주소를 수십 번도 더 바꾸다가 마침내 같은 곳으로 돌아왔네.

하지만 이제 형편이 달라졌어. 베티는 출근할 때 하이힐을 신고 권력을 가진 중요한 사람들이 일하는 법원 로비를 또각거리며 지나갔어.

좋은 점이 많긴 해도 비서 일은 좀 따분한 일이었어. 남직원들은 왔다 갔다 하면서 일하는데 베티는 책상에서 타자 치고 서식 작성하는 일만 했으니까. 그러다가 소년법원 소환관이 일을 그만두었다는 소식을 듣고 자기가 그 일을 하겠다고 했어.

"여자가 하는 일이 아닌데." 베티의 상관인 판사가 이렇게 말했대. 그런데 몇 년 전에 공민권법이 확대되면서 국가기관에서 여성을 차별하는 게 금지되었거든.

"법에 어떻게 돼 있나 보세요." 베티가 말했대. 결국 그 일을 얻어냈어.

세지윅카운티 소년법원 소환관은 위치토의 험한 동네를 돌면서 나쁜 소식을 전하는 일을 해야 해. 부모에게 아이가 범죄를 저질렀으니 법원에 출두해야 한다는 사실, 혹은 아이의 양육권을 잃을 위기에 처했다는 사실을 전달해야 했어. 분노를 폭발시키는 사람들도 있었지. 술 취한 남자가 총을 들고 베티를 날려버리겠다고 협박했어. 어떤 여자는 칼을 빼들었대. 베티는 이런 상황이 벌어져도 차분하게 대처해서 상대방을 진정시키고 위험에서 벗어났어. 평생 갈고닦은 생존 기술이 빛을 발했지.

소환관 일을 성공적으로 해내며 야심이 더 커진 베티는 위치토 예비 경찰대에 지원했어. 1972년 남녀고용평등법이 여성이 경찰관이 되는 길을 열어주었어. 이전까지는 여자는 범인 체포나 야간 순찰 등의 업무를 할 수가 없었어. 그때가 1970년대 후반이었는데 이제는 여경이 하이힐을 반드시 신지 않아도 되었고. 베티가 경찰대에 들어갔을 때 베티 말고 다른 여자는 딱 한 명 더 있었대. 하지만 그게 뭐 특별한 일이라고는 생각하지 않았어. 베티는 일을 하려고 지원한 거지 여권 신장을 위해서 그런 건 아니었으니까.

내가 너를 생각하기 시작했을 때, 내 딸을 위해서 나는 무엇을 할까, 어떤 사람이 되면 좋을까, 이런 생각을 하던 무렵에 베티가 경찰 훈련을 받는 동안에 필기한 공책을 발견했어. 그 스프링 노트는 할머니가 남자들이 가득한 방에 앉아 있던 그 용기 있는 순간의 증거물이었어. 베티는 지휘 계통, 교통사고의 종류, 마리화나 구분법, 총을 쏴야 할 때, '29'라는 약호의 의미 등을 노트에 빼곡히 적어놓았어. 어떤 증거물을 실험실로 보내나? 집에 문을 두드리지 않고 들어갈 수 있는 때는? 가중 폭행과 폭행의 차이는? 체포한 사람이 중독 상태일 때에는 어떻게 하나? 소환관 일을 마치고 난 다음 베티는 청색 제복으로 갈아입고 정식 경찰관인 남자 파트너와 같이 순찰차를 타고 야간 순찰을 나갔어. 술 취한 사람을 잡아들이면서 만족감을 느꼈대. 그런데 어느 날

강도 현장을 딱 맞닥뜨린 거야. 차에서 내리는데 슝 총알 날아가는 소리가 들렸어. 베티와 파트너는 차 문 뒤로 피했다가 범인이 근처 묘지로 달아나자 쫓아갔어. 무거운 권총집을 차고 달리는데 심장이 벌렁벌렁했대. 범인은 놓쳤어.

"도망가버려서 차라리 다행이었겠어요." 베티가 너무 무서웠다고 하길래 내가 물어봤지. 그런데 할머니는 이렇게 대답했어.

"아니야. 그놈을 잡고 싶었어."

경제적으로 궁지에 몰려 어쩔 수 없이 결혼을 택하던 여자가 몇 년 사이에 경제적 자립을 이루게 된 거야. 그렇게 되기 전까지 베티는 생일이나 밸런타인데이가 되면 꼬박꼬박 아들한테 카드를 보냈어. 아마 밥이 가로채고 전해주지 않았겠지만. 이제는 드디어 목표했던 것을 이룰 수 있게 된 거야. 다시 의욕적으로 양육권 싸움에 뛰어들었어.

1960년대 콜로라도 작은 마을에서 온갖 고생을 하고도 양육권을 빼앗긴 지 10년 정도가 지난 뒤였어. 밥은 시간 낭비 하지 말라고 했어.

"내가 꺼지라고 말했지. 절대 포기 안 한다고."

베티는 법원에서 여전히 밥의 손을 들어주었다는 통지를 받았어. 베티는 양육권과 방문권을 포기하지 않겠다는 편지를 보냈어. 다음 달에 변호사한테서 편지가 왔는데 더 이상 이 건을 맡을 수가 없다며 사임하겠다는 거야.

"그 썩을 인간이 내 아들을 빼앗아 갔어. 결국 못 찾았지."

할머니 눈이 아득해졌어. "내가 싸우지 않아서 그렇게 된 건 아니야."

베티가 가난한 여자였기 때문이었지. 그래서 분윳값을 얻으려고, 식구들 먹일 돈을 벌려고, 아이를 지키기 위해서 여러 남자들에게 의존할 수밖에 없었어. 경제적 권력은 곧 사회적 권력이야. 가난한 여자는 아무리 열심히 일하고 끈질기게 매달려도 둘 다 얻을 수가 없어.

내가 위치토 베티 할머니 집으로 들어갔을 즈음에 푸드 이모할머니와 남편 래리도 우리 집에서 골목 건너에 있는 오래된 집으로 이사 왔어. 셸리와 가까이 살게 되어서 나는 신이 났어. 셸리는 11학년 나이인데 8학년에 머물러 있었어. 계속 전학을 다녀 학제도 바뀌고 선생님도 바뀌다 보니 수업을 따라가기가 힘들어 진급을 못한 거야. 고정된 주소 없이 떠도는 아이들의 공통 운명이지.

푸드 이모할머니는 10대 때부터 도러시 밑에서 요리를 배워서 식당에서 요리사로 일했어. 래리는 보잉 비행기 공장에서 일했어. 우리 동네 사람들 거의 절반은 그 공장에 다니는 것 같았어. 푸드는 멕시코계 거주 지역에 있는 가톨릭 학교 주방에 취직했어. 우리 집에서 멀지 않고 베티 할머니가 1960년에 10학년까지 다니고 그만둔 노스고등학교에서도 가까운 곳이지.

푸드 이모할머니가 가톨릭 사립학교 점심을 만들기 때문에 셸리는 공짜로 학교에 다닐 수 있게 됐어. 이모할머니가 나도 학비를 감면받고 다닐 수 있도록 수를 써주었고 출퇴근길에 나도 태워주겠다고 했어. 가난한 동네에 있는 학교였어. 명망이 있는 학교라서가 아니라 교회에서 운영하는 학교라 사립인 학교.

엄마가 남색과 흰색, 노란색으로 된 체크무늬 천으로 교복 치마를 만들어줬어. 자라면서 엄마가 만든 옷을 많이도 입었지. 엄마는 나를 쇼핑몰에 데려가서 내가 간절히 갖고 싶어하는 신발 두 켤레도 사줬어. 까만색 아디다스 스니커즈하고 갈색 가죽 이스트랜드 로퍼. 할머니가 달러 제너럴상점에 데려가서 나머지 옷을 사줬어. 남색 바지, 흰색 짝퉁 폴로 셔츠, 남색 카디건.

아침이면 셸리와 푸드 이모할머니와 시트에 담배빵이 있는 1970년대산 적갈색 승용차를 타고 학교에 갔어. 푸드 이모할머니가 아침 일찍 가서 점심 준비를 해야 하기 때문에 동이 트기 전에 출발했어. 셸리는 각자 나름의 이유로 유급한 다른 8학년생들하고 어울렸고 나는 학교가 시작하기 전까지 학교 안을 싸돌아다니면서 시간을 보냈지. 창고 안에 몰래 들어가서 마음에 드는 물건이 있으면 훔쳤어. 두툼하게 삼각형 모양으로 접은 성조기가 특히 마음에 드는 전리품이었어.

새 학교 학생들은 대부분 피부가 갈색이고 머리카락은 검고 스페인어를 반쯤 섞어 말했어. 딱 한 명 사귄 친구가 돈이라는 아이였는데 얘는 혼혈이었어. 눈 색깔은 연녹색이고 금발의 곱슬머리가 거대하게 부푼 아이였지. 우린 공통점이 별로 없었어. 돈은 이미 사춘기가 돼서 8학년 남자애들이 돈의 커다란 가슴을 쳐다보곤 했지. 나는 머리카락을 야구모자 안에 집어넣으면 남 자아이처럼 보였어. 돈은 뉴키즈온더블록New Kids on the Block과 청소년 드라마 「비벌리힐스 90210Beverly Hills, 90210」을 좋아했고 나는 랩 음악과 형사 드라마를 좋아했어. 그래도 돈의 방 전화로 내가 남자아이들에게 장난 전화를 걸면 돈은 깔깔 웃다가 뒤로 넘어갔어.

중학교 시절이 정말 끔찍했다고 하는 사람이 많은데 나는 내 인생에 가장 행복한 때로 기억해. 집 밖에서 혼자 모험을 하 고 돌아다닐 만큼은 컸지만 세상 사람들 눈에 여자로는 비치지 않은 짧은 시기였으니까. 우리 식구들도 나한테 여자니까 몸조심 하라든가 그런 말은 안 했어. 다른 집이라면 남자아이는 몰라도 여자아이는 '보호'하려 하고 특히 우리 동네 같이 험한 동네에서 는 돌아다니지 못하게 했을 수도 있지. 하지만 나는 남자들의 눈 길을 끌지 않으면서 거리를 활보하고 내가 어디에 있든 뭘 하든 아무도 신경 쓰지 않던 그 시기에 진짜 자유를 느꼈어.

주말에는 농장에 가서 일을 했는데 농장 집이 나한테는 진 짜 집 같은 곳이었지. 할머니가 농장 집에서 시내로 이사하고 3년이 좀 못 되었을 때 다시 농장 집으로 들어가기로 했다고 해 서 무척 행복했단다.

위치토 시내에 있는 작은 집은 세를 주기로 했어. 할머니가 출근하려면 먼 거리를 운전해야 했지만, 대신 아니 할아버지가 하루 종일 힘들게 들일을 하고 트럭을 몰고 위치토로 오지 않아도 되었지.

6학년 남은 기간 동안은 스쿨버스를 타고 남쪽에 있는 인구 275명의 작은 마을 머독으로 학교를 다녔어. 흙이 붉은색이고 거의 모든 사람이 가난한 곳이었지. 그곳에 역마차를 타고 다니던 시절부터 있던 두 칸짜리 학교 건물이 있었어. 유치원부터 8학년까지 다 합해서 학생이 32명이었어. 내가 들어가서 33명이 됐지.

나와 같은 학년은 나를 포함해 여자아이만 넷이었어. 날마다 학교에서 오래된 교과서로 다양한 과제를 내주면 내가 네 명 분량을 다 했어. 그러고 나면 선생님이 내보내줘서 학교 밖으로 나가 흙바닥 운동장에서 놀거나 아니면 흙길을 따라 중앙로에 있는 무너질 듯한 구멍가게로 갔어. 학생들 수가 워낙 적었기 때문에 독일식 이름을 가진 할머니들이 집에서 만든 음식을 점심 급식으로 먹었어.

머독 학생들 전부 육상반이라 나도 육상반에 들어갔고 버스를 타고 가서 다른 농장 아이들과 같이 육상 대회를 했어. 붉은 흙먼지가 일어 하얀색 테니스 신발에 붉게 얼룩이 졌어. 붉은 흙으로 뒤덮인 소멸 직전의 마을 머독을 다른 동네 사람들은 '머드록Mud Rock'이라고 불렀어. 나는 키는 작아도 점프를 잘해서 장애물 달리기에 나가 아미시* 여자아이들하고 경주를 했어. 아미

---

*   Amish, 기독교의 한 유파로 새로운 문명을 거부하며 집단적으로 생활한다.

시 여자아이들은 집에서 만든 치마 아래에 자전거용 반바지를 입고 달렸어.

경주마다 아미시 여자아이들이 우승을 휩쓸었어. 우리는 아미시 마을이 우리보다 농장 일을 더 많이 해서 더 튼튼한가 보다 했어. 아미시 마을에서는 현대적 농기계를 쓰지 않기 때문에 우리 농장 북쪽 길을 차로 달리다 보면 아미시 공동체 여자들이 보닛을 쓰고 쟁기를 손으로 미는 모습을 볼 수 있었지.

아미시 남자아이들은 메달을 여자아이들만큼 많이 따지는 못했어. 왜인지는 모르겠다. 다만 노동자의 딸로 살면서 배운 게 있다면 '남자의 일'을 하는 여자는 마음속에 도전 정신이 자라고 그 힘이 다리로 뻗어 경주에서 이길 수 있다는 거야. 비록 치마를 입고 달린다 할지라도.

내가 베티 할머니와 같이 살기 시작한 무렵에 할머니 부모님도 나이가 많이 드셔서 베티 할머니가 나와 부모님을 동시에 돌보아야 하게 됐어. 외증조부 에런은 벌써 몇 십 년 전에 콜로라도에서 캔자스로 돌아와 살았어. 에런과 도러시는 위치토에서 각각 다른 동네에 살았는데 두 집 다 찬장을 열어보면 정부에서 나눠준 땅콩버터하고 무료 식품 배급소에서 준 가짜 치즈밖에 없었어. 땅콩버터나 치즈를 발라 먹을 크래커도 빵도 없어서 할머니와 내가 그 동네의 무너질 듯한 가게에서 장을 봐다 줬어. 땅콩버터와 치즈가 썩어나가지 않게 우리 집으로 한 통씩 들고 오기도 했지.

에런 할아버지 집은 가난한 동네에 있어도 아내가 잘 관리해서 깨끗했어. 하지만 나는 눈이 늘 뿌연 에런 할아버지를 보면 어쩐지 소름이 끼쳤어. 수십 년 동안 아침에 눈을 뜨자마자 맥주한 캔을 따서 먹었는데 의사가 그만두면 오히려 위험하다고 계속 마시라고 했대.

도러시 할머니 집에는 늘 블라인드가 쳐져 있었어. 할머니는 텔레비전에 나오는 사람이 자기한테 말을 건다고 무서워했어. 비만이었고 2형 당뇨병이 있었고.

도러시 할머니는 툭하면 "그럴 리가 없지."라고 말하곤 했어. 누가 하는 말이든 텔레비전 뉴스든 뭐든 믿기지 않는 게 있으면 늘 "흥, 그럴 리가 없지."라고 했어. 눈빛에도 의심이 가득했어. 도러시는 한쪽 눈썹을 치켜올리며 짐승처럼 거리를 두고 쳐다보곤 했어. 도러시 할머니의 눈은 베티 할머니나 내 눈처럼 노란기가 도는 녹색이었어. 하지만 조현병 때문에 우리가 보지 못하는 것을 보는 눈이었어.

빅스베이포러브* 냄새가 풍기는 할머니 집의 신비스러운 분위기가 할머니 본인에게도 배어 있는 것 같았어. 테이블 위에는 도러시 할머니가 먹는 척만 하고 안 먹는 알약이 가득 든 요일별 약통이 있고, 고양이와 광대 모양 도자기 인형, 무설탕 캔디

• Vicks VapoRub, 기침을 가라앉히기 위해 가슴팍에 바르는 멘톨 연고.

통, 기대를 품고 뜯어본 퍼블리셔스클리어링하우스* 우편물 등이 있었어. 낡은 텔레비전이 있는데 화면의 붉은 기가 너무 높았어. 한쪽 벽에는 수척한 얼굴로 애원하는 듯 쳐다보는 예수 그리스도 초상화가 어울리지 않게 걸려 있고.

도러시 할머니와 농장 집에서 잠시 같이 산 적도 있어. 나는 7학년은 서쪽으로 15킬로미터 거리에 있지만 인구가 3000명이 넘는 킹맨으로 다니게 됐어. 베티 할머니한테 머독에서는 배우는 게 별로 없다고 말해서 학교를 옮겼어. 어느 날 학교에서 한참 버스를 타고 집에 와 보니 외증조할머니 도러시가 식탁에 조용히 앉아 있더라. 하지만 도러시 할머니는 곧 위치토로 돌아갔어.

내가 조금 자란 뒤에는 우리 엄마와 베티 할머니가 떠돌이처럼 생활한 게 정신 이상이 있는 어머니에게 보고 배워서 그런 걸까 하는 생각을 했어. 또 미쳐버릴 것 같은 상태가 되는 여자들이 왜 이렇게 많은지도 궁금하더라고. 어쩌면 음식하고 상관이 있는 건 아닐까 하는 생각도 들더라. 어릴 때 내가 먹던 음식들 대부분 도러시 할머니 레시피대로 만드는 거였거든.

도러시 할머니를 마지막으로 본 날이 1993년 추수감사절 때였어. 도러시 할머니는 일흔한 살이었는데 우리 농장 집 거실에서 길고 울퉁불퉁한 노란 손톱 위에 복숭아색 래커를 바르고 계

---

* Publishers Clearing House, 정기 구독 잡지 배달 업체로 잡지에 복권을 끼워 보낸다.

셨지. 나는 열세 살, 8학년이었고 이제 어른들하고 같이 있는 게 편하지 않은 나이였어. 할머니는 밝은 색 레이온 하와이안 드레스를 입고 몸이 뚱뚱해서 다리를 벌린 자세로 앉아 있었어. 산소 호흡기로 숨을 쉬면서도 담배를 피웠어. 통통한 위쪽 팔에는 사마귀가 돋았고 회색 머리카락은 집에서 파마를 해서 꼬불꼬불했어. 도러시 할머니는 손주들을 보면 웃으며 안아주고 마카로니앤드치즈 캐서롤이나 크랜베리 샐러드를 만들어 먹였는데 샐러드치고 호두가 심하게 많이 들어 있던 게 기억난다. 남자를 보면 성질을 냈는데 남자들은 아무 쓸모가 없기 때문이래.

크리스마스 1주일 전에 도러시는 집에 혼자 있다가 뇌졸중을 일으켰어. 딸들이 설치해놓은 구조 요청 버튼을 눌렀지만 구급대가 도착했을 때는 너무 늦고 말았지. 병원에 가족들이 모여서 생명 유지 장치를 떼기로 결정했어.

장례식장으로 가는 길 앞자리에 앉은 베티 할머니는 말이 없었어. 묘지 옆 예배당에 가니 엄마가 와 있었어. 엄마가 우는 걸 본 게 그때가 세 번째였을 거야. 엄마는 수십 년 전 엄마 대신 자기를 키워줬던 할머니를 잃어 고통스러워했지. 엄마가 아기일 때 아직 10대였던 베티가 일을 하러 가거나 시내에 놀러 나가면 도러시가 분유를 먹이며 키웠으니까.

묘지에서 인부들이 철제 장비를 이용해 땅 아래로 관을 내리는데 관이 기우뚱하더니 거의 미끄러져 떨어질 뻔했어. 쿵 소리를 내며 도러시의 육중한 몸이 한쪽으로 기울고 관을 묶은 띠가 풀려서 관 뚜껑이 약간 열렸어. 입이 살짝 벌어진 시신의 얼굴이 벌어진 틈 쪽에 끼었어. 푸드 이모할머니는 바로 고개를 돌리며 눈을 감고 휴지로 입을 막았지만 베티는 눈을 돌리지 않고 자기 어머니의 잿빛 얼굴을 고통스러운 얼굴로 응시했어.

베티 할머니가 어머니를 떠나보낼 때 나는 우리 엄마를 보고 내가 엄마를 얼마나 그리워했는지 깨달았지. 엄마의 낯선 태도 때문에 엄마가 내 눈에 엄마가 아니라 아름답고 재미있고 재치 있는 여인, 단단히 닫힌 마음을 얻고 싶은 대상처럼 느껴졌어. 그때 나는 엄마를 조금은 이해할 만큼 철이 들었어. 식구들이 낮은 목소리로 옛날 일들을 이야기하는 걸 엿듣고 조각조각을 모아 엄마의 삶이 어떠했을지 대충 구성할 수 있었거든.

엄마는 할머니보다도 더 지난 일을 잘 이야기 안 했어. 그래서 농장 집에서 나는 서랍을 뒤져 사진과 문서를 찾아서 엄마의 어린 시절이 어떠했는지 이야기를 만들어보려고 했지. 그러다가 머리카락이 검고 피부색이 어두운 아버지와 금발 머리 아기의 모습을 처음 봤어.

엄마가 10대 때 썼던 구석방을 내가 썼는데, 어느 날 무너져 내리는 벽돌 굴뚝 아래 낡은 함 안에서 엄마가 10대 때 모아놓은 물건들을 찾아냈을 때는 눈물이 막 나더라. 할머니랑 같이 살기 시작한 지 두 해가 좀 넘었을 땐데, 농장에서 살면서 킹맨으로 학교를 다니던 그때만큼 행복한 적이 없었지만 그래도 항상 마음 한구석에는 부모님과 남동생과 떨어져 사는 것에 대한 걱정이 있었어. 할아버지 할머니와 같이 살아야 내가 행복하다는 건 알았지만 직계 가족에 대한 의무를 저버렸다는 생각도 들었으니까. 내가 맷을 지켜주고 끌어줘야 하는데, 부모님의 나쁜 습관을 제지해야 하는데, 그런 게 아니라도 곁에 있어야 하는데 싶었지. 그리고 나도 식구들이 필요했어. 아이는 가족이 꼭 있어야 한다고 생각하기 마련이니까.

내가 우리 가족과 떨어져서, 식구들하고 판이하게 다른 일을 너무나 많이 하다 보니 오히려 그래서 나라는 사람의 특이한 면이 생겨난 것 같아. 너무나 벗어나고 싶은 내 환경에 대해 깊은 유대감 또한 느낀다는 점 말이야. 나와 너의 기이한 모녀 관계를 생각해보면, 어쩌면 내가 다른 환경에 태어났다면 가정적인 삶을 꾸리는 행복한 엄마가 되었을 수도 있겠다는 생각이 들어. 내마음에는 그런 관계에 대한 갈망이 늘 있었으니까. 이런저런 이유로 나는 엄마에게 돌아가기로 했어.

농장에서 위치토에 있는 엄마와 밥의 집으로 짐을 옮기고 시내 북동쪽에 있는 큰 고등학교에서 9학년을 시작했어. 엄마와 밥은 최근에 왓슨 판사 주례로 결혼식을 올렸고 잘 지내고 있었어. 맷은 열 살이었는데 내가 돌아와서 기뻐했지. 둘이서 캐치볼을하고 엄마의 담뱃갑에서 '말보로 마일스'*를 잘라 모아서 포커

• Marlboro miles, 1990년대에 말보로 담뱃갑의 일부를 잘라 모으면 상품으로 교환할 수 있었다.

세트를 받아 같이 놀았어.

내가 10대가 되자 사람들이 엄마와 나를 자매로 착각하는 일이 잦았어. 사람들 말이 머리카락과 눈 색깔하고 나이 차이 몇 살만 빼면 똑같대. 우리는 말없이 같이 신문을 읽고 옷도 같이 돌려 입고 저녁에는 같이 뉴스를 보고 깊은 밤에는 점성술 이야 기를 했어. 그럴 때 엄마와 밥은 와인을 마셨지.

엄마는 서른두 살이었는데 술이 조금씩 늘었어. 평소 태도 는 늘 절제되어 있었는데 친구들과 어울려 술을 마실 때면 난잡 한 말썽꾼이 되어버리는 걸 보고 나는 눈살을 찌푸렸어. 새로 전 학한 학교도 마음에 들지 않아 엄마 집으로 온 게 실수였나 하 는 생각이 들기 시작했어.

내가 다시 돌아가겠다고 했을 때 엄마는 말리지 않았어. 어 쩌면 엄마도 어떻게 하는 게 좋을지 몰랐을지도 모르겠다. 그러 니 몇 달에 한 번씩 거처를 옮기는 우리 외가 쪽 전통에 충실하 게 열네 살 때 나는 또 농장으로 거처를 옮겼어. 새 학년이 시작 한 지 두 달 정도 지났을 때니, 전학 가기에 좀 어색한 시기였지 만. 그렇게 해서 이제 9학년이 되었을 뿐인데 벌써 여덟 번째 학 교에 다니게 됐어.

내 주변 여자들 마음 깊은 곳에 때리고 도망가고 바람을 피 우고 학대하고 일도 잘 안 하는 남자한테 경제적으로 의존해야 하는 상황에 대한 공포가 있는데 나도 이심전심으로 느끼게 됐나 봐. 결혼 제도에 대해 회의가 생겼고 내가 언젠가 남자의 수입에 의존해 살아가게 되리란 생각은 아예 안 했어. 나는 우리 식구들한테도 돈 달라는 말을 쉽게 못해서 친구들이 용돈으로 먹을 걸 사 먹을 때 나는 배가 안 고프다고 거짓말을 하곤 했지. 나는 할 수 있는 최대한 빨리 경제적으로 독립했단다.

고등학교 때 친구들하고 놀러갈 때 필요한 기름값을 벌려고 아르바이트를 두 개 했어. 54번 도로 옆 피자헛에서 서빙을 하고 카운티 공원관리공단 사무원으로도 일했지. 그 뒤로도 거의 늘 어쩔 수 없이 동시에 두어 가지 일을 했어. 고등학교와 대학교 시절이 기운이 가장 넘쳐야 할 나이지만 나는 가장 피곤했던 시기로 기억해.

그때 우리 가족이 사는 모습을 보면서 나는 두 가지 길 중에 선택을 해야 한다고 느꼈어. 쉬지 않고 일해서 스스로 경제 기반을 닦으려고 애쓰거나, 아니면 내 친구들 대부분처럼 생각 없이 속 편하게 살거나 둘 중 하나였지. 후자를 택하면 젊은 나이에 엄마가 되고 저임금 노동자가 되는 게 불 보듯 빤했으니 선택하기가 어렵지는 않았어.

내 모계에서 이어진 악순환의 고리가 내 목표, 우리 집 여자들이 가지 않은 곳에서 무언가 '큰일'을 하겠다는 아직은 불분명한 목표에 극도로 적대적이란 생각이 들자 나는 그걸 운명이 아니라 위협으로 받아들이기로 했어. 물론 너를 위협으로 생각했다는 건 아니야. 너는 자궁벽에 안착한 수정란처럼 내 정신의 핵심이었고 어떻게 살아야 할지에 대해 답하도록 도와주는 존재였으니까. **내 딸이라면 어떻게 하길 바라?** 이렇게 물으면 답을 알수 있었지. 다만 네가 무수한 욕구를 채워줘야 하는 존재로 세상에 등장할까 봐 나는 겁이 난 거야. 우리 둘 다를 위해서 안 될일이었어.

언젠가 내가 결혼해서 아기를 낳는 꿈을 꾸어보지 않은 건아니지만, 나에게는 그보다 더 간절한 것들이 있었어. 시골에서 10대로 살 때에 그게 어떤 거라고 구체적으로 생각하지는 못했겠지만 내가 우선시하는 게 무엇인지는 분명했지.

아기를 보면 안아보고 싶어하는 여자아이들이 많은데 나는어릴 때부터 그런 마음은 별로 안 들었어. 솔직히 그런 아이들을보면 호들갑이 심하다고 생각하기도 했어. 출산을 추앙하는 것이야 어디에서나 마찬가지겠지만 캔자스 시골에서 가톨릭교도로 살다 보면 그런 일을 수없이 많이 보게 돼. 그곳에서는 고등학교 때부터 벌써 친구들 임신 축하 파티에 초대를 받는단다. 자기엄마의 삶을 고스란히 되풀이하는 젊은 엄마들이 적지 않았어.엄마가 나온 명문 학교에 입학하고 엄마를 따라 진보적 정치관을 받아들이고 엄마처럼 30대에 가정을 꾸리려 하는 여자아이들하고 사실 다르지 않지.

나는 엄마가 나 때문에 자기 삶을 포기했고 그 일에 대해 후회가 없지 않다는 걸 느꼈어. 너는 절대로 그런 감정을 느끼지 않기를 바라. 내가 가난한 어린 엄마의 아기였기 때문에 너와 내가 이렇게 연결되어 있는 거야. 경제적·감정적 빈곤을 물려받았기 때문에 아기를 기를 여유도 사랑할 여유도 없는 엄마의 배 속에서 자란다는 게 어떤 건지, 내 세포 깊은 곳에 각인되어 있기 때문에.

이 정도의 자각을 가지고 있다면 가난할지라도 아기를 잘 길러낼 수 있을 거라고 말할 사람도 있겠지. 사실 우리 엄마와 나는 공통점도 많았지만 기질은 많이 달랐어. 내가 아기를 안으면 아기가 금세 새근새근 잠들곤 했어.

"쟤는 달이 게자리에 있거든.* 그래서 양육과 보호 기질이 있어." 엄마는 이런 말로 설명했어.

그렇다고 해서 내가 너를 잘 기를 수 있었을지는 확신이 없어. 나는 아마 겉으로는 멀쩡하지만 깊은 밤 혼자서 고통스러워하는 엄마가 되었을 것 같아. 우리 엄마가 그랬던 것처럼, 네가 울거나 내 인내심을 한계까지 끌어당기면 그 고통이 나를 사로잡았겠지. 너를 때리거나 울음을 그치라고 소리를 지르거나, 최악의 경우 내가 어릴 때 느꼈던 증오를 소리 없이 너에게 쏘아주었을 거야.

그래서 나는 언젠가 아기를 낳을 거라든가 그런 얘기는 하지 않았고 나한테 물어보는 사람도 없었어. 아, 내가 어릴 때에는 인

---

* 게자리가 세상의 중심에 있어 이곳이 달의 집이라는 믿음이 오래전부터 이어져 내려왔다

형 선물을 많이 받았고 인형을 안는 모양을 보니 좋은 엄마가 될 거란 소리도 꽤 들었지. 하지만 내가 열 살쯤 되었을 때부터는 그런 얘기도 툭 끊겼어. 나한테 어떤 남자와 결혼할 거니, 애는 몇이나 낳을 거니, 그런 걸 물어보는 사람이 아예 없었어. 식구들도 내가 다른 길로 가려 한다는 걸 짐작했나 봐. 내가 학교에 목을 매고 술과 약물에 시간을 낭비할 수 없다고 목청을 드높이고 대학 지원서에 한 줄이라도 더 넣겠다고 엄청나게 많은 과외 활동에 이름을 올리는 걸 보면 모를 수가 없었겠지.

엄마 집에서 나와 다시 킹맨고등학교로 돌아가서는 거의 광적으로 성취에 매달렸어. 그때 축구부 치어리더 팀 선발 테스트는 이미 끝났더라고. 이사 다니다 이런 식으로 놓친 기회가 적지 않았지. 미술 대회 마감이 막 지났거나 학교 연극 오디션이 코앞이라 대사를 외울 시간이 없거나. 그래도 할 수 있는 것에는 전부 뛰어들었어. 농구, 연극, 육상, 학생회 등등. 결국 이듬해 가을에는 치어리더 팀에 들어가서 꽃술을 흔들 수 있게 됐어. 작은 학교에서는 치어리더가 곧 학생회 멤버거든.

내가 잠깐 위치토에 사는 동안 친구들은 많이 변해버렸어. 중학교 때만 해도 얌전한 아이들이었는데 술, 담배도 하고 자동차 후드 위에서 나이 많은 남자 친구와 섹스를 하는 거야. 나는 고등학교 생활을 어떻게 할지 굳게 마음을 먹었어. 대입 지원서에 적을 수 있을 만한 것은 무엇이든 한다. 그리고 임신하지 않는다. 친구들하고 파티에 가긴 했지만 술은 입에 안 댔고 취해서 토하는 친구들을 친구 차로 집에 데려다줬어. 난 아직 나이가 안 돼서 면허가 없긴 했지만. 남자 친구도 사귀었지만 청바지 지퍼를 단단히 채웠지.

처음 가본 큰 파티가 킹맨 외곽 창고에서 열린 파티였어. 부모가 집을 비운 4학년 여학생 집 건초 창고에 수백 명이 모여서 사다리로 거대한 로프트를 오르내리며 건초 더미 위에 앉아 맥주를 마시고 컨트리와 그런지록을 틀어놓고 춤을 췄어. 부츠가 마룻바닥 위에서 쿵쾅거리면서 건초 먼지가 피어오르고 불빛 속에서 금가루처럼 반짝였어. 즐거웠지만 나는 거기 낄 수 없는 아웃사이더였어. 술을 마시지 않으려고, 아무도 내 몸을 건드리지 않게 하려고 조심하고 있었으니까.

그때 내가 꼭 옳은 길로만 가려고 기를 쓴 건 우리 가족에 대한 반항이면서 동시에 내 삶의 목표를 향한 분투였어. 가톨릭 신앙에서 강조하는 순결성, 학교에서 높이 평가받는 성실성, 미국 경제에서 중시되는 경쟁심 모두 진지하게 받아들이고 한시도 실수를 하지 않으려 했지. 고등학교 시기가 내 꿈이 이루어질지 무너질지를 결정하리라는 걸 알았으니까.

베티 할머니는 내가 전 과목 A를 받는다는 건 알았지만 내 앞날에 대해 어떻게 조언을 해야 할지는 잘 몰랐어. 다만 우리 같은 여자들에게 가장 중요한 딱 한 가지 조언을 했지.

"조심해. 발목 잡히면 안 돼." 이렇게 말하곤 했어.

베티 할머니나 우리 엄마처럼 나도 가난하고 어린 여자의 아기였으니까, 할머니가 무슨 뜻으로 하는 말인지 더 말 안 해도 알았어.

가난한 여자들은 살아가기만 해도 폭력을 당할 수밖에 없어. 의료 서비스를 받지 못하고 임신하고, 서빙을 하면서 예사로 성희롱을 당하고, 반복적인 육체노동으로 몸은 통증에 시달리지. 그리고 남자들에 의한 폭력이 있어. 가난한 계급 남자가 중간이나 상위 계급 남자보다 더 폭력적인지 어쩐지는 모르겠지만, 경제적 수단이 없는 여자가 폭력에서 벗어나기가 더 힘든 것은 사실이야.

나는 나를 뒤쫓아 오는 남자를 죽이는 꿈을 꾸곤 했어. 가끔 현실에서도 그런 상황을 상상하면서 그럴 때 어떻게 싸워서 빠져나올까 생각하곤 했지. 하지만 맞서 싸우는 것보다 두려움을 겉으로 드러내지 않는 게 가장 큰 힘이라는 걸 알게 됐어.

고등학교 1학년 때 4학년 남자가 내가 자기와 사귀기를 거절하니까 화가 나서 한밤중에 나를 차에 태우고 흙길로 달려가서 권총을 꺼낸 일이 있었어. 나는 조수석에 앉아 있었는데, 너무 무서웠지만 공포감을 겉으로 드러내지 않고 계속 나를 집에 데려다달라고 차분히 말해서 무사히 집에 돌아올 수 있었어.

임신만이 가난한 여자아이들의 발목을 잡는 게 아니야. 다른 식으로 위험한 남자들도 있었어.

그래서 내가 열여섯 살 때 조용하고 소극적이고 섹스에 아무

관심이 없는 남자아이를 좋아하게 되어 사귀었나 봐. 우리 식구들은 자기들도 했고 10대들이 대부분 하는 것, 즉 섹스와 담배, 술, 약을 당연히 나도 하리라고 생각했어. 그런데 난 안 했어. 내가 '도덕적'이거나 신앙심이 깊어서가 아니라, 오직 아기나 중독이나 폭력적 애인 같은 문제에 발목 잡히지 않고 졸업해서 대학에 진학하겠다는 결심이 있기 때문이었어.

그게 우리 집안에서는 너무나 있을 법하지 않은 일이었는지 다들 나를 못 믿고 의심의 눈초리로 봤어. 나는 동아리나 스포츠 팀 여럿에 속해 있어서 밤늦게 집에 돌아오곤 했어. 1930년대 말 6학년까지 학교를 다니고 그만둔 아니 할아버지는 요즘 학생들이 어떻게 생활하는지 전혀 짐작도 못했지. 그래서 흙길 위에 난 내 차 타이어 자국을 유심히 분석하곤 했어. 내 차가 길 위에서 미끄러진 흔적이 남은 날에는 나더러 음주 운전을 했다며 야단을 쳤어. 사실은 내가 차를 너무 빨리 몰아서 생긴 바퀴 자국인데. 나는 고등학교에서 미국의 미래 농군의 '연인' 후보에 오른 적이 있는데 내가 못 박기 대회에서 우승을 하자 어떤 남자애가 말편자에 '운전의 대가'라는 문구를 새겨 상패를 만들어줬을 정도니까. 하지만 아니 할아버지는 여자아이가 그렇게 돌아다니다 보면 뭔가 문제를 일으킬 거라고 생각했지.

"내가 눈뜬장님인 줄 아니." 할아버지가 말하곤 했어.

나는 눈을 부라리고 화장실 문을 걸어 잠갔지.

"다 컸다고 네 볼기짝 못 때릴 줄 알아!" 할아버지가 소리를 쳤어. 베티 할머니가 침실에서 나와 아래층으로 내려오며 소리쳤지. "대체 뭔 일이야?"

에런 증조할아버지가 오래 같이 산 아내와 함께 농장 집 옆에 있는 트레일러로 들어왔어. 새증조할머니도 나이가 들면서 요리와 살림이 힘들어져서 베티 할머니가 두 분 식사까지 준비했어. 아버지에 대한 의무감 때문이기도 했겠지만 아버지를 돌볼 사람을 돈 주고 고용할 여유가 없기 때문이기도 했지.

나는 에런 할아버지를 싫어했어. 에런 할아버지가 밥을 얻어먹으려고 베티 할머니 집에 오면 나는 말을 섞기가 싫어서 집 밖으로 뛰쳐나갔어. 에런 할아버지는 아침에 눈뜨면 맥주부터 마시기 시작했으니 사실 대화를 나눌 만한 상태도 아니었지.

나는 사료 양동이를 삼륜차 핸들에 걸고 나가 목장 소들을 둘러본 다음 해가 질 때까지 삼륜차를 타고 계속 달렸어. 엄지손가락이 뻐근해질 때까지 액셀러레이터를 계속 누르면서 밀러 할머니 집을 지나, 밀러 할머니 개가 나를 쫓아올까 봐 속도를 높여서 아니 할아버지가 1970년대에 애인에게 살해당한 젊은 여자 시체를 발견한 감자밭을 지나, 내가 친구들을 데려와서 겁을 주고 창문에 돌멩이를 던지고 놀던 버려진 농가를 지나, 빵빵거리는 트럭이 지나다니는 도로 위로 다리를 늘어뜨리고 달랑거리며 놀던 다리를 지나 달렸어. 집에 돌아와서는 내가 먹을 저녁을 접시에 담아 최대한 빨리 그 자리를 떴지.

에런 할아버지는 내가 자기를 경멸하는 걸 알아차리고 못마땅해했어. 자기가 남보다 잘난 줄 아는 것보다 못된 일은 없으니까. 에런 할아버지의 수줍음 많은 부인이 스윙 음악 시디 컬렉션을 나한테 마지못해 넘겨주게 되었을 때 할아버지 인내심이 바닥에 달했지.

"쟤는 뭔가 사고를 칠 거야. 잘 감시해." 베티 할머니한테 이렇게 말하셨대.

우리 엄마도 날 안 믿었어. 우리 엄마는 아직 30대고 여자 친구들하고 어울려 다니면서 집에서 나오면 바지를 치마로 갈아입고 필름이 끊길 때까지 술을 마셨어. 엄마와 나는 동시에 정반대의 목적으로, 엄마와 내 위치가 바뀐 것처럼 반항을 하고 있었어. 파괴적인 조합이었지.

여름 방학에 엄마 집에서 지내는 동안에 말다툼을 한 적이 있어. 엄마가 너무 심하고 터무니없는 말을 해서 나는 2주 동안 엄마하고 말을 안 하고 지냈어.

그러다가 어느 날 밤 침대에 누워 잠을 청하는데 엄마가 내 방 문간에 나타났어. 복도 불빛을 뒤쪽에 받고 선 엄마의 형체가 조그맣게 보이더라. 엄마가 천천히 안으로 들어와 침대 옆에 섰어. 출근할 때 뿌리는 향수, 계피 검, 와인 냄새가 섞인 엄마 냄새가 진하게 났지. 엄마가 침대 위에 앉았어. 나도 몸을 일으켜 앉았어.

"미안해."

엄마가 이렇게 말하고 몸을 기울여 여리고 가는 팔을 내 어깨에 둘렀어. 나도 엄마를 끌어안았어. 엄마 무게가 울타리에 얹힌 꽃처럼 가볍디가볍더라. 엄마가 우는 동안 그렇게 엄마를 안고 있었어. 구불구불한 갈색 머리카락에는 담배 연기가 배어 있고 젖은 얼굴은 부드러웠어. 그전에는 단 한 번도 엄마가 미안하다고 하는 걸 들어본 적이 없었는데.

"괜찮아요." 내가 말했어. 엄마 자식이면서 엄마 가슴속에 있는 사랑의 크기와 엄마가 밖으로 드러내거나 받아들일 수 있는 사랑의 크기가 얼마나 차이가 나는지 모를 수는 없으니까.

그런 차이가 있는 까닭은 엄마가 겪어야만 했던 폭력 때문이라고 생각해. 가난한 어린 시절, 학대, 방치, 똑똑하지만 기회가 주어지지 않는 데에서 오는 좌절감, 이른 임신. 이유는 알 수 없지만 나는 나나 다른 사람 마음속에 있는 사랑을 늘 쉽게 느낄 수 있었어. 존재하지 않는 너의 사랑조차도.

내가 아는 여자들은 늘 신경이 곤두섰다거나 방법이 없다거나 한계에 달했다거나 하는 말을 입에 달고 살았어. 내가 농장 집 나무 서랍 깊은 곳에서 발굴해낸 사진첩을 보면, 이들을 그 지경으로 몰고 간 남자들의 얼굴이 시커멓게 지워지거나 찢겨 나가고 없는 사진들이 많았어. 자기가 잘 나온 사진이면 못된 남자가 같이 찍혔더라도 얼굴만 지우고 간직했다는 것도 일종의 페미니즘 같지 않니.

베티가 폐차장을 운영하는 허브와 연애를 할 때 허브, 베티,

푸드는 허브의 정비소 건너에 있는 '캘린더걸'이라는 술집에서 종종 술을 마셨어. 푸드는 허브가 유머 감각이 있고 멋진 선더버드 자동차도 있어서 맘에 들었대. '캘린더걸'에서 맥주 몇 잔 마시면서 스트레스를 푸는 것도 좋았고. 푸드는 그 술집 주인인 나이 많은 여자를 뚜렷이 기억해. 일흔 살이었는데 어두운 플로어 위에서 춤을 추곤 했대.

"몸은 예쁜데 얼굴은 할머니였어." 푸드 이모할머니가 말해 줬어. 그 사람이 누군지 알 것 같다고 나는 생각했지. 그 나이까지 살아남아 작은 술집을 하거나 트레일러에서 세무 서비스를 하거나 아버지한테 쓰레기장을 물려받아 운영하는 등의 사업을 하는 우리 계급 여자들 특유의 생김이 있어. 원래 쇼핑몰 아동복 코너에서 팔던 청바지를 중고 상점에서 사서 입고 주름진 손 끝에는 항상 담배가 끼어 있지. 독신 생활을 택한 걸 만족스럽게 생각하고 반려동물은 너무 많이 키워. 이런 분들을 보면 전장에서 돌아온 전사처럼 느껴졌어. 사랑이 가득하지만 삐끗하면 금세 쌈닭으로 돌변하기도 해. 베티 할머니도 말년에는 그렇게 됐어. 이런 혈통을 나는 자랑스럽게 여긴단다.

어느 여름날 할머니와 월마트에서 장을 보고 나올 때였어. 주차장의 열기 때문에 어질어질하고 손에 땀이 차서 비닐봉지에 들러붙을 정도라 베티 할머니가 힘들어하지 않는지 돌아봤어. 정당하게 장애인 주차 구역에 주차한 할머니 차로 가는 길이었지. 할머니는 수십 년 동안 하이힐을 신어 기형이 된 발에 수술을 받았는데 수술이 잘못되어 통증이 더 심해졌어.

장 본 물건을 트렁크에 싣는데 파마머리 여자가 우리 뒤쪽에서 마트 쪽으로 걸어가더라. 차에 막 타려는데 여자가 할머니한테 말했어.

"장애인 맞아요? 그렇게 안 보이는데."

베티 할머니 얼굴이 갑자기 무너져 내리는 것 같았어. 할머니는 깊은 숨을 들이마셨지. 할머니의 녹색 눈 뒤쪽에서 무언가가 휙 바뀌는 것 같았어. 그러더니 과거의 베티, 겉으로 드러내지 않았지만 늘 느낄 수 있었던 모습이 겉으로 올라왔어.

할머니가 왼손으로 차 지붕을 붙들고 몸을 밖으로 꺼내며 아픈 발을 쑥 내밀었어.

"야 이년아, 나 이 발 수술했다고."

여자가 걸음을 멈추더니 입을 떡 벌렸어.

"여기 딱지 안 보여?" 베티가 소리 지르면서 백미러에 달린 파란색 주차 허가증을 떼어 흔들었어.

할머니 눈에 눈물이 흐르더라.

"그래도 네 뚱뚱한 엉덩이를 발로 차줄 수는 있지!"

할머니 목소리가 떨렸어. 눈물이 줄줄 흘렀지만 울음이 터져 나오지는 않았지.

여자는 인상을 쓰고 몸을 돌려 가버렸어. 할머니는 뜨거운 차에 다시 올라탔어. 손을 떨면서 얼굴을 닦자 잿빛 아이라이너가 얼굴에 번졌어.

"괜찮으세요?" 내가 물었어.

위치토에서 농장까지 말없이 54번 도로를 따라 달렸어. 체니 출구에서 고속도로를 빠져나왔을 즈음에는 할머니가 다른 생각에 빠져 있는 걸 알 수 있었지. 저녁에 뭘 먹을까 생각하고 계셨을까.

"얘, 루." 할머니가 나를 불렀어. "영수증 보고 쿠폰 다 적용됐나 확인하렴."

할머니는 장애 연금을 받을 수 있게 되어 곧 조기 은퇴했어. 1950년대 음료수 판매부터 시작해서 거의 한시도 쉬지 않고 내내 일했어. 20년 가까이 범죄자들을 상담하는 일을 했고. 남자 동료의 두 배로 일했고 급료는 더 적게 받았다고 해. 그런데 할머니는 어머니를 잃은 지 1년도 안 되었는데 이제 일자리도 잃게 된 거야.

베티 할머니가 일을 그만둬서 난생처음으로 내가 학교에서 집에 돌아왔을 때 집에 어른이 있었어. 버스에서 내려 마당과 현관 위의 개들을 지나 방충문을 열고 물이 새서 무너져 내리는 천장 아래 가라앉은 나무 계단을 밟고 위층으로 올라가면 할머니 방 서랍장 위 묵직한 텔레비전에서 「시민 법정People's Court」이 나오고 있었어. 할머니는 방에서 주무시고 계셨지. 아니 할아버지가 코를 골기도 하고 그래서 할아버지 할머니는 각방을 썼어. 할머니 옆에는 여성 잡지 《레드북Redbook》 뒤쪽 요리법이 나온 페이지가 펼쳐져 있고. 침대 옆 테이블에는 멘톨 담배 한 갑과 재떨이가 있어 냄새가 코를 찔렀어.

휜색과 파란색이 섞인 빛바랜 싸구려 이불을 몸에 두르고 할머니가 누워 있었어. 고통에 시달린 듯 몸을 뒤틀고 구부린 모습으로. 가끔 방 안으로 들어가 할머니 옆에서 자는 작은 개를 쓰다듬다 보면 할머니가 자면서도 이마를 찡그리는 모습, 오랜 흡연 때문에 쭈글쭈글해진 입가에 주름이 지는 모습이 보였지. 연기 냄새와 박하 냄새가 났어. 담배, 유리병에 넣어놓고 먹는 레드핫츠 사탕, 펩토비스몰 소화제 맛이 나는 부슬부슬한 분홍색 사탕, 어깨 통증을 줄이려고 바르는 멘톨향 연고의 강력한 냄새.

베티 할머니는 만성피로증후군 진단을 받았어. 어떤 의사들은 그저 심리적인 것이라고 하고 어떤 의사들은 실체가 있는 병이라고 해. 어느 쪽이든 간에 만성피로와 함께 섬유성근통도 찾아오는데 의학 문헌에서는 이것도 뚜렷한 이유가 없다고 하지. 이 병 때문에 베티 할머니의 어깨가 붓고 통증이 심했어.

할머니한테 '만성피로'라는 병이 있다는 게 나는 납득이 가고도 남더라. 베티 할머니가 얼마나 열심히 살았는지 아니까. 한때 할머니 에너지가 무한한 듯 보였던 때도 기억해. 새벽 네 시에 잠이 안 오면 할머니는 에이 일이나 하자 하면서 아래층으로 내려가 부엌 찬장을 싹 정리하기도 했어. 그동안 한시도 안 쉬고 부지런히 살았으니 이제 완전히 지쳐서 따뜻한 오후 햇살에 낮잠에 빠져드는구나 싶었지.

할머니 방은 고요했어. **시골**이니 적막할 정도로 고요했지.

얇은 하얀 커튼을 뚫고 창문으로 햇살이 들어와 창틀 위에서 잠자는 고양이 형체가 보였어. 방 벽은 적갈색 무늬목이었는데 한쪽 벽에는 20년 전 할머니가 신앙을 받아들였을 때부터 있던 십자가상이 걸려 있었어. 성지주일● 의식에 쓰는 말라서 누레진 종려나무 잎을 문틀 위에 끼워놓았는데 아니 할아버지 방과 내 방에도 있었어. 몇 년 전 시골 중고세일 장터에서 값싸게 산 짙은 색 원목 서랍장 위에는 1달러 99센트에 파는 값싼 알루미늄 사진틀에 든 가족사진이 빼곡히 놓여 있었지. 대부분은 나와 맷의 어릴 때부터 지금까지 모습이 담긴 사진이었어.

마룻바닥 위에는 고양이 털과 개똥 얼룩으로 뒤덮인 작은 러그가 깔려 있었어. 할머니는 집안일도 열심히 했지만 워낙 크고 오래된 집이라 피로와 통증에 시달리는 할머니 힘으로 관리하기는 벅찼어. 2층에 있는 침실 네 개에는 먼지가 소복이 쌓였고 화장실에 있는 고양이 화장실도 엉망이었어. 카펫이 깔린 아래층도 계단 뒤쪽 공간 같은 데는 청소가 안 되어 있었지. 좁은 공간이지만 아니 할아버지가 메모장에 밀값, 솟값, 장비 수리비, 지나가는 사람에게 판 밀짚값 따위 '숫자'들을 적어 넣고 계산하는 곳이었단다. 부엌 바닥도 지저분했고 부엌에 붙은 세탁실, 집에서 포장한 고기를 보관하는 냉동고가 있는 현관 옆 '부속실'도 마찬가지였어. 아래층 화장실에도 때가 덕지덕지했고 식당 찬장

● 부활절 직전 일요일.

도 먼지가 뽀얬어. 거실도 다를 바 없었고. 습기 찬 지하실에는 채소 통조림과 자두잼병이 먼지와 거미줄을 쓰고 있었지.

아니 할아버지는 들일을 마치고 집으로 들어왔어. 베티 할머니는 무거운 몸을 이끌고 아래층으로 내려가 감자껍질을 벗기고 종일 해동시켜 흰 포장지 밖으로 핏물이 흐르는 돼지갈비에 빵가루를 묻혀 튀겼어. 저녁 준비를 하는 동안 할머니는 생각에 잠긴 듯 말이 없었지.

할머니와 할아버지가 전에는 싸우는 걸 본 적이 없는데 그 무렵에는 부쩍 많이 다퉜어. 결혼 20주년이 가까워 올 땐데 푸드 이모할머니가 '캠프 편 농장'이라고 불렀던 그곳이 이제는 전만큼 즐겁지 않았지. 아니는 60대 중반이었으나 날마다 농장 일을 해야 했어. 농부가 다리가 쑤시든 말든 소는 먹어야 하니까. 할아버지 눈썹 위쪽에 생긴 피부암 덩이를 떼어내어 새로 흉터가 생겼어. 할아버지 할머니 둘 다 피로했으니 삐걱거릴 수밖에.

두 분이 주방에서 다투는 소리를 종종 들었는데 할머니 목소리가 전과 달리 사나웠어. 어쩌면 할머니가 서른두 살이고 할아버지가 마흔다섯 살일 때에는 그렇게 크게 느껴지지 않던 나이 차이가 마흔아홉, 예순둘이 되니 훨씬 크게 느껴졌을지도 몰라. 농기계를 수리하고 울타리를 묶느라 수도 없이 구부렸던 할아버지 다리는 이제 고장이 나서 위층에 가려고 계단을 올라가기도 힘겨웠어.

할머니는 도러시 증조할머니가 죽은 뒤로 맥주도 많이 마시고 먹는 약도 늘었어. 그러다 어느 날 오후에는 나를 데리고 집 1층, 2층과 동굴 같은 지하실까지 집 안을 전부 돌면서 중요한 물건을 숨겨놓은 곳을 보여줬지. 병에 꿍쳐놓은 현금 다발, 38구경 권총, 에런 할아버지가 1940년대 해외 파병 갔을 때 모은 이국적인 장신구들.

"혹시 모르니까." 할머니가 말하길래 내가 우는 소리를 냈지.

"할머니! 아직 젊으신데 왜 그래요!"

할머니는 진지한 말투로 자기를 묻을 때 브라 없이 묻어달라고 했어.

"그 빌어먹을 거 지긋지긋해. 내 장례식에서 불태워도 돼."

가난한 여자가 힘들게 살다 보면 얻게 되는 냉정한 힘이 있어. 피해 의식 대신 건조한 유머를 얻게 된달까. 피할 수 없는 죽음을 감상에 휘둘리지 않고 담담히 받아들이고 모아놓은 동전을 손녀가 찾을 수 있게 손을 써놓지. 우리 이전의 여인들은 정신이 특히 맑고 또렷한 순간에 마치 여왕처럼 장엄한 힘을 드러냈어.

도러시, 베티, 푸드, 폴리, 지니 모두 살면서 겪은 심리적 고통 때문에 심오한 인식에 도달하게 됐지. 세상을 경험하는 하나의 방식을 획득한 거야. 남자들이 설립해 논리와 지성만이 깨달음을 얻는 유일한 길이라고 하는 학교에서는 이런 지식은 무가치한 것으로 치부하곤 해. 하지만 이 여인들은 학교에서 배우는 지식보다 더 깊고 교회의 가르침보다 더 고차원적인 자신의 직관을 확신했어. 삶에서 오는 고통을 그토록 오래 감내하면서도 망가지지 않을 수 있다면 '힘'이라고 불리는 걸 얻게 되기 때문이지.

아빠와 아니 할아버지도 일종의 신비주의자였어. 가톨릭 신앙과는 또 별개인 개인적 영성이 있었지. 가축과 교감하고 겉보기에 튼튼해 보이는 건물 구조상의 문제를 감지하고 땅 밑 어디에 물이 있는지 직감했어.

하지만 여자의 삶은 또 다른 오래된 지혜를 안겨주곤 해. 나도 그걸 물려받을 수 있어서 다행이야. 엄마는 마트 농산물 코너에서 반들거리는 사과 더미 위에 손을 뻗어 과일색으로 칠한 긴 손톱을 대보기만 해도 어떤 사과가 아삭한지 알았어. 사과에서 어떤 기운이 느껴진다고 엄마는 말했지. 베티 할머니는 어릴 때 영험한 꿈을 꾸곤 했는데 그만 꾸게 해달라고 기도를 올려서 멈췄대. 푸드와 폴리는 좋은 기운과 나쁜 기운이 있단 말을 잘했어. 다들 이글스의 「마녀 같은 여인Witchy Woman」이라는 노래를 좋아했고 라디오에서 그 노래가 나오면 자기들만 아는 비밀이 있고 나머지 사람들은 아무것도 모른다는 듯 웃음을 터뜨렸어.

오거스트, 그건 진짜였어. 계급의 축복이지. 그들이 접근할 수 없는 학계에서는 근거 없는 소리라고 눈살을 찌푸릴 테지만. 이들에게는 아무도 빼앗아 갈 수 없는 힘, 자기 스스로 만든 세상을 보는 눈이 있었어.

7장

★

나의 출신지

내 삶은 두 곳 사이에 걸친 다리 같았어. 가난한 노동 계급과 '더 높은' 계급. 도시와 시골. 대졸 직장 동료들과 교육 기회를 박탈당한 사랑하는 가족. 어린 시절의 정치적으로 보수적인 환경과 어른이 된 뒤 진보적 분위기. 시골 한가운데에 있는 집과 동부 해안 지역의 직장. 사람들과 이야기를 나누는 물리적 세계와 너와 이야기를 나누는 무형의 차원.

　　그렇게 넓게 팔을 벌리고 있으려면 아프기도 해. 나는 상대적으로 안정적인 베티 할머니 집에서 살기를 택했지만 부모님과 동생과의 끈이 끊길까 봐 고속도로로 장거리를 계속 오갔어. 그래서 고등학교 때 연습 면허가 생긴 뒤로는 거의 매주 금요일 밤마다 차를 몰고 도시로 갔어. 일요일이 되면 가족들과 작별하고 곧고 평평한 아스팔트 도로를 달려 다시 할아버지 할머니가 있는 시골로 돌아왔고. 경제적 사정 때문에 가족이 뿔뿔이 흩어지게 되었지만 내가 가족들을 한데 묶어야 한다고, 내가 아니면 아무도 그렇게 할 사람이 없다고 생각했거든.

한쪽 집에서 다른 쪽 집으로 가면서 운 적도 많아. 어둠 속에서 차창을 열고 할머니의 낡은 차를 고속도로 속도로 몰면 차가 부르르 떨렸어. 가족들에게 마음속으로 약속을 하곤 했어. 나는 어떻게든 잘 살 거야. 마음만 풍족한 게 아니라 은행 계좌도 풍족하게 만들 거야. 식구들 빚을 다 갚아줄 거야. 여유가 없어 누릴 수 없는 걸 내 돈으로 사줄 거야. 그게 그저 단 하루의 휴식일지라도. 이런 생각을 하면 눈에 눈물이 고였어. 아마 다른 고속도로 위에서 젊은 날의 도러시, 베티, 지니는 울지 않으려고 눈물을 삼켰겠지.

나는 차창 밖으로 머리를 내밀고 하늘의 별을 보고 내 머리카락을 흩날리는 차가운 밤바람을 느꼈어. 젊은 나이에 늙은 듯한 기분이 들더라. 내 몸은 커진 느낌이었지만 검은 하늘 아래 내 존재는 작았어.

내 머리 위 위압적인 하늘은 캔자스의 문화나 경제와도 많은 연관이 있어. 위치토는 항공기 제조업의 중심지가 됐어. 게다가 캔자스의 가장 유명한 딸은 비행기 조종사 어밀리아 에어하트 Amelia Earhart고, 또 한 명은 소설 주인공으로 토네이도에 휩쓸려 다른 세계로 날아간 농장 소녀잖아.

사람들이 그 영화 이야기를 꺼내면 캔자스 사람들은 끙 하고 신음을 해. 여행 중에 만난 사람한테 어디 출신인지 말하면 열이면 열 "여기는 캔자스가 아니야."•라고 농담을 하거든. 독창적 농담이라고 생각하나 봐.

그 이야기가 나와 들어맞는 데가 있다는 걸 부인할 수 없긴 해. 나는 방랑벽이 있는 캔자스 농장 소녀고 폭풍에 우리 집 지붕널이 날아가는 걸 심심찮게 봤으니까. 봄여름이면 반대 방향으로 움직이는 거대한 기단이 우리 머리 위에서 충돌했어. 갈색 땅과 밀려오는 시커먼 구름 벽 사이 지평선 언저리에 가는 분홍색 띠 같은 하늘이 비쳤지. 하늘에 녹색기가 감돌고 바람이 잦아들고 소 떼가 불안한 듯 울타리 근처에 모이면 얼른 대비를 해야 했어.

킹맨이 집에서 가장 가까운 타운인데도 워낙 멀어서 우리 집까지는 사이렌 소리가 안 들렸어. 하지만 텔레비전에서 삐 소리가 나면서 화면 아래쪽에 경보가 뜨면 나는 얼른 위층으로 뛰어 올라가 카세트 플레이어, 타자기, 일기장, 사진 등을 끌어모아 옥수수 통조림과 거미줄이 가득한 지하실에 안전하게 보관했어. 그러고 나서 축축한 지하실에서 집 밖으로 나와 하늘을 관찰했어.

베티 할머니는 조용히 담배를 피우며 뉴스에서 도플러레이더로 측정한 풍속을 중계하는 걸 들었어. 아니 할아버지는 작물 걱정을 하면서 우박이 내리기 전에 트랙터를 헛간 안에 들여놓

•　영화 「오즈의 마법사The Wizard of Oz」에서 오즈로 간 도러시가 하는 말.

지. 1년에 한 번은 지하실로 내려가 촛불을 켜놓고 라디오를 들으면서 폭풍이 지나가길 기다렸다가 바람이 가라앉으면 밖으로 나와 피해를 살폈어. 울타리가 부서져 수영장 물 위에 떠 있고 뿌리 뽑힌 나무가 곡물 저장통 위로 쓰러져 있었지.

특히 기억에 강하게 남은 폭풍이 있어. 내가 10대 때였어. 집 밖으로 달려 나가 집 북쪽에서 주위를 둘러봤어. 수돗가와 분홍색과 흰색 꽃이 한창인 장미 덩굴로 덮인 도축 창고 사이에서 걸음을 멈췄어. 우박이 그치자 고요함이 사방을 덮었어. 나무도 숨을 멈춘 듯 잠잠하고 소가 진흙 속에서 걸음을 옮기는 소리가 들릴 정도로 고요한 순간.

소용돌이 구름이 바로 내 머리 위에서 회색, 흰색, 검정색, 주황색, 녹색 팔을 땅으로 뻗고 있었어. 어찌나 가까운지 내 뺨에 와 닿을 것 같더라. 중심에 진공을 만들며 빙빙 돌아 뻗어가고 서로 합해지며 한 점에 모였어. 깔대기 구름이 생기고 있었지.

기상학자가 '슈퍼셀supercell'이라고 부르는 용오름이 평원 위로 지나가는 광경만큼 아름다운 게 있을까. 그날이 깔대기 구름 중심에 내가 가장 가까이 간 날이었어. 어릴 때 체니호수 댐 수문을 좋아해서 울타리에 위험하게 매달려서 물보라를 맞곤 했던 것처럼 폭풍이 다가오는 게 나는 어쩐지 좋았어. 억눌려 있던 게 터지는 기분이었거든.

토네이도에 휩쓸려 날아간 적은 없지만 그때 많은 젊은이들이 그랬듯 나도 성공하려면 집을 떠날 수밖에 없었어. 그게 싫지

는 않았던 것 같아. 나는 이미 한참 전부터 우리 집안 여자들과
는 다른 일을 하고 배우고 쓰고 생각했으니까. 하지만 멀어지는
거리 때문에 가슴이 아프기도 했어. 어느 날, 내가 아직 어릴 때
할머니가 친구분과 전화를 하면서 나를 두고 이렇게 말하는 걸
들은 적이 있어.

"걔가 하는 말은 절반도 못 알아듣겠어."

내가 내내 느껴왔던 걸 확인해주는 말 같았지. 내가 내 출신
지에서 낯선 존재라는 사실. 아기가 자궁 안에 웅크리듯 나는 내
출신지의 품 안에서 자랐어. 그 안이 너무 좁아 더 이상 살 수 없
게 될 때까지 좋은 영향과 나쁜 영향을 모두 흡수하면서 쭈그러
져 있었어.

그 무렵에 꿈을 꿨는데 베티 할머니와 같이 1950년대 연식
의 컨버터블을 타고 가는 꿈이었어. 고조부모님 에드와 아이린
이야기에 나오는 셰보레 자동차처럼 흰색과 파란색으로 된 차였
어. 할머니가 운전을 했어. 따뜻하고 화창한 날이었고. 어른들과
아이들이 모여 있는 놀이터 옆에 차를 세웠지. 차에서 내려 할머
니와 놀이터로 갔어. 두어 살쯤 되어 보이는 어린 여자아이가 나
한테 다가와 나를 쳐다봤어. 얼굴을 보았는데 어릴 때 내 모습인
거야.

베티 할머니를 쳐다보았어. 할머니 옆에는 할머니 어릴 때
모습 그대로인 조그만 아이가 서 있었어. 백금색 머리카락, 통통
한 뺨, 짧은 원피스 차림으로. 나는 놀라서 놀이터를 돌아보았

는데 그곳에 있는 어른들 모두 어린 시절의 자기 자신과 함께 있었지.

꿈에서 깨었을 때 그 꿈이 무슨 뜻인지 알 것 같았어. 내 어린 시절은 이제 좋든 싫든 끝이 났다는 것. 아직 어른은 아니었지만 나 스스로 나를 건사해온 지 이미 한참 되었을 때야. 배 속에 너를 가질 수 있을 만큼 자랐지만 아직 면허를 딸 나이는 되지 않았을 때. 내 앞의 여자들이 그랬던 것처럼 남자 때문에 돈 때문에 고통스럽게 살지는 않겠다고 맹세할 만큼 철이 들었을 때.

고군분투가 삶의 방식이었던 여자들의 직계 후손으로서 나는 그들의 운명이 나에게도 그대로 주어지는 걸 느꼈어. 그런데 내가 사랑하는 이 여인들, 한때는 나를 압도하는 힘으로 느껴졌던 이들이 상처받은 어린아이일 뿐이라는 사실을 꿈을 통해 본 거야. 그들을, 그들과 함께 살았던 집을 너무나 사랑하지만 나는 그 삶에서 벗어나겠다고 마음먹었다.

경제적 불평등이 사람들을 문화적으로 갈라놓기 때문에 서로를 고정 관념의 색안경을 끼고 보게 돼. 그 때문에 권력을 가진 이들이 우리에게 해로운 정치적 결정을 내리기도 한다.

계급 때문이라고 생각하지 못하더라도 실제로는 계급 때문에 가족 사이가 벌어지고 그로 인해 헤어지는 아픔을 겪기도 해. 예를 들자면 가난 때문에 아이와 부모 사이가 멀어지는 경우를 흔히 봤어. 이혼해서 힘들게 사는 부모가 안정적인 가정환경을 만들지 못한다고 양육권을 뺏기고, 가난한 청소년 미혼모는 아기를 입양 보낼 수밖에 없고, 마약 중독자가 사는 트레일러에 정부에서 나온 아동복지사가 찾아오면 아이들을 얼른 숨겨야 하고, 알코올 의존증에 실업자인 아버지는 자기가 없어야 아이들이 더 잘 살겠다 싶어 아픈 가슴을 부여잡고 멀리 떠나지. 어릴 적 나는 너를 너무나 갖고 싶었지만 너에게도 나 자신에게도 옳은 일이 아니라는 걸 알았어.

고등학교에 입학한 뒤에 베티 할머니한테 아들이 있다는 걸 알게 됐어. 그 일에 대해 할머니와 직접 이야기한 적은 없었어. 처음 보는 집 거실에 네 살인 우리 엄마와 누군지 알 수 없는 금발 머리 아기가 나란히 앉아 있는 흑백 사진을 본 게 전부였어. 할머니와 이모할머니들이 목소리를 낮춰 보라는 이름의 아이 이야기를 비밀스레 하는 걸 들었던 게 생각났지.

어느 날 학교에서 집으로 돌아왔는데, 낡은 다이얼식 전화기 대신 쓰기 시작한 무선 전화기 옆에 할머니 글씨체로 메모가 있었어. 사설탐정 전화번호가 죽 적힌 메모였어.

할머니가 장을 봐서 집에 돌아왔을 때 내가 아들을 찾으시라고 말했어. 할머니는 깊은 한숨을 내쉬었지. 할머니가 말하고 싶지 않은 일을 내가 꼬치꼬치 캐물으면 할머니는 보통 그러셨어. 할머니가 그러는데, 보가 아홉 살인가 열 살 때 법원에서 최종적으로 패소하고 나서 차라리 그냥 안 보고 사는 편이 최선이라고 마음을 정리하기 직전에 콜로라도에 가서 보와 몇 시간을 같이 보낸 적이 있었대.

"곧 다시 보러 오겠다며, 그때 자전거를 사주겠다고 말했지." 할머니 목소리가 떨렸어. "자전거를 엄청 갖고 싶어했거든. 보가 신이 나서 팔짝 뛰었지. 그런데 난 돈이 없었어. 빈털터리였어. 그때는 나도 아직 어린애나 다름없었지. 그래서 결국 자전거를 못 사줬다. 그게 마지막으로 본 거였어. 아마 자라면서 이렇게 생각했겠지. '아, 그 형편없는 엄마. 거짓말하고 도망갔지.'"

할머니 얼굴이 젖어 있었어. 할머니는 고개를 돌렸어. 일어 나서 할머니를 안아드려야겠다는 생각이 들었지만 그냥 가만히 있었어.

"할머니 같은 분이 엄마라면 정말 운이 좋다고 생각해요." 내가 말했어.

"고맙다, 루."

그 뒤 얼마 지나지 않아 1996년 가을에, 내가 고등학교 3학 년일 때 할머니가 성인이 된 아들을 만나러 덴버에 가기로 했다 며 같이 가자고 했어. 엄마는 같이 안 갔어. 일 때문이었는지 다 른 복잡한 이유 때문이었는지는 모르겠다.

고속도로를 따라 달리는 동안 할머니는 평소보다 담배를 더 많이 피웠어. 할머니한테 창문을 좀 열어달라고 했지. 시끄러 운 자동차 소리와 캔자스 먼지바람이 담배 연기보다 차라리 나 아서. 나는 도요타 미니밴 뒷자리에 드러누웠어. 내가 할머니의 1986년식 코롤라를 타고 등하교하고 아르바이트하러 다닐 수 있게 할머니가 중고로 사신 차야.

아이스박스에 탄산음료와 리코리스 봉지를 넣고 농장에서 출발한 이래로 할머니는 통 말이 없었어. 원래 할머니는 운전할 때 말이 없는 편이지만 이 정도는 아니거든. 거의 30년 동안 못 보았던 아들을 만나러 가는 열 시간짜리 여정이라서 그랬겠지.

아니 할아버지는 조수석에서 코를 골았어. 아니 할아버지는 보를 만난 적도 없고 할머니의 옛일을 자세히는 몰랐어. 하지만 아니 할아버지는 입 밖에 내어 말하지 않아도 이해하는 사람이었지. 다른 사람한테 주말 동안 농장을 봐달라고 맡긴 것만 봐도 (내 평생 처음 있는 일이었어.) 이 일을 얼마나 중요하게 생각하는지 알 수 있었어.

캔자스 서쪽은 우리가 사는 남쪽보다 더 건조하고 황량했어. 회전초가 흙 위로 굴러다녔고 지평선 위에 나무 몇 그루만 띄엄띄엄 서 있었지. 색이 물들어가는 나무가 거의 없어서 계절이 가을인지 뭔지도 모를 정도였어.

캔자스를 가로질러 콜로라도로 들어가니 지평선 쪽에 산맥의 윤곽이 희미하게 보였어. 산을 보면 나는 늘 가슴이 뛰어. 이른 저녁 무렵, 덴버 교외에 사는 베티 할머니의 오빠 칼의 집에 차를 세웠어. 칼과 팻 부부는 새 카펫이 깔린 크고 좋은 집에 살았어. 멋진 차고에는 골프 클럽과 자전거가 가득하고. 칼은 가난한 어린 시절을 딛고 자수성가했지.

신기한 우연으로 칼 할아버지는 캔자스, 텍사스, 미시간 주를 거쳐 지금은 오랫동안 헤어져 살았던 조카와 같은 도시에 살고 있었어. 칼 할아버지가 자기 집에서 보를 만날 수 있게 해줬어. 보는 서른 살이고 케이블 텔레비전 설치공으로 전봇대 위에 올라가 전선을 연결하는 일을 한대. 1980년대에 해병대에 입대했고 얼마 전에 결혼했어.

칼 할아버지는 뺨이 둥글고 반들반들하고 콧잔등이 튀어나온 게 도리어 증조할머니를 쏙 닮았더라. 칼 할아버지가 집 구경을 시켜주었는데 아니 할아버지는 특히 뒷마당에서 자라는 것들을 유심히 봤어. 베티 할머니는 겁에 질린 야생 동물 같은 모습으로 집 안을 돌아다니다가 화장실에 가서 머리를 빗고 예전보다 허리둘레가 커진 바지 안에 셔츠 자락이 단정히 들어가 있는지 자꾸 확인했어.

드디어 차가 진입로로 들어오는 소리가 들렸어. 베티는 밖을 내다보러 창가로 갔고 팻이 현관문을 열었어. 금발 머리 남자가 젊은 아내와 같이 서 있었어. 베티 할머니의 가슴이 깊은 숨을 들이마시고 아직 내쉬지 않은 양 한껏 부풀어 올라 있었어. 아들을 보는 순간 할머니는 동그래진 눈으로 얼른 나를 돌아보더니 힘없이 웃음을 지었어.

"세상에, 아버지를 꼭 닮았구나." 베티 할머니가 보를 보고 말했지.

보 삼촌은 그 말이 반갑지 않은지 순간 숨을 힘들게 들이마셨어. 서로 소개를 마치고 난 다음 보 삼촌이 얼굴을 찡그리며 베티 할머니에게 말했어.

"왜 자꾸 '보'라고 부르세요? 전 로버트예요."

할머니가 눈을 끔벅였어. "알았어."

그 뒤로 두 분은 계속 연락하며 지냈어. 로버트 삼촌이 1년에 두어 번 열 시간 운전을 해 농장으로 오거나 아니면 우리가 덴버로 갔어. 삼촌과 우리 엄마도 가깝게 지내게 됐고. 몇 년 뒤에 엄마는 동생 가족 근처로 이사하기도 했어. 삼촌과 다시 만날 수 있었던 건 어느 정도는 베티 할머니가 살면서 이룬 것 덕분이었어. 할머니가 '제도권'이라고 하는 법원에서 일하면서 자신감을 얻었고, 혼란스러운 삶을 살았어도 결국 안정을 찾았고 제정신을 유지했고 살아남았기 때문이었어.

이런 해피엔딩을 맞을 수 있었던 가장 큰 이유는 어쩌면 베티 할머니가 그 고생을 하고도 고약하고 냉소적인 사람이 되어버리지 않고 타고난 밝은 세계관을 유지했기 때문일 수도 있어. 할머니는 정의를 위해 싸우고 더 나은 삶을 추구하는 데 의미가 있다는 생각을 끝까지 버리지 않았지.

베티 할머니와 우리 엄마가 로버트 삼촌과 재회한 즈음에 나는 집을 떠날 준비를 하고 있었어. 구체적으로 어디로 어떻게 갈지 잘 몰랐지만 전부 나 혼자 계획하고 결정해야 했어. 식구들 중 대학에 간 사람이 아무도 없는데 대학에 진학하려면 모든 준비를 계획으로 할 수밖에 없지.

우리 고등학교 로비에 해병대 안내 데스크가 생겨서 가봤는데 해병대에서 대학 학비를 대준다고 하더라. 나는 안내 책자를 집에 가져가서 끝까지 읽어봤어. 셸리는 위치토 고등학교에 다니면서 ROTC 활동을 했고 새로 만난 로버트 삼촌도 해병대 시절이 좋았다고 했지. 폴리 이모할머니의 아들들은 나와 나이가 비슷했는데 곧 육군과 해군에 입대할 예정이었어.

아빠는 젊을 때 가까스로 베트남 파병을 피했어. 징집이 끝나기 2년 전에 열여덟 살이 되었는데 칙 할아버지가 신병 모집인이 농장에 찾아오면 자기가 돌려보내겠다고 했대. 아빠의 형 둘은 주 방위군에 들어갔었어. 하지만 아빠는 군대를 좋아하지 않았고 해외 파병 기회를 비껴간 것도 전혀 아쉽지 않대. 아빠는 미국이 군사력을 이용해 원주민들을 상대로 한 범죄부터 시작해 내내 끔찍한 일을 저질렀다고 생각하니까. 1984년 아빠가 우리 집을 지을 때에도 땅속에서 원주민들이 쓰던 화살촉이 나오곤 했어. 아빠는 대학 교육을 받아야만 그런 역사를 알 수 있는 건 아니라고 했지.

그렇지만 '공짜'로 교육을 받을 수 있는 가능성을 생각하니 쉽게 마음을 정할 수 없어서 밤에 잠이 오지 않았어. 누워서 개구리 우는 소리, 환풍기 돌아가는 소리를 들으며 군인이 된 내 모습을 떠올려봤어. 내가 어떤 장학금을 받을 수 있느냐에 모든 게 달려 있었지. 나는 기도를 드렸어.

킹맨고등학교 선생님들이 수학능력평가SAT를 꼭 봐야 하는 건 아니라고 했어. SAT는 주요 학교에 가려면 봐야 하는 시험이니까 나는 필요 없다고. 캔자스대학은 미국대입평가ACT 점수만 본다고 하길래 나는 ACT 시험을 봤어.

그전에 우리 학교 강당 접이식 의자에 앉아 예비대학수학능력평가PSAT를 치렀어. 전날 밤에 피자헛에서 서빙을 하고 피곤한 상태로 시험을 봤지. 예비 시험이니 중요한 건 아니라고 생각해서 대충 답을 써넣었어. 몇 주 뒤에 남학생 육상부 코치를 겸하는 상담 선생님이 복도에서 말을 걸었어.

"몇 점 차로 내셔널메리트National Merit를 놓쳤더라."

"그게 뭔데요?"

알고 보니 내셔널메리트 장학금 대상이 되면 명문 대학 학비까지 지원받을 수 있더라고. 캔자스 공립학교 시스템이 훌륭하긴 하지만 내가 다니던 시골 학교에서는 위치토 시내 학교만큼 많은 정보와 기회를 접할 수가 없었어.

그래도 전국 곳곳의 대학에서 나한테 안내 책자를 보냈어. 우리는 집에 컴퓨터가 없었고 우리 학교에는 인터넷 접속이 되는 컴퓨터가 단 한 대뿐이었어. 우리에게는 아직 '디지털 시대'가 오지 않아서 우편함이 유일한 통신 수단이었지. 대학 안내 책자에는 내 또래의 행복한 아이들이 스웨터를 어깨에 걸쳐 묶은 행복한 부모와 함께 나무와 오래된 석조 건물이 있는 캠퍼스를 걷는 사진이 실려 있었어.

안내 책자 더미가 점점 커져서 폴더에 다 넣을 수가 없게 되어 상자로 옮겼고 나중에는 내 방에 있는 큰 가방에 넣어야 했어. 이걸 어떻게 처리해야 할지 알 수가 없어서 내가 이름을 들어보았을 정도로 유명한 대학 것만 추렸어.

캠퍼스 투어를 할 수 있는 날짜가 적혀 있는 편지가 많았어. 가족이 함께 마치 통과의례처럼 대학 순례를 한다는 사실을 나는 전혀 몰랐어. 사실 여행 비용을 어떻게 할지도 난감했고. 할머니가 빚이 없는 할아버지 집에 살면서 법원에서 일하던 기간에 모아놓은 돈이 약간 있긴 했어. 그게 얼마나 되는지는 모르지만 친구나 친척이 돈 때문에 곤란한 일에 처하면 할머니가 돈을 내주곤 했어. 그렇다고 할머니한테 학교 구경을 갈 수 있게 돈을 달라고 할 생각은 안 들더라. 대학 입학은 내 힘으로 하는 일이라고 생각했으니까. 부모님이나 조부모님이나 나를 응원하는 느낌은 주었지만 진학 문제를 의논하려고 하면 불편해하고 심지어 긴장하는 듯도 했어. 대학에 대해서는 나보다도 아는 게 없었으니까.

졸업식 날 60명 정도 되는 졸업생이 학사모와 가운을 입고 작은 강당 접이식 의자에 줄줄이 앉았어. 우리 식구들도 자랑스러운 얼굴로 참석했어. 지금까지 고등학교 졸업식에 가본 일이 많지 않았으니까. 하지만 내 기분은 뿌듯함보다는 안도감에 가까웠어. 졸업장을 받았고 장학금을 받을 예정인데다 배에 아기가 없다는 것에 안도했어. '앞으로는 어떻게 될지 모르지만 일단 해냈어.' 하고 생각했다.

앞으로 해야 할 일이 산더미처럼 많았지만 피할 수 없었던 것 같은 삶에서 탈출하는 1단계 도전은 통과한 거야. 그러지 못했다면 너를 돌보고 너를 키울 돈을 버느라 내 꿈과 희망은 모두 접어야 했겠지.

대학에 원서를 내려면 돈이 들기 때문에 나는 딱 한 군데, 캔자스대학에만 원서를 냈어. 몇 년 전 여름 방학에 장학금을 받고 캔자스대학 캠퍼스에서 수업을 들은 적이 있는데 언덕 위에 있는 그 동네가 마음에 들었던데다 캔자스대학 언론학과가 괜찮거든. 내 친구들은 대부분 농업대학이나 캔자스 서쪽 황량한 곳에 있는 작은 대학에 진학했어. 킹맨에서는 진보적 분위기인 로렌스라는 도시나 그곳에 있는 캔자스대학을 고깝게 보곤 했어. 그런 대학에 내가 등록했다는 건 상상이 안 갈 정도로 비현실적인 일 같았지.

나는 성적 장학금과 지역 우대 장학금을 받아서 그 돈으로 학비를 내고도 조금 남았어. 그래서 군 입대 계획은 접었어. 하지만 저소득층에게 주는 연방 학비 지원금인 펠그랜트Pell Grants는 받지 못했어. 내가 엄마와 밥의 집에서 나온 지 몇 년이 지났고 두 분한테 재정 지원도 거의 안 받았지만 그래도 엄마와 밥이 나를 피부양자로 신고해 세금 공제를 받았거든. 할아버지 할머니가 나를 법적으로 입양한 게 아니었으니까. 그래서 연방 학자금 신청 서류에 엄마와 밥의 소득을 기재해야 했어. 나는 나중에 다시 갚을 필요가 없는 펠그랜트가 꼭 필요한 사람이었지만 밥이 소득이 좀 있기 때문에 그냥 이자율이 유리한 학자금 대출만 받을 수 있었어.

이 쓰라린 경험이 나한테 아주 큰 영향을 미쳤다는 걸 지금은 알 것 같아. 나는 원하는 걸 얻지 못하고 대학 생활을 시작했는데, 내 사정을 제대로 알릴 절차가 없어 절박한 필요를 인정받지 못했기 때문이었어. 법률을 제정하는 사람들 대부분이 경제적 어려움 때문에 조부모 손에서 자라지는 않았을 테고 그러니 부모가 학비를 당연히 대리라 전제하고 연방 보조금 제도도 만들었겠지.

나는 학교 신문에 이 문제에 대해 심층 취재 기사를 썼어. 이 글이 내가 쓴 글 가운데 처음으로 전국 통신망에 채택돼 전국 여기저기 신문에 실리기도 했어. 그 기사를 써줘 고맙다고 말한 학생들이 어찌나 많던지, 그 뒤로도 공공 정책에서 가난을 취급하는 방식과 실제 우리 삶의 모습 사이의 격차에 대해 계속 생각하게 됐어.

고등학교를 졸업하고 대학에 입학하기 전까지 여름 내내 차살 돈을 모았어. 고등학교 마지막 날 심한 차 사고를 내서 할머니의 낡은 코롤라를 폐차해야 했거든. 돈을 벌려고 할머니의 밴을 빌려서 밀 추수가 한창인 킹맨곡물조합에 가서 일했어. 도로 끝에 있는 오래된 곡물 공장에서 고등학교 친구와 둘이서 저울 위로 올라온 밀 트럭의 무게를 재고, 농부들에게 짐 무게와 그날의 밀 가격, 계좌에 얼마가 입금될지가 적힌 종이를 인쇄해서 나누어주었지.

"너 닉 스마시 딸이구나, 맞지?" 이런 말을 들으면 나는 웃음을 지었어. 아빠와 같이 안 산 지 거의 10년이 됐고 아빠가 시골을 떠난 지도 그만큼은 됐는데도, 그곳은 어느 집안 출신이라는 게 영원히 기억되는 곳이니까.

우리는 안전모를 쓰고 포대 자루를 공장 안팎으로 옮겼어. 캔자스 여름 날씨에 높고 환기가 잘 안 되는 기둥 모양의 공장에 겨 가루가 가득 차면 작은 불씨만 있어도 폭발할 수 있어. 내가 공장에서 일하는 동안 멀지 않은 곳의 곡물 공장이 폭발해서 그 안에서 일하던 사람 일곱 명이 죽은 일이 있었어.

6월 추수가 끝난 뒤에는 80킬로미터 떨어진 위치토 동쪽에 있는 호텔 예약 콜센터에 다니며 일을 했어. 아직 입학도 안 했는데 이미 녹초가 되어버렸지.

8월에 현금 3000달러를 주고 조그만 갈색 세단을 샀어. 엔진은 멀쩡한데 운전석에 칼로 벤 자국이 깊게 있었어. 열여덟 살이 되고 며칠 지난 뒤에 자동차 뒷자리에 짐을 싣고 엄마 집에서 엄마한테 작별 인사를 했어. 엄마와 밥, 맷은 얼마 전에 교외 타운하우스로 이사를 했어. 밥이 나를 자랑스러워하며 격려를 해줬지. 그러다가 엄마를 보고 물었어.

"딸이 대학에 가는데 기숙사 들어가는 거 안 봐줄 거야?"

밥은 얼마 전 자기 자식 셋이 대학에 들어갈 때 매번 같이 갔었거든.

엄마는 당황한 얼굴이었어. 그 생각은 전혀 해보지도 않은 것 같았어. 사실 나도 그런 일은 상상도 안 해봤어. 모두와 포옹을 하고 지도를 챙겨 길을 떠났어.

엄마가 나와 같이 가지 않은 까닭은 대학 캠퍼스에 대해서도 전혀 모르고 그곳에서 엄마로서 어떻게 말하고 행동해야 하는지 몰라서 겁을 먹었기 때문이 아닐까 싶어. 물론 우리 엄마는 쉽게 겁을 먹는 사람이 아니지. 하지만 나이 들면서 나한테는 자연스럽고 편한 곳에서 우리 식구들이 가시방석에 앉은 듯 불편해한다는 걸 알게 됐어.

농장에서 대학까지 가려면 여덟 개 카운티를 통과하며 프레리 위에서 300킬로미터 이상, 세 시간을 달려야 해. 열기 속에서 웃자란 금빛 풀밭을 가로질러 플린트 언덕을 통과해 캔자스강을 향해 북동쪽으로 달렸어. 8월은 밀 농부들에게는 풍요의 달이지. 1년 내내 농사지은 곡식을 팔아 주머니가 두둑하니까. 8월은 내가 평생 열심히 일한 수확을 거두어 떠난 때이기도 했지.

대학에 가니 경제적 불평등의 간극이 얼마나 깊은지 그제야 조금씩 알 수 있었어. 거칠게 말하자면 그 간극의 한쪽에는 나의 출신지, 즉 육체노동자, 수십 년 전부터 이들을 무시하고 배척해온 제도를 불신하는 사람들이 있어. 다른 쪽에는 이 제도를 운용하는 사람들, 곧 대학에 다닐 돈이 있고 도시에 살거나 땅값 비싼 해안 지역으로 이주하는 이들이 있고. 물론 실상은 그것보다 훨씬 복잡하지만. 나는 대학에 들어가기 전까지는 우리 가족이 어느 정도로 가난한지 실감을 못했어. 그전까지는 나에게 '부자'란 아빠가 작은 타운 우체국장이고 엄마는 매주 위치토 쇼핑몰에서 쇼핑을 하는 친구네 정도였으니까.

중서부에 있는 주립대학에 왔을 뿐인데도 여기서 만난 사람들에게는 농사짓고 육체노동하고 가난에 시달리고 10대에 임신하고 가정이 파탄 나고 중독에 시달리는 등 나의 배경이 먼 나라 이야기인 거야. 학생들 대부분이 위치토나 캔자스시티 혹은 시카고 권역에 있는 깔끔한 동네 출신이었어. 나랑 쓰는 말도 달랐고 정치관도 달랐어. 내가 보수적 정치관과 낙태에 반대하는 가톨릭 교리를 받아들이고 자랐다고 하면 다들 경악을 했지. 나는 그 아이들이 자기가 먹는 음식이 어디에서 오는지 모른다는 것, 먹고 싶을 때면 언제나 접시 위에 올라오니 별로 궁금해하지도 않는다는 것에 충격을 받았고.

대학에서 내 위치를 표현할 수 있는 말은 없었어. 장학금이나 학생회 등은 인종적 소수자, 교환 학생, LGBTQ 등의 취약 집단을 지원하게끔 짜여 있는데 나는 여기 어디에도 속하지 않으니까. 교수들이나 다른 학생들이나 내 외모나 말씨를 보고 부모님이 학비를 보내주는 중산층 아이겠거니 생각하더라고.

1학년 때는 숙식비를 마련하기 위해서 오후에는 가까운 캔자스시티와 토피카에서 저소득 가정 중학생 학습 지도를 하고 저녁에는 극장 무대 기술 아르바이트를 하고 밤새 기숙사 프런트

데스크를 지키는 일도 했어. 봄 방학 때에는 환경 원정대 지도자 아르바이트를 했어. 물론 서빙도 했는데 밤에 45분을 운전해서 캔자스시티까지 가서 일했어. 거기가 팁이 더 짭짤하거든. 나 말고도 일하는 아이들은 있었지만 일을 안 하면 안 되는 사람은 나밖에 없었던 것 같아.

가난한 여성은 두 배로 취약할 수밖에 없어. 나는 일하다가 부당한 취급을 받은 적이 헤아릴 수 없이 많아. 그럴 때면 너를 생각했어. **내 딸이 이런 상황이라면 어떻게 하길 바라?** 스스로에게 물었어. 답은 언제나 '그만두고 다른 일자리를 찾아라.'였고 그래서 그렇게 했어. 날마다 절박한 필요와 내 존엄성이 부딪히는 걸 느꼈어. 남자 사장이 음흉하게 내 몸을 훑어보는 곳을 그만두고 나와서 며칠 굶주리기도 했지.

사회경제적 간극을 뛰어넘는 사람이 왜 이렇게 적을까. 여러 복잡한 이유가 있겠지만 한 가지 단순명료한 이유가 있어. 거길 가로지르려면 무척 힘들고 고통스럽거든. 그때가 내 삶에서 가장 힘든 시기였어.

집에 전화를 하면 늘 듣는 이야기들을 들었지. 서른 살인 캔디 이모가 대장암 수술을 받고 회복하긴 했는데 병원비를 어떻게 낼지 막막하다는 이야기. 할머니 농장에서 파티를 했는데 아니 할아버지 며느리가 잠기지 않은 차 안을 뒤져서(약을 사려고 그랬다고 엄마는 추측했어.) 캔디의 마지막 남은 현금 20달러를 훔쳤대. 캔디는 인내심이 바닥이 나서 할아버지 며느리를 흠씬 두들겨 팼고 엄마는 옆에서 응원하고 아니 할아버지 아들 톰이 뜯어 말렸다는.

파티가 끝나고 난 뒤에 엄마는 손에 끼지는 않았지만 백에 늘 넣고 다니던 결혼반지가 없어진 걸 알았어. 며칠 뒤에 한 시간 차를 몰고 캔자스 시골에 있는 의붓 오빠 톰 집으로 가서 문을 두들겼어. 현관문 앞에 몇 시간이고 안 가고 버티고 앉아 있었더니 마침내 톰의 부인이 밖으로 나와 반지를 줬대. 이미 팔아 약을 사지 않은 게 기적이었지. 그러는 한편 아빠는 새 현장에서 일을 시작했고. 크리스는 건강이 더욱 나빠져 진통제 때문에 생긴 위장 장애로 병원을 들락날락한다고 해. 돈 돈 돈.

나는 전화를 끊고 수업을 들으러 갔어.

내가 감정적으로, 경제적으로 얼마나 힘들어하는지 아는 사람은 없었어. 아무에게도 말하지 않았고 나조차도 내 상태가 어떤지 몰랐으니까. 내가 먼저 부탁하지는 않을 거라는 걸 알고 고등학교 치어리더 팀 코치님이 300달러를 우편으로 부쳐줬어. 나는 감사 카드를 써서 다시 돌려보냈어. 보수적 노동자들이 '공짜 구호금'에 거부감을 느끼는 것처럼 나도 필요보다 자존심이 더 컸어.

집안에서 처음으로 대학에 진학한 사람이라는 '1세대 대학생'이라는 말이 있는데 나는 그런 말이 있는 줄도 몰랐고 내가 '가난하게 자랐으며' 지금도 '가난하게 산다'는 사실을 자각하지 못한 상태였지. 내 상황을 어떻게 설명해야 할지 몰라서 그냥 내가 "재정적으로 독립"했고 "농장에서 자랐다"고만 말했어.

한번은 룸메이트를 우리 농장에 데려간 적이 있어. 위치토 중하층 가정에서 자란 재미있고 똑똑한 아이인데 이 아이 눈으로 농장을 바라본 게 나에게도 충격적 경험이었다. 그 친구는 뭐든 보고 감탄하며 소리를 질렀어. 소, 돼지, 닭, 도축장, 냉장고 안에 있는 절인 우설, 어른들이 한 명도 안 빼놓고 모두 술을 마신다는 사실 등.

아니 할아버지 아들 톰 부부가 돈이 없어서 농장에서 살고 있었어. 할머니는 좋아하는 사람이건 아니건 상황이 딱한 사람은 일단 들이니까. 아마 반지를 훔쳐 간 사건 이전이었겠지.

톰이 너구리 고기를 불 위에 올리려고 접시에 가득 담아 현관문으로 들어오자 내 친구 입이 완전 떡 벌어졌지.

사실 너구리를 먹는 건 우리한테도 예사로운 일은 아니야. 어쩌다 거북이나 토끼를 별식으로 먹기도 했지만 너구리라니 너무 야만적으로 보였을 것 같기도 해. 학교에서 친구가 그 이야기를 하고 또 해서 나는 너무 창피했어. 그래서 내가 대신 그 이야기를 해서 당혹스러운 상황을 피하는 쪽을 택했어.

"소가 염소보다 더 순하거든." 왜 우리가 염소 대신 소를 키우느냐고 누가 물어서 이렇게 대답했더니 대학 친구들이 엄청난 농담이라도 들은 것처럼 뒤집어졌어. 내가 어릴 때 아니 할아버지가 염소 몇 마리를 샀는데 아주 골칫덩이였다고 했지.

"그럼 염소를 왜 사셨는데?" 누군가가 물었어. 그 일에 매우 복잡하고 심오한 이유라도 있을 거라고 생각하는 듯 말이야.

"값이 싸고 잡초를 먹으니까." 내가 이렇게 대답하면 아이들이 데굴데굴 구르면서 웃었어. 그러면 나도 같이 웃었지. 그걸 그렇게 재미있어한다는 사실이 우스워서.

그런 순간에는 내 이야기가 슬픈 이야기가 아니라 특이한 이야기고 부유한 사람들이 그 이야기에 웃는 게 비웃음이 아니라 때로는 정말로 신기해서 웃는다는 걸 알 것 같았어. 내 세계와, 이 나라에서 바라보는 그 세계 사이의 거리가 점점 멀어진 까닭은 내 출생지에서 대학 캠퍼스나 그 너머로 가서 그곳의 이야기를 들려준 사람이 너무 적었기 때문이었지. 나는 그 거리를 좁히고 싶었어.

내가 대학 2학년이던 해 가을에 아니 할아버지가 췌장암 진단을 받았어. 잠깐 입원 치료를 받았지만 암이 너무 많이 진행되어서 더 이상 손쓸 방법이 없었어. 베티 할머니가 집에서 할아버지를 간호했어. 6주 만에 세상을 뜨셨다.

그전까지 장례식에 많이도 갔다. 손이 솥뚜껑만 하던 아니 할아버지의 형. 내 얼굴과 얼굴형이 닮은 레이 할아버지의 어머니. 치어리더 캠프에서 같이 방을 썼던 열여섯 살 친구. 차가 미끄러져 죽고 말았고 '치어리더'라고 적힌 파란 티셔츠를 입고 묻혔어. 고등학교 때 육상부 감독 선생님은 키가 하도 커서 관을 특별 주문해야 했다. 칙 증조할아버지는 당연하지만 아주 나이든 모습으로 돌아가셨어. 주름살 많은 왓슨 판사. 베티 할머니와 왓슨 판사가 담배를 피우는 동안 그분 집무실에서 놀곤 했는데. 도러시 외증조할머니는 푸드 이모할머니가 산 새틴 나이트가운을 입고 땅에 묻히셨어.

그렇지만 아니 할아버지의 장례식에 참석할 마음의 준비는 정말 안 되어 있었어. 게다가 학교 시험이며 마감으로 가장 바쁜 주였지. 시험이 끝나자마자 차에 올라타 남쪽으로 달렸어. 나무가 사라지고 풀밭이 나오고 하늘이 넓어졌고 세 시간 동안 아니 할아버지 생각을 하면서 차를 몰았어. 스쿨버스에서 내리면 들판 위쪽에서 할아버지가 원반 모양 쟁기가 달린 하얀 트랙터를 끌고 헛간에서 나오는 모습이 보이던 것. 할아버지가 부엌 식탁에서 아이스티를 드시고 있는 게 아니라 일을 하고 있어서 마음이 놓였어. 집에서 만났을 때 할아버지가 하는 인사가 싫었거든.

"뭣 좀 배웠니?" 할아버지는 늘 이렇게 물었지.

수학 공식이니 3단계 글쓰기니 하는 학교에서 배운 어려운 내용을 6학년까지밖에 안 다닌 할아버지에게 설명하기 싫어서 그냥 뚱한 소리로 이렇게 대꾸했어. "아뇨."

내가 곧 떠나리라는 걸 나도 알고 할아버지도 알았어. 농장을 떠나기만 하는 게 아니라 할아버지가 아는 유일한 삶의 길에서도 떠날 거라는 것. 아이가 자라 대학에 가서 더 이상 자기 가족의 일부가 되지 못하는 건 우리 계급에 속한 사람만 아는 이별이야.

할아버지가 농기계를 모는 도중에 내가 집에 돌아오면 할아버지는 공부 잘 했냐고 묻지 않았어. 더 중요한 할 일이 있었으니까.

"얘야! 뒤쪽 문 닫아라!" 할아버지가 우렁우렁한 엔진 소리 너머로 소리쳤어.

가래가 그득해 걸걸대는 할아버지의 굵고 힘찬 목소리가 기계 엔진 소리에 묻혀버려도 나는 할아버지 입 모양을 보고 무어라고 하는지 짐작했어. 할아버지가 시키는 걸 제대로 못 알아들었다가는 얼굴이 시뻘게져서 화를 낼 테니까. 내가 고개를 끄덕이면 할아버지는 우리 앞마당 자갈밭으로 천천히 나아갔고 개, 고양이, 닭, 뜬금없는 새끼 돼지 들이 부르릉 소리에 후다닥 흩어졌지.

들로 나가고 난 다음 할아버지는 나를 돌아보고 흙먼지 속에서 집게손가락 하나를 들어보였어. 농부들은 그 손짓으로 안녕, 잘 가, 고마워를 다 표시한단다. 그러고 나서 할아버지는 쟁기를 끌고 농장 일꾼 제리가 땅을 갈고 있는 곳으로 갔어.

장례식이 열리는 킹맨에 도착했는데 옷도 제대로 못 갖춘데다가 경야 시간*에 이미 지각이었어. 집에서 뛰쳐나오다시피 해서 청바지에 나이키 점퍼 차림이었거든. 나는 내가 다니던 고등학교 근처에 있는 장례식장으로 달렸어.

---

* 죽은 이를 잠사지내기 전에 가족이 널 곁에서 밤새도록 지키는 일.

늘 늦는 아빠와 크리스도 나와 동시에 입구에 도착했어. 아빠와 같이 서둘러 들어가는데 아빠가 내 어깨에 손을 얹었어. 아빠는 이제 마흔네 살밖에 안 되었으면서 꼭 노인네처럼 걸었어. 뱀 가죽 부츠에 양복을 입었는데 양복이 너무 헐렁했어.

"잘 버틸 수 있게 힘이 되어다오." 아버지가 낮은 목소리로 말했어.

아버지 머리는 거의 반쯤 벗어졌고 밝은 갈색 턱수염이 벌써 희끗해지고 있었어. 아빠는 우리 엄마를 알기 전부터 아니 할아버지를 알았지. 그래도 내가 그렇게 오래 할아버지랑 같이 살았으니, 당연히 내가 더 가까운 사이인데 아버지가 나한테 기댄다는 건 말이 안 되는 것 같았어. 나는 아빠를 두고 혼자 안으로 들어갔어.

묵주 기도가 벌써 절반 정도 진행됐더라. 가운데 쪽에는 자리가 없어서 칸막이로 가로막힌 옆방으로 가서 맨 뒤 신자석에 무릎을 꿇고 앉았어. 높은 칸막이벽 때문에 관도 제단도 우리 식구들도 안 보였어. 보이지는 않아도 존 신부님 목소리는 들렸어. 우리 부모님, 우리 조부모님을 혼인시켜주셨고 내 성사도 전부 집전하신 분이야. 내 근처에 있는 사람들은 아니 할아버지의 먼 친구, 연락이 끊겼던 친척, 캔자스주 거의 절반을 아우르는 농업 공동체 구성원들이었어. 몇몇 사람들이 나를 돌아보고 더 앞쪽 자리에 앉아야 하는 직계 가족이라는 걸 알아봤어. 베티 할머니는 울고 있을까.

나는 손을 꼭 모아 쥐고 성모송을 몇 번 읊었는지 집중하려 했지만 아니 할아버지의 크고 뻣뻣한 손, 맨손으로 말벌을 때려 잡고 울타리를 묶던 그 손이 저 방 어딘가에 놓여있다는 사실과 왜 묵주를 안 가져왔을까, 가톨릭이 아닌 사람은 뭘 해야 할지 어떻게 알까, 베티 할머니는 어디 있을까, 오는 길에 교차로에 차가 멈춘 동안 옷을 갈아입을 수도 있었을 텐데 왜 안 그랬을까, 할아버지가 돌아가셨는데도 시험을 치르는 사람이 대체 어디 있을까, 아니 할아버지는 어떻게 돌아가셨을까 하는 등의 생각이 어지러이 떠올랐어.

장례식장에서 인쇄해 나눠준 식순을 보고 할아버지 가운데 이름이 오거스트라는 걸 처음 알았어. 할아버지는 1932년 8월 그곳에서 멀지 않은 농가에서 태어나셨어. 대공황의 정점이었던 해지. 그 순간에 너를 생각하지는 않았지만 그때 그 이름이 머리에 남아서 나중에 문득 그게 너의 이름이기도 하다는 생각이 들었단다.

기도를 마치고 사람들이 시신을 보러 줄줄이 안으로 들어갔어. 누군가가 나를 앞쪽으로 보내려고 뒤에서 밀었어. 칸막이 벽을 넘어가자 밀 줄기가 새겨진 짙은 밤색 관이 보였어. 관을 두고 완벽하다고 할 수 있는지는 모르겠지만 완벽한 관이었어. 할아버지의 첫 번째 부인과 남편이 시신 위에 몸을 숙이고 있었어. 아니 할아버지한테 전 부인이 있었다는 사실을 어쩐지 자꾸 잊게 되지.

베티 할머니가 우리 식구들 몇몇과 같이 한쪽에 서 있는 모습이 보였어. 울고 계셨지. 할머니가 슬픈 미소를 지으며 나를 쳐다봤어. 셸리가 나를 데리러 왔어.

"너 괜찮니?" 셸리가 물었어.

"응. 너무 늦어서." 청바지를 내려다보며 대답했어.

뚜껑이 열려 있는 관으로 다가갔어. 한순간 기절할 것 같았어. 거기 누워 있는 분은 할아버지가 아니라고 생각하려고 애쓰면서 정신을 붙들었어. 진한 색으로 두텁게 화장을 했지만 황달이 온 얼굴빛을 가리지는 못했지. 할아버지는 갈색 폴리에스테르 양복에 넓은 밤색 타이 차림이고 관도 갈색이고 할아버지도 약간 갈색이라 전부 마치 흙 같은 빛이었어. 할아버지 가슴팍에 밀 한 줄기가 놓여 있었어. 발에는 토니라마 부츠를 신었는데 할아버지가 그걸 신고 외출하실 일이 있으면 아픈 무릎으로 계단을 올라가시지 않아도 되게 내가 얼른 이층으로 달려 올라가 벽장에서 꺼내오던 일이 생각났어. 엄청나게 굵은 목둘레에 두른 칼라가 얼굴 살을 밀어 올려 할아버지 얼굴이 살에 묻힌 것처럼 보였어. 베티 할머니는 할아버지 목에 맞는 옷은 세상에 없다고 했지. 할아버지 몸 전체가 가라앉은 듯 보였어. 오른쪽 귀 밖으로 털이 조금 삐져나온 게 눈에 들어왔어.

"왔니." 베티 할머니가 뭉친 휴지를 쥔 손으로 내 등을 문지르며 말했어.

"네."

우리 뒤에 시신을 보려고 줄 서 있는 사람들을 막고 우리는 그 자리에서 서로를 부둥켜안았어. 베티 할머니가 몸을 숙이더니 새끼손가락을 할아버지 오른쪽 귀에 집어넣었어. 죽은 사람의 몸 안을 후빈다는 게 어쩐지 이상한 기분이었지만 할머니는 아무렇지도 않게 귀에서 귀지를 끄집어내어 휴지에 닦았지. 셸리와 나는 못 말리겠다는 눈길을 주고받았어.

"이모, 타이에 단 거 뭐예요?" 셸리가 베티 할머니 귓가에 속삭였어.

"뭐?"

할아버지 넥타이에 작은 금속 핀이 꽂힌 걸 보긴 했는데 자세히 보진 않았었어. 몸을 숙여 보니 '죄 사함FORGIVEN'이라고 적힌 핀이었어.

"전 부인이 꽂았나 보네." 셸리가 말하자 할머니가 대답했어.

"그년이 뭔가 일을 꾸밀 줄 알았어." 할머니 목소리가 금세라도 무너질 듯 떨렸어.

핀을 빼면서 결국 울음이 터졌지만 그래도 할머니는 울음을 삼키며 걸음을 옮겼어. 나도 아니 할아버지든 할아버지의 영혼이든 뭐든 여기 존재하는 무엇인가를 위해 기도를 드려 하늘로 메시지를 보내고 발걸음을 뗐어.

밖으로 나왔더니 제리가 있었어. 제리는 10대 때부터 중년이 된 지금까지 할아버지와 같이 농장 일을 했으니 마치 아버지를 잃은 듯한 얼굴이었어. 키가 껑충하고 말라서 꼭 허수아비처

럼 보이더라. 사람들이 쏟아져 나오는 가운데 제리가 나에게 눈
을 맞추고 인사를 했어.

"안녕, 세라."

우리는 한참 서로 끌어안고 있었어. 제리는 수줍음이 무척
많아서 할아버지와 헛간에 망치질을 하거나 부엌 식탁에서 아이
스티를 마시는 모습을 수십 년 동안 수도 없이 봤지만 서로 이야
기를 나눈 적은 거의 없었어. 제리가 불그레한 눈시울로 말했어.

"널 정말 자랑스러워하셨어."

장례식장에서 나오자 몇 달 만에 농장에 가보고 싶었어. 차
에 올라타 차갑고 죽은 것처럼 보이지만 땅 아래에 살아 있는
밀밭을 지나 달렸어. 곧 밀 싹이 돋겠지. 자갈길 진입로로 들어
가자 작년 대학에 가면서 떠난 하얗고 네모난 집이 눈앞에 나타
났어.

차 문을 열고 내렸는데 농장이 마치 사라진 것 같더라. 어둠
속에서 소도 돼지도 아무 소리도 안 냈고 11월 공기가 얼어붙어
서인지 가축 냄새도 안 났어. 농장을 판다는 이야기가 벌써 나오
고 있었어. 이제 농장을 지킬 사람이 아무도 없으니까. 제리는 이
제 자기 가정을 꾸렸고 자기 땅도 마련했어. 아니의 아들들은 다
른 지역에 살았고. 베티는 만성피로와 우울감에 시달렸어. 나는
대학에 갔으니. 맷은 아직 10대인데다 거의 평생 도시에 살았고.

나는 묵직한 교재가 가득 든 배낭을 메고 흙마당을 가로질
러 나보다 먼저 도착한 차들을 지나 집으로 갔어. 철제 현관문,

철제 스크린 도어를 열고 부엌으로 통하는 나무 문을 열었어. 내가 학교에서 돌아왔을 때 아니 할아버지가 들일을 마치고 식탁에 앉아 아이스티를 마시던 곳.

"뭣 좀 배웠니?"

대답할 수가 없는 질문이었고 할아버지가 내가 못 미더워서 그렇게 묻는 것 같았지. 하지만 그 질문은 할아버지의 취약한 구석을 드러내는 질문이기도 했어. 학교에서 얻을 수 있는 게 무엇이건 할아버지는 그걸 못 가졌고 당신도 그렇단 사실을 알았지. 할아버지가 그렇게 물은 건 내가 공부를 제대로 했는지가 중요해서가 아니라 나를 소중히 여겼기 때문이었어. 세라 루, 품에 안았던 아기, 날마다 땅 여기저기로 일하러 나갈 때 신이 나서 따라오던 아이. 할아버지는 아직 컴컴한 겨울 아침에 집 밖에 나가 내가 학교에 타고 다니던 고물차 앞 유리 성에를 긁어 벗겨 줬어. 할아버지는 내가 공기 중에서 비 냄새를 맡는 걸 보고 자기를 닮은 모습을 봤고 내가 날마다 갓 태어난 새끼들이 잘 있나 챙기는 걸 보고 기특해했어. 우리 둘 다 시력이 아주 좋았어. 베티 할머니가 주말 파티 동안 술에 취해 주방 조리대 위에 올라가 춤을 추면 할아버지와 나는 눈짓을 주고받았지.

할아버지 건강이 급격히 나빠져 위치토 병원에 입원했을 때 할아버지를 보러 갔어. 할아버지가 곧 돌아가시리라는 것, 나한테는 이게 마지막으로 뵙는 모습이 될 수도 있다는 걸 우리 둘 다 알았어. 나는 병상 옆에 서서 할아버지의 커다란 손을 잡왔어. 흰 시트 아래 할아버지는 평소보다 더 작아 보였어. 내가 10대가 되고 이곳을 떠나 성공하겠다는 장대한 계획을 세우기 시작하면서 우리 사이 대화도 드문드문해졌었어.

"할아버지, 전⋯⋯." 목에 큰 덩어리가 턱 걸려 말이 나오지 않았어.

할아버지가 내 손을 쓰다듬었어. 내 작고 흰 손 위에 할아버지의 커다란 갈색 손이 얹혔어. 일을 많이 해서 굵어진 손가락이 눈에 들어왔어.

"말 안 해도 우리는 알지 않니." 할아버지가 말했다.

곧 경매를 열기로 했어. 베티 할머니는 집과 부속건물과 토지 일부는 남기기로 했어. 휴경하고 땅심을 회복시키는 동안 정부에서 보조금이 조금 나와. 다른 땅은 아니의 오랜 친구들과 공동 소유라 친구들이 작물을 심고 수익금 일부를 베티에게 주기로 했어. 어쨌든 우리가 아는 농장은 사라지게 됐어. 또 농기계와 장비들도 팔아야 했지.

얼어붙을 듯 추운 주말, 건초 수레 몇 개에 헛간 깊은 곳에서 꺼낸 오래된 잡동사니들을 가득 실었어. 동네 사방에서 농부들이 와서 침을 뱉고 흙을 걷어차면서 트랙터나 콤바인 같은 큰 물건 차례가 오길 기다리고 있었어. 드넓은 하늘에 무거운 구름이 끼었지.

추위를 막으려고 들일 할 때 입던 1970년대산 작업복을 입었더니 기분이 좀 좋아지더라. 별이 많은 밤 할아버지가 우리를 태우고 들판으로 끌고 다니던 건초 수레 위에 경매사가 올라가서 집 쪽을 바라보고 섰어.

작업복, 털모자, 작업용 장화 차림의 남녀가 커피가 든 보온병을 들고 옹기종기 서 있고 아이들이 그 옆에 붙어 있었지.

"아니는 좋은 사람이었습니다. 한번 잘 팔아봅시다." 경매사가 말하자 하얀 김이 입에서 나왔어.

경매사가 숫자를 빠른 속도로 부르자 사람들이 손을 들어 입찰을 했어. 필요 없는 물건에도 입찰을 했어. 그 물건의 주인을 알았고 그 옆에 서 있는 가족을 알기 때문이지. 사람들은 존경의 뜻으로 높은 가격을 불렀어.

"낙찰!" 경매사가 말하면 경매사 보조가 다음 물건을 꺼냈어. 작은 물건부터 시작해서 콤바인, 트랙터, 쟁기 등 중장비로 나아갔어.

시골 사람들은 얼어붙은 손가락으로 지갑에서 현금을 꺼냈어. 값을 깎는 대신 높이려고, 시장가보다 일부러 더 많이 내려고 하는 정말 보기 드문 광경이야. 아니도 다른 농장 경매에서 그렇게 했다는 걸 알기 때문이지. 물건을 산 사람들은 우리에게 인사를 하고 서로 힘을 합해 픽업트럭 뒤에 우리 농장 물건들을 실었어. 그 사람들은 한 사람의 삶에 어떤 가치가 있는지 알았어.

아니 할아버지가 돌아가시고 1년쯤 지난 뒤 내가 대학 3학년이던 가을, 2000년 대선일 밤에 학교 신문사에서 기사를 쓰고 있었어. 신문사 사람들 전부 신문사실에 남아 리벳공 로지 포스터와 보도 자료들이 들어오는 팩스 위쪽 벽에 있는 텔레비전으로 선거 결과를 봤지. 그날 나는 생애 첫 번째 전국 선거에 참여해 조지 W. 부시에게 표를 던졌어. 적갈색 레게 머리에 두건을 두르고 귀에 피어싱을 한 친구이자 동료 기자가 내 옆에 앉아서 내 얼굴을 빤히 보면서 물었어. "어떻게 부시를 찍을 수가 있어?"

내가 갓난아이일 때 우리 엄마는 지미 카터에 표를 던졌지만 레이건이 대통령이 되고 난 이후 20년 사이에 정치적 입장이 좀 바뀌었어. 나도 그 입장을 대변하는 것처럼 시골 노동 계급 출신이고 진보적인 젊은이지만 공화당 후보를 찍었어.

왜 이런 보수화가 일어났는지 분명하지는 않지만 케이블 텔레비전 네트워크 도입과 함께 확연해진 것은 사실이야. 농장까지 케이블 텔레비전이 들어오지는 않았지만 위치토에 사는 엄마는 보수적인 라디오 토크쇼를 듣기 시작했어. 운전하면서 라디오 프로그램 진행자가 진보주의를 격한 말로 성토하는 것을 들으며 엄마는 고개를 끄덕이곤 했지. 진행자가 '정부의 공짜 지원'에 분노를 쏟아내는 걸 들으면서 엄마는 공감했어. 엄마는 대부분 사회적 이슈에 대해 개방적이고 진보적인 태도를 가지고 있었지만 무상 지원 같은 것에 대해서는 확고하게 반대했고, 나도 마찬가지 생각이었어. 1996년 내가 다니던 고등학교에서 모의 대선을 했는데 나는 캔자스 출신인 밥 돌Robert Joseph 'Bob' Dole에 표를 던졌어. 그해에 공화당이 상하원 양쪽 다수당을 유지하자 엄마와 나는 환호를 올렸지. 고등학교 4학년 때에는 '클린턴 탄핵'이라고 쓴 스티커를 붙이고 다녀서 학생회 단체 사진이나 심지어 졸업 사진에도 전부 그 스티커를 단 모습이 찍혔어.

내가 기억하기로 우리 집에서는 푸드 이모할머니만 계급 정체성에 충실한 투표를 해야 한다고 고집했어. "민주당은 가난한 사람을 위한 당이고, 공화당은 부자를 위한 당이야." 맥주를 테이블 위에 탕 하고 내려놓으며 말했지.

그러면 우리 엄마는 이렇게 반박했어. "아니. 민주당은 가난한 사람을 돕겠다고 하고 공화당은 사람들이 스스로 자립하게 해요."

복지 혜택을 받는 사람들을 '게으르다'고 간주하는데 우리한테는 그보다 더 심한 모욕은 없어. 이런 관점에서 보면 경제적으로 안정적인 진보주의자들은 자신의 능력 덕에 부를 얻게 되었지만 관대하게 '가난한 사람'들을 도울 세금을 내는 거라고 마음 편하게 생각할 수 있어. 그렇다면 가난한 사람들은 둘 중 하나를 선택해야 해. 실패를 인정하고 자기를 도와줄 가능성이 더 높은 당에 표를 던지거나, 아니면 다른 당, 희망의 언어로 이야기하고 근면한 노동에 대한 보상을 받을 수 있을 거라고 말하는 다른 당에 표를 던지거나. 어려운 선택 아니니. 나도 처음에는 엄마의 생각을 그대로 받아들였어. 사실 부모님의 정치관을 이어받았다는 점에 있어서는 민주당을 지지하는 친구들도 대부분 마찬가지였지.

3학년 봄 학기에 들은 사회학 수업이 재정 정책에 대한 내 생각을 완전히 뒤흔들어놨어. 계급에 대한 자료를 파면 팔수록 가난한 사람은 아무리 열심히 노력해도 가난한 상태에 머무를 가능성이 높다는 사실이 구체적 숫자로 확연히 보였어. 그래프들을 살펴보는데 충격과 분노로 가슴이 요동치더라. 어떤 건 정당한 값이고 어떤 건 속임수인지 우리 집안의 지혜를 물려받아 잘 안다고 생각했던 내가 우리나라의 경제 제도에 사기를 당하다니.

내 주변 사람들은 그런 정보를 얻지 못했어. 한편 대학에서 만난 진보주의자들도 알지 못하는 게 있었어. 애들을 먹이기 위해 수당을 받으려고 종이컵에다 소변을 받는 기분. 물려받은 낡은 교과서에 책장 한 장이 뜯겨 나갔는데 집에 컴퓨터가 없어 검색해서 찾아볼 수도 없을 때 느끼는 좌절감. 자동차보험이 만기되었는데 벌금 낼 돈이 없고 KFC에서 1주일에 50시간 튀김 바구니를 들고 닭을 튀겨도 보험료를 마련할 수 없을 때의 막막함.

내가 정부 복지 제도를 의심한 게 착오였다는 말은 아니야. 아메리칸 드림을 믿었던 게 착각이었지. 보수주의자들이 내미는 속임수 동전에는 양면이 있어. 한 면은 열심히 일하면 잘살 수 있다고 약속하고 다른 면은 계속 일할 수 있을 정도로만 살려놓지.

그러는 한편 대학에서 고향 바깥세상을 경험하게 되면서, 캔자스주 전체가 내 고향과 비슷하게 권력과 단절되어 허덕인다는 걸 알게 됐어. 캔자스 같은 주는 전혀 중요하지 않은 관심 밖의 장소로 간주돼. 하품을 하며 차를 타고 지나거나 비행기를 타고 자면서 지나가는 곳.

가난한 사람으로, 여성으로, 대부분 사람들이 가본 적이 없는 지역 출신으로 정형화되어 취급받다 보면 내가 정말 어떤 사람인지가 그런 고정 관념에 맞서 오히려 강화될 수 있어. 내가 가난한 아이일 때 가끔 부끄러움을 느꼈다면, 새로운 환경에 놓인 젊은이는 별 볼 일 없고 쓰레기들만 산다고 생각되는 그곳에 대해 말없는 자부심을 느꼈지.

캔자스를 '곡창'이라고 하지. 내가 추수한 밀이 세상 사람들을 먹였어. 위치토는 '항공 수도'가 되어 우리 할머니들이 전투기를 조립한 그 공장에서 이모, 삼촌 들이 지금도 일하고. 또 우리가 사는 곳은 '토네이도 길목'이라 트레일러나 농장 지하실에서 무사히 토네이도를 버텨내면 야구공만 한 크기의 우박이 떨어졌고 지푸라기가 바람에 날려 나무에 꽂혔다는 거짓말 같은 이야기들을 나눴지. 내가 대학에서 학위를 받는다고 하더라도 어린 시절의 경험이 언제까지고 나의 최초의 교육이 될 거라고 생각했어.

나는 결국 소수자, 1세대, 저임금 학생이 대학원에 진학할 수 있게 지원하는 연방 프로그램 혜택을 받을 수 있게 됐어. 그 프로그램에 포함된 몇 안 되는 백인 학생들은 이런 별명으로 불렸어. '백인 쓰레기 학자.'

1970년 말에 베티는 시어스백화점 쇼핑을 시켜줬지만 짜증

나는 목소리를 냈던 딘이라는 남자와 이혼한 뒤에 아니 생각을 했어. 댄스홀에서 만났던 일을 잊지 못했지. 그래서 아니가 나타날 법한 컨트리 음악 댄스홀 두어 군데를 차로 둘러보면서 아니의 트럭이 주차되어 있지 않은지 보기도 했어. 그러다가 어느 날 교차로 신호등 앞에 멈춰 서서 고개를 들었는데 갈색 GMC 트럭에 앉은 아니가 보이는 거야.

베티는 경적을 울리고 손을 흔들었어. 두 사람은 제러드 휴게소에 차를 세우고 같이 커피를 마셨어. 이렇게 해서 우리 외가 쪽의 떠돌이 여인들이 그 뒤 사반세기 동안 아니의 농장 집을 오가며 지내게 된 거야.

아니 할아버지가 돌아가시고 나서 다들 다시 길로 나섰어. 베티 할머니는 2년 만에 재혼해서 아이오와로 이사했어. 아이오와에서 목장을 하는 남자가 고속도로로 지나가다 우리 건초 더미를 보고 가격을 물어보러 들렀다가 할머니를 만났지. 푸드와 래리 부부와 캔디는 캔자스의 겨울을 못 견디겠다고 플로리다로 이사했어. 셸리는 인터넷에서 남자를 만나 루이지애나에서 살게 됐어. 엄마는 밥과 이혼하고 캔자스시티로 이사했어.

할머니는 북쪽으로 이사했어도 농장 집과 주변 땅은 계속 갖고 있었어. 농기계도 팔았고 땅도 대부분 팔았지만 그곳의 중심은 아직 베티 할머니 것이었어.

집이 7년 동안 비어 있었지만 가구, 텔레비전, 옷, 사진첩 등은 그대로 있었어. 집 동쪽 큰 창고에 이웃 농부들이 농기계를 보관해놓고 집 북쪽 축사 근처 작은 창고에는 건초 더미를 쌓아놓기도 했지. 우리 목장에 가축을 풀어놓거나 베티 할머니한테 땅을 빌려 밀과 사료용 수수를 재배하기도 했고.

하지만 집은 돌보는 사람이 없으니 무너져 내리기 시작했어. 유리창이 깨지고 지하에는 물이 차고 내 침실로 무너졌던 굴뚝은 아예 주저앉아버렸어.

베티는 그 집을 팔기를 망설였어. 아이오와 남자와 얼마나 오래 같이 살지 확실히 알 수 없었고 다시 돌아오고 싶어질 수도 있었으니까. 게다가 지금까지 종종 그랬듯 가족 중 누군가가 살 곳이 필요해질 수도 있었고. 그래서 수도도 끊지 않았고 겨울이 되면 수도관이 얼지 않게 보일러를 약하게 틀어놓았어. 누구한테라도 부담스러운 일이었겠지만 내가 어릴 적에 10센트, 5센트라도 물건값을 깎는 법을 가르쳤던 알뜰한 할머니에게는 더욱 그랬을 거야. 결국 프로판가스 채워놓기를 포기하고 집이 얼든 말든 내버려두었어.

내가 농장을 떠난 지 10년이 지났을 때야. 나는 그사이 대학을 졸업하고 캔자스시티 신문사에서 일했고 뉴욕으로 이사 갔다가 다시 돌아왔고 비영리단체에서 일했고 대학에서 작문을 가르쳤고 로렌스에 작은 집을 샀어. 그러면서 틈이 날 때마다 우리 농장을 찾아갔지. 2차선 도로에서 빠져나와 흙길을 따라 덜컹거리며 달리면서 창문을 열고 땅 냄새와 공기 냄새를 맡았어. 우리 아빠, 우리 할아버지들이 나를 차에 태우고 소 먹이를 주거나 밀

이삭 낱알 수를 세러 갈 때에 똑같이 그렇게 하는 걸 봤거든.

자갈길 진입로에 올라와 트럭에서 내려 익숙한 길을 따라 걷다 보면 기억이 되살아났어. 닭장 근처에 가면 처음으로 따스한 달걀을 손에 쥐었을 때의 느낌. 함석지붕 고양이 집 근처에 가면 할머니가 날카롭게 키이이 키이이 하는 울음소리를 내며 고양이 사료가 든 금속 통을 들고 나오면 열 마리는 되는 고양이들이 옛날 마구간 구석에서 튀어나오던 게 생각나. 무너져 내린 건초 헛간에 가면 건초 더미가 정강이에 까슬거리던 기억. 쇠등에와 모기에 뜯기면서 셸리와 같이 놀던 북쪽으로 뻗은 상록수길. 사슴 진드기와 백선이 우리 살 속에 파고들었던 일. 커다란 창고에 아직도 남아 있는 먼지와 기름 냄새, 그리고 이제는 사라지고 없는, 아니 할아버지 낡은 셔츠의 땀 냄새. 지금은 흙과 잡초가 가득한 집 뒤 수영장을 마주치니 예전의 락스 냄새도 생각나고 수영장에 빠진 개구리를 구해주려고 잡았을 때 미끈거리던 감촉도 기억났어.

현재 상태로 큰돈을 받을 수는 없을 텐데도 할머니는 집을 사겠다는 사람들이 있어도 값이 안 맞는다고 거절했고 수수료를 아끼려고 아예 부동산에 안 내놓고 입소문으로 팔아보려 하기도 했어. 2008년 초에 마침내 경매로 집과 창고를 팔았어. 약간의 실랑이 끝에 결국 농장이 새 주인에게 넘어가게 됐고 베티 할머니는 3월까지 집을 비워주기로 했어.

"아, 생각만 해도 끔찍하다." 베티 할머니가 말했어. 할머니는 예순두 살밖에 안 되었지만 폐기종에 관절염까지 있었거든. 농장을 비우는 일이 심리적으로도 힘들지만 육체적으로도 엄두가 안 나는 일이었어.

집에는 월마트에서 세일할 때나 주말에 창고세일하는 곳을 찾아가 획득한 전리품들이 가득했어. 할머니는 땡전 한 푼 없는 어린 시절을 보냈기 때문에 자기 돈으로 살 수 있는 싸구려 물건을 쟁여놓으며 기쁨을 느꼈던 거야. 이렇게 사들인 물건이 2층 벽장에 가득했어. 중국산 목욕 소금, 인조 가죽 지갑, 전자 번역기, 털 슬리퍼, 라이프세이버스 사탕. 할머니는 사탕을 포장해서 손자 손녀 들에게 선물로 나눠주곤 했어.

할머니가 무수히 많은 식구, 친척, 친구들을 먹이곤 했던 부엌에는 접시, 계량컵, 냄비, 하트 모양 쿠키 틀, 팬케이크 기계, 주스기, 기름때 묻은 요리책, 창고세일에서 산 블렌더가 세 개나 있었어.

할머니는 집안의 유물을 지키는 사람이기도 했지. 할머니의 할머니 아이린이 쓰셨던 19세기 거울. 할아버지의 묵직한 철제 공구들, 우리 부모님이 30년 전 연애할 때 장난으로 훔친 주황색 고속도로 러버콘. 전부 지하실에 있었는데 지하실에는 수십 년 묵은 잼과 텃밭 채소로 만든 피클, 문방구와 쥐똥이 가득한 종이 상자와 플라스틱 통 따위도 잔뜩 있었어.

2층 그릇 찬장에는 아이린 고조할머니가 그 윗대 할머니들로부터 물려받은 크리스털 식기, 은 식기가 있었어. 붙박이 찬장에는 잡다한 도구와 놀잇감이, 선반에는 장식품들이 줄줄이 있고 방 네 개에 가구가 가득했지. 할머니는 그런 걸 생각하면서 막막해했어.

할머니와 같이 주말 동안 집을 정리하기로 하고 2월 어느 날 밤에 농장에 왔어. 집에 상수도가 끊겼고 LPG 가스통도 비어 있어 얼어붙을 듯 추웠어. 그래서 잠은 15킬로미터 떨어진 킹맨에 있는 싸구려 모텔에서 자기로 했어.

"아 끔찍해." 베티 할머니가 다시 말했어. "그냥 불을 댕겨서 전부 태워버리고 싶은 마음도 있어."

다음 날 베티 할머니의 막내 동생 폴리 부부가 도와주러 왔어. 두 사람은 킹맨에 사는데 얼마 전에는 농장에서 멀지 않은 곳에서 베티 할머니의 도움을 받아 2층짜리 오래된 집을 빌려 한동안 살았었어.

흐린 늦겨울 아침에 공기가 축축할 때 집 밖으로 나와 숨을 너무 빨리 들이마시면 코 안쪽이 얼어버린단다. 베티 할머니는 부엌을 좀 데워보려고 전기 오븐에 불을 붙이고 오븐 문을 열었어. 할머니는 보일러를 돌릴 수 있게 가스탱크를 조금 채워야겠다며 어딘가에 전화를 걸었어. 도축 창고부터 정리를 시작했어. 오후에 비가 온다는 예보가 있어서 집 밖을 먼저 마치고 집 안을 치울 생각이었지.

폴리 이모할머니 부부와 힘을 합쳐서 부서진 창고 문을 제자리에 끼워 넣는데 오래된 유리창이 바스러져 유리 가루가 머리 위에 쏟아졌어. 내가 문을 받치고 있는 동안 다른 사람들이 망가진 도요타 픽업트럭을 밀어서 창고 밖으로 끌어냈어. 베티 할머니가 아이오와로 이사한 뒤 내가 몇 년 동안 몰았던 차야.

다른 사람들이 낚싯대, 수레, 공구 등을 분류하는 동안 나는 서까래 위에 올라가 오래된 빨랫통을 꺼내 왔어. 베티 할머니는 1920년대에 그 빨랫통을 처음 썼던 자기 할머니를 기리는 뜻으로 간직하고 싶대. 두텁게 덮인 먼지가 내 목으로 다 들어가는 것 같더라.

"저라면요, '이걸 내가 쓸 일이 있을까? 강한 정서적 의미가 있나?' 하는 질문을 스스로에게 던져보겠어요. 둘 다 아니라면 그냥 버려요. 짐만 될 거예요." 할머니는 고개를 끄덕였지만 내 말을 듣지는 않았어.

도축용 작업대 아래 양동이가 처박혀 있길래 손잡이를 잡아당겼어. 폴리 이모할머니가 같이 당겨줬는데 곧 끔찍한 냄새가 퍼져서 둘 다 입과 코를 틀어쥐었지. 양동이 안에 작은 공구 몇 개가 시커멓고 찐득찐득한 무언가와 엉켜 있었어. 뭔지 알아볼 수 없는 짐승의 썩은 시체였지. 나는 숨을 멈추고 양동이를 들고 밖으로 달려 나갔어. 목장 울타리와 고양이 헛간 사이에 놓고 다시 창고로 돌아갔어. 가끔 동쪽에서 돌풍이 불면 그 양동이에서 나는 역한 냄새가 확 끼쳐서 구역질이 났지. 차고, 창고, 헛간 정리를 막 마쳤을 때 비가 오기 시작했어.

집 안에서는 죽었거나 살아 있는 쥐 냄새가 났지만 그래도 따뜻한 데로 들어오니 한결 낫더라. 이렇게 습도가 높은 겨울은 처음이었어. 뼛속까지 추위가 스몄어. 물이 안 나와서 변기 물을 내릴 수가 없으니 시시때때로 집 밖에 나가 쭈그리고 앉아 소변을 봐야 했어.

베티 할머니가 폴리 이모할머니와 나에게 필요한 게 있으면 가져가라고 했어. 나는 내 픽업트럭 짐칸에 농기구, 주방 도구, 골동품이 다 된 공구 몇 개를 실었어. 백화점에서 파는 '섀비 시크' 스타일 인테리어 소품과 비슷한 물건이지만 우리한테는 장식용 모조품이 아니라 실용적인 도구일 뿐이지. 그보다는 더 감상적인 이유로 우리 집 달걀 간판도 가져왔어. 녹슨 사각형 골함석판 위에 베티 할머니가 '달걀 한 다스 1달러'라고 써서 우리 집 흙길과 아스팔트 도로가 만나는 모퉁이에 세워놓았던 간판이야. 폴리 이모할머니는 도러시 할머니의 백을 갖기로 했어. 도러시 할머니가 죽고 15년 동안 아무도 열어보지 않고 그대로 됐대.

우리가 집에서 챙겨 가고 싶은 물건만 골라내면 된다는 걸 알고 마음을 놓았어. 집을 완전히 비우고 치워야 되는 줄 알았거든. 그러려면 주말만으로 될 일이 아니고 몇 주는 걸렸을 거야. 그래도 이렇게 엉망진창인 집을 새 주인에게 넘긴다는 것도 그렇고 내 어린 시절의 기억이 서린 물건들을 낯선 사람들이 함부로 다루리라고 생각하면 마음이 불편했어.

"경매라는 게 원래 그런 거야. 그대로 넘긴다는 거." 할머니가 말했어.

정서적 애착이 강하게 느껴지는 물건들은 챙겼지만 그래도 복잡한 감정을 불러일으키는 물건 여러 개를 그냥 두고 갈 수밖에 없었지. 내가 어릴 때 엄마가 사준 장식용 도자기 인형. 동창회 여왕 후보일 때 입은 세일가로 산 청록색 드레스. 내가 할머니한테 한 조언을 나 스스로도 따르려 했지만 쉽지 않았어.

농장 일꾼 제리가 도와주러 들렀어. 내 고등학교 친구도 아기를 안고 보러 왔고. 폴리 이모할머니의 딸네 가족이 부엌 식탁을 가지러 왔어. 사람들이 가볍게 찾아와서 편안하게 어울리는 걸 보니 기분이 좋더라.

그러다가 해가 진 지 몇 시간이 지나고 트럭이 짐으로 가득 찼고 다른 사람들은 모두 떠나고 할머니와 나만 남았어. 농장에서 보내는 마지막 순간이었지. 나는 출발하기 전에 오줌을 눠야 했어. 새카만 시골 밤하늘 아래, 할머니는 자기 트럭에 앉아 히터를 켜놓고 창문을 닫은 채로 담배를 피우며 나를 기다렸지. 굵은 빗줄기가 헤드라이트 불빛에 반짝였어. 나는 청바지 버튼을 풀고 호두나무 옆에 쭈그려 앉았어.

이런 질문을 숱하게 들었어. "어떻게 빠져나왔어?"

말이 안 되는 질문이긴 하지만, 내가 정말 무언가에서 '빠져나왔다'면 그게 뭐였을까? 여러 가지가 있는데 대부분 붉은 것들이었어.

내가 갓난아이 때 우리 부모님과 같이 살았던 들판 위 조그만 붉은색 오두막집. 위스키가 들어 있던 커다란 유리병에 오랜 세월에 걸쳐 채워지던 붉은 페니 동전. 그게 그렇게 모인다는 게 우리의 결핍을 입증하는 것 같았지. 들판에 천막을 쳐놓고 중국제 폭죽을 팔다가 햇볕에 타서 벗겨진 내 붉은 목덜미. 내 손톱 아래 낀 붉은 흙. 우리 집 현관까지 냄새를 풍기는 축사에서 키운 소를 잡아 얻는 붉은 고기. 내 희생이 보상을 받을 거라고 약속하는 예수님 손바닥의 붉은 피. 매력적 외모가 누릴 수 있는 몇 안 되는 특권 중 하나였던 우리 엄마가 손톱에 부지런히 바르던 붉은색 네일 폴리시. 의심하지 않고 받아들인 '붉은 주'•의 정치 이데올로기.

이제는 다른 곳에 와 있었지만 그렇다고 그 붉은 장소들에서 빠져나왔다고 할 수 있을까? 세상 구경도 좀 했으나 그래도 나는 여전히 내 고향인 그곳에 살고 있어. 나한테 좋은 가죽 가방이 있는데, 내가 이걸 특히 좋아하는 이유는 재활용 가게에서 3달러에 샀기 때문이야. 휴대 전화도 있지만 수금 대행사에서 내 직계 가족을 찾는 음성 메시지를 종종 받지. 석사 학위를 받았으나 그걸 받느라 빚이 엄청 쌓였어.

어떤 장소든 계급이든 내가 빠져나올 무언가가 있었다면, 여러 면에서 나는 아직 그곳에 속해 있고 아마 언제까지고 그럴 거야. 하지만 어떤 면에서 나 스스로 그곳에 속하기를 선택한 것이

• red state, 다수가 공화당 후보를 지지하는 주州로 대부분 중남부 지역.

기도 해. 마음대로 싸돌아다녔던 어린 시절, 어떤 기대도 지워지지 않았던 자유, 내 능력에 대한 견고한 이해 같은 게 나를 길러낸 자양분이니까.

풍요하기로 이름난 나라에서 가난을 겪는다는 건 가지지 못한 것을 끝없이 자각하며 사는 것과 마찬가지야. 무더운 날 마실 수 없는 차가운 저수지 옆에서 마라톤을 하는 것과 비슷하지. 안전한 기반이라고 할 것이 없었기 때문에 나는 아래로, 아래로, 아래로, 아래로, 아래로 원뿌리까지 내려가고 물질적 부가 나를 건드리지 못할 곳까지 계속 더 내려갔어. 그곳에서 어떤 목소리를 들었지. 네 목소리였어. 그러니까 그건 내 목소리이기도 할 거야.

한 세계를 떠나서 다른 세계로 들어갔다고는 생각 안 해. 지금 나에게는 두 세계가 같이 있으니까. 계급이라는 건 우리가 그어놓는 다른 경계나 범주처럼 허구적 구성물일 뿐이야. 정말로 사다리를 올라가거나 내려가거나 어디에서 빠져나오거나 들어가거나 하는 건 아니야. 내 이야기는 어떤 목표에 도달하는 이야기가 아니라 그 어느 누구도, 특히 어린아이는 해서는 안 되는 희생에 대한 이야기야.

이런 희생은 흉터를 남기지. 우리 엄마는 물건을 샀을 때 가끔 가격표가 붙은 상태로 그대로 두기도 해. 쓰면서 즐기기보다 포장을 뜯지 않은 채로 전시해놓는 게 더 기분이 좋은 거지. 상황이 더 좋아지더라도, 혹은 더 좋아질 필요가 없다 하더라도, 마음속 깊은 곳에는 언제나 결핍감이 있어. 계급은 허상일 뿐이지만 실제적 영향을 미치는 허상이야.

경제적 궁핍은 여러 종류의 가난 가운데 하나일 뿐이잖아. 어떤 배경에 속한 사람들이라도 빈한함을 느낄 수 있지. 돈으로 살 수 없는 무언가가 부족하고 결핍될 수 있으니까. 그러나 사회에서 수치를 부과하는 궁핍은 경제적 빈곤뿐이야. 사회에서, 문화에서, 자본주의 경제에서, 공공 정책에서, 사람들의 일상적 대화에서 가난은 수치로 다루어지지. 부유한 나라에서 가난하게 살고 있다면 경제적 실패는 곧 정신이 실패했다는 뜻이라는 말을 흔히 듣게 될 거야.

가난하다, 곧 poor라는 단어가 돈이 없다는 뜻이기도 하지만 나쁘다는 뜻으로도 쓰여. '건강이 나쁘다poor health', '시험 점수가 나쁘다poor test results' 등과 같이. 개인이 능력만 있으면 부를 창출할 수 있다고 믿는 나라에서 가난한 사람은 스스로를 나쁜 사람이라고 여기기 쉽지. 나를 키워준 분들도 스스로를 나쁘다고 생각하는 일이 많았어. 그래서 나도 나쁜 아이인 것처럼 취급받았지.

내 삶 최대의 행운이라면 내가 그게 옳지 않음을 알았다는 거야. 내가 어딘가에서 빠져나왔다면 그건 사실 결핍감, 사회경제적 범주와 무관한 그 감정이었어. 내가 그럴 수 있게 도와준 게 너야. 네 존재는 네게 행복을 누릴 자격이 있다고 강변했고 따라서 나에게도 그럴 자격이 있다는 걸 알았어.

그러니 당연하게도 내가 너를 떠나보낸 순간은 미국이 내가 성공했다고 할 그 순간이었어.

너와 내가 헤어진 밤, 마치 평생 잡고 있던 손이 내 손에서 스르르 미끄러져 나가는 느낌이었어. 내가 서른 살쯤 되었을 때지만 아주 오래오래 산 것 같은 느낌이었지. 그렇게 느낄 만한 삶이었어.

사람들은 무언가를 뼛속에서 느낀다고 말하곤 해. 어떤 화학 물질의 작용 때문이겠지만 그걸 직감이라는 이름으로 부르기도 하지. 무엇이 옳은지 그른지, 누가 거짓말을 하는지를 직감으로 알곤 하지만, 때로는 어떤 실체가 바뀌는 걸 직감할 때도 있어. 연락을 받기 전에 문득 시계를 보았는데 알고 보니 그 순간에 사랑하는 사람이 죽었다거나. 생리 때가 돌아오지도 않았고 검사를 해보지도 않았는데 임신 사실을 안다거나.

그날 밤 최근에 내 집이 된 큰 집 침대에 누워 있었어. 정말 아름다운 집이었지. 크고 신경 써서 지은 집이고 삼나무 거실 천장은 높고 뾰족한 모양이었어. 거실 크기만 해도 내가 지금까지 살았던 대부분 집보다 더 넓었어. 숲이 있는 언덕에 있고 사방에 창문이 있어 서쪽으로 캔자스 하늘과 내 모교가 있는 대학촌이 보였어.

나는 젊은 교수였어. 열심히 쉬지 않고 일하다 보니 20대 후반에 벌써 꼭대기에 올라서 있었어. 어린 시절의 트레일러와 농장 집, 서빙 아르바이트, 대학 학위, 만족스럽지는 않지만 괜찮은 직업들을 거쳐서 마침내 괜찮은 월급을 받으며 내 지식과 열정을 쏟아 일할 수 있는 일자리까지 온 거야. 그러는 동안 내내 고등학교 때 남자 친구랑 계속 연인 사이로 지냈어. 남자 친구가 나한테 육체적 욕구를 전혀 느끼지 않았는데도 말이야. 당시에는 그게 힘든 일이기도 했지만, 지금 생각해보면 나한테는 잘 맞는 상황이었어. 안정적인 삶을 향해 가는 길에 어떤 것에도 발목을 잡히지 않기 위해서 나는 생각보다 많은 걸 희생하며 살았던 거지.

작은 대학에서 종신 교수 전 단계 자리를 얻은 날, 내 첫 번째 집이었던 작은 집 현관에서 아빠한테 전화를 걸었어.

"넌 평생 110퍼센트로 애쓰며 살았으니까 지금부터는 70퍼센트만 해라. 그래도 남부럽지 않게 잘 살 수 있을 거야."

아빠는 이렇게 말했지만 그래도 내가 쉬지 않으리라는 걸 알았을 거야. 내 안에, 내 안 깊은 곳, 종교보다 더 깊은 곳에 고군분투가 있었어. 하지만 내가 어릴 때 마음먹은 이래로 고군분투해온 목표, 곧 우리 가족이 내게 물려준 고통스러운 고리를 끊기 전에는 절대 아이를 갖지 않겠다는 목표는 이미 이루었어.

이런 이야기를 입 밖에 낸 적은 없지만 우리 엄마는 조금은 짐작했는지 그 무렵 나한테 장난감 실로폰을 선물해주면서 이름표에 우아한 글씨체로 이렇게 적었어. "지니 할머니가. 미래의 손주에게." 나는 실로폰을 내가 아기 때 엄마가 만들어준 옷들과 같이 보관용 통에 넣었어. 뚜껑에 '아기'라고 적고 잠시 망설이다

가 물음표를 붙였지. '아기?'

첫 번째 집을 팔고 다음 집, 언덕 위의 꿈의 집을 샀을 때 그 통을 벽장에 넣고 집수리를 시작했어.

그 집이 힘이 있어서 좋았어. 언덕 위에서 40년을 버텼는데 토대가 한 치도 흐트러지지 않았어. 그런데 아빠의 도움과 지시를 받아 집수리를 마치고 나자, 사람들이 그 집을 보는 시선, 그 집에 부여하는 의미 때문에 금세 불편해지더라. 돈 많은 사람들이 삼나무 보로 받친 천장, 드넓은 창, 숲이 보이는 전경을 보고 깜짝 놀라는 거야. 나는 그 집을 아주 헐값에 샀지만 어디에서도 보기 드문 극히 아름다운 집인 건 사실이었어. 다들 그 집을 탐냈지.

내가 다른 사람들이 부러워하는 물건을 소유한 게 그때가 처음이었어. 그런데 그 기분이 너무 싫었어. 이 집이 천국이라는 환상을 깨뜨리고 싶어 나는 집 전체를 혼자 청소하고 잔디를 깎고 하는 게 얼마나 힘든지, 천장을 보수하느라 얼마나 고생했는지 등을 이야기했어. 내가 무슨 수로 그 집을 샀는지 납득을 못하길래 집값을 말해줬지. 소박한 작은 집도 사기 힘들 가격이었어.

내가 사는 곳과 내가 살았던 곳의 이야기를 짜 맞추어야 한다는 게 가장 어려운 일이었어. 도무지 모아지지 않을 듯 먼 거리였으니까.

침대에 누워 있는데 갑자기 방에서 네 존재가 느껴졌어. 오래전부터 네게 말을 걸었지만 이때는 더 가깝고 구체적인 진짜 사람 같았어. 눈을 감으니 처음으로 네 모습이 뚜렷한 형체로 보이더라. 어린아이의 모습으로. 나를 닮진 않았지만 네가 누구인지 알았어. 왜 나타났는지도 알았지. 작별 인사를 하려고.

너는 내 것이 되지 않을 가난한 아이였어. 내가 영영 아이를 갖지 않을 것이라서가 아니라 내가 가난하지 않기 때문에 이제 너를 가질 수가 없었어.

그전까지는 내 출발점이었던 삶과 너무나 다른 삶으로 전환하는 과정이 아직 불완전했기 때문에 네가 가물거리는 불빛처럼 남아 있었어. 가난한 삶 속에 태어날 아이. 석사 학위를 받고 정규직을 처음 구했을 때에도 마찬가지였어. 그때에도 일반적인 기준으로 여전히 '가난'했으니까. 하지만 '교수'라는 직책과 언덕 위의 아름다운 집을 가진 뒤에는 이제 더 이상 뜨거운 트레일러 안에서 달구어지던 어린아이는 없다는 걸 알았어.

어쩌면 내가 앞으로 아기를 갖게 될 수도 있겠지만, 네가 내 배 속으로 들어오지는 않으리라는 걸 알았어. 내가 이후에 임신을 한다면 다른 영혼, 다른 존재가 내 안에 깃들겠지. 우리 엄마가 미래의 아기에게 준 선물이 들어 있는 '아기?'라고 쓰인 보관함은 계속 간직할 거야. 미래의 아기는 나와는 출신지가 다르겠지. 내 환경이나 나 자신이 완전히 바뀌었으니까. 순환의 고리가 끊어졌고 그래서 너와 나 사이의 연결도 끊어졌어.

내 방 안에서 1000년 동안 머무르며 기다렸던 영혼이 떠나듯 네가 떠나는 걸 느꼈어. 다행이다 싶었지만 또 얼마나 가슴이 아프던지.

내가 목표로 삼았던 걸 난 해냈고 해냈다는 게 기뻤어. 나는 어린 나이에 결단을 내리고 단호한 확신으로 밀어붙였어. 너와 만날 수 있는 기회가 사라질 때까지 네가 오지 못하게 너를 멀리했어.

나는 침대에 누워 울었어. 내가 어릴 때 그렇게 울고 나면 베갯잇이 축축해져 뺨에 차갑게 들러붙던 때처럼 하염없이 울었어. 너를 가질 수 없다는 건 내가 어떤 선택을 하고 어떻게 살든 간에 이제는 내가 살던 곳, 내 과거와 멀어졌고 다시는 돌아갈 수 없다는 의미였으니까.

성공하면서 얻은 상실 때문에 울었어. 너를 알았던 것, 네가 떠나는 걸 느낄 수 있었던 게 너무 감사했고 그 경이로움에도 눈물이 났어.

그날 밤 너와 그 헤어짐을 뼛속으로 느낄 수 있었어. 영영 존재하지 않을 너의 실체가 사라지는 것을. 하지만 그날 밤 이전까지 내내 존재했던 보이지 않는 연결은 여전히 남았지. 그래서 지금 내가 너에게 말을 걸 수 있는 거야.

오거스트, 네가 캔자스의 바람이 네 머리카락을 흩날리는 걸 영영 느끼지 못하리라는 게 가슴 아파. 하지만 우리 식구들처럼 분투하며 살아야 할 필요는 없으리란 것에 감사해.

넌 세상이 너를 존중해주길 바라지 않아도 돼. 네 가치는 너 자체에 있으니까. 베티 할머니 말이 맞아. 아무리 더러운 동전이라도 페니는 페니라는 것.

우리 엄마도 내 가치와 내가 받는 평가 사이에 차이가 있다고 은근히 말하곤 했어. 엄마가 분노에 휩싸여 나에게 냉정하게 대하던 시기였는데도. 고등학교 선생님이 우리 집안이 가난하다고 나를 구박할 때 엄마는 그 여자의 의견은 신경 쓸 가치도 없다는 듯 눈썹을 살짝 치켰어.

"저 애는 대단한 걸 느끼는 감이 있어." 엄마는 결론을 내리듯 말하곤 했어.

'오거스트august'라는 단어는 대단하고 위엄 있음을 의미하지. 우리 엄마는 고통스럽게 살면서도 나에게서, 그리고 엄마 자신에게서도 그런 면을 봤던 것 같아. 어쩌면 엄마의 몸 안에 흐르는 그런 기질이 겉으로는 드러나지 않아도 무의식적으로 느껴졌기 때문에 내가 조용한 곳으로 들어가 네 목소리를 들을 수 있었는지도 모르겠어.

그래, 너는 내 딸이 아니라 고양된 나 자신이었어. 너는 수호천사가 아니라 사회에서 내 몸과 정신이 가치가 없다고 계속 주입하기 때문에 어쩔 수 없이 거기에서 분리되어 표출된 나 자신의 힘이었어.

"애를 낳지 마." 사회는 우리처럼 가난한 사람들에게 이렇게 말해.

내가 바로 그 말대로 했지만, 그 사람들이 그렇게 말하는 이유와 정반대의 이유로 그랬다는 걸 생각하면 웃을 수 있어. 나는 다른 목소리에 귀를 기울였지.

'**너는 소중해.**'라고 그 목소리가 말했어. 내 목소리고 네 목소리였지.

네 목소리를 들었어, 오거스트.

내 필생의 목표는 내 목소리를 내는 거였는데, 가난한 젊은 엄마가 그렇게 하기는 힘들었을 거야. 내 아이는 도러시, 베티, 지니, 나처럼은 살지 않아야 했어. 혹은 테리사를 비롯해 다른 지역에서 비슷한 삶을 살았던 무수한 가난한 여인들처럼은. 나는 나도 사랑하고 너도 사랑했기 때문에 네가 오직 내 마음 안에만 깃들도록 해야 했어. 내 안에 있는 여성에게는 좀 서글픈 일이었지만 네 안에 있는 신을 위해서는 잘한 일이었다.

우리 엄마가 나를 낳은 나이나 베티 할머니가 우리 엄마를 낳은 나이에 내가 너를 실제로 낳았다면, 너는 2016년에 처음으로 선거권을 얻어 투표를 했겠지. 그때가 미국의 큰 전환점 중 하나가 되었어. 지니가 생애 첫 번째 표를 1980년 카터에게 던졌을 때, 내가 2000년에 첫 번째 표를 부시에게 던졌을 때처럼. 21세기에 막 접어들 무렵의 그 선거 때에는 엄마와 나 둘 다 보수 정당을 지지했지만 그 뒤로 정치관이 많이 바뀌었어. 엄마도 나도 나머지 식구들도 거의 모든 면에 의견이 일치하는 진보주의자가 되었지. 그러니 네가 어느 쪽을 찍었을지는 잘 모르겠구나.

내가 아는 건 선거 결과가 너에게 영향을 미쳤을 거라는 거야. 이후의 사회정치적 변화가 가난한 사람들에게 가장 먼저 타격을 입혔으니까. 너는 노동 계급의 아이였을 거고, 아마 백인이었을 거고, 어쩌면 너도 이미 엄마가 되어 있었을지도 몰라. 나는 네가 네 지위나 교육 수준이 아니라 네 존재의 가치로 인정받기를 바랐을 거야. 또 네가 네 나라에 바친 것, 세상을 먹이고 움직이는 참된 노동의 가치로 인정받기를 바랐겠지.

오거스트, 이 나라는 아이들을 키우는 데 실패했어. 민주주의와 인도주의를 수호한다는 말을 지키는 데에도 실패했어. 아메리칸 드림이라는 것은 미래를 향해 나아가기 위해 체결한 신성한 약속이라기보다는 우리의 생각을 어지럽히는 유령에 가까운 것 같아.

어쩌면 어떤 사회를 지속시켜주는 것은 희생과 돈, 권력의 교환, 다시 말해 노력하면 얻을 수 있다는 근거가 빈약한 주장이 아니라 아낌없이 내어주는 선물의 끝없는 선순환이 아닐까 싶어.

우리는 언제든 가장 고귀한 이상을 추구할 수 있으니까, 얼마든지 정직한 경제 체계를 이룰 수 있다고 생각해. 이런 꿈은 꾸어볼 만하지 않을까. 이런 목표를 위해서라면 매진해볼 만하지 않을까.

구상만 하고 실제로 탄생시키지 못한 최상의 것들이 너무나 많아. 너라는 아이처럼. 네 영혼이 어딘가에 만들고자 하는 나라처럼. 추수기 달 아래에서 농번기라 노곤하지만 맑은 눈으로 기대를 가득 품고 있는 한여름의 나라를 꿈꾸어본다.

감사의 글

지성과 솜씨는 물론이고 지혜와 이해로 이 책을 이끌어준 에이전트 줄리 베어러, 편집자 캐스린 벨든에게 감사합니다. 책을 쓰는 몇 년 동안 두 사람이 지지를 보내주지 않았다면 훨씬 힘들었을 것이고 같은 성과를 바랄 수도 없었을 겁니다.

스크리브너 출판부에도 감사합니다. 특히 홍보 담당자 케이트 로이드와 편집자 낸 그레이엄에게 감사합니다. 또 엘리사 리블린의 법적 조언 덕에 원고가 크게 나아졌습니다.

중요한 초고를 마무리할 때 편집자로서 조언해준 캐리 프라이, 출간 과정에서 중요한 순간마다 동료 작가로서 도와준 모드 뉴턴에게도 감사합니다. 앤드루 스팩먼 덕에 마지막 결승선을 넘을 수 있었습니다.

이 책이 마침내 빛을 보는 과정에서 내가 개인적·직업적 차원에서 위기를 겪을 때 곁을 지켜준 중서부의 여인들이 있었습니다. 미셸 후비키, 멜라니 버딕, 마거릿 페릿, 스테파니 랜터, 심란

세티, 타라 닐, 메리 퀸, 커트니 크라우치, 에이미 마틴. 어려운 사정 때문에 콜로라도에 갔을 때 팻 콕스는 내가 계속 일할 수 있도록 집 한편을 내주었습니다. 나중에 거리를 두고 보기 위해 캔자스를 떠나왔을 때에는 텍사스 작가들과 친구들이 환영해주었습니다. 미셸 가르시아, 얼리사 코플먼, 브라이언 밀러, 힐러리 허그. 모두에게 감사해요.

조사하고 글을 쓰는 15년 동안 책의 토대가 된 초기 원고를 읽고 비판하고 격려해준 사람들이 많습니다. 퍼트리샤 오툴, 아너 무어, 리처드 로크, 리스 해리스, 프랭크 매코트, 로런 호프먼, 리나 탠티선손 레프슬랜드, 오라 데이비스, 애니 최, 지나 카우프먼, 마이클 놀 등등.

캔자스의 공립학교 영어 선생님들에게 감사합니다. 노동자 집안의 아이에게 너는 작가이고 네 목소리에 가치가 있다고 말해준 분들입니다. 초등학교 때는 밸 치섬, 중학교 때 패티 스트로스먼, 고등학교 때는 스테이시 월터스, 로나 배스 커티카, 주립대학의 메리 클레이더와 톰 로런츠에게요.

가장 깊은 존경심은 힘든 삶을 유머와 존엄을 잃지 않고 버텨내준 가족에게 바칩니다. 내가 우리의 과거를 이야기하겠다며 격려를 부탁했을 때, 식구들은 용감하게 그러라고 말했습니다. 왜 내가 하겠다는 일을 지지하는지, 그분들은 이런 말로 이유를 설명했습니다. 그것이 다른 사람에게 도움이 될 수도 있고 또 그것이 진실이니까.

옮긴이의 말

영화 「오즈의 마법사」에서 도러시가 소용돌이 바람을 타고 총천연색 테크니컬러의 세계로 가기 전까지는 화면이 온통 세피아색이다. 잿빛 화면 속 구름 낀 하늘과 끝없는 지평선이 맞닿아 있고 헐벗은 나무 몇 그루와 흙길 말고는 아무것도 없는 평평한 땅이 캔자스다. 그 캔자스에서 나고 자란 세라 스마시가 뼈 빠지게 일하고도 최저 생계를 유지하기 힘든 삶에서 벗어난 것은 토네이도에 휩쓸려 '무지개 너머' 세계로 가는 것 못지않은 격변이었다. 그러기 위해 반드시 해내야 했던 첫 번째 일은, 증조할머니 때부터 모계 유전자에 새겨진 듯 반복된 10대 임신과 출산, 떠돌이 생활, 중독의 고리를 끊어내는 것이었다. 그런데 특이하게도 이 책은 자신의 뿌리를 끊어내는 과정의 기록이면서 동시에 처음부터 끝까지 그 뿌리에 대한 애정과 긍정을 놓지 않는 기묘한 송가頌歌로 되어 있다.

세라 스마시는 책을 어머니에게 헌정했고, (태어나지 않은) 자기 딸에게 이야기를 들려주는 2인칭 서술 방식을 택해 개인적인 기록으로 만들었다. "내 출생지에서 대학 캠퍼스나 그 너머로 가서 그곳의 이야기를 들려준 사람이 너무 적었기 때문에"(381쪽) 세상 밖으로 알려지지 않았고 중요하게 취급되지도 않았던 캔자스의 삶 이야기를 들려주면서 자기 딸에게 얼굴에 미소를 머금고 들려주는 어조를 택한 것이다.

존재하지도 않는 딸을 청자로 호명한다는 설정이 자연스럽지 않게 느껴질 수도 있겠지만 이 선택에는 중요한 의미가 있다. 저자가 말하듯이 가난한 사람들은 사회의 경멸을 내면화하여 가난한 존재를 스스로 수치스럽게 여기기 쉽다. 그렇지만 가난한 삶의 이야기를 읽기에 고통스러운 비참한 이야기가 아니라 다정함과 유머가 잔잔히 흐르는 이야기로 들려줌으로써 이 책은 다른 성공 수기와 다른 점을 분명히 드러냈다.

저자가 질긴 가난의 굴레를 끊고 사회경제적 성공을 거두는 과정은 당연히 "무척 힘들고 고통스"러웠을(378쪽) 것이다. 그렇지만 이 책은 대학에 입학한 뒤 학비와 생활비를 벌며 학위를 따고 교수가 되기까지의 치열한 과정은 언급조차 하지 않는다. 다만 "그때가 내 삶에서 가장 힘든 시기"였다(378쪽)라고 간략하게 말하고 지나갈 뿐이다. 그리고 그 힘든 삶에 대해 누구도 원망하지 않는다. 오히려 자기를 길러낸 모계에 대한 존경심, 사랑을 주어 자존감을 북돋워주었던 아버지와 할아버지에 대한 감사를 이야기의 뼈대로 삼는다. 이 이야기를 자신의 특출한 노력과 능력에 기인한 개인의 성공 스토리로 만들지 않기 위해서다. 비참한 가정환경에서 태어났음에도 불구하고 홀로 성공한 자기 이야기가 아니라, 최선을 다해 일하고 좋은 사람이 되기 위해 노력했음에도 불구하고 구조적인 이유 때문에 가난에서 벗어날 수 없었던 자기 가족의 이야기를 하기 위해서다. 자신의 성공은 그 이야기를 전할 수 있게 해준 도구일 뿐이다. 캔자스 소녀의 이야기는 개인적 차원을 넘어서고 가난은 개인의 실패가 아니라 사회의 문제임을 우리는 똑똑히 보게 된다.

또 이 이야기를 듣는 아이가 사실은 존재할 수 없다는 점이 저자의 역설적 위치를 보여주기도 한다. 모계의 이야기를 딸에게 전한다는 것은 과거의 유산을 받아들이고 연속성을 확인하는 방식이겠지만, 세라 스마시는 이 아이가 존재하지 못하게 함으로써 스스로 연속성을 끊었다. 증조할머니 도러시부터 할머니 베티, 어머니 지니까지 모두 10대에 아기를 낳았고 그랬기 때문에 가난과 폭력적인 남자에게서 벗어나지 못하는 위험한 삶을 살아야만 했다. 그 악순환의 고리에서 벗어나기 위해서는 자신이 자리 잡기 전에 엄마가 되지 않는 일이 무엇보다도 중요했다. 가난한 여자가 구조의 사슬을 끊으려면 재생산을 거부해야 했다.

그렇지만 가난한 사람은 별 볼 일 없는 존재라는 생각을 끊임없이 주입하는 구조에 함몰되지 않기 위해 세라 스마시에게는 가장 개인적이고 본능적인 차원의 영감이 필요하기도 했다. 삶이 힘겹고 정신적으로 혼란스러울 때 스마시는 스스로에게 이런 질문을 던졌다. 내 딸한테라면 어떻게 하라고 말할까. 내 딸이라면 이런 상황에서 어떻게 하면 좋을까. 스마시는 스스로 확신할 수 없는 자기 존재의 존엄성을 믿기 위해서 가상의 모성을 통해 자기를 바라보았다. 가난 속에 태어난 아이를 사랑하기 위해서 모성을 불러일으켰는데 모성이 그 아이가 가난 속으로 태어나지 못하게 필사적으로 막은 셈이다. 계급 사회에서 불리한 환경에 처한 사람은 경제적 실존에 어려움을 겪는 것은 물론이고 인간으로서 가치마저 위태한 상황에 몰리게 된다. 요즘 우리 사회에서도 빈부 격차가 극심해지고 계급이 대물림되어 빈곤이 재생산되는 문제가 심각하다. 이런 상황에서 출산을 거부하는 여성을 이기적이라고 비난하는 것은 얼마나 핀트에 맞지 않는 비난인가.

가난하기 때문에 고통을 피할 수 없는 삶이지만, 이 책은 그 삶을 아름답고 따뜻하고 인간적으로 그림으로써 가난을 대상화하지 않고 계급사회의 냉혹한 현실을 드러냈다. 흔한 자수성가 이야기를 하는 대신 '그곳에 사람이 산다.'는 너무 당연하지만 쉽게 잊히는 사실을 진지하고 또렷한 목소리로 이야기했기 때문이다.

하틀랜드

세계에서 가장 부유한 나라에서
뼈 빠지게 일하고 쫄딱 망하는 삶에 관하여

1판 1쇄 펴냄 2020년 5월 28일
1판 2쇄 펴냄 2021년 5월 5일

지은이 세라 스마시
옮긴이 홍한별

편집 최예원 조은
미술 김낙훈 한나은
전자책 이미화
마케팅 정대용 허진호 김채훈 홍수현 이지원
홍보 이시윤
저작권 남유선 김다정 송지영
제작 박성래 임지헌 김한수 이인선
관리 박경희 김하림 김지현

펴낸이 박상준
펴낸곳 반비

만든 사람들
책임편집 김희진
디자인 박연미

출판등록 1997. 3. 24.(제16-1444호)
(06027) 서울시 강남구 도산대로1길 62 강남출판문화센터
대표전화 515-2000   팩시밀리 515-2007
편집부 517-4263   팩시밀리 514-2329